Dorothy Allison veröffentlichte 1989 »Trash«, eine Storysammlung, für die sie angesehene Preise erhielt. Ihre Erzählungen, Gedichte und Essays sind in zahlreichen Zeitschriften erschienen. Dorothy Allison wurde für den National Book Award nominiert. Sie lebt in San Francisco.

Dieses Buch wurde auf chlor- und säurefreiem Papier gedruckt.

Deutsche Erstausgabe Juni 1994

Titel der Originalausgabe »Bastard Out of Carolina«

Originalverlag Dutton, New American Library/Penguin, New York
Umschlaggestaltung Manfred Waller, Reinbek
Umschlagillustration Monika Gil'sing, Leezen
Satz MPM, Wasserburg
Druck und Bindung Ebner Ulm
Printed in Germany
ISBN 3-426-65003-7

2 4 5 3

Dorothy Allison

Die Angst in mir ist wie ein großer Fluß

Roman

Aus dem Amerikanischen
von Christine Popp

Knaur

Für Mama
Ruth Gibson Allison
1935–1990

Die Leute bezahlen für das, was sie tun, und noch mehr für das, was sie aus sich selbst gemacht haben. Und sie bezahlen dafür – einfach mit dem Leben, das sie führen.

James Baldwin

1

Ich bin immer Finger genannt worden, aber Ruth Anne heiße ich. Den Namen habe ich von meiner ältesten Tante, Tante Ruth – und zwar in jeder Hinsicht. Meine Mama hatte dabei nicht viel zu sagen, da sie genaugenommen gar nicht da war. Sie war mit meinen zukünftigen Tanten und Onkeln in einem Auto unterwegs zum Flughafen, um einen Vetter abzuholen, der vom Soldatspielen zurückkam. Tante Alma, Tante Ruth und ihr Mann Travis saßen zusammengequetscht auf den Vordersitzen, und Mama lag ausgestreckt auf der Rückbank und schlief tief und fest. Mit der Schwangerschaft hatte Mama so ihre Probleme, und als sie im achten Monat war, konnte sie kaum mehr richtig schlafen. Sie sagte, wenn sie sich auf den Rücken legte, meinte sie, ich würde sie erdrücken, wenn sie sich auf die Seite legte, hatte sie das Gefühl, ich kletterte an ihrem Rückgrat hoch, und auf dem Bauch konnte sie überhaupt nicht liegen. Ihr einziger Trost war der Rücksitz von Onkel Travis' Chevy, weil die Sitzfläche vorn in die Höhe ging und damit die ideale Wiege abgab für kleine Kinder oder schwangere Frauen. Nachdem sie sich auf diesem Sitz ausgestreckt hatte, dauerte es nicht lange, und Mama fiel zum erstenmal seit acht Monaten in tiefen Schlaf. Sie schlief so fest, daß sie nicht einmal bei dem Unfall aufwachte.

Bis zum heutigen Tag besteht meine Tante Alma darauf, daß das, was geschah, auf keinen Fall Onkel Travis' Fehler gewesen war, aber ich *weiß,* daß ich siebzehn war, als ich Onkel Travis zum erstenmal in meinem Leben nüchtern sah, und da hatten sie ihm gerade, zusammen mit der Leber, den halben Magen rausgenommen. Ich kann mir nicht vorstellen, daß er nichts getrunken hatte. Für mich steht außer Frage, daß sie *alle* getrunken hatten, bis auf Mama, die Alkohol nicht vertrug und erst recht nicht, wenn sie schwanger war.

Nein, Mama war gerade eingeschlafen, und alle anderen waren betrunken. Und was machten sie? Sie krachten frontal mit einem anderen, langsam daherkommenden Wagen zusammen. Der vordere Teil von Onkel Travis' Chevy wurde zum Akkordeon; der hintere bog sich nach oben; die Tanten und Onkel Travis waren so eng zusammengequetscht, daß es ihnen nur einen kleinen Ruck gab; und Mama, immer noch schlafend, die Hände unter dem Kinn gefaltet, flog direkt über ihre Köpfe hinweg durch die Windschutzscheibe und über das Auto, das sie gerammt hatten. Das splitternde Glas zerschnitt ihr die Kopfhaut, und als sie auf dem Boden aufschlug, prellte sie sich den Hintern, aber ansonsten hatte sie keine Verletzungen. Natürlich wachte sie erst nach drei Tagen auf, und da hatten Oma und Tante Ruth schon alle Papiere unterschrieben und einen Namen für mich ausgesucht.

Ruth heiße ich nach meiner Tante Ruth und Anne nach meiner Mama. Den Spitznamen Finger bekam ich kurz nachdem Mama mit mir vom Krankenhaus nach Hause gekommen war und Onkel Earle verkündete, daß ich »nicht größer als ein Fingerknöchel« sei, und Tante Ruths Jüngste, Deedee, die Decke wegzog, um »den Finger« zu sehen. Zum Glück heiße ich nicht Mattie Raylene; Oma wollte das. Aber Mama hatte immer schon versprochen, ihre erste Tochter nach ihrer ältesten Schwester zu nen-

nen, und Tante Ruth dachte sich, Mamas Kind müsse selbstverständlich Mamas Namen tragen, noch dazu, wo sie sie beinah verloren hätten.
Außer der Sache mit dem Namen machten sie so ungefähr alles falsch. Weder Tante Ruth noch Oma schrieben besonders deutlich, und sie waren auch nicht auf die Idee gekommen, sich zu überlegen, wie man Anne buchstabiert, und so standen am Ende drei verschiedene Versionen auf dem Formular: Ann, Anne und Anna. Was den Namen den Vaters betrifft – nun, Oma weigerte sich, ihn auszusprechen, seitdem sie ihn aus der Stadt gejagt hatte, weil er mit ihrer Tochter rumgemacht hatte, und Tante Ruth war sich mit seinem Nachnamen sowieso nie ganz sicher gewesen. Sie versuchten sich aus der Affäre zu ziehen, indem sie einfach irgend etwas hinkritzelten, aber dem Krankenhaus mochte vielleicht gleichgültig sein, wie man den zweiten Vornamen eines Babys buchstabiert, den Nachnamen des Vaters jedoch wollten sie schon genau wissen. Also gab Oma einen an, Tante Ruth einen anderen, der Beamte wurde wütend, und da war ich dann – ein vom Staate South Carolina legitimierter Bastard.

Mama sagte immer, wenn sie wach gewesen wäre, dann wäre das nie passiert. »Schließlich«, sagte sie zu meiner Tante Alma, »fragen sie dich nicht nach deiner Heiratsurkunde, bevor sie dich auf den Tisch legen.« Sie war überzeugt davon, daß sie sich hätte durchschwindeln können, einfach mit fester Stimme hätte *sagen* können, sie sei verheiratet, so daß keiner auf die Idee gekommen wäre, nachzufragen.
»Erst wenn du sie drauf aufmerksam machst, schreiben sie es auf.«
Oma sagte, es sei sowieso egal. Wen kümmerte es, was irgendwo geschrieben stand? Lasen die Leute etwa Stan-

desregister? Fragten sie dich nach dem Geburtsschein, bevor sie sich zu dir auf die Veranda setzten? Jeder, auf den es ankam, wußte Bescheid, und alle anderen waren ihr keinen Rattenarsch wert. Sie hänselte Mama wegen dem blöden Zettel mit dem roten Stempel drauf.

»Was soll das Ganze? Wolltste dir das Ding einrahmen? Wolltste dir was an die Wand hängen zum Beweis, daß du alles richtig gemacht hast?« Oma konnte gemein sein, wenn es um ihren Stolz ging. »Das Kind is Beweis genug. Und da is kein Stempel drauf.«

Auch wenn es Oma egal war, Mama war es nicht egal. Mama haßte es, weißes Pack genannt zu werden, haßte die Erinnerung an jeden einzelnen Tag, den sie über die Erdnuß- und Erdbeerpflanzen anderer Leute gebeugt verbracht hatte, während diese aufrecht dastanden und sie ansahen, als wäre sie ein Stein auf dem Boden. Der Stempel auf jener Geburtsurkunde wurmte sie wie der Stempel, den ihr die anderen, das wußte sie, aufdrücken wollten. *Nichtsnutzig, faul, unfähig.* Sie hätte sich die Hände wund und den Rücken krumm gearbeitet, hätte sich zu einem unterwürfigen, verlegenen Lächeln gezwungen – alles, nur um den Namen, den Greenville County ihr geben wollte, Lügen zu strafen. Und jetzt hatte das ein süßholzraspelnder, schwarzäugiger Mann für sie erledigt – ihr und ihrer Familie ein Zeichen aufgedrückt. Es blieb ihr nichts anderes übrig, als sich, acht Tage nachdem ich geboren worden war, aufzuraffen und wieder zur Arbeit zu gehen, wo sie mit zusammengepreßten Lippen und geschwollenen Augen die Gäste bediente.

Mama wartete ein Jahr. Vier Tage vor meinem ersten Geburtstag und einen Monat nach ihrem sechzehnten wickelte sie mich in eine Decke und nahm mich mit zum

Standesamt. Der Beamte war höflich, aber gelangweilt. Er ließ sie ein Formular ausfüllen und eine Gebühr von zwei Dollar bezahlen. Mama füllte es in sauberer Schönschrift aus. Drei Jahre war sie nicht mehr in der Schule gewesen, aber sie schrieb für jeden aus der Familie die Briefe und war stolz auf ihre anmutige, leicht schräge Handschrift.

»Was ist mit dem anderen passiert?« fragte der Beamte.

Mama sah nur meinen Kopf auf ihrem Arm an. »Es is zerrissen. In der untern Hälfte.«

Der Beamte musterte sie eindringlicher, warf einen flüchtigen Blick auf mich. »Tatsächlich?«

Er verschwand für eine lange Zeit in den hinteren Räumen. Mama blieb, still und stur, am Schalter stehen. Als er zurückkam, reichte er ihr das Dokument und beobachtete dabei ihren Gesichtsausdruck.

Es war das gleiche, mit dem anderen identisch. In der unteren Hälfte stand in übergroßen roten Blockbuchstaben: UNEHELICH.

Mama schnappte nach Luft wie eine alte Frau mit Rippenfellentzündung und lief vom Hals bis zum Haaransatz rosa an. »So will ich es nich haben«, platzte es aus ihr heraus.

»Tja, kleines Fräulein«, sagte er langsam und gedehnt. Hinter ihm sah sie ein paar weibliche Beamte in der Tür stehen, die Gesichter fast ebenso gerötet wie ihr eigenes, aber das Glitzern in ihren Augen stammte von einer ganz anders gearteten Gefühlsregung her. »So muß es sein. Die Tatsachen sind erwiesen.« Er zog das Wort noch in die Länge, betonte es, so daß es zwischen ihnen in der Luft hing wie eine Neonspiegelung des roten Gesichts von Mama – *erwiesen*.

Die Frauen in der Tür schüttelten den Kopf und spitzten die Lippen. Eine sagte laut zur anderen: »Leute gibt's!«

Mama straffte den Rücken, drückte mich enger an sich und marschierte abrupt zum Ausgang. »Sie haben Ihre Urkunde vergessen«, rief der Mann ihr nach, aber sie blieb nicht stehen. Sie hielt meinen Körper so fest umklammert, daß ich ein hohes, dünnes Geheul ausstieß. Mama ging einfach weiter und ließ mich schreien.

Sie wartete noch ein Jahr, bis sie wieder hinging; diesmal nahm sie meine Tante Ruth mit und ließ mich bei Oma. »Ich war dabei«, versicherte ihnen Tante Ruth, »und es war wirklich alles meine Schuld. In der ganzen Aufregung war ich einfach durcheinander, is ja auch kein Wunder, Anney hier sieht aus, als wär sie tot und würd nicht mehr aufwachen, und alles schreit und rennt durch die Gegend. Wissen Sie, gleich nach uns kam ein Unfall mit drei Autos rein.«

Tante Ruth sah dem Beamten sehr ernst und direkt in die Augen, bemühte sich angestrengt um einen offenen und freundlichen Blick.

»Sie wissen, wie so was passiert.«

»O ja, das weiß ich«, sagte er. Es machte ihm richtig Spaß. Das Formular, das er hervorzog, unterschied sich nicht von den anderen. Der Blick, den er meiner Mama und meiner Tante zuwarf, war Selbstgerechtigkeit pur. *Was habt ihr erwartet?* schien er sagen zu wollen. Sein Gesichtsausdruck war unverbindlich und beinah freundlich, aber mit den Augen lachte er sie aus. Meine Tante hätte ihm mit ihrer Handtasche fast eins übergezogen, aber Mama hielt ihren Arm fest. Diesmal nahm sie die Kopie der Urkunde mit.

»Da hab ich wenigstens was für meine zwei Dollar«, sagte sie. Mit siebzehn war sie ein ganzes Stück älter als mit sechzehn. Im nächsten Jahr ging sie allein und im Jahr darauf auch. Im selben Jahr lernte sie Lyle Parsons kennen, und der Gedanke, ihn zu heiraten, kam ihr öfter als der, sich noch mal zum Standesamt zu schleppen. Onkel Earle zog sie damit auf, daß sie, wenn sie mit Lyle sieben Jahre zusammenleben würde, zum selben Ergebnis kommen könnte, ohne einen Notar bezahlen zu müssen. »Vom Gesetz haben wir noch nie was gehabt. Da kannste genauso ohne weitermachen.«

*

Mama hörte mit der Arbeit als Kellnerin auf, kurz nachdem sie Lyle Parsons geheiratet hatte, obwohl sie die Idee nicht unbedingt gut fand. »Wir werden einiges brauchen«, sagte sie zu ihm, aber davon wollte er nichts hören. Lyle war einer der süßesten Jungen, den die Parsons je hervorgebracht hatten, ein allzu hübscher Junge mit sanften Augen und sanfter Stimme, der genug davon hatte, Mamas Baby zu sein. Es war ihm vollkommen ernst damit, gut für seine Familie sorgen und sich als Mann beweisen zu wollen, und so schwängerte er Mama im Handumdrehen und wollte, daß sie nicht mehr zur Arbeit ging. Aber beim Benzinabfüllen und Reifenwechseln in der Texaco-Tankstelle seines Vetters verdiente er kaum genug für die Miete. Mama versuchte es mit einem Halbtagsjob in einem Lebensmittelladen, gab ihn aber wieder auf, als sie so weit war, daß sie keine Schachteln mehr heben konnte. Es war einfacher, am Fließband in der Stevens-Spinnerei auf einem Stuhl zu sitzen, bis Reese geboren wurde, aber Lyle gefiel das ganz und gar nicht.

»Wie soll denn das Baby meine langen Beine bekommen, wenn du dauernd gebückt dasitzt?« jammerte er. Er wollte sich Geld leihen oder einen zweiten Job annehmen, alles, nur damit seine hübsche neue Frau nicht in die Spinnerei mußte. »Honigmaus«, nannte er sie, »Süße.«

»Wonneproppen«, sagte sie dafür zu ihm, »Zuckerbär«, und wenn es niemand anderer hörte: »Kindmann.« Sie liebte ihn wie ein Kind, beschrieb ihren Schwestern flüsternd die weichen blonden Haare auf seinem Bauch, wie er ein Bein über ihre Hüfte legte beim Schlafen, was für Geschichten er ihr erzählte über all die Gegenden, die er ihr zeigen wollte.

»Er liebt Finger, das stimmt wirklich«, sagte sie zu Tante Ruth. »Will sie adoptieren, wenn wir 'n bißchen Geld auf der Seite haben.« Sie machte liebend gern Fotos von ihm. Das beste ist bei der Tankstelle aufgenommen, im strahlenden Sommersonnenschein, und Lyle hängt an dem Texaco-Schild mit einer Jacke, auf der GREENVILLE COUNTY RACETRACK steht. Er hatte einen Job draußen auf der Rennbahn angenommen, wo die Stock-Car-Rennen stattfanden, wechselte mit rasender Geschwindigkeit Reifen in der Box und verdiente ein bißchen nebenbei beim Crash-Rennen Sonntag nachmittags. Mama ging nicht oft mit ihm dorthin. Sie mochte weder den Lärm noch den Gestank, noch den Spaß, den sich die anderen Männer mit Lyle erlaubten, wenn sie ihn dazu überredeten, warmes Bier zu trinken, weil sie sehen wollten, ob er dann bei der Arbeit langsamer wurde. So gern sie Fotos von ihm machte, draußen auf der Rennbahn schoß sie nur eines, und auf dem drückt er einen Reifen an seine linke Hüfte, eine Hälfte seines Gesichts ist ganz voll Öl, und er grinst so breit, daß man richtig das Bier riechen kann.

Es war Sonntag, als Lyle starb, nicht auf der Rennbahn, aber auf dem Heimweg, so unbeschwert, so sanft, daß die Erdnußpflücker, die den Unfall gesehen hatten, auch danach noch behaupteten, der Junge könne nicht tot sein.

Es hatte geregnet, einer dieser gespenstischen Sommerschauer, wo die Sonne weiterscheint und das Wasser in weichen Bahnen herunterkommt, die jeder ignoriert. Lyles Laster war mit einigem Tempo in die Kurve beim Bahnübergang gefahren. Er winkte einem der Pflücker zu, schenkte ihm sein breitestes Grinsen. Dann schlingerte der Laster in einer regennassen Ölpfütze, und Lyle wurde aus der Fahrertür geschleudert.

»Das is 'n netter Junge«, sagte einer der Pflücker immer wieder zu dem Streifenpolizisten. »Er hat echt nix verkehrt gemacht, is einfach im Regen die Straße langgefahren – dieser Teufelsregen, Sie wissen schon. Die Sonne war so hell, und der Junge hat nur so gegrinst.« Der alte Mann drehte sich dabei dauernd nach Lyle um, der bewegungslos am Straßenrand lag.

Etwa zwanzig Minuten lag Lyle da, ohne daß ihn jemand zudeckte. Jeder wartete darauf, daß er wieder aufstand. Es war nichts zu sehen, und dieses träge Lächeln ließ sein Gesicht strahlen. Aber sein Hinterkopf war platt wie der Kies darunter, und seine Handflächen glänzten bloß und feucht inmitten des Verkehrsflusses, den die Streifenpolizisten um das Autowrack herumleiteten.

Mama hatte Reese auf dem Arm, als der Wagen des Sheriffs bei Tante Alma aufkreuzte, und sie muß sofort gewußt haben, warum er kam, denn sie warf den Kopf zurück und heulte auf wie eine alte Hündin, die in den Wehen liegt, heulte und wiegte und drückte ihre kleine Tochter so fest, daß Tante Alma sie zwicken mußte, um Reese befreien zu können.

Mama war neunzehn und hatte zwei Babys und drei Kopien meiner Geburtsurkunde in ihrer Schrankschublade. Als sie zu heulen aufgehört hatte, gab sie überhaupt keinen Ton mehr von sich, und wenn jemand versuchte, sie

zum Weinen oder Sprechen zu bringen, nickte sie nur. Sie nahm ihre beiden Mädchen mit zur Beerdigung, und alle ihre Schwestern standen neben ihr in einer Reihe. Die Parsons redeten kaum mit ihr. Lyles Mutter sagte zu Tante Alma, wenn ihr Junge nicht Mama zuliebe diesen verdammten Job angenommen hätte, wäre er nicht auf der Straße gestorben. Mama zeigte keine Reaktion. Ihr blondes Haar sah dunkel und schlaff aus, ihre Haut grau, und an ihren Augenwinkeln hatten sich innerhalb dieser wenigen Tage feine Linien gebildet. Tante Ruth schob sie weg vom Grab, während Tante Raylene ein paar Blumen in ihre Familienbibel legte und damit aufhörte, Mrs. Parsons zu erzählen, was für ein verdammter Idiot sie sei.
Tante Ruth war hochschwanger mit ihrem achten Kind, und es fiel ihr schwer, Mama nicht wie eines ihrer Babys in den Arm nehmen zu können. Vor Onkel Earles Auto blieb sie stehen und lehnte sich gegen die Fahrertür, die Hände immer noch auf Mamas Schultern. Sie strich Mama die Haare aus dem Gesicht und sah ihr tief in die Augen. »So schwer wird dich nie wieder was treffen«, versprach sie ihr. Sie fuhr mit den Daumen unter Mamas Augen entlang, die anderen Finger lagen leicht an den Schläfen. »Jetzt siehste aus wie 'ne Boatwright«, sagte sie. »Jetzt haste den Blick. Du bist so alt, wie du nur werden kannst, Kleine. So wirste aussehn, bis du stirbst.« Mama nickte nur; es war ihr nicht mehr wichtig, wie sie aussah.

Nachdem sie Lyle begraben hatten, hielt Mama es nur ein Jahr in der Textilfabrik aus; der Staub in der Luft machte sie zu schnell fertig. Es blieb ihr keine andere Wahl, als sich Arbeit in einem Eßlokal zu suchen. Die Trinkgelder machten den großen Unterschied. Natürlich wußte sie, daß sie in den Nachtclubs, oder wenn sie eine Stelle in einer Cocktailbar finden würde, mehr verdienen könnte. Beim Servieren von Bier und Wein verdiente man immer mehr und noch mehr bei harten Getränken, aber dafür hätte sie Greenville County verlassen müssen, und sie konnte es sich nicht vorstellen, von ihrer Familie wegzuziehen. Mit ihren beiden Mädchen brauchte sie die Hilfe ihrer Schwestern.

Das »White Horse Café« war auf jeden Fall eine gute Wahl, eines der wenigen anständigen Restaurants in der Stadt. Die Arbeit machte sie müde, aber nicht todkrank wie die Spinnerei, und sie mochte die Leute, die sie dort kennenlernte, die Trinkgelder und die Gespräche.

»Ihr Lächeln ist was Besonderes«, sagte der Geschäftsführer zu ihr. »Ach, mit meinem Lächeln hab ich schon oft was Besonderes bekommen«, antwortete sie lachend, und keiner hätte sagen können, daß sie das nicht auch so meinte. Lastwagenfahrer oder Richter, alle mochten sie Mama. Tante Ruth hatte recht, ihr Gesicht hatte zu sich selbst gefunden. Nach einiger Zeit war die Farbe in ihre Wangen zurückgekehrt, und mit den Fältchen um ihre Augen sah sie aus, als lächelte sie gern und oft. Wenn die Männer an der Theke ihr keine Vierteldollarmünzen in die Tasche steckten, dann brachten sie ihr Geschenke mit, Souvenirs oder nette Karten, ein- oder zweimal einen Ring. Mama lächelte, machte Scherze, verteilte freundschaftliche Klapse und gab ungerührt alles wieder zurück, was aussah wie eine Vorauszahlung auf etwas, das sie nicht verkaufen wollte.

Reese war zwei Jahre alt, als Mama das nächstemal beim Standesamt vorbeischaute. Der Beamte war sichtlich erfreut, sie wiederzusehen. Diesmal redete sie nicht mit ihm, packte nur die Papiere und nahm sie mit zu dem neuen Bürogebäude neben dem Autohändler Sears, Roebuck. Onkel Earle hatte ihr etwas von dem Geld gegeben, das er für einen anderen Autounfall von der Versicherung bekommen hatte, und mit einem Teil davon wollte sie für ein paar Stunden seinen Rechtsanwalt anheuern. Der Mann nahm ihr Geld und lächelte sie dann fast genauso an wie der Beamte, als sie ihm sagte, was sie wollte. Sie bekam einen harten Gesichtsausdruck, und er schluckte schnell, damit er nicht lachen mußte. Es hatte keinen Sinn, sich Earle Boatwrights Schwester zum Feind zu machen.

»Es tut mir leid«, sagte er und gab ihr die Hälfte des Geldes zurück. »So wie die Gesetzeslage ist, gibt es nichts, was ich für Sie tun kann. Falls ich das einreichen würde, käme es genau so zurück wie das, was Sie jetzt haben. Nur daß Sie ein paar Jahre darauf warten müssen. Früher oder später werden sie diese verdammte Verordnung aufheben. Meistens wird sie sowieso nicht mehr angewendet.«

»Warum«, fragte sie ihn, »bestehn sie dann drauf, daß sie sie bei mir anwenden?«

»Tja, meine Liebe.« Er seufzte; es war ihm peinlich. Er rutschte auf seinem Sessel hin und her und schob das restliche Geld über den Schreibtisch. »Darauf brauche ich Ihnen wohl nicht zu antworten. Sie haben Ihr ganzes Leben lang in diesem County gelebt, und Sie wissen, wie es hier zugeht.« Er schenkte ihr ein Grinsen ohne jede Spur von Humor. »Inzwischen freuen die sich schon auf Ihren Besuch.«

Dann fügte er noch hinzu: »Kleinkarierte Leute«, aber dieses Grinsen verschwand nicht aus seinem Gesicht.

»Bastard!« zischte Mama und hielt dann plötzlich inne. Sie haßte dieses Wort.

Familie ist Familie, aber sogar die Liebe kann es nicht verhindern, daß Leute sich gegenseitig nerven. Mamas Stolz, Omas Groll, daß es da überhaupt irgend etwas geben sollte, weshalb man sich schämen müßte, die Angst und der bittere Humor meiner Tanten, die starrsinnige Verachtung meiner Onkel für alles, was man nicht mit einem Schießeisen oder im Handumdrehen regeln konnte – alles zusammen bewirkte, daß meine Mama schnell und schmerzhaft erwachsen wurde. Es gab nur eine Möglichkeit, das Mitleid und die Gemeinheiten abzuwehren. Mama lernte, mit ihnen zu lachen, bevor sie über sie lachen konnten, und sie lernte es so gut, daß keiner wissen konnte, was sie wirklich dachte oder fühlte. Sie wurde bald bekannt für ihr schnelles Lächeln und ihre scharfe Zunge, und da sie das eine zum Ausgleich für das andere benutzte, wirkte sie freundlich, aber unnahbar. Niemand wußte, daß sie nachts um Lyle und ihr verlorenes Glück weinte, daß die Buttercreme im Innern dieses knusprigen Kekses aus Kummer und Sehnsucht zusammengerührt war, daß sie mehr als alles andere auf der Welt jemand Starken haben wollte, der sie so liebte, wie sie ihre Mädchen liebte.

»Also, bei meiner Schwester mußte aufpassen«, sagte Onkel Earle zu Glen Waddell, als er ihn eines Tages zum Mittagessen mit in das Lokal nahm. »Brauchst bloß was Falsches sagen, und sie macht dich *so* klein mit Hut.«
Es war Donnerstag, und es gab gebratenes Huhn und Greens, gekochte Blätter verschiedener Wurzelgemüse, was die Ausrede dafür war, daß Earle seinen neuen Kollegen an einem normalen Arbeitstag durch halb Greenville schleppte. Irgendwie gefiel ihm Glen, obwohl er von einem Augenblick zum anderen oft nicht sagen konnte, was

hinter den dunkelblauen Augen dieses kleinen, eigensinnigen Kerls vor sich ging. Den Waddells gehörte die Molkerei, und der älteste Sohn kandidierte für die Wahl zum Staatsanwalt. Der dünne, nervöse, kleine Glen Waddell sah nicht so aus, als würde er es weit bringen; war Lastwagenfahrer bei der Eisenhütte und zitterte jedesmal ein bißchen, wenn er versuchte, einem Mann in die Augen zu schauen. Aber mit siebzehn war es vielleicht genug, daß Glen es überhaupt versuchte, sagte sich Earle und erzählte unentwegt Geschichten über seine Schwester, damit der Junge locker wurde.

»Anney macht die beste Bratensoße im ganzen County, die süßesten Kekse, und in dieses Grünzeug haut sie genau die richtige Menge Essig rein. Alles klar?«

Glen nickte, obwohl er in Wahrheit nie besonders viel für Greens übrig hatte und seine wohlerzogene Mama ihm immer erzählt hatte, Bratenfett sei schlecht fürs Herz. Und so war er nicht vorbereitet auf den Augenblick, als Mama sich ihr kurzes blondes Haar aus der Stirn strich und diesen großen Teller mit warmem Essen vor seinen auf dem Tisch liegenden Händen absetzte. Glen nahm einen Bissen von dem knorpeligen Fleisch mit Bratensoße, und es zerging ihm auf der Zunge. Das Gemüse war süß-sauer und buttrig. Seine Zunge sang seinem Rachen Liebeslieder, sein Hals machte sich selbständig, und die Haare fielen ihm ins Gesicht. Es war wie Sex, dieses Essen, viel zu gut, als daß man es mitten am Tag und noch dazu an Männer, die zu müde zum Genießen waren, verschwenden durfte. Er kaute, schluckte und spürte, wie er jetzt erst allmählich zum Leben erwachte. Zum erstenmal fühlte er sich wie einer der Jungs, ein erwachsener Mann, der von dem berüchtigten und gefährlichen Schwarzen Earle Boatwright akzeptiert wurde und der seinen Blick nicht

abwenden konnte von der Frau hinter der Theke, der hübschesten Frau, die er je gesehen hatte. Das Blut schoß ihm ins Gesicht, und er nahm einen großen Schluck Eistee, um sich abzukühlen.
»Die da?« stammelte er. »Das is deine Schwester? Das hübsche kleine Ding mit dem weißen Kopf? Das is ja noch 'n Mädel.«
Earle grinste. Glens Gesichtsausdruck war so glasklar wie der Himmel nach einem Frühlingsregen. »O ja, sie is 'n Mädel«, bestätigte er und legte seine große Hand auf Glens Schulter. »Sie is das kleine Mädel von meiner eigenen lieben Mama. Aber unsre Mama is 'ne Furie, und unser Daddy war 'n Rumtreiber.« Er lachte laut, hörte erst wieder auf, als er sah, wie Glen der vorbeigehenden Anney hinterherstarrte, vor allem der Schürzenschleife, die hoch oben auf ihrem Hintern thronte. Einen Moment lang wurde ihm ganz heiß vor Wut, aber dann nahm er sich zusammen. Der Junge war zwar ein Idiot, aber trotzdem war er ein Junge. Konnte bestimmt nichts Böses tun. Earle kam sich großzügig und christlich vor, und er drückte Glens Schulter ein letztesmal hart und fest und sagte noch einmal zu ihm: »Paß auf, was du tust, mein Sohn. Paß bloß auf.«
Glen Waddell nickte, er verstand vollkommen, was Earles Gesichtsausdruck bedeutete. Der Mann war schließlich ein Boatwright, und er und seine beiden Brüder waren alle schon im Gefängnis gewesen, weil sie anderen Männern schwer zugesetzt hatten. Schreckliche Geschichten erzählte man sich von den Boatwright-Brüdern, Geschichten, die sich die Männer beim Whiskey zuflüsterten, wenn keine Frauen in der Nähe waren. Earle konnte gut mit Hammer und Säge umgehen, und mit der Spitzhacke war er ein Zauberer. Er fuhr Lastwagen, als würde er jeden

einzelnen Gang bumsen, und in der Seitentasche seiner geflickten Malerhose steckte ein Hirschfänger mit einer achtzehn Zentimeter langen Klinge. Earle Boatwright war all das, was Glen immer hatte sein wollen – vor allem, weil seine älteren Brüder ihn wegen seinem hitzigen Temperament, seinem schlechten Gedächtnis und seiner Nutzlosigkeit im allgemeinen verlachten. Außerdem hatte Earle das Talent, Leute – Männer und Frauen – zu bezaubern, und er hatte dem schwarzen Schaf der Waddell-Familie auf einen Schlag die Angst vor den anderen Männern in der Arbeit genommen, hatte in gleicher Weise die Furcht, seiner Familie zu mißfallen, verfliegen lassen. Wenn Earle ihn so angrinste, dann konnte Glen gar nicht anders, als zurückzugrinsen, und er genoß das Gefühl, seinen Daddy damit zu ärgern und seine Brüder wütend zu machen. Dafür lohnte es sich zu arbeiten, für dieses entspannte und entwaffnende Grinsen von Earle. Man wollte es immer wieder sehen, dazu Earles Händedruck spüren und ein bißchen seiner Bewunderung. Mehr als alles andere auf der Welt wünschte sich Glen Waddell, daß Earle Boatwright ihn mochte. Vergiß das hübsche Mädel, sagte er sich und riß sich zusammen, bis Earles Anspannung wieder gewichen war. Glen war ausgesucht höflich zu allen Kellnerinnen und schnappte sich Earles Rechnung direkt aus Anneys Hand, obwohl ihm nur ein paar Münzen für Zigaretten blieben, nachdem er sie bezahlt hatte.

Aber als Earle aufs Klo ging, ließ er seine Blicke wieder zu ihr schweifen, zu dieser Schleife auf ihrem Arsch und der Art, wie ihre Lippen die Zähne freigaben, wenn sie lächelte. Einmal schaute Anney ihm direkt ins Gesicht, und er sah direkt in sie hinein. Sie hatte ihren Bruder offen und mit hellfunkelnden Augen angegrinst, ein nettes Lächeln und ein weicher Mund, ein Gesicht ohne jede Angst oder

Verstellung. Glen und jeden anderen an der Theke lächelte sie genauso nett an, aber nicht so offen. Zwischen ihren Augen war eine feine Linie, die tiefer wurde, wenn sie stärker lächelte. Kurz bevor sie den Blick abwandte, verdunkelte ein Schatten ihre klaren Iris. Sie sah deswegen nicht weniger hübsch aus, aber es gab ihr eine Aura von Traurigkeit.

»Kommste heut abend vorbei, Earle?« fragte sie, als er zurückkam; ihre Stimme war so buttrig und süß wie die Kekse. »Du fehlst den Kleinen mindestens soviel wie mir.«

»Kann schon sein«, sagte Earle gedehnt, »wenn der Kerl hier seine Arbeit richtig macht und wir diesmal vor der Dunkelheit fertig werden.« Er klopfte Glen auf die Schulter und blinzelte Anney zu. »Vielleicht bring ich ihn sogar mit.«

Ja, dachte Glen, o ja, aber er sagte nichts und nahm noch einen Schluck Tee. Die fette Sauce in seinem Magen machte ihn ruhig, aber es war Anneys Lächeln, das ihn alles klar sehen ließ. Er fühlte sich so stark, daß er am liebsten auf den Boden gespuckt hätte. Er würde sie kriegen, sagte er sich. Er würde die kleine Schwester vom Schwarzen Earle heiraten, die ganze Boatwright-Legende heiraten, seinem Daddy Schande machen und seine Brüder schocken. Er würde ein Messer in seiner Tasche herumtragen und jeden Mann, der es wagte, sie zu berühren, umbringen. Ja, dachte er insgeheim, o ja.

Mama schaute zu dem Jungen hinüber, der an der Registrierkasse stand, mit seinen dunkelblauen Augen und dem vollen braunen Haar. Es gab eine Zeit, da sie wegen der Art, wie er sie beobachtete, rot geworden wäre, aber in diesem Augenblick erwiderte sie nur seinen direkten Blick. Er würde einen guten Vater abgeben, überlegte sie, er ist ein ruhiger Mann. Er lächelte, und sein Lächeln war schief. Seine Augen bohrten sich in sie und wurden noch dunkler. Da erst wurde sie rot und roch ihren eigenen Schweiß, konnte vor lauter Nervosität nicht sagen, ob es Angst oder Lust war.

Ich brauche einen Mann, dachte sie, drehte sich um und strich sich über die Stirn. Jaja, und ein Auto und ein Haus und hunderttausend Dollar. Sie schüttelte den Kopf und winkte Earle zum Abschied zu, schaute den Jungen, der bei ihm war, nicht mehr an.

»Schwester Anney, warum kommste nich her und stellst dich neben meinen Kaffee«, rief einer ihrer Stammkunden scherzend. »In der Nähe von deinem Herz wird er bestimmt wieder warm.«

Mama lachte ihr vorsichtiges Lachen und nahm die Kaffeekanne. »Hab keine Zeit für ’n Kaffeeflirt, wenn ich dir mit einer Hand was Warmes besorgen kann«, gab sie zurück. Vergiß die dummen Freunde von Earle, sagte sie sich und schenkte der Reihe nach die Kaffeetassen voll, bis alle versorgt waren und sie sich eine Pause gönnen konnte.

»Wo hast’n das Papier, die Geburtsurkunde von Ruth Anne, he?« Damit zogen sie Mama im Lokal oft auf.

»Unter der Spüle beim Abfall, wo’s hingehört«, schoß sie dann zurück, mit einem Blick, der so schneidend war, daß die Leute es sich gut überlegten, bevor sie sie noch mal aufzogen.

»Schmeiß es weg«, sagte Oma oft zu ihr. »Wenn du nich mehr dran denken würdst, würden’s die Leute auch vergessen. Solang sie merken, daß sie dich damit auf die Palme bringen können, machen sie’s auch.«

Der Pfarrer stimmte ihr zu. »Deine Schande ist eine Sache

zwischen dir und Gott, Schwester Anne. Das Kind braucht deswegen kein Zeichen zu tragen.«
Meine Mama wurde so blaß wie der Boden einer ungeschälten Baumwollsamenkapsel. »Ich hab keine Schande«, erwiderte sie, »und kein Mann braucht mir irgendeinen Affenscheiß über mein Kind erzähln.«
»Affenscheiß«, erzählte meine Tante Ruth stolz. »Sie hat ›Affenscheiß‹ zum Pfarrer gesagt. 's gibt keinen, von dem sich meine kleine Schwester was sagen läßt, gibt keinen, der das Mädel anrühren darf oder irgendwas, was ihr gehört. Paß lieber auf, wenn du in ihrer Nähe bist.«
Paß auf. Paß lieber auf. Paß lieber auf, wenn du in ihrer Nähe bist.
Schau, wie sie im Lokal herumgeht, lacht, Kaffee ausschenkt, Trinkgelder einstreicht, Eier brät. Schau, wie sie sich die Haare aus der Stirn streicht, ihre Schürze hochzieht, Verabredungen, Knüffe, Anspielungen abwehrt. Schau dir ihre Augen an, wie sie in ihre Höhlen zurückweichen, die Linien, die von diesem zusammengepreßten, eigensinnigen Mund ausgehen, das lockere Geplänkel, das tief aus ihrem Innern kommt.
»Wird's nich bald wieder Zeit, daß du im Standesamt vorbeischaust, Schwester Anney?«
»Wird's nich bald wieder Zeit, daß du dein' Hosenstall zumachst, Bruder Calvin?«
Wurde es nicht bald wieder Zeit, daß der Herr irgendwas tat, Feuer und Schwefel auf Greenville County regnen ließ? Gab es nicht genug Sünde, genug Kummer, genug Schmerz Zentimeter für Zentimeter? War das Maß noch nicht voll? Anney sagte nie, was sie dachte, aber ihre Gedanken waren die ganze Zeit beschäftigt.

*

Glen Waddell blieb ein Jahr lang bei Earle in der Eisenhütte und fuhr fast an jedem Arbeitstag und manchmal auch samstags den ganzen Weg bis in die Innenstadt, um im Lokal bei Anney Mittag zu essen. »Ich möcht gern mal deine Mädels sehn«, sagte er alle paar Wochen zu Anney, bis sie schließlich anfing, es ihm zu glauben. »Müssen ganz schön hübsche Mädels sein bei so einer schönen Mama.« Sie starrte ihn an, steckte seinen Vierteldollar Trinkgeld ein und stimmte zu. Ja, sie hatte zwei schöne kleine Mädchen. Ja, warum sollte er nicht vorbeikommen, ihre Mädchen kennenlernen, sich zu ihr auf die Veranda setzen und ein bißchen reden. Sie wischte sich die schwitzigen Handflächen an der Schürze ab, bevor sie ihm ihre Hand überließ. Seine Schultern waren braungebrannt, und seit er mit Earle zusammenarbeitete, wirkte sein Körper größer. Die Muskeln, die sich unter dem abgetragenen weißen T-Shirt abzeichneten, erinnerten sie an Lyle, obwohl er keine Spur von Lyles sanftem Wesen hatte. Der Griff, mit dem er sie am Arm packte, war genauso fest wie der von Earle, aber sein Lächeln war ganz was Eigenes, so lächelte keiner, den sie kannte. Sie holte vorsichtig und tief Luft und erwiderte sein Lächeln zum erstenmal wirklich. Vielleicht, sagte sie sich immer wieder, vielleicht gibt er einen guten Vater ab.

Mama arbeitete gerade in der Küche des »White Horse Café«, als das Radio meldete, daß das Feuer in der Innenstadt außer Kontrolle geraten war und das Standesamt sowie das Einwohnermeldeamt lichterloh brannten. Es war mitten in der Hauptgeschäftszeit. Mama hielt eine Kaffeekanne in der einen Hand und zwei Tassen in der anderen. Sie stellte die Tassen ab und gab die Kanne ihrer Freundin Mab.

»Ich geh heim.«
»Du machst was?«
»Ich muß heim.«
»Wo geht sie hin?«
»Probleme daheim.«
Die Schachtel mit den zerknitterten und fleckigen Papieren lag unter der Bettwäsche ganz unten in Tante Almas Kommode. Mama holte die heraus, die sie brauchte, trug sie in die Küche und ließ sie in die Spüle fallen, ohne sie auch nur auseinanderzufalten. Sie hatte gerade ein Streichholz angerissen, als das Telefon klingelte.
»Du hast's wahrscheinlich schon gehört.« Es war Tante Ruth. »Mab hat gesagt, du bist abgerauscht, als ob dir jemand ein Feuer unterm Hintern angezündet hätte.«
»Mir nich«, entgegnete Mama. »Das einzige, was hier brennt, is dieser ganze überflüssige Papierkram.«
Tante Ruths Lachen war überall in der Küche zu hören.
»Mädel, keine einzige Frau in der Stadt wird dir glauben, daß du das Feuer nich selber gelegt hast. Die eine Hälfte vom County wird der andern erzähln, wie du dieses Standesamt angezündet hast.«
»Laß sie reden«, sagte Mama und blies in die wirbelnden Funken. »Gerede bringt mich nich in den Knast. Der Sheriff und die Hälfte von seinen Leuten wissen, daß ich den ganzen Vormittag in der Arbeit war, weil ich ihnen ihren Kaffee serviert hab. Niemand kann mir Schwierigkeiten machen, nur weil ich froh bin, daß dieses gottverdammte Standesamt abgebrannt ist.«
Sie blies wieder in die Funken, pfiff ins Telefon und lachte dann laut auf. Auf der anderen Seite der Stadt klemmte sich Tante Ruth den Hörer unters Ohr, drückte Omas Schultern und lachte mit ihr. Drüben bei der Spinnerei schaute Tante Alma aus einem Fenster auf die Rauch-

schwaden über der Innenstadt und mußte sich die Hand vor den Mund halten, damit sie nicht wie ein Backfisch kicherte. Auf dem Lagerplatz hinter der Eisenhütte verluden Onkel Earle und Glen Waddell gerade Eisenteile und hörten nebenbei Radio. Beide fingen im selben Moment zu grinsen an, schauten sich an und brachen dann in Lachen aus. Es war fast, als könnte, über ganz Greenville verstreut, jeder hören, wie die andern lachten, weil das Standesamt bis auf die Grundmauern niederbrannte.

2

Greenville in South Carolina im Jahre 1955 war der schönste Ort der Welt. Schwarze Walnußbäume ließen ihre grünlichschwarzen haarigen Früchte auf Tante Ruths verwilderten Rasen fallen, wo die knotigen Wurzeln aus dem Boden herausschauten wie Ellbogen und Knie schmutziger Kinder, braungebrannt und mit Narben übersät. Trauerweiden marschierten quer durch den Garten, begleiteten jeden Wasserlauf und jeden Graben, und ihre langen, an Peitschen erinnernden Zweige bauten schützende Zelte um süß duftenden Klee. Bei dem Haus am Fluß, das Tante Raylene gemietet hatte, waren alle Bäume gestutzt und die Muskatellerstöcke herausgerissen worden. Der Klee wuchs großflächig, und unter seinen weißen und gelben Blüten verbargen sich rot-schwarz gestreifte Raupen und fette grauschwarze Schnecken – solche, die, wie Onkel Earle schwor, sogar bei einem Gewitter die Fische zum Beißen brachten. Bei Tante Alma jedoch, drüben beim Eustis Highway, hatte der Vermieter die Außenwasserhähne verplombt, damit ihn die Kinder keine horrenden Wasserrechnungen kosteten. Ohne den nassen Segen aus Sprinkleranlage oder Gartenschlauch war das Gras in dieser Hitze völlig verbrannt, und die vereinten Kräfte von Hunden und Jungen hatten den kleinen Garten zu einem glühenden Viereck aus harter Erde und Steinen gemacht.

»Der Garten is wie 'n heißes Ofenblech«, jammerte Tante

Alma. »Fängt die ganze Hitze von dem Blechdach auf und macht's noch schlimmer. Auf dem Boden könntste Spiegeleier braten.«

»Ach, es is überall heiß.« Oma gab Tante Alma nie recht, und vor allem nicht in diesem Sommer, in dem sie für die Beaufsichtigung von Almas Kindern viel weniger gezahlt bekam, als sie haben wollte. Und das bißchen, das Mama beisteuerte, damit sie auf Reese und mich aufpaßte, machte sie auch nicht gerade umgänglicher. Oma liebte alle ihre Enkel, aber sie wurde nicht müde zu verkünden, daß sie mit ihren Töchtern nicht viel anfangen konnte.

»Meine drei Jungs vergöttern mich«, erzählte sie jedem, »aber die Mädels, Herr im Himmel! Fünf Mädels hab ich, und keine hat was übrig für mich. Aber so sind die Frauen eben, denken nur an sich selber. Warum erwart ich mir was, ich könnt's ja wissen.«

»Eure Oma meint es gut«, sagte Mama zu mir, bevor sie uns bei Tante Alma ablieferte, wo wir den Tag über bleiben sollten, »aber nimm's dir nicht so zu Herzen, was sie sagt. Sie hat ihre Jungs immer schon lieber gehabt. Manche Frauen sind einfach so.« Ich nickte. Ich glaubte, daß alles, was Mama sagte, auch so war. Fast das erste, an was ich mich erinnere, ist Tante Almas Haus und der Garten hinter dem winzigen Laden an der Straße, den sie und Onkel Wade zu betreiben versuchten. Es war der Sommer nach Reese' Geburt, das heißt, ich muß ungefähr fünf Jahre alt gewesen sein, nur etwas größer als Klein-Earle, Almas Jüngster. Aber Klein-Earle war ein pummeliges Kleinkind, das sich noch in seiner Gummihose wundscheuerte und alles mit seinen unentwegt klebrigen Händen betatschte, während ich ein ernstes, wachsames Kind mit langen dünnen Gliedern und einer Wolke ungebändigter schwarzer Haare war. Ich sah auf Klein-Earle hinunter wie auf eine minderwertige Kreatur und hielt mich fern von seinen schmuddeligen Fingern und dem schmollenden Babymund. Es war der Sommer, in dem es so heiß war, daß nicht einmal die Heuschrecken zirpten und abends jeder mit einem großen Glas Eistee und einem kühlen, feuchten Handtuch über den Schultern auf der Veranda saß. Alma fing erst gar nicht an zu kochen, bevor die Sonne unterging. Aber die Dämmerung setzte früh ein, ein lang hingezogenes Schwinden von Hitze und grellem Licht, in dem alles weich und verzaubert aussah, die ersten Glühwürmchen herauskamen und der metallische Nachhall der Gitarrenriffs aus Almas Küchenradio einen kühlen Zauber bekam. Oma ließ sich in den Schaukelstuhl auf der Veranda fallen und überließ es Almas Mädchen, grüne Bohnen zu putzen, auf ein Gewitter zu hoffen und sie zu betteln, ihnen Geschichten zu erzählen.

Ich plazierte mich immer hinter Oma, lehnte mich gegen die Wand neben der Fliegengittertür, von wo aus ich Kitty Wells und George Jones hören konnte, das Jaulen der Slide Guitar und was in der Küche geredet wurde, ebenso Tante Almas Zwillinge, die mit den Füßen gegen die Verandastufen schlugen, und das Gekicher der Mädchen, deren Finger über die kühlen staubigen Bohnen huschten. Dort war ich ziemlich sicher vor Klein-Earle, der ständig hin und her rannte zwischen Omas Schürzentaschen und den Stufen, wo seine Brüder Pennies warfen und das Wetten übten. Klein-Earle hoppelte wie ein verkrüppelter Krebs, in Schräglage, unsicher schwankend, und brabbelte dabei in seiner eigenen kehligen und nassen Babysprache vor sich hin. Die Jungs lachten über ihn, Oma lächelte nur. Selbstvergessen und glücklich trommelte Klein-Earle mit den Fäusten auf Greys Schultern ein und wirbelte dann herum, um geradewegs auf Oma,

Temple und Patsy Ruth zuzurennen. Nackt, überall voller Grübchen, fett und braun und schwabbelig – sein störrischer kleiner Körper strotzte vor Zielstrebigkeit, und sein Kleiner-Jungen-Schwanz wippte wie ein Plastikspielzeug zwischen seinen krummen Oberschenkeln auf und ab, während er juchzte und rannte und mit dem Kopf gegen Omas Hüfte prallte. Er war wie ein aufgezogenes Spielzeug, und sein Entzücken steigerte sich nur noch, wenn jeder lachte, weil er wieder in die Höhe sprang, nachdem er direkt neben dem Kübel mit den grünen Bohnen voll auf den Hintern geplumpst war.

Oma hielt sich die Hand vor den Mund, um ihre Zähne zu verbergen. »Du häßlicher kleiner Junge«, neckte sie Klein-Earle, wobei sie kaum das Lachen unterdrücken konnte. »Du häßliches, häßliches, häßliches kleines Ding.«

Earle blieb stehen, krächzte wie eine Eule und schaukelte vor und zurück, als hätte er zuviel Schwung gehabt, um eine Vollbremsung hinlegen zu können, ohne umzufallen. Temple und Patsy Ruth spritzten die Tropfen von ihren nassen Händen gegen seinen kleinen fetten Bauch, während Grey und Garvey mit der Zunge schnalzten und in Omas Singsang einfielen.

»Häßlich, häßlich, häßlich, häßlich! Du bist so häßlich, daß du schon fast wieder hübsch bist!«

Earle quiekte und hüpfte und lachte herzhaft. »Häß-lich«, äffte er sie nach. »Häßß-llich!« Er strahlte und lächelte, und seine Hände schwirrten herum wie Hummeln, schnell und unkontrolliert, bis in Ohrenhöhe.

»Häßlich. Häßlich. Häßlich.«

»Du bist einfach das Allerhäßlichste!« Oma beugte sich vor und packte Klein-Earle unter den Armen, hob ihn schwungvoll hoch, bis sein Gesicht direkt vor dem ihren war. »Du Grübchenbauch«, nannte sie ihn, »du kleiner

Grübchenhintern.« Sie drückte ihren Mund auf seinen Bauch und blies heftig, so daß ihre Lippen an Klein-Earles Nabel vibrierten – ein Prusten und Sprudeln, bei dem er anfing zu kreischen und zu zappeln und hoch und hysterisch zu kichern. Er zog die Knie an und bedeckte sein Geschlecht mit seinen kleinen Händen, worauf Temple und Patsy Ruth nur noch lauter lachten. Oma schwang ihn ein paarmal vor und zurück und stellte ihn dann wieder auf die Füße. Sofort suchte er Schutz in der Achselhöhle seines älteren Bruders. »Grübchenhintern«, schnauzte Grey ihn an, aber er drückte seinen kleinen Bruder fest an sich. »Bist vielleicht gar nich so häßlich.« Er fuhr mit den Fingerknöcheln über Klein-Earles fast kahlen Kopf und sang: »Bist einfach groß, das isses bloß.« Grey lachte, und Oma trocknete sich die Augen, und die Mädchen schütteten kaltes Wasser über die Bohnen.

Ich rutschte nach vorn, bis ich die Hand auf Omas Stuhl legen konnte, und ließ die Finger über das glatte, abgenutzte Gitter aus geflochtenem Rohr gleiten, um die Wärme ihres Körpers und ihres Baumwollkleides zu spüren. Um mich herum hallte das Gelächter wider, die Musik, auf dem Highway quietschten Lastwagenbremsen, und weiter weg fing jemand zu schreien an, während sich die Dunkelheit herabsenkte und die Glühwürmchen immer näher um die Köpfe der Jungs blinkten. Oma drückte mein Handgelenk. Sie beugte sich vor und spuckte einen Strahl braunen Tabaksaft über das Verandageländer. Ich hörte das dumpfe Platschen, als er auf dem erdigen Boden landete. Ich schlüpfte unter ihrem Arm durch, beugte mich über die Lehne des Schaukelstuhls und legte mein Gesicht an ihre Brust. Sie roch nach nassen grünen Bohnen, Tabak, am Hals nach Zitronensaft, ein bißchen nach scharfer Pisse und ein bißchen nach Salz.

»Häßlich«, wiederholte ich und vergrub mein Gesicht in ihrem Kleid, lächelte dabei so breit, daß ich die warme Baumwolle an meinen Zähnen spüren konnte.
»Hübsch häßlich«, flüsterte Oma über mir, strich mir über den Hinterkopf, entwirrte meine Haare und hielt sie dann hoch. »Fast hübsch. O ja, du bist schon 'ne Boatwright, 'ne richtige Boatwright.«
Ich lachte in ihren Hals hinein. Oma war selbst häßlich, das hatte sie schon oft genug gesagt, aber es schien ihr nichts auszumachen. Ihr breites Gesicht war von langen tiefen Falten durchzogen und übersät mit Sommersprossen. Ihre Haare waren dünn und grau und mit einer dieser kurzen schwarzen Kordeln von einem Tabaksbeutel zusammengebunden. Sie hatte einen scharfen Geruch – bitter und salzig, sauer und süß, alles gleichzeitig. Mein Schweiß verschwand in ihrer Kleiderschürze, meine Arme lagen um ihre Taille, und ich atmete ihren Geruch ein, wie ich es bei einer dampfenden Suppe tat. Ich wiegte mich in ihrem Schoß, glücklich und geborgen wie Klein-Earle, als er ihre Zähne an seinem Bauch gespürt hatte.
»Du, Finger, deine Mama kommt heut später«, sagte Temple zu mir. »Bei den heißen Nächten dauert das Putzen im Lokal ewig, und bestimmt hängt wieder der olle Glen über der Theke und hält sie auf. Wenn's um deine Mama geht, dreht er einfach durch.«
Ich nickte ernst, blieb bei Oma sitzen. Das Radio klang lauter, die Jungs fingen an, sich zu prügeln. Jeder war beschäftigt, jeder redete, aber ich war vollkommen glücklich, weil ich bei Oma war und darauf wartete, daß Mama irgendwann aus dem Lokal kam und Reese und mich in die winzige Zweizimmerwohnung zurückbrachte, die sie in der Stadt gemietet hatte. Wenn es in der Nacht nicht abkühlte, würde uns Mama ein provisorisches Bett aus

Couchkissen und Laken auf der vergitterten Veranda aufschlagen. Sie würde sich da draußen zu uns setzen, Lieder summen und in der dunklen Stille rauchen, und das Radio würde so leise spielen, daß wir es gar nicht hören konnten.

Die Welt, die aus dem Radio zu uns kam, war riesig und weit weg und hatte mit uns überhaupt nichts zu tun. Den ganzen Sommer lang lebten wir auf dieser oder jener Veranda, lachten über Klein-Earle, zogen die Jungs auf und putzten Bohnen, lauschten Geschichten, die uns erzählt wurden, oder den Grillen, die ihre eigenen sanften Lieder zirpten. Wenn ich an jenen Sommer denke – das Übernachten bei einer meiner Tanten genauso wie zu Hause, Klein-Earles Kichern oder das Geräusch von Omas Spucke, wenn sie auf dem trockenen Boden aufschlug, und überall im Hintergrund diese Country-Musik, die ebenso zum Abend gehörte wie Grillen und Mondschein –, dann fühle ich mich jedesmal wieder geborgen. Nirgends habe ich es jemals so schön und ruhig gefunden, nirgends habe ich mich so zu Hause gefühlt.

Ich vergötterte meine Onkel – Earle, Beau und Nevil. Alle waren sie große Männer mit breiten Schultern, abgebrochenen Zähnen und ausgeprägten Gesichtszügen. Sie hielten sich für die Jagd dressierte Hunde und fuhren alte Lastwagen, an deren verstärkte hölzerne Seitenwände Werkzeugkästen aus Metall geschraubt waren. Sie arbeiteten in den Spinnereien oder in der Reparaturwerkstatt der Eisenhütte oder manchmal als Dachdecker oder Maurer, je nachdem, wie es der Industrie ging. Am Wochenende bastelten sie zusammen an irgendwelchen Autos herum, das heißt, sie standen im Garten, tranken Whiskey und erzählten dreckige Witze und traten ab und zu nach den schmierigen Überresten von Motoren, die sie niemals wieder richtig zusammenbauten. Ihre Augen unter den sonnengebleichten Brauen waren zusammengekniffen, und ihre Hände waren ständig mit einer Klinge oder einem Stück Holz beschäftigt oder ölten das eine oder andere Teil irgendeiner Maschine ein.

»'n Messer hältste so«, erklärten sie mir. »'nen Schraubenzieher drehste von der Schulter aus, 'n Hammer kriegt den Schwung aus der Hüfte, und spreiz die Finger, wenn du was festhalten mußt.«

Sie versetzten zwar das halbe County in Angst und Schrekken, aber zu mir und meinen Vettern und Kusinen waren meine Onkel stets freundlich und gutmütig. Nur wenn sie betrunken waren oder sich prügelten, wirkten sie so gefährlich, wie es ihnen nachgesagt wurde. Die Messer, die sie bei sich trugen, waren glänzend, scharf und faszinierend, die Werkzeugkästen schwer und vollgestopft mit jedem nur erdenklichen Eisengerät. Sogar ihre Brieftaschen quollen über vor unbekannten und geheimnisvollen Dingen – abgelaufene Ausweise des Bautrupps beim Luftwaffenstützpunkt, Karten für die Rennbahn, Quittungen für Autoreparaturen und Schuldscheine vom Kartenspielen sowie kleine verblaßte Fotos von hübschen Frauen, die nicht ihre eigenen waren. Meine Tanten behandelten meine Onkel wie zu groß geratene Jungs – übermütige Teenager, über deren Streiche man eher lachte als sich aufregte –, und genau so schienen sie sich auch selbst einzuschätzen. Sie sahen jung aus, sogar Nevil, dem alle Zähne ausgeschlagen worden waren, wohingegen die Tanten – Ruth, Raylene, Alma und sogar Mama – alt, ausgelaugt und langsam wirkten, zum Bemuttern und Pflegen und Hinter-den-Männern-Herputzen geboren.

Die Männer durften alles, und alles, was sie machten,

gleichgültig, wie gewalttätig oder falsch es war, wurde mit Humor und Verständnis betrachtet. Wenn sie sich gegenseitig die Fenster einschossen oder mit ihren Lastern auf den Bahngleisen entlangrasten oder den Barkeeper in der Rhythm Ranch k. o. schlugen, dann sperrte der Sheriff sie ein, und meine Tanten zuckten mit den Achseln und schauten nach, ob die Kinder zu Hause waren. Was Männer tun, ist einfach das, was Männer eben tun. An manchen Tagen knirschte ich mit den Zähnen und wünschte mir, ich wäre als Junge geboren worden.

Ich bettelte meinen Tanten Earles und Beaus alte blaue Arbeitshemden ab, damit ich genauso herumlaufen konnte wie sie, wenn sie an ihren Wagen arbeiteten – das Hemd vorn in die Hose gesteckt, hinten lose herabhängend. Beau lachte mich gutmütig aus, wenn ich ihn nachmachte. Earle und Nevil fuhren mit ihren schwieligen Fingern durch meine schwarzen Haare und versuchten spielerisch, mich am losen Hemdzipfel zu erwischen, wenn ich an ihnen vorbeirannte, aber nie taten sie mir mit ihren Händen weh, und vor lauter Stolz auf mich strahlten sie mit der Glut an ihrer Zigarette, die sie stets locker zwischen die Finger geklemmt hatten, um die Wette. Ich lief hinter ihnen her und stahl ihnen Sachen, die sie nicht wirklich brauchten – alte Werkzeuge, Kettenglieder und kaputte Maschinenteile. Am meisten wünschte ich mir ein Messer, so wie sie es hatten – einen Hirschfänger mit einem Griff aus Messing und gebeiztem Holz oder ein perlmuttverziertes Klappmesser. Ich fand ein kaputtes Klappmesser mit einem zerbrochenen Heft und reparierte es notdürftig mit einem Klebeband. Ich trug das Messer ständig mit mir herum, bis sich mein Cousin Grey erbarmte und mir ein besseres schenkte.

Onkel Earle war mein Lieblingsonkel. Im Umkreis von drei Counties war er als Schwarzer Earle bekannt. Mama sagte, er heiße Schwarzer Earle wegen seiner kohlschwarzen Haare, die ihm in einer großen weichen Locke über die Augen fielen, aber Tante Raylene sagte, der Grund sei sein rabenschwarzes Herz. Er war ein gutaussehender Mann, hatte ein gewinnendes Wesen und arbeitete hart. Er sagte zu Mama, die Mädchen liebten ihn alle, weil er wie Elvis Presley aussehe, nur dünn und mit Muskeln. Irgendwie stimmte das, aber sein Gesicht war von Falten durchfurcht und tief rotbraun gebrannt. In Wahrheit hatte er kein bißchen von Elvis Presleys Unschuldsmiene; er sah eher aus wie der Teufel und hatte einen Körper – so Tante Alma –, wie geschaffen für Sex. Er war ein großer Mann, lang und schlaksig, mit breiten, von Narben gezeichneten Händen. »So wie Earle ausschaut, zieht er die Schwierigkeiten an wie 'n Magnet«, sagte mein Onkel Beau lachend. Die Tanten stimmten ihm alle zu, und ein nachsichtiges Lächeln fältelte ihre Wangen, während ihre Finger so sanft und zart wie fadendünne Kolibribeine über Onkel Earles breite Schultern glitten.

Onkel Earle schien immer Geld in den Taschen zu haben, einen Job, mit dem er gerade aufhörte, und einen anderen, mit dem er demnächst anfangen würde. Seine Frau hatte ihn um die Zeit herum, als Lyle Parsons starb, verlassen wegen seiner, wie sie es nannte, betrügerischen Ader. Er hatte ständig andere Frauen, und das machte sie verrückt. Teresa war katholisch und nahm ihre Gelübde ernst, was Earle zwar erwartet hatte, aber nie hatte er gedacht, sie würde ihn verlassen, weil er mit Mädchen herummachte, die er nie geheiratet hätte und auch nicht liebte. Der Ärger und Kummer über den Verlust seiner Frau und seiner drei Töchter verliehen ihm eine unter-

schwellige Bitterkeit, die ihn anscheinend nur noch attraktiver machte.
»Earle ist der reinste Zauberer«, sagte Tante Ruth zu mir. »Der Mann zieht die Frauen an wie das Obst die Fliegen. Bricht ihnen das Herz, und sogar dafür mögen sie ihn noch.« Sie schüttelte den Kopf und lächelte mir zu. »Diese jungen Kerle tun so, als wären sie was, glauben, mit ihren schmalen kleinen Hüften und ihrem süßen Babylächeln könnten sie die Frauen verrückt machen, aber das, was Earle hat, werden die nie haben, wissen nich mal so viel, daß sie merken, was es is. Ein trauriger, verwundeter Mann, der die Frauen wirklich liebt – das is Earle, ein verletzter kleiner Junge, der grade so viel Gemeinheit in sich hat, daß die Frau das Interesse nich verliert.«
Sie strich mir das Haar aus dem Gesicht und fuhr mit ihrem Daumen über meine Augenbrauen, glättete die feinen schwarzen Härchen. »Dein richtiger Daddy ...« Sie hielt inne, schaute sich um und redete dann weiter. »Er hatte auch was von der Art, grade genug auf jeden Fall, daß er deine Mama rumgekriegt hat. Er hat die Frauen auch geliebt, das ist das Gute, was ich über ihn sagen kann. Ein Mann, der die Frauen wirklich liebt, hat immer 'ne Art Zauber.«

Von meinem richtigen Vater gab es keine Fotos, und Mama wollte mit mir nicht über ihn reden – genausowenig wie über den Rest der Familie. Oma war es, die mir erzählte, was für ein Scheißer er war; erzählte, er lebte in der Nähe von Blackburn mit einer Frau und sechs Kindern, die nicht einmal wußten, daß ich existierte; verkaufte Versicherungen an Farbige auf dem Land und war keinen einzigen Tag seines Lebens im Gefängnis gewesen. »'ne traurige Ausgabe von 'nem Mann«, nannte sie ihn, und ich kam mir selbst irgendwie erbärmlich vor, bis Tante Alma schwor, daß er so schlecht nicht war, es war nur jeder stinksauer auf ihn gewesen, als klar wurde, daß er nicht zurückkommen und Oma um Verzeihung bitten würde, nachdem sie ihn davongejagt hatte.

»Acht Tage nachdem du geboren warst«, erzählte mir Tante Alma, »isser vorbeigekommen, während Oma drüben bei der Spinnerei war und irgendwelche Schwierigkeiten mit einem von den Jungs geregelt hat. Anney war nich sicher, ob sie ihn überhaupt sehn wollt, aber Raylene und ich haben sie dann überredet, daß sie ihm erlaubt, dich zu sehn. Sie is im hinteren Schlafzimmer geblieben. Der Junge hatte vielleicht die Hosen voll, wie er dich da gehalten hat, die Finger voller dunkelgrüner Flecken, weil er grade den Laster von seinem Daddy gestrichen hatte. Du hast ihn nur angeschaut mit deinen schwarzen Indianeraugen, als ob er 'n Diener oder so was wär, der dich mal hochhebt zum Luftschnappen oder so was. Dann haste einfach losgepißt, volle Kanne, über seine Ärmel, vorn auf sein Hemd und seine Hose, alles voll, bis runter zu den Knien. Du hast den Hurensohn voll angepißt!«

Tante Alma zog mich auf ihren Schoß. Sie grinste so breit, daß ihre Nase richtig klein wirkte. Sie sah aus, als hätte sie seit meiner Geburt darauf gewartet, mir diese Geschichte zu erzählen, darauf gewartet, mir für diese Tat, von der ich nicht einmal gewußt hatte, zu danken und mich dafür zu loben.

»Es war so, als ob du die Meinung von deiner Mama von dir geben würdst, als ob du da auf seinem Schoß für sie reden würdst. Und dieser Junge wußte anscheinend genau, was das bedeutet, daß jeder deine Babypisse auf seinen Kleidern riechen kann. Er hat dich gleich zu mir rübergegeben, als hätt er Angst gehabt, du würdst ihn weiter einwässern, wenn er sich nich beeilt. Is abgezogen, ohne ein Wort mit deiner Mama zu reden, und hat sich nich mehr blicken lassen. Wie wir dann gehört haben, daß er 'n andres Mädel heiratet, das schwanger von ihm is, hat Earle gesagt, der Kerl is so fruchtbar, daß es schon wieder 'n Nachteil is, der braucht 'ne Frau nur anzulangen, und schon kriegt sie 'n Kind von ihm, und vielleicht stimmt das sogar. Mit den sechsen, die er vorm Gesetz hat, und dir und den andern, die er von Spartanburg bis Greer verstreut hat, wie die Leute sagen, isser so 'ne Art Ein-Mann-Bevölkerungskampagne. Du hast 'ne Familie, wo du nie wissen kannst, ob's deine is – alle mit diesen kohlschwarzen Haaren, wie er sie selber hat.«

Sie grinste mich an und strich mir das mitternachtsschwarze Haar wieder aus der Stirn.

»Ach, Finger!« Sie lachte. »Nimm dir lieber vor, 'nen Blonden zu heiraten, nur damit du auch sicher sein kannst. Hmm?«

Oma redete kaum über meinen richtigen Daddy, nur dann, wenn sie ihn verfluchte, aber sonst habe ich so ungefähr alles von ihr erfahren. Sie lehnte sich in ihrem Stuhl zurück und kramte Geschichten und Erinnerungen hervor, machte dabei keinen Unterschied zwischen dem, was ihres Wissens nach die Wahrheit war, und dem, was sie nur gehört hatte. Die Geschichten, die sie mir mit ihrer rauhen, schleppenden Flüsterstimme erzählte, waren rhythmische Lieder, Balladen über Familie, Liebe und Enttäuschung. Alles schien auf Kummer und Blut hinauszulaufen, und alles wirkte märchenhaft.

»Mein Opa, dein Ururopa, er war 'n Cherokee, und er hat uns nich besonders gemocht, alle seine flachsköpfigen Enkelkinder. Es hieß, er hätt drunten bei Eustis sowieso

’ne andre Familie, ’ne richtige Indianerin, die ihm schwarzhaarige Babys mit blauen Augen geboren hat. Ha! Blaue Augen sin gar nich so selten bei den Cherokee hier in der Gegend. Also, ich hab das eine Gemeinheit gefunden, daß von uns keiner welche hatte so wie seine andern Kinder. Natürlich, er selber war ’n schwarzäugiger Bastard, und vielleicht sin diese andern Kinder gar nich von ihm, auch wenn’s die Leute behaupten. Sicher is auf jeden Fall, daß meine Oma ihn nie betrogen hat. Die Frau war schlicht und einfach besessen von dem Mann, so besessen, daß sie fast verrückt geworden is. Heulte nachts wie ’n Hund, wenn er wieder mal weg war. Er war auch gar nich so oft da, aber jedesmal, wenn er heimkam, machte er ihr wieder ’n Kind, immer rotblond mit schlammbraunen Augen, das er dann behandelt wie ’nen kleinen Hund oder ’n Kätzchen. Der Mann hat in seinem ganzen Leben kein einziges Kind verhauen, hat Oma nie geschlagen. ’s würd einen nich wundern, wenn er’s getan hätt, die Familie war ihm ja ziemlich egal. War aber auch ’n ruhiger Mann. Hat sich nie geprügelt, hat kaum was geredet. Kein Boatwright, das is mal sicher.

Aber wir ham ihn geliebt, verstehste, fast genauso wie Oma. Hätten jemand umgebracht, nur damit er sich eine Minute länger mit uns beschäftigt als sonst, und hätten Gott weiß was dafür gegeben, wenn wir ’n bißchen mehr wie er sein hätten können, aber wir waren so anders, wie’s nur grad geht. Keiner von uns war ruhig, alle waren wir Kämpfer. Keiner von uns hatte diese blauen Augen, und kein einziger außer dir diese blauschwarzen Haare. Herr im Himmel, du warst ein merkwürdiges Ding! Du warst wie ’ne fette rotgesichtige Puppe mit den vielen kohlschwarzen Haaren – ’ne Babypuppe mit dem ganzen Kopf voller Haare. Genauso ruhig und sanftmütig, wie er immer war. Du hast nich mal geweint, bis du mit vier Monaten Krupp gekriegt hast. Ich hab mir immer gedacht, du hättst ihm gefallen, Opa hättest du bestimmt gefallen. Du hast auch ’n bißchen was von seiner Ausstrahlung geerbt. Diese dunklen Augen und die Haare als frischgeborenes Baby, schwarz wie die Mitternacht. Ich war da, ich hab’s gesehn.«

»Der Teufel soll mich holen!« Earle lachte, als ich Omas Geschichten nachplapperte. »Jede dritte Familie in Greenville County schwört, daß sie vom Volk der Cherokee abstammt. Ob unser Uropa einer war oder nich, das is so wichtig wie Fliegendreck. Du bist ’ne Boatwright, Finger, auch wenn du das merkwürdigste Mädel bist, das wir haben.«

Ich sah ihn aufmerksam an, versuchte, meine Cherokee-Augen und meinen Gesichtsausdruck unter Kontrolle zu behalten. Ich hätte kein Wort herausgebracht, wenn Ururopa dort gestanden und mich mit meinen eigenen schwarzen Augen angesehen hätte.

*

Mama trug ihre Haare kurz, lockig und gebleicht. Jeden zweiten Monat richteten sie und Tante Alma sich gegenseitig die Haare, spülten die von Tante Alma in Bier oder Zitronensaft, um sie nur ein bißchen aufzuhellen, schnitten die von Mama nach und bleichten sie, so daß sie wieder dieses Dunkelblond hatten, was ihr so gefiel. Dann legte die eine der anderen mit Nadeln die Haare in Wellen, und während diese trockneten, brachten sie Reese dazu, lang genug stillzusitzen, damit sie ihre feinen roten Babylocken um Stoffetzen wickeln konnten. Gern riß ich den Stoff in Streifen, wusch Haarnadeln aus, seihte den Saft durch ein Leinentuch, aber ich wehrte mich gegen die Dauerwelle, die mir Mama immer einreden wollte.

»Stinkt und tut weh«, jammerte ich. »Mach's bei Reese.«

»Ach, Reese braucht doch keine. Schau dir das an.« Und Tante Alma zog an ein paar von Reese' federnden langen Locken, die schon von den Stoffetzen befreit waren. Wie weiche Korkenzieher sahen sie aus und schwangen und sprangen, als wären sie lebendig. »Das Kind hat die besten Haare auf der Welt, genau wie deine, Anney, als du noch klein warst. Bei deinen war auch 'n bißchen Rot dabei, glaub ich.«

»Nein.« Mama schüttelte den Kopf, während sie weiter Stoffetzen aus Reese' Locken herauszog. »Du weißt, daß meine Haare nur blond waren. Du hast den Rotstich gehabt, du und Ruth. Weißte noch, wie ihr immer gestritten habt, wer die dunkleren hat?«

»Oh, aber du hast die schönsten Haare gehabt!« Tante Alma wandte sich zu mir. »Deine Mama hat die schönsten Haare gehabt, die du je gesehn hast. Weich? Pah, dagegen fühlen sich die von Reese an wie Stacheldraht. Das waren die weichsten Haare in ganz Greenville County, und golden wie gespiegeltes Sonnenlicht. Es is erst dunkel geworden, als sie euch Mädels bekommen hat, ein bißchen bei dir und ganz dunkel bei Reese. Mit Haaren is das so, werden dunkler während der Schwangerschaft. Wenn's mal angefangen hat, gibt's nichts, was es aufhalten kann.«

Mama lachte. »Weißte noch, als Carr zum erstenmal schwanger war und geschworen hat, sie würd sich den Kopf rasieren, wenn's so aussieht, als würden ihre Haare dunkler werden?«

Tante Alma nickte, und ihre dunkelbraunen Wellen hüpften mit. »Hat sie in Pisse gespült, kein Quatsch, jeden

Sonntagabend, in Tommy Lees Babypisse, die sie Ruth abgebettelt hat. Nur weil Oma geschworen hat, mit Babypissespülungen bleibt sie blond.«

»Hat sie denn nich gestunken?« Ich biß auf der Gummispitze von einer Haarnadel herum, schälte die Verkleidung vom Metall, weil ich den süßen Geschmack des Eisens darunter so gern mochte.

»Babypisse stinkt nich«, sagte Tante Alma zu mir, »nur wenn das Kind krank is, und Tommy Lee war keinen Tag in seinem Leben krank. Carr hat nich anders gerochen wie immer, aber ihre Haare sin sowieso dunkler geworden. Das is so, wenn man Babys kriegt.«

»Ach, das stimmt doch nich.« Mama zog mich auf ihren Schoß und begann mit der mühsamen Prozedur, mir die Haare zu bürsten. »Wir Boatwrights werden alle dunkler, wenn wir älter werden. Das is einfach so. Blond wird Rot oder Braun und immer dunkler. Gibt keine von uns, die blond bleibt, wenn wir mal erwachsen sind.«

»Bis auf dich, Süße.« Tante Alma grinste.

»Tja, aber ich hab auch Clairol, nich?« Mama lachte und umarmte mich. »Was meinste, Alma? Soll ich den Mop abschneiden oder nich? Sie schafft's im Leben nich, den sauberzuhalten, und wenn ich probier, ihn zu bürsten, dann kriegt sie 'ne Wut auf mich, weil's ziept.«

»Mensch, ja, schneid ihn ab. Ich hol die Schüssel. Wir schneiden alles ab bis zum Kinn.«

»Neiiin!« heulte ich und schützte meinen Kopf mit beiden Händen. »Ich mag meine Haare so. Ich mag meine Haare so.«

»Aber du läßt uns nie was damit machen, Süße.«

»Nein! Nein! Nein! Das sin meine Haare, und ich mag sie so. Ich mag sie lang und zerzaust und genau so, wie sie sin.«

Tante Alma nahm mir die Haarnadel aus dem Mund. »Herr im Himmel, schau sie dir an«, sagte sie. »Dickköpfig, wie der Tag lang is.«
»Hm-hm.« Mama legte mir beide Hände auf die Schultern und drückte sie. Sie klang nicht verärgert. Ich hob den Kopf und schaute sie an. Ihre braunen Augen waren extrem nah, die Pupillen hatten kleine Lichtflecken. Zwischen den goldenen Reflexen konnte ich mich beinah selbst sehen.
»Was denn sonst, hm?«
Ich sah Tante Alma an. Ihre Augen hatten das gleiche warme Braun, tief und glänzend, mit den gleichen goldenen Lichtern gesprenkelt, und plötzlich bemerkte ich, daß sie die gleichen Wangenknochen hatte wie Mama, den gleichen Mund.
»Sie is genau wie du.«
Mein Mund war nicht so, auch mein Gesicht nicht. Schlimmer, meine schwarzen Augen hatten kein Gold. Ich sah überhaupt niemandem ähnlich.
»Wie du, meinste«, sagte Mama.
Sie und Tante Alma nickten über mich hinweg, grinsten sich an in absolutem Einverständnis. Langsam lockerte ich den Griff um meinen Kopf, ließ zu, daß Mama meine Haare ausbürstete. Reese steckte sich ihre kleinen Wurstfinger in den Mund und schaute mich ernst an. »F-Finger«, stotterte sie.
»Ja«, stimmte Tante Alma zu und schloß Reese in ihre Arme. »Unser dickköpfiger Finger ist genau wie ihre Mama, Reesespatz. Genau wie ihre Tanten, genau wie 'ne Boatwright und genau wie du.«
»Aber ich schau aus wie niemand«, plärrte ich.
Tante Alma lachte. »Was denn, du schaust aus wie unser Finger, Mädel.«

»Ich schau nich aus wie Mama. Ich schau nich aus wie du. Ich schau aus wie niemand.«
»Du schaust aus wie ich«, sagte Mama. »Du schaust aus wie mein eignes kleines Mädel.« Sie legte mir die Finger unter die Augen, drückte sanft gegen die Haut. »Du hast den Blick, ganz genau. Ich kann's sehn, seh genau, wie du ausschaust, wenn du größer wirst, mit den Knochen da.« Ihre Finger glitten leicht über meinen Mund zu meinem Kinn hinunter. »Und da. Du wirst ausschaun wie unser Uropa, ganz bestimmt. Die Cherokee-Backenknochen, was, Alma?«
»Aber ja, ganz bestimmt. Das wird wieder so eine, 'ne Schönheit, um die man sich Sorgen machen muß.«
Ich lächelte breit, glaubte ihnen zwar nicht wirklich, wollte es aber gern. Ich hielt dann still, versuchte nicht zu zucken, als Mama erbarmungslos meine verfilzten Haare ausbürstete. Wenn ich mir eine Dauerwelle machen ließe, hätte ich diese Stunden auf Mamas Schoß nicht mehr, könnte nicht mehr in ihren Armen dasitzen, während sie meine Haare unentwegt bürstete und glättete und leise über mich hinweg redete. Sie roch immer nach buttrigem Mehl, Salz und Nagellack – ein köstliches, unverkennbares Aroma von Vertrautem und Abstoßendem. Ich atmete es tief ein und biß mir auf die Lippen, um nicht zu stöhnen, während meine Kopfhaut schmerzte und brannte. Ich hätte mir lieber den Kopf abschlagen lassen als die Haare schneiden, denn damit hätte ich auf das unsagbare Vergnügen verzichten müssen, jeden Abend auf Mamas Schoß gezogen zu werden.
»Seh ich wie mein Daddy aus?« fragte ich.
Mama hielt meine Haare mit einer Hand hoch und fuhr nur mit den seitlichen Borsten durch die Enden. »Alma, hol mir doch mal das Olivenöl, sei so gut, nur 'n paar Tropfen für meine Handflächen. Das reicht.«

Die Bürste kam wieder zum Einsatz, in langen, schwungvollen Strichen. Tante Alma begann zu summen. Ich ließ den Kopf sinken. Es lag nicht einmal daran, daß ich unbedingt etwas über meinen verschollenen Vater wissen wollte. Gegen eine Lüge hätte ich gar nichts gehabt. Ich wollte nur die Geschichte hören, die Mama erzählt hätte. Was war das, was sie mir nicht erzählen wollte, das Allerwichtigste, das Ereignis, bei dem sie sich von all ihren Brüdern und Schwestern abgesetzt hatte und worüber sie ihr ganzes Leben lang Schweigen bewahrte?
Mama bürstete so heftig, daß sie meinen Kopf hintenüber zog. »Du kannst einfach nich stillsitzen, Finger.«
»Nein, Mama.«
Ich schloß die Augen und überließ ihr meinen Kopf, ließ sie an meinen Haaren zerren und zupfen, bis sie sich wieder etwas beruhigte. Tante Alma summte leise. Der Duft nach dem Olivenöl an Mamas Fingern hing in der Luft. Reese' Singsang fiel in Tante Almas Summen ein. Ich machte die Augen auf und schaute in die von Mama. In diesen Augen war das Babylächeln von Reese zu sehen. In den Pupillen glänzten und glitzerten Goldpünktchen wie Sonnenlicht reflektierende Splitter von etwas Hellem.

3

Liebe, zumindest die Liebe für einen Mann, der nicht schon zur Familie gehörte, war eine Sache, bei der ich mir ein bißchen unsicher war. Tante Alma sagte, Liebe habe mehr mit der Schönheit eines Körpers zu tun, als irgend jemand jemals zugeben würde, und Glen sehe ziemlich gut aus, bekräftigte sie, mit seinen breiten Schultern und den langen Armen, die Haare zurückgekämmt und den Kragen um den dünnen Hals fest zugeknöpft.
Manchmal, wenn Glen zu Besuch dagewesen und wieder gegangen war, saß Mama auf der Veranda, rauchte eine Zigarette und schaute dabei ins Leere. Manchmal schlüpfte ich dann still unter ihrem Arm durch, setzte mich zu ihr und sagte kein Wort. Ich überlegte mir, was sie wohl dachte, aber ich fragte sie nicht. Hätte ich es getan, dann hätte sie irgend etwas über die Straße oder die Bäume oder die Sterne gesagt. Sie hätte über die Arbeit geredet oder über irgendwas, was meine Cousins angestellt hatten oder einer meiner Onkel, oder sie hätte mir auf den Hintern geklatscht und mich ins Bett gesteckt und wäre dann wieder hierher zurückgekehrt, hätte mit dem so ernsten Gesicht dagesessen und ihre Pall Mall bis ganz zum Filter heruntergeraucht.
»Du und Reese, ihr mögt Glen, oder?« fragte Mama ab und zu in besorgtem Ton. Ich nickte jedesmal. Natürlich mochten wir ihn, versicherte ich ihr und beobachtete, wie sich ihr Gesicht entspannte und sie wieder lächelte.

»Ich auch. Er is 'n guter Mann.« Sie strich sich langsam über die Schenkel, zog die Knie hoch bis zur Brust und nickte, mehr für sich selbst als auf mich bezogen. »Er is 'n guter Mann.«

In den Nächten, in denen Mama im Lokal arbeitete, ließ sie uns bei Tante Ruth oder bei Tante Alma. Aber manchmal, wenn sie nicht allzulang arbeitete, machte sie uns auf dem Rücksitz ihres Pontiac ein Bett aus Decken und Kissen und nahm uns mit. Wir durften an einem Tisch in der Nähe der Küche essen und eine Zeitlang der Jukebox zuhören, bis sie uns in unser Bett im Auto brachte und mir streng verbot, die Tür für irgend jemand anderen als für sie aufzusperren. Während wir an diesem Tisch saßen, beobachtete ich sie bei der Arbeit. Sie war faszinierend, jung und freundlich und viel zu hübsch, als daß irgend jemand gemein zu ihr hätte sein können. Die Lastwagenfahrer neckten sie und suchten in der Jukebox ihre Lieblingslieder aus. Die jüngeren versuchten, sie herumzukriegen, daß sie mit ihnen ausging, aber mit einem Scherz war sie sie wieder los. Die älteren, die sie gut kannten, machten ihr Komplimente über uns, ihre hübschen Mädels. All das beobachtete ich, bewunderte die Männer mit ihren muskulösen Unterarmen und breiten Schultern, während sie den Kaffee tranken, den ihnen Mama servierte, saugte die unaufhörlich spielende Musik in mich auf, paßte auf, daß Reese nicht ihre Milch verschüttete oder unter den Tisch kletterte, und lächelte Mama zu, wenn sie zu mir herüberschaute.

»Du bist Anneys Mädel, oder?« sagte einer mal zu mir. »Deine kleine Schwester sieht genauso aus wie sie, nich? Du mußt nach deinem Daddy kommen.« Ich nickte vorsichtig.

Wenn Glen Waddell hereinkam, brachte Mama ihm ein

Bier und setzte sich zu ihm, falls sie Zeit hatte. Manchmal, wenn sie beschäftigt war und Reese schläfrig wurde, trug er uns zu ihrem Auto hinaus, hielt uns mit der gleichen gesuchten Sanftheit in seinen großen starken Armen, mit der er Mama berührte. Ich wollte immer warten, bis Mama uns in unser Deckenbett stecken konnte, aber es schien ihr zu gefallen, daß Glen uns hinaustrug, während all die Lastwagenfahrer ihn beobachteten. Ich sah immer, wie sie herschaute, wenn er mit uns hinausging, sah, wie ihr Gesicht weich wurde und strahlte. Vielleicht war das Liebe, dieser Blick. Ich wußte es nicht.

Meine Mama traf sich zwei Jahre lang mit Glen. Die Leute sagten, nach dem Tod von Lyle Parsons brauche sie eine Zeitlang, bis sie den Männern wieder vertrauen könne. Mama nahm Reese und mich gelegentlich mit, wenn sie Glen von seinem neuen Job im Royal-Cola-Werk abholte. Manchmal arbeitete er noch, stemmte stapelweise Colakisten, um seinen Laster für die Tour am nächsten Morgen vollzuladen. All diese vollen Kästen mußten eingeladen werden und die leeren heruntergehoben und zum Fließband gebracht, wo sie gesäubert und für den Transport zur Abfüllanlage vorbereitet wurden. Er schwang jeden Kasten mit seinen vierundzwanzig Flaschen ächzend hoch über den Kopf und auf den Laster, holte dabei mit seinem ganzen Gewicht den Schwung aus den Hüften, die Arme ausgestreckt und vor lauter Konzentration die Zungenspitze zwischen die zusammengepreßten Lippen geklemmt. Sein Kragen war offen, sein hellblaues, kurzärmeliges Arbeitshemd schlug Falten, und an seinem Rücken klebte es fest, ein dunkler Streifen das Rückgrat hinunter. Mama hatte immer noch ihr Servierkleid an, roch nach Salz und Bratfett und war genauso verschwitzt und müde wie er, aber Glen lächelte sie an, als wüßte er, daß sie nur Zucker und Sahne schwitzte. Mama lehnte sich aus dem Autofenster und rief leise seinen Namen, und er wurde stets dunkelrot und fing an, sich ein bißchen schneller zu bewegen, entweder um seine Kraft zu demonstrieren oder um eher dort wegzukommen, wir waren nicht sicher.

Glen war ein kleiner Mann, aber so muskulös und stark, daß man seine Zierlichkeit leicht übersah, obwohl er in seiner groben Arbeitskleidung und den schweren Stiefeln seltsam graziös wirkte. Auf dem Boden lagen kaputte Flaschen herum, in den Teer getretene, zermahlene Splitter, und alle Arbeiter trugen schwere Stiefel mit dicken Gummisohlen. Glen Waddells Füße waren so zierlich, daß er seine Stiefel in der Jungenabteilung von Sears, Roebuck kaufen mußte, während er Handschuhe nur in Spezialgeschäften für Übergrößen fand. Er drehte sich auf diesen Kinderfüßen um seine eigene Achse, schwenkte seine schmalen Hüften und ächzte unter der Last, alles wirkte angestrengt und kraftvoll, während seine Hände Kästen und Stapel so zärtlich umfaßten, als handelte es sich um dünnschalige Eier. Seine Hände konnte er so weit spreizen, daß jede mühelos einen halben Kasten umspannte und keine Flasche sich neigte, egal wie hoch hinauf er den Stapel hieven mußte.

Die Leute redeten über Glens Temperament und über seine Hände. Er trank nicht, machte keine Frau an, erzählte nicht einmal dreckige Witze, aber die Luft um ihn herum schien elektrisch geladen, und seine Hände waren riesig. Sie hingen wie Baseballhandschuhe am Ende seiner kurzen, dick mit Muskeln bepackten Arme. An seiner schlanken, schmalknochigen Statur wirkten sie erschreckend, unpassend, waren ständig in Bewegung und der einzige Hinweis darauf, wie stark er wirklich war.

Wenn er etwas von uns wollte, legte er eine Hand um Reese' Hinterkopf und die andere um meinen und ging in die Hocke, damit er uns ins Gesicht schauen konnte, während seine warmen, feuchten Finger sanft unsere Haare zausten. Mit uns ging er unendlich behutsam um, bewegte diese Hände sanft und langsam, aber nach Mama griff er immer mit den Armen, in unvermittelten, umfassenden, schwungvollen Gesten. Wenn er sie umarmte, legte er ihr die Hände auf den Rücken, so daß er ihn vom Hals bis zur Taille bedeckte, und er zog sie an sich, so fest er konnte.

Mama nahm immer Glens Hände in die ihren, und neben ihren Fingern wirkten seine noch größer, härter und länger. »Er is 'n sanfter Mann«, sagte sie zu ihren Schwestern. »Ihr solltet mal sehn, wie zärtlich er sein kann, wie er Reese hochhebt, wenn sie hinten im Auto einschläft, als ob sie ganz was Zartes, ganz was Zerbrechliches wär – wie das Glas, was klingt, wenn du die Zähne dran stößt.« Meine Tanten nickten stets, aber sie waren nicht sehr überzeugt.

Mir war klar, daß Mama begonnen hatte, Glen zu lieben. Ich sah, wie sie rot wurde, wenn er sie anschaute oder berührte, selbst im Vorbeigehen. Zuerst erschien die Röte auf ihrem Hals, dann belebten sich ihre Wangen, bis ihr ganzes Gesicht rosa und heiß glühte. Glen Waddell verwandelte Mama von einer gehetzten, besorgten Mutter in ein kicherndes, hoffnungsvolles Mädchen.

Eines Nachmittags wuchtete Glen den letzten Kasten in den Laster und drehte sich zu Mama, Reese und mir in Mamas altem Pontiac um. Die Sonne fiel auf seinen Schweiß, glänzende Tropfen und Rinnsale, und in dem Licht schien er zu glitzern. Er wischte sich übers Gesicht, aber der Schweiß floß weiter an ihm herunter, und er sah aus, als ob er weinte. Er ging langsam zu uns, ließ sich neben der Tür in die Hocke nieder und nahm Mama durch das offene Fenster hindurch fest in die Arme.

»Ach, Anney«, flüsterte er. »Anney, Anney.« Seine heisere Stimme bebte. »Du weißt es. Du weißt, wie sehr ich dich liebe. Ich kann nich mehr warten, Anney. Ich kann einfach nich. Ich lieb dich aus ganzem Herzen.«

Er griff über den Sitz und zog Reese und mich nach vorn, drückte uns an Mamas Hals und Rücken. »Und deine Mädels, Anney. O Gott! Ich liebe sie. Unsre Mädels, Anney. Unsre Mädels.« Dann schluchzte er, zog uns noch näher heran, so daß Reese' Vogelknochen sich in meine Schulter bohrten und seine Schweißwolke uns einhüllte. Sein Gesicht rutschte an Mamas Haaren vorbei, drückte sich gegen meines, sein Mund und seine Zähne berührten meine Wange. »Sag Daddy zu mir«, flüsterte er. »Sagt Daddy zu mir, denn ich liebe eure Mama, ich liebe euch. Ich werd euch anständig behandeln. Ihr werdet schon sehn. Ihr gehört zu mir, ihr alle, zu mir.«

Seine Schultern bebten, sein Körper, der im Fenster hing, schien das ganze Auto zum Schaukeln zu bringen. »Ach, Anney.« Er erschauerte. »Sag nich nein. Bitte, Anney, tu mir das nich an!«

»Glen«, hauchte Mama. »Ach, Glen. Ich weiß nich.« Sie zitterte und hob langsam die Arme hoch und legte sie um seine Schultern. »O Gott. Also gut, ich denk drüber nach. Schon gut, Süßer. Schon gut.«

Glen sprang zurück. Er ließ seine Hände auf das Autodach heruntersausen, ein-, zwei-, dreimal. Es klang wie Pistolenschüsse. Mama weinte leise, ihre Schultern, an denen Reese und ich lehnten, hoben und senkten sich.

»Verdammt«, schrie er. »Verdammt noch mal, Anney!« Er drehte sich im Kreis, juchzte laut. »Ich hab gewußt, daß du ja sagst. Pah, was ich alles tun werd, Anney! Ich versprech's dir. Das hättste dir nie träumen lassen!« Er breitete seine Arme aus und ließ noch einen Juchzer los. Sein Gesicht sah aus, als richtete jemand einen heißen rosa Strahler darauf. Er riß die Tür auf und hob Mama fast aus dem Auto; seine Hände zitterten noch, als er sie umarmte. Er zog sie so heftig an sich, daß sie den Boden unter den Füßen verlor, und dann schwenkte er sie durch die Luft, lachte und schrie dabei. Reese legte mir die Hände auf die Schultern. Ich spürte die leichten Erschütterungen, die im Nachhall zu Glens Schreien durch ihren Körper liefen. Wir lächelten beide und hielten uns aneinander fest, während Glen mit Mama rund um den Parkplatz tanzte, seine schützenden Arme um sie gelegt.

»Du magst die Waddells einfach nich«, sagte Mama zu Oma. Sie stand auf Tante Almas Veranda, trug eine blauweiß gepunktete Bluse, die Glen ihr gekauft hatte. Er hatte gesagt, sie betone die Farbe ihrer Augen. An ihrem Gesichtsausdruck konnte jeder sehen, daß sie sich bemühte, mit Oma Geduld zu haben.

»Glen liebt mich, liebt meine Mädels. Macht nix, wenn seine Familie hochnäsig is und nur an sich selber denkt. Glen is anders.«

»Du weißt nich, wie der Junge is, Anney. Du weißt es einfach nich.«

»Ich weiß, daß er mich liebt.« Mama sagte das sehr bestimmt, war sicher, daß Glen Waddell sie mehr als seine eigene Seele liebte und daß alles andere sich daraus ergeben würde. »Ich weiß genug«, sagte sie zu Oma.

»Mit dem Jungen stimmt was nich.« Oma wandte sich um Unterstützung an Tante Alma. »Er schaut mich immer aus den Augenwinkeln raus an wie irgend so 'n alter Straßenköter, der 'n Knochen stehlen will. Und du weißt, daß Anney der Knochen is, den er haben will.«

»Du glaubst einfach, für Anney is keiner gut genug«, neckte Alma sie. »Du willst, daß sie dir bis in alle Ewigkeit was dafür zahlt, daß du jeden Tag auf ihre Mädels aufpaßt, so lang, bis sie vertrocknet is und sich nich mehr vorstellen kann, daß sie noch mal heiratet.«

Es war die Fortsetzung eines Streits, der schon die ganze Woche andauerte. Es war Sonntag, und Glen wollte vorbeikommen und alle zu einem Picknick am See abholen. Oma weigerte sich mitzukommen, obwohl Mama extra wegen ihr Hühnerfrikassee und Götterspeise eingepackt hatte.

»Laß sie, Anney, und hilf mir lieber mit der Kamera.« Tante Alma hatte eine neue Brownie und war fest entschlossen, jede Familienangelegenheit zu dokumentieren, die sie erwischte. »'nen Streit mit Mama kannste nich gewinnen. Laß sie einfach in Ruh und gib ihr Zeit, daß sie von selber wieder zur Vernunft kommen kann.«

Als Glen kam, war es die Kamera, die Oma aus dem Haus und zu uns auf die Veranda lockte. Aber plötzlich wollte Glen sich nicht fotografieren lassen. »Ich bin kein Filmstar«, sagte er zu Alma und hielt sich jedesmal die Hand vors Gesicht, wenn sie die Kamera auf ihn richtete.

»Das is der neue Haarschnitt«, scherzte Earle. »Glen will nich, daß die Leute sehn, wie weit seine Ohren abstehn. Bin auf deiner Seite, Glen. Wir sin zu häßlich fürs Fotografieren. Die Frauen und Kinder sollen sich in Positur schmeißen und uns in Ruh lassen.«

Onkel Earle mochte Glen Waddell ganz gern, aber wie Oma hielt er nicht viel von der Waddell-Familie. Er hatte das Glen sogar ins Gesicht gesagt, aber der Junge hatte ihn nur angegrinst, und das fand er nicht richtig. Auch wenn Glen mit seinen Leuten nicht gut auskam, war Earle doch der Meinung, er sollte es nicht zulassen, daß irgend jemand schlecht über sie redete. Wenn sie ein paar Schläge deswegen gewechselt hätten, ein bißchen Blut verspritzt und sich danach versöhnt hätten, dann wäre Earle bei der ganzen Sache wesentlich wohler gewesen. Aber Glen war einer von der stillen Sorte, die sich nie freundschaftlich prügeln. Entweder grinste er dich träge an, oder er rastete aus und versuchte dich umzubringen. Letzteres verschaffte ihm ein wenig Respekt, das mußte Earle zugeben. Einmal, bevor er in der Gießerei kündigte und im Royal-Cola-Werk anfing, hatten wegen Glen die Bullen gerufen werden müssen. Glen war ein erwachsener Mann, ein Arbeiter, und er liebte Anney Boatwright. Jeder wußte das, sogar Oma.

»Jetzt komm, Earle, mach kein' Ärger.« Oma strich sich die Haare hinter die Ohren zurück und glättete die Falten ihrer grünen Kattunbluse. »Ich will, daß Alma von jedem Bilder macht. Ich will ein Buch mit Familienbildern für meine Kieferkommode.«

Earle lachte und schlich sich hinter Alma, um sie zu knuffen, während sie die Kamera auf Oma und Mama einstellte, jagte dann Reese und mich in den Garten hinaus, fing Reese ein und warf sie so hoch in die Luft, daß sie mit den Armen flatterte, als könnte sie fliegen. Ich wich ihnen aus und schlug mich ins Gebüsch, kümmerte mich nicht um die Brombeersträucher, die sich in dem neuen Kleid, das Mama mir angezogen hatte, verfingen. Hinter Earles Laster blieb ich stehen und schaute zurück: Oma auf der Veranda mit ihrem unsicheren zaudernden Lächeln, Mama auf den Stufen in ihrer neuen Bluse, daneben Glen mit diesem kurzen Bürstenhaarschnitt, während Alma sich auf den Weg stellte und die Kamera auf sie richtete. Jeder sah nervös, aber fest entschlossen aus, Mama wirkte ganz steif in Glens linkischer Umarmung, und Glen fiel fast die Stufen herunter bei dem Versuch, sein Gesicht von der Kamera wegzudrehen. Der Anblick allein schnürte mir schon die Kehle zu.

Nur Earle und Reese waren entspannt, Reese kreischte und kicherte, immer noch in Earles Armen, die Beine ausgestreckt, während er mit ihr auf dem nassen Gras im hellen Sonnenlicht herumwirbelte. »Finger, Finger«, schrie Reese. »Finger, hilf mir! Hilf mir!«

»Ich schick dich zu den Sternen, kleines Mädel«, neckte Onkel Earle sie mit gefletschten Zähnen, woraufhin Reese nur um so lauter schrie. Die Worte waren kaum ausgesprochen, als er im Gras ausrutschte und hart auf dem Hintern aufschlug. Seine Beine flogen ausgestreckt in die Höhe, und Reese landete sicher in seinem Schoß, vergaß das Schreien und fing an zu kichern, als Earle fluchte.

»Verdammt, jetzt hab ich mir die Hose versaut.«

»Geschieht dir recht«, keifte Oma. »Du hättst das Kind umbringen können. Reese, du setzt jetzt deinen kleinen Grübchenarsch in Bewegung und kommst her zu deiner Mama.«

»Du kommst auch her, Finger«, rief Mama. »Du und Reese, ihr kommt jetzt her, damit Alma ein Bild von uns vieren machen kann.«

»Ja, kommt her, Mädels.« Glen hielt Mama fest, beide Hände um ihre Taille gelegt.

»Und jetzt lächeln, alle«, rief Alma, als der Verschluß klickte.

4

In dem Frühling, in dem Mama Glen Waddell heiratete, gab es jeden Nachmittag Gewitter, und das Vorgebirge im Norden und im Westen der Great Smoky Mountains war immer wieder von schnell dahinziehenden Wolken eingehüllt. Der Mond stieg fast jede Nacht mit einem gespenstischen Hof auf, und bei Sonnenuntergang lag ein blauer Schimmer über dem Horizont.

»Keine gute Zeit fürs Heiraten«, verkündete Oma. »Auch nich fürs Pflanzen oder Bauen.«

»Bist du sicher, Anney? Jetzt?« Zweimal mußte Earle Mama das schon gefragt haben, bis er sie endlich in seinem Laster zum Standesamt fuhr, wo sie Glen treffen und das Aufgebot bestellen wollte. Anscheinend genügte ihm ihr zustimmendes Lächeln als Antwort nicht, obwohl er eingewilligt hatte, Trauzeuge zu sein, nachdem Glens Bruder die Ehre ausgeschlagen hatte. Er fragte sie noch einmal, bevor er sie aus dem Laster steigen ließ. »Du bist noch schlimmer als Oma«, sagte Anney zu ihm. »Willst du nich, daß ich ein Zuhause hab und glücklich bin?« Er gab auf und küßte sie zum Abschied.

Oma war nicht überrascht, als sie hörte, daß Uroma Shirley die Einladung zum Hochzeitsessen, das Tante Alma organisierte, ausgeschlagen hatte. Die Eustis-Tanten, Marvella und Maybelle, diejenigen, die immer behaupteten, sie könnten aus ihren Bohnen die Zukunft lesen, sagten das Essen ebenfalls ab, wenn auch Marvella höflich blieb. »Ich

weiß, daß er Anney liebt«, sagte Marvella zu Alma, als diese bei ihnen vorbeischaute, um sich Blumen aus ihrem Garten zu holen. »Und manchmal ändert die Liebe alles.«
Maybelle war nicht so großzügig. »Jaja, Glen liebt Anney. Er liebt sie so, wie 'n Zocker 'n schnelles Rennpferd liebt oder 'n verzweifelter Mann sein' Whiskey. Die Sorte Liebe frißt 'nen Mann auf. Ich trau dem Jungen nich. Is nich gut, wenn unsre Anney ihn heiratet.«
»Aber Anney liebt Glen«, sagte Alma ungeduldig zu Maybelle. »Darüber solltste dir Gedanken machen. Sie braucht ihn, braucht ihn so, wie 'ne ausgehungerte Frau Fleisch zwischen den Zähnen braucht, und ich laß nich zu, daß ihr irgendwer das wieder wegnimmt. Komm schon, Maybelle, du weißt genau, daß keiner sagen kann, was zwischen 'nem Mann und 'ner Frau alles passiern wird. Und es geht uns auch nix an, das geht nur die beiden was an.« Alma nahm Maybelles Hände in die ihren. »Wir müssen nur hinter unserm Mädel stehn, müssen alles tun, was wir können, damit ihr niemand mehr weh tut.«
»Ach Gott.« Maybelle schüttelte den Kopf. »Ich will mich nich mit dir streiten, Alma. Und vielleicht haste ja recht. Ich weiß, wie allein Anney gewesen is. Ich weiß es.« Sie befreite ihre Hände aus Almas Griff, steckte ein paar lose graue Strähnen in den Knoten an ihrem Hinterkopf und drehte sich zu ihrer Schwester um. »Wir müssen noch mal drüber nachdenken, Marvella. Wir müssen ernsthaft über unser Mädel nachdenken.«
Sie taten, was sie konnten. Die Schwestern schickten Mama ein Hochzeitsgeschenk, einen Liebesknoten, den Marvella aus Spitzenborten und eigenen Haaren knüpfte, nachdem Maybelle bei Neumond ihren Kaninchen leicht in die Ohren geschnitten hatte; das Blut träufelten sie auf den Knoten. Sie ließen die Kaninchen frei, und dann

rissen die zwei ein halbes Dutzend Reihen ihrer Bohnen aus und vergruben dort, wo die Bohnen am üppigsten gewachsen waren, Honigwaben, eingewickelt in ein Spitzendeckchen. In dem Brief, mit dem der Liebesknoten kam, stand, Mama solle ihn unter die Matratze des neuen Bettes, das Glen gekauft hatte, legen, aber Mama roch an dem Blut und an den Haaren und schüttelte den Kopf. Sie brachte es zwar nicht fertig, das Ding wegzuwerfen, doch sie steckte es in einen ihrer Blumentöpfe in der Abstellkammer, damit Glen es nicht finden und sich beschweren konnte, es würde im ganzen Haus danach stinken.

Reese und ich haßten die Flitterwochen. Wir dachten beide, wir dürften mitfahren. Schon Wochen vor der Hochzeit sagte uns Mama immer wieder, daß das eine Ehe für uns alle war, daß wir zur gleichen Zeit, da sie Glen zum Mann nahm, ihn zu unserem Daddy nahmen. Sie und Alma hatten uns sogar kleine Spitzenschleier genäht, die wir trugen, als wir bei der Hochzeit vor ihr hergingen, Reese mit Blumen, ich mit den Ringen. Aber Mama und Glen verschwanden mitten in Tante Almas Essen nach einem einzigen schnellen Abschiedskuß.

»Warum dürfen wir nich mit?« quengelte Reese ständig, während alle sie auslachten. Ich war so wütend, daß ich mich in Almas Nähzimmer versteckte und mich in ihrem Schaukelstuhl in den Schlaf weinte. Als ich aufwachte, lag ich auf ihrer Bettcouch, eine Decke über mir, und das Haus war still. Ich holte Almas Fotoalbum hervor und kletterte in den Schaukelstuhl. Die neuen Bilder vom Picknick waren hinten. Ein paar Schnappschüsse von Reese und mir waren da, allein, zusammen und mit Oma oder Earle. Es gab nur ein gutes von Glen und Mama, nur ein einziges, auf dem man ihr Lächeln und seine Augen

sehen konnte. Auf den meisten hatte Mama den Kopf gesenkt, so daß nur das Kinn herausspitzte, oder Glen hatte das Gesicht zur Seite gedreht, so daß man nur den blassen Streifen von Hals und Ohr unterhalb des neuen Haarschnitts sehen konnte. Vielleicht war deswegen das gute Bild um so verblüffender.
Alles auf diesem Bild war klar, scharf, fest umrissen, der Kontrast war so stark, daß man die Linien, wo das Sonnenlicht wich und der Schatten anfing, mit dem Finger nachfahren konnte. Auf Mamas Wange lag ein Fleck wie der Schatten eines Vogels, man sah die Tupfen auf ihrer Kreppbluse, eine abstehende Noppe auf ihrem dunklen, wadenlangen Rock und einen dünnen Scheitel in ihrem zurückgebürsteten blonden Haar. Mama war schön auf dem Bild, keine Frage, obwohl sie unter den Augen leicht aufgedunsen war und die Halsmuskeln anspannte, so daß sich ihr Kinn nach vorn schob. Aber ihr Lächeln war unverstellt, ihre Augen waren klar, und man konnte direkt in sie hineinschauen, konnte sehen, wie lieb sie war – daran, wie sie den Hals verbog, weil sie an Glen vorbei nach Reese und mir Ausschau hielt, daran, wie ihre Hände offen in ihrem Schoß lagen, die Finger leicht gekrümmt, als wollten sie das Sonnenlicht einfangen.
Neben Mama saß Glen halb im Schatten, den Kopf zur Seite gedreht, aber das Licht fiel auf sein Lächeln, seine Wange, seine kräftigen Hände und die schmächtige Figur. Das Lächeln war ein entschlossenes, eisernes, gezwungenes, die Augen funkelten in die Kameralinse, glitzerten im grellen Sonnenlicht, die Schultern waren angespannt und leicht nach vorn geschoben, einen Arm hatte er ausgestreckt, um Mama an sich zu ziehen, hatte ihn um sie gelegt von seinem Platz an ihrer linken Seite aus. Aus diesem Bild erfuhr man von Glen nicht das geringste,

außer daß er ein gutaussehender Mann war, stark und glücklich, weil er seine Frau im Arm hielt. Mamas Augen waren weich vor altem Schmerz und neuer Hoffnung; Glens Augen sagten nichts aus. Das Bild dieses Mannes war so flach und leer wie Blech in der Sonne, das zwar Hitze und Licht wiedergibt, aber sonst gar nichts – kein einziger deutlicher Hinweis, wer wirklich hinter diesen Augen steckte.

Ich versuchte mir vorzustellen, wie es sein würde, mit ihm zu leben, wenn die Flitterwochen einmal vorbei waren. Ich schaute mir das Bild noch einmal an und erinnerte mich an das Picknick, daran, wie er Mama ständig von hinten an sich gezogen, die Hände besitzergreifend um ihren Bauch gelegt hatte. Ich hatte gehört, wie Alma am Tag vor der Hochzeit scherzend zu Mama sagte, sie solle zusehen, daß sie unter die Haube komme, bevor man es ihr ansehe. Mama hatte sich fürchterlich aufgeregt und wissen wollen, wie Alma herausgefunden hatte, daß sie schwanger war. Ich fragte mich, ob sie es Glen schon erzählt hatte.

»Kommt her, Mädels.« Als Glen Reese und mich gerufen hatte, weil wir mit aufs Bild sollten, hatte in seiner Stimme ein lauter ungeduldiger Unterton mitgeschwungen, den ich zuvor noch nie gehört hatte. Ich kam im Laufschritt um Earles Laster herum und betrachtete Glen aufmerksam. Ja, er wußte es. Er war so selbstgefällig, sein Gesicht unter diesem schrecklichen Haarschnitt wirkte richtig satt vor Zufriedenheit. Mama hatte gesagt, er wollte, daß sie einen Sohn von ihm bekam, und für mich sah es so aus, als wäre er sich sicher, daß er ihn schon auf den Weg geschickt hatte.

Ich saß mit diesen Bildern im Schaukelstuhl, bis das Haus am Morgen erwachte und Tante Alma nach mir sah. Auf einem ließ ich meine Finger über Reese' Babylächeln gleiten, auf einem anderen fuhr ich über Earles dunkle Haare, untersuchte, wie weit genau Omas Kinn sich unter ihrer Unterlippe vorwölbte und schaute mir auf jedem selbst ins Gesicht, wollte sehen, wie die Kamera mich gesehen hatte – meine Augen wie Mamas Augen, dunkler, aber offen wie die ihren, mein Lächeln stärker und breiter als das von Reese und, in der Bewegung festgehalten, mein Körper in Almas Garten, wie ein Tier, das in die Luft springt.

Glen freute sich auf das Baby wie ein kleiner Junge, er grinste und prahlte und legte, sooft er konnte, die Hände flach auf Mamas Bauch, um zu spüren, wie sein Sohn sich bewegte. Sein Sohn – ihm kam nicht einmal der Anflug des Gedankens, Mama könnte ein Mädchen bekommen. Nein, das würde sein Junge werden, da war sich Glen sicher. Er kaufte ein Kinderbett und die übrige Babyausstattung auf Raten, stellte alles ins Schlafzimmer und packte das Kinderbett voll mit Spielsachen, die einem kleinen Jungen gefallen würden. »Mein Junge wird aussehn wie das Beste von mir und Anney«, sagte er ständig und zu jedem, als könnte er es wahr werden lassen, indem er es oft genug aussprach. Er fuhr sogar zum Haus von Tante Maybelle und Tante Marvella hinaus und brachte ihnen Zuckermais für die Kaninchen, nur damit er ihnen in die Augen sehen konnte, wenn er »ein Junge« sagte, und hören konnte, wie sie es wiederholten, als sie den Mais in Empfang nahmen.

»Sie haben gesagt, es wird ein Junge«, erzählte er Earle später in Tante Ruths Haus bei Fleckbohnen und Maisbrot – noch nie hatte er bisher zu erkennen gegeben, daß er an die weibliche Magie der Eustis-Tanten glaubte. Er platzte vor Stolz.

»Ja verdammt, Glen. Gratuliere.« Earle ließ sich vorsichtshalber nichts anmerken.
»Stell dich nie zwischen einen Mann und seinen Ehrgeiz«, sagte er zu Onkel Beau, nachdem Glen gegangen war. »Wenn Glen mal das Gefühl kriegt, daß ihm irgend jemand die Chance versaut, aus Anney 'nen Jungen rauszuholen, dann dreht er total durch.«
»Ein Mann sollt sein' Ehrgeiz nich in den Bauch von 'ner Frau legen.« Beau mochte Glen nicht besonders, konnte es auch gar nicht, wie er zugab, da er nie einem Mann über den Weg traute, der nicht trank, und Glen galt, zumindest in unserer Familie, fast als Antialkoholiker. Beau spuckte seitlich aus. »Geschieht ihm recht, wenn sie ihm noch 'n Mädel austrägt.«
Onkel Nevil räusperte sich heftig und schenkte jedem ein Schnapsglas mit Selbstgebranntem voll. Nevil verschwendete nie ein Wort, wenn er brummen konnte, oder ein Brummen, wenn er die Hände bewegen konnte. Es hieß, er sei der schweigsamste Mann in ganz Greenville County, und von seiner Frau Fay sagte man, sie sei die fetteste Frau. »Die zwei sind mehr Möbel wie sonstwas«, hatte Oma einmal gesagt. »Nehmen nur Platz weg und ziehn den Staub an wie 'n Spiegelschrank oder 'ne Couch.« Nevil und Fay hatten das gehört und weigerten sich auf ihre stille Art, je wieder mit ihr im selben Zimmer zu sitzen. Es machte Familientreffen schwierig, aber nicht allzusehr. Wie Tante Alma jedem erzählte: Nevil war sowieso kein großer Verlust bei Unterhaltungen.
Es war daher eine Überraschung, als Nevil seinen Whiskey schlürfte, den Kopf hob und so deutlich, daß man ihn draußen auf der Veranda hören konnte, sagte: »Ich, also ich hoff, daß Anney ihm 'nen Sohn schenkt, 'n halbes Dutzend, wenn sie schon dabei is. Der Glen hat was. Er

gefällt mir beinah, aber der Junge kann sauer wern wie Whiskey in 'nem schlechten Faß, und ich hoff, daß das nich passiert. Anney hat schon genug Probleme gehabt in ihrm Leben.« Er nahm noch einen Schluck und machte seinen Mund wieder zu, so daß man nur den üblichen dünnen Strich sehen konnte.

Earle und Beau starrten ihn an und wußten nicht, ob sie lachen oder fluchen sollten, aber schließlich versenkten sie ihre Blicke wieder im Glas. Es stimmte schon, da gaben sie ihm recht. Anney verdiente es, daß die Probleme aus ihrem Leben verschwanden.

In der Nacht, als bei Mama die Wehen einsetzten, lud Glen Decken und Colaflaschen für Reese und mich in den Pontiac und stellte den Wagen auf dem Parkplatz vor dem Krankenhaus ab. Man hatte ihn gewarnt, daß es eine Zeitlang dauern würde, bis das Baby kam, und als er es nicht mehr aushielt, in den Korridoren auf und ab zu laufen, kam er herunter, rauchte und hörte Musik im Autoradio, während Reese und ich auf dem Rücksitz dösten. Irgendwann, ein gutes Stück vor der Morgendämmerung, als es noch dunkel und kalt war, griff er über die Lehne nach hinten, rüttelte mich an der Schulter und zog mich zu sich nach vorn. Er gab mir eine Cola und einen halben Riegel Baby Ruth und erzählte mir, daß er vor kurzem drin war, um nach Mama zu sehen, und daß es ihr gutging.

»Gut.« Ich schaute ihn verwundert an und nickte, wußte nicht, was ich tun oder sagen sollte. Er zog heftig an seiner Zigarette, stieß den Rauch zum Fenster hinaus, das er nur einen kleinen Spalt geöffnet hatte, und redete mit mir, als wäre ich eine Erwachsene. »Ich weiß, daß sie sich Sorgen macht«, sagte er. »Sie denkt, wenn's ein Mädel wird, dann hab ich es nich lieb. Aber es wird unser Baby sein, und wenn's ein Mädel wird, können wir ja bald wieder eins machen. Ich werd meinen Sohn schon noch kriegen. Anney und ich, wir werden unsern Jungen haben. Ich weiß es. Ich weiß es einfach.«

Er redete immer weiter, in murmelndem Flüsterton, manchmal so leise, daß ich ihn nicht verstehen konnte. Ich deckte mich zu und betrachtete die vereinzelt funkelnden Sterne über den hohen Tannen am Rand des Parkplatzes. Im Radio lief gerade ein Lied von Kitty Wells, das Mama gut gefiel. Ich wiegte meinen Kopf zur Musik und schaute in die Nacht hinaus. Ich dachte an das Baby, das Mama gerade bekam, überlegte, wie es aussehen könnte, wenn es vielleicht doch kein Mädchen wurde. Wie würden sie es nennen? Glen junior, wenn es ein Junge wurde? Sie hatten nie darüber geredet. Mama glaubte, daß es Unglück bringt, einen Namen für ein Baby auszusuchen, bevor es geboren ist.

Glen legte mir die Hand in den Nacken, und die Sterne schienen mir zuzublinzeln. Ich war nicht daran gewohnt, daß er mich berührte, also umklammerte ich meine Decke und hielt still. Er rutschte ein Stück vom Lenkrad weg in meine Richtung und zog mich zu sich auf den Schoß. Er fing an, das Lied mitzusummen, schob mich dabei ein bißchen auf seinen Schenkeln hin und her. Ich drehte mich um und schaute ihm in die Augen. Auf dem Parkplatz waren nur ein paar Lampen an, aber die roten und gelben Signale des Radios beleuchteten sein Gesicht. Er lächelte, und zum erstenmal sah ich das Lächeln in seinen Augen genauso deutlich wie das auf seinen Lippen. Er schob meinen Rock zur Seite und ließ seine linke Hand zwischen meine Beine gleiten, hoch bis zu meiner Baumwollunterhose. Dann fing er an, mich zu schaukeln, hin

und her zwischen seinem Bauch und seinem Handgelenk, und mit den Fingern fummelte er an seinem Hosenschlitz herum.
Es machte mir angst – seine große Hand zwischen meinen Beinen und seine im schwachen Licht glitzernden Augen. Er begann wieder zu reden, erzählte mir, daß es Mama bald wieder gutgehen würde, daß er mich liebte, daß wir alle sehr glücklich sein würden. Seine Hand war hart, der hervorstehende Knochen seines Handgelenks tat mir weh. Ich schaute geradeaus durch die Windschutzscheibe, konnte vor lauter Angst weder weinen noch mich schütteln oder winden, konnte mich vor lauter Angst überhaupt nicht bewegen.
Er sagte unentwegt: »Es wird alles wieder gut.« Er schaukelte mich unentwegt, atmete durch den Mund und starrte geradeaus. Ich konnte sein Spiegelbild in der Windschutzscheibe sehen. Die Morgendämmerung sickerte langsam durch die Bäume, machte alles hell und kalt. Seine Hand grub sich weiter vor. Er hielt sich selbst in der Hand. Ich wußte, was das war in seinen Fingern. Meine Cousins hatte ich schon nackt gesehen, wenn sie lachten, mit ihren Dingern wackelten und Witze rissen, aber das da war ein Rätsel, furchteinflößend und hart. Der Schweiß, der von seinen Armen auf meine Haut tropfte, roch streng und widerlich. Er stöhnte, quetschte meine Schenkel zwischen seinem Arm und seinen Beinen zusammen. Sein Kinn drückte gegen meinen Kopf, und gleichzeitig stieß er mit den Hüften nach oben. Er tat mir weh, tat mir weh!
Ich schluchzte einmal auf, und er fiel in den Sitz zurück und ließ mich los. Ich biß mir auf die Lippen und hielt still. Er hob seine Hand, um sie an der Decke abzuwischen, und ich nahm einen merkwürdigen und bitteren Geruch an seinen Fingern wahr. Ich wich zurück, und da lachte er. Er

lachte, während er die Finger an der Decke rieb. Dann hob er mich leicht in die Höhe, drehte mich herum, damit er mir ins Gesicht sehen konnte. Das Licht war grau und blaß, die Luft naß und kalt wie Marmor, Glens Gesicht das einzige rote und warme Ding in Sichtweite. Er lächelte mich wieder an, aber diesmal drang das Lächeln nicht bis in seine Augen vor. Seine Augen waren wieder dunkel und leer geworden, und innerlich begann ich vor Furcht zu zittern.

Er wickelte mich fest in die Decke ein und hob mich nach hinten zu Reese in das Nest aus Decken und Kissen, das er vor so vielen Stunden gebaut hatte. Ich drückte meine Schultern gegen den Sitz und betrachtete Glens Kopf in dem grauen Licht, seine kurzen Haare, borstig und steif. Er zündete sich eine Zigarette an und fing wieder an zu summen. Einmal schaute er nach hinten, und ich schloß schnell die Augen, hatte dann zuviel Angst, um sie wieder zu öffnen. Sein Summen paßte zu der leisen Radiomusik, und der Geruch seiner Pall Mall beruhigte mich. Ich hatte nicht gemerkt, daß ich eingeschlafen war, bis ich im hellen grauen Licht des Vormittags aufwachte.

Glen war weg, im Auto war es still und kalt. Ich hatte leichte Schmerzen zwischen den Beinen, aber im Tageslicht hatte ich keine Angst. Ich setzte mich auf und schaute hinaus auf graue Wolken und taugetränkte Tannenzweige. Der Asphalt war naß und dunkel. Ein paar Krankenschwestern gingen in den Türen der Ambulanz ein und aus und redeten in gedämpftem Ton miteinander. Ich atmete durch den Mund und sah zu, wie immer mehr Leute auf den Parkplatz fuhren, und fragte mich, ob ich diese ganze Szene vom frühen Morgen nur geträumt hatte. Ich preßte immer noch die Schenkel zusammen, spürte, daß ich wund war, und versuchte mir vorzustellen, wie ich mich selbst verletzt haben könnte, falls es ein Traum gewesen war.

Als Glen aus der Ambulanz kam, schlossen sich die Türen hinter ihm, als knallte ein Schuß durch die Morgenluft. Er hatte einen starren Gesichtsausdruck, seine Beine wirkten steif, die Hände hatte er ineinander verschlungen und rieb sie unentwegt. Ich sah in dieses Gesicht und wußte, es war kein Traum gewesen. Ich zog Reese an mich, ohne Rücksicht auf ihren leisen Protest. Glen stieg ins Auto und schlug die Tür so fest zu, daß Reese mit einem Ruck vollends aufwachte. Sie drehte den Kopf hin und her wie ein Vogeljunges, schaute von mir zu Glens Nacken und wieder zurück. Wir saßen still da, warteten.

Er sagte: »Eurer Mama geht es bald wieder gut.« Er machte eine Pause. »Aber sie wird keine Kinder mehr kriegen.«

Er legte die Hände auf das Lenkrad, beugte sich vor, preßte die Lippen auf seine Finger.

Er sagte. »Mein Baby is tot. Mein Junge. Mein Junge.«

Ich schlang die Arme um Reese und hielt sie fest, während Glen auf dem Vordersitz nur schluchzte und weinte.

Als Mama wieder aus dem Krankenhaus zurück war, kamen ihre Schwestern jeden Tag vorbei. Tante Ruth war erst vor ein paar Wochen selbst im Krankenhaus gewesen, wegen, wie Oma es nannte, Frauengeschichten, und hatte sich noch nicht genügend erholt, um recht viel mehr zu tun, als ein oder zwei Stunden bei Mama zu sitzen und ihre Hand zu halten, aber sie rief jeden Morgen an. Tante Alma zog praktisch bei uns ein und übernahm das Regiment, zwang Mama, im Bett zu bleiben, kochte und ordnete Rindfleisch und Bohneneintopf an. »Damit du wieder 'n bißchen Eisen ins Blut kriegst, Süße«, sagte sie.

Tante Raylene erschien in Overall und kurzen Stiefeln

und putzte das Haus von oben bis unten, ging sogar so weit, mit Reese' und meiner Hilfe die Möbel in den Garten zu stellen, damit die Sonne sie aufwärmen konnte. Als sie Mamas Bettwäsche wechselte, hob sie Mama mühelos hoch und trug sie nach draußen auf die Couch, damit sie in der frischen Luft sitzen konnte. Jeder ging um Glen herum, als wäre er ein Stuhl oder ein Tisch, gelegentlich umarmte ihn jemand oder drückte ihm die Schulter. Er reagierte nicht, zog nur vom Tisch auf die Veranda, als Raylene mit dem Aufwischen anfing. Als Nevil und Earle kamen, stand er mit ihnen im Garten und trank, bis seine Schultern sich vor lauter unterdrücktem Schluchzen hoben und senkten und sie wegschauten, um ihm die Peinlichkeit zu ersparen.

Ich beobachtete ihn genau, blieb, sooft ich konnte, draußen im Garten, hockte mich ins Gebüsch und hoffte, daß mich dort niemand sehen konnte. Ich zog die Beine an, legte das Kinn auf die Knie und umarmte mich selbst, bis ich ein fest verschlungener Ball war. Mamas Gesicht war so blaß gewesen, als sie sie heimgebracht hatten, die Augen riesig und starr. Sie hatte mich kaum angeschaut, als ich auf ihren Schoß klettern wollte, hatte sich nur auf die Lippen gebissen und es zugelassen, daß Tante Alma mich wegzog. Ich weinte, bis Tante Raylene mich mit hinausnahm in ihren Laster, mir einen feuchten Waschlappen auf die Augen legte und mich in Schlaf wiegte.

»Deine Mama braucht 'n bißchen Zeit«, sagte sie zu mir. »Danach braucht sie dich mehr als vorher. Wenn 'ne Frau 'n Kind verliert, dann isses ganz wichtig für sie, daß sie weiß, daß ihre andern Kinder gesund und glücklich sin. Du mußt glücklich sein für sie, Finger. Du mußt ihr zeigen, daß du glücklich bist, damit ihr Herz wieder ganz wird.«

Sie nannten ihn tatsächlich Glen junior, Reese erzählte es mir. Sie hatte Tante Ruth und Tante Alma reden hören. Sie hatten das Baby in der großen Boatwright-Parzelle begraben, die noch Uroma Shirley gehörte, neben den vier Jungen, die Oma verloren hatte, und Ruths totgeborenen Mädchen und Almas erstem Jungen. Glen wollte eine eigene Parzelle haben, hatte aber kein Geld, sich eine zu kaufen, und das schien den Ausschlag dafür zu geben, daß sein Kummer sich in Wut verwandelte. Sein Gesicht war aufgequollen vom Weinen und grau vor Schlaflosigkeit. Er suchte sich ein Haus drüben bei der JC-Penney-Spinnerei neben dem Bahngleis, und als er heimkam, verkündete er, daß wir ausziehen würden. Tante Alma war außer sich, weil er uns so weit weg brachte, aber Mama nickte nur und bat Raylene, ihr beim Packen zu helfen. »Es is schon gut so«, sagte sie zu Reese und mir.

Glen nahm Mama in die Arme und funkelte Tante Alma drohend an. »Wir brauchen niemand«, flüsterte er. »Wir kommen ganz gut allein zurecht.«

5

In dem Mietshaus, ein schönes Stück vom Rest der Familie entfernt, versprach Glen Mama, wenn sie genug Geld auf die Seite gelegt hätten, würde er Reese und mich adoptieren. Wir waren eine Familie, und er war jetzt unser Daddy. Unentwegt sagte er das. Mama hielt seine Hände fest und nickte wortlos. »Das sind meine Mädels«, sagte er zu ihr. »Ich werd dafür sorgen, daß sie später mal was Besonderes sin. Egal wie.« Sie lächelte und küßte ihn, preßte ihren geöffneten Mund hungrig auf seine Lippen.

Reese legte ihm ihre pummelige kleine Hand auf den Arm und sagte: »Daddy«, und die beiden hoben sie gemeinsam hoch.

»Daddy«, versuchte ich zu sagen, aber es klang komisch in meinen Ohren. Ich erinnerte mich an jene Augenblicke auf dem Krankenhausparkplatz wie an einen schlechten Traum, verschwommen und dunkel. Wenn Daddy Glen mich anschaute, entdeckte ich keinen Hinweis darauf, daß er überhaupt jemals daran dachte. Vielleicht war es gar nicht passiert. Vielleicht liebte er uns wirklich. Ich wollte, daß er uns liebte. Ich wollte, daß ich dazu fähig war, ihn zu lieben. Ich wollte, daß er mich zärtlich hochhob und Mama noch einmal sagte, wie sehr er uns alle liebte. Ich wollte mit Reese zusammen von ihrer beider Arme umschlossen und geborgen sein.

Ich rührte mich nicht, und meine Augen füllten sich mit

Tränen. Mama löste sich von Daddy Glen und hob mich hoch. Über ihre Schulter hinweg sah ich, wie Daddy Glens eisige blaue Augen uns beobachteten, sein Mund war ein zusammengepreßter gerader Strich. Er schüttelte sich und schaute weg. Ich hielt mich an Mama fest mit Fingern, so hart und kalt wie Eisen.

Daddy Glen mochte es nicht, wenn wir all den Geschichten lauschten, die Oma und Tante Alma uns immer wieder erzählten. »Ich sag euch schon, wer ihr seid«, sagte er. »Ihr gehört jetz zu mir, ihr seid nich mehr nur Boatwrights.« Er erzählte uns von seinem Daddy, Mr. Bodine Waddell, dem die Sunshine-Molkerei gehörte, und von seinen Brüdern. Sein ältester Bruder Daryl hatte die Wahl zum Staatsanwalt verloren, aber seine Kanzlei bekam allmählich den Ruf, *die* Adresse zu sein, wenn man eine Lobby für einen öffentlichen Auftrag brauchte. Der zweitälteste, James, eröffnete bald seine Zahnarztpraxis, und mit Beginn des nächsten Jahres würden wir zu ihm gehen, wenn wir uns die Zähne richten lassen mußten.

»Oma sagt, wir haben gute Zähne«, sagte ich zu Daddy Glen. »Sie sagt, ein Gutes hat Gott den Boatwrights mitgegeben, und das sind harte, scharfe Zähne.«

»Und du glaubst alles, was sie sagt, was?« Seine Augen versanken fast in den Falten um seine Augenwinkel, glänzten wie Katzengold im Sonnenlicht, während sein Mund sich verzog, so daß er nur auf einer Seite grinste. Er sah aus, als finge er gleich zu lachen an, aber dann schürzte er nur die Lippen und spuckte aus.

»Deine Oma is 'ne Lügnerin von der schlimmsten Sorte. Das alte Weib würd nich mal die Wahrheit sagen, wenn sie sie wissen würd.« Er faßte mir unters Kinn, drückte mit seinen dicken, rauhen Fingern einmal leicht zu und ließ mich dann wieder los. »Du bleibst weg von dem alten

Weib. Ich sag dir schon, was wahr is. Du gehörst jetz zu mir. Du und Reese, ihr gebt euch einfach nich mehr mit ihr ab.«

Ich traute Daddy Glen nicht, glaubte ihm nicht, wenn er sagte, Omas Geschichten seien alle gelogen, aber wenn sie mir etwas erzählte, konnte ich mir nie sicher sein, was wahr war und was sie gern für wahr hielt, gute Geschichten, von denen sie sich nicht trennen wollte, auch wenn sie zu drei Vierteln falsch waren. Alle Boatwrights erzählten Geschichten, nicht zuletzt dafür waren wir bekannt, und was der eine Boatwright als reine Wahrheit vor dem Herrn bezeugte, tat der andere Boatwright genauso leidenschaftlich als unqualifizierte Lüge ab. Raylene erzählte den Leuten immer, wir hätten auch mal im Kohlenkeller vorbeigeschaut, aber so wie sie dabei grinste, konnte es eine Lüge sein, mit der sie jemanden ärgern wollte, oder einfach ihr letzter Trumpf, damit sie endlich selbst an die Reihe kam.

»Was heißt'n das?« fragte ich Butch, Ruths Jüngsten.

»Daß wir 'n paar Farbige irgendwo im Stammbaum sitzen haben.« Er grinste. »Daß Raylene 'ne Quatschtante is. Die erzählt alles rum, und jeder weiß es.«

Ich dachte eine Zeitlang darüber nach und fragte dann doch. »Und, haben wir?« Ich sah zu, wie sein Grinsen langsam breiter wurde.

Butch war nur ein Jahr älter als ich, und ich wußte, ich konnte ihn alles fragen – nicht so wie Garvey oder Grey oder die anderen Jungs von Tante Ruth. Sie versuchten immer, so zu tun, als wären sie erwachsener, als sie es wirklich waren, und ich konnte nie vorhersehen, wann sie wieder zu spinnen anfingen. Butch war anders – ein bißchen weichherzig, nicht ganz richtig im Kopf, sagten manche.

»Der Junge verhält sich nich wie 'n Boatwright.« So drückte es Onkel Earle aus. »Sieht aus, als hätt er überhaupt kein Temperament. Und er hat einen ganz schön merkwürdigen Humor. Weiß nich, was Ernst is.«

Aber mir war Butch der liebste von all meinen Cousins. Ich konnte mit Butch reden, ihn alles mögliche fragen, und meistens spitzte er dann die Lippen, kniff die Augen zusammen und rang sich eine Antwort ab, die mit Sicherheit vertrauenswürdig war – das heißt, wenn er nicht gerade seine alberne Phase hatte. Manchmal klangen seine Antworten zwar einleuchtend, aber merkwürdig, und erst viel später merkte ich, daß er einen Witz gemacht hatte.

Als Butch also sagte: »Farbige, na klar ham wir Farbige«, war ich mir nicht sicher, ob er Spaß machte oder nicht. Er schob seine weißblonden Haare hinters Ohr und kniff die Augen zusammen und grinste mir direkt ins Gesicht. »Die Boatwrights ham alles – alle Farben, alle Typen, alle Meinungen. Aber das Entscheidende is« – er zog seine Unterlippe zwischen die Zähne und schaute sich um, ob wir auch allein waren –, »die Boatwright-Frauen ham 'ne brennende Muschi. Alles, was zwischen ihre Beine kommt, rein oder raus, wird umgebracht oder kaputtgemacht, außer reinrassige Boatwright-Babys und steinharte Boatwright-Männer. Und sogar bei uns brennt se alles weg, was nur das kleinste bißchen ungewöhnlich ausschaut, poliert die Babys blank, so daß se alle ziemlich ähnlich ausschaun, als ob se uns bei der Geburt in 'nen Kessel mit Bleiche getaucht hätten. Bis auf dich natürlich, bist ja ganz schwarz am Kopf und merkwürdig noch dazu.« Sein Gesichtsausdruck veränderte sich: erst nichtssagend, dann ernst, dann eindringlich. »Aber das liegt daran, weil 'n Teil von dir 'n Manntyp is. Steinhart und böse und unverwundbar.

Ach, zum Teufel, Boatwright-Frauen werden manchmal so.«

Ich starrte ihn an, mit offenem Mund, war ziemlich sicher, daß er mich verarschte, war aber trotzdem fasziniert. Seine Zungenspitze kam zwischen seinen Lippen hervor, und es hätte auch sein können, daß sich in seinen Augen ein Lächeln vorbereitete.

»Pah«, zischte ich Butch an. »Pah!«

Die Leute spielten verrückt, wenn es um das Thema Farbe ging, das wußte ich, und es stimmte, daß ein oder zwei meiner Verwandten krauses Haar hatten und deswegen aufgezogen wurden, so daß jeder etwas empfindlich war. Bis auf Oma wollte niemand über unsere Cherokee-Linie auch nur reden. Michael Yarboro behauptete mir gegenüber felsenfest, die Cherokee seien sowieso Nigger; den Indianern sei es, anders als den Weißen, egal, wen sie heirateten.

»Oh, und wie egal es ihnen is«, johlte Tante Alma. »Die Yarboros ertränken Mädels und Neugeborene bestimmt schon zweihundert Jahre lang.« Darüber brauchte Butch mir nichts zu erzählen. Von den Yarboro-Jungs wurde schlechter geredet als von meinen Onkeln, und jeder wußte, daß sie alle verrückt waren. Als ich mit der Schule anfing, hatte mich eine von der Yarboro-Sippe, ein knochiges, rattengesichtiges Mädchen aus dem Methodistenviertel, Nigger genannt, als ich sie von dem Stuhl, den ich mir ausgesucht hatte, herunterschubste. Sie hatte behauptet, ich sei genauso dunkel und wild wie jedes andere Kind, das »auf der falschen Seite von der Veranda geboren ist«, was ich für eine neue Methode hielt, mich Bastard zu nennen, also gab ich ihr eins aufs Auge. Ich hatte deswegen zwar Schwierigkeiten bekommen, aber seitdem blieb sie mir vom Leibe. Es machte mir nicht besonders viel aus, was die Leute über mein Temperament dachten. Und wenn man den Ruf hatte, schnell in Wut zu geraten, war das nicht unbedingt ein Nachteil. Es konnte auch sein Gutes haben. Daddy Glens Ruf, jähzornig zu sein, bewirkte, daß die Leute sich gut überlegten, wie sie mit ihm redeten.

Die Leute von Reese' Daddy lebten in den Bergen hinter Greenville. Ihre Großmutter hatte einen Bauernhof in der Nähe des Ashley Highway, aber wir besuchten sie selten. Mrs. Parsons schien Mama nicht zu mögen, obwohl sie für Reese jedesmal ein Geschenk hervorzog und nie vergaß, mir zur Begrüßung zuzunicken. Ich war eifersüchtig darauf, daß Reese Mrs. Parsons zur Großmutter hatte, weil Mrs. Parsons, ganz im Gegensatz zu meiner Oma, genau so aussah, wie man sich eine Großmutter vorstellt. Wie sie in Büchern beschrieben oder im Film gezeigt wird. Ich liebte ihre dicken grau-weißen Zöpfe, die am Hinterkopf zusammengesteckt waren, liebte die stinkige alte Kuh in der Scheune hinter ihrem klapprigen Vierzimmerhaus und die süßen roten Tomaten und saftigen grünen Erbsen, die sie neben ihrem Bach zog. Mrs. Parsons trug blaue Ginganschürzen und ausgebleichte schwarze Kleider mit langen Ärmeln, die sie bis zum Ellbogen aufkrempelte. Meine Oma trug ärmellose bedruckte Kleiderschürzen, die den Ansatz ihrer hängenden weißen Brüste sehen ließen und sich an den Hüften nach oben schoben. Ihr dünnes graues Haar hatte eine starke Dauerwelle, und wenn es in der Hitze strähnig wurde, band sie es mit einer Kordel zusammen. Sie trug dunkelroten Lippenstift, der sich unweigerlich auf ihrem wulstigen Kinn ausbreitete, und ständig spuckte sie Tabaksaft und fluchte. Mrs. Parsons erzählte mit trauriger Stimme von ihren Jungen, die sie verloren hatte, und von ihrer weit weg lebenden Tochter, während sie über einem verzinkten Kübel Erbsen pulte. Meine Oma konnte so böse werden, daß sie anfing, Möbel vors Haus zu werfen. Ständig zog sie aus Tante Ruths oder Tante Almas Haus aus, um bei einer ihrer Schwestern zu wohnen, und drohte, das Gebäude, das sie jeweils verlassen hatte, abzubrennen. Ich liebte Oma, aber ich stellte mir vor, Mrs. Parsons würde vielleicht eine bessere Großmutter abgeben, und manchmal, wenn wir sie besuchten, tat ich so, als wäre sie meine Oma.

Jedesmal, wenn wir zu Mrs. Parsons fuhren, nörgelte Daddy Glen herum und bat Mama, nicht zu dieser ekelhaften alten Frau zu gehen. »Ich mag nich, daß das alte Klatschweib irgendwelche Geschichten über dich rumerzählt«, sagte er, weil er dachte, daß Oma Parsons ihn und Mama verfluchte, sobald Mama außer Hörweite war. Ich hielt es nicht für notwendig, ihm zu sagen, daß sie nie über die beiden redete, sondern über ganz alltägliche Dinge, wie es mit dem Garten ging oder das Wetter war oder die Gesundheit der Kuh. Der einzige erwachsene Mensch, den sie je erwähnte, war Reese' Daddy Lyle, und auch dann nur, um zu sagen, Reese' habe sein Lächeln geerbt – das weiche, langsame Babylächeln, wegen dem Lyle der beliebteste Junge im ganzen County gewesen sei. Mama war es, die uns erzählte, daß Lyle der jüngste von drei Brüdern war und die anderen beiden noch im selben Jahr wie Oma Parsons Liebling starben. Sie sagte, wir sollten nett zu Mrs. Parsons sein, da sie nur noch eine einzige Tochter hatte, die sie nie sah, und ein paar Brüder, die nur darauf warteten, ihr Grundstück zu verkaufen, sobald sie gestorben war.

»Reese müßte ein Stück von dem Land kriegen«, sagte Daddy Glen eines Herbstnachmittags zu Mama, als wir von unserem Besuch in den Bergen zurückkamen. »Nicht daß sie drauf angewiesen wär, daß sie irgendwas von den Hochnäsigen da oben kriegt.« Er rieb seinen Nacken und schaute aus dem Küchenfenster, als sähe er da draußen in die Zukunft. »Trotzdem, es is ihr gutes Recht, daß sie kriegt, was ihr Daddy ihr gegeben hätt. Laß nur mich mit denen reden. Ich kümmer mich schon um unser Mädel.«

Als Oma Parsons' Bruder Matthew mit ein paar Papieren vorbeikam, die Mama unterschreiben sollte, fing Daddy Glen ihn an der Tür ab und nahm die Papiere. »Wir schaun sie uns nur mal an«, sagte er laut, führte ihn dann ans andere Ende des Gartens und senkte die Stimme, so daß wir nicht hören konnten, was er sagte. Mama biß sich auf die Lippen und sah zu, wie der äußerst korrekte Matthew Daddy Glen wütend anfunkelte und dann in seinen Laster kletterte. Sie ging nach draußen, als der Wagen davonfuhr.

»Schatz, du warst doch nicht grob zu ihm, oder?«

Daddy Glen drehte sich süß lächelnd zu ihr um. Er nahm sie in die Arme und küßte sie auf die Schläfe. »Keine Sorge«, sagte er und gab ihr einen schnellen Klaps auf den Hintern. »Ich weiß schon, was ich tu. Mit den Leuten muß man Tacheles reden.« Er war so mit sich zufrieden, daß er nicht aufhören konnte zu grinsen. »Ich kenn den Schlag. Da kannste dich drauf verlassen.«

Mama runzelte die Stirn, und er schüttelte sie leicht.

»Und in Zukunft unterschreibst du mir kein einziges Papier mehr von denen, wenn ich nich da bin, hörst du? Du weißt nich, was sie dir damit vielleicht stehlen. Laß mich das in die Hand nehmen.«

Sie nickte nervös und scheuchte uns ins Haus zurück zum Abendessen.

An diesem Abend rief Oma Parsons an, aber Daddy Glen

nahm den Hörer ab und redete mit leiser, heiserer Stimme mit ihr, die mich daran erinnerte, wie Onkel Nevil manchmal hinter vorgehaltener Hand flüsterte. »Mhm«, sagte er. »Das stimmt.«

Mama sah einen Augenblick zu und ging dann hinaus, um im Schutz der Veranda eine Zigarette zu rauchen. Ich folgte ihr und lehnte mich gegen ihre Hüfte. Sie strich mir mit einer Hand über den Kopf, entwirrte meine Haare. Das Licht der Straßenlampe fiel auf ihr Gesicht, ihre Mundwinkel waren nach unten gezogen und ihre Augen traurig. Mir war klar, daß sie sich Sorgen machte.

»Es wird alles wieder gut«, flüsterte ich zu ihr hoch, und sie lächelte zu mir herunter.

»Jaja, wahrscheinlich schon«, sagte sie. »Und wenn nich, dann eben nich. Manchmal, Finger, mußt du was machen, was du nich machen möchtest, und ich mag der alten Frau nich weh tun. Wirklich nich. Aber Glen braucht es, daß er sich drum kümmern kann, verstehste das? Er braucht es, und ich muß ihn machen lassen.« Sie trat die Zigarette mit dem Absatz aus, ging aber erst wieder hinein, als Daddy Glen den Hörer auflegte.

»Jetz ham se's kapiert.« Fröhlich tippte er Reese mit dem Zeigefinger an die Nase, und sie kicherte. »Jetzt wissen se, um was es geht, da kannste Gift drauf nehmen.«

An einem späten Sonntag nachmittag zwei Wochen danach, als Daddy Glen gerade im neuen Büro seines Bruders James war und den Malern half, Regale aufzustellen, tauchte Oma Parsons auf. »Zweihundertfünfzig Dollar«, sagte sie schnell zu Mama, nachdem sie aus Matthews Laster geklettert war. Er hatte sie hergefahren, wollte aber selbst nicht aussteigen. »Sie stehen dir zu, weil Lyle sechs Monate bei der Armee war, bevor sie festgestellt haben, daß er schlimme Füße hat. Wie ich deinem Mann schon gesagt hab, sie haben das Geld mir geschickt und wollten es nur dann auf dich übertragen, wenn du diese Papiere ausfüllst. Aber ich hab's dir in bar mitgebracht. Ich hätt's gar nicht kriegen sollen, aber Lyle hatte immer noch mich als einziges Familienmitglied angegeben, ist vermutlich einfach nicht dazu gekommen, es zu ändern. Ich hab ihnen gesagt, daß es rechtmäßig dir und Reese zusteht. Ich hab's ihnen gesagt, aber sie haben nie auf mich gehört.« Sie schaute einmal kurz zu Mama hoch und dann zu Reese hinunter, die zu ihr gelaufen war und sie um die Hüften faßte. Ihr Gesicht war angespannt, und ihre Finger zitterten, als sie Reese durch die Locken fuhr.

»Kriegst du dann viel Geld, Oma?« fragte Reese sie.

»Nein, Kind, und es ist mir auch egal.«

»Kommen Sie doch rein, Mrs. Parsons.« Mama sah verlegen aus, sie nestelte an den Gürtelschlaufen ihres Hemdblusenkleids herum. »Ich mach Ihnen 'nen Eistee, und Sie können sich 'n bißchen zu ihrem Enkelkind setzen.«

Mrs. Parsons sah aus, als finge sie gleich zu weinen an. »Ich hab schon gedacht, du verbietest mir vielleicht, daß ich sie überhaupt noch seh.«

»O Gott!« Mama packte Mrs. Parsons bei den Schultern und zog sie kurz an sich. »Das würd ich nie tun. Und ich würd auch nich zulassen, daß jemand anders das tut. Sie können Reese sehen, sooft Sie wollen. Sie wissen doch, wie lieb sie Sie hat.«

Die beiden schwankten leicht, Mrs. Parsons mit steifem Rücken, als wäre sie immer noch nicht sicher, ob sie auch willkommen war, und Mama sah aus, als könnte sie all die anderen Sachen, die sie sagen wollte, kaum zurückhalten. Oma Parsons' Bruder hatte das Gesicht abgewandt, rauchte zum Fenster seines Lasters hinaus. Ich stand dicht neben Mama und beobachtete, wie seine Halsmuskeln arbeiteten, während die zwei Frauen schnieften und sich räusperten.

»Also gut.« Mrs. Parsons fuhr sich mit der Zunge über die Lippen. »Vielleicht komm ich kurz mit rein auf ein Glas Wasser, bevor wir wieder zurückfahren.«

»Sie könnten zum Essen bleiben.« Mamas Gesicht war rot angelaufen und wurde zusehends dunkler.

»Tja, also, nein, das geht nicht.« Mrs. Parsons warf einen Blick zu ihrem Bruder hoch, aber er schaute nicht in ihre Richtung. »Wir müssen wirklich zurück. Ich bleib nur ein oder zwei Minuten.«

Erst als sie auf Mamas Sears-Sofa saß, Reese zwischen den Beinen, und den Umschlag mit dem Geld »von der Versicherung« Mama übergeben hatte, entspannte sich Oma Parsons etwas. Sie holte ihre Bürste hervor, damit sie die Knoten in Reese' weißblonden Haaren auseinanderzupfen und ihre Hände mit etwas beschäftigen konnte. »Deine Haare waren feuerrot nach deiner Geburt«, sagte sie zu Reese. »Jetzt sind sie so weiß, wie die von deinem Daddy waren.«

Reese hörte gern, daß sie wie ihr Daddy aussah, und sie hatte sein Bild in der Schublade mit der Unterwäsche versteckt, wo Daddy Glen es nicht finden würde und somit auch seine Gefühle nicht verletzt werden konnten. Ab und zu holte ich es auch hervor, schaute in dieses grinsende Jungengesicht, das nichts mit mir zu tun hatte, und wurde ganz heiß und starr vor Eifersucht. Lyle war so hübsch gewesen wie ein Mädchen und so hellblond wie die Models in den Illustrierten. Reese hatte Lyles feines Haar, und sie lächelte schnell und oft, aber sie hatte auch das schmale Gesicht und den langen dünnen Hals der Boatwrights. Trotzdem beneidete ich sie, weil sie von diesem Bild zu Mamas Gesicht und zu Oma Parsons gebeugten Schultern sehen und sich vorstellen konnte, wie sie sich vielleicht noch veränderte, bevor sie erwachsen wurde. Sie hatte eine andere Familie, eine andere Seite ihres Selbst, über die sie nachdenken konnte, mehr als Mama und mich und die Boatwrights. Reese konnte sich etwas anderes aussuchen und jemand ganz anderer sein.

»Ach, Reese wird wahrscheinlich dunkel.« Mama zögerte, als wollte sie einen Streit vermeiden, aber auch kein Mißverständnis aufkommen lassen. »Wird vielleicht sogar wieder rot.«

»Vielleicht, aber vielleicht auch nicht. In unserer Verwandtschaft bleiben die Haare manchmal blond.« Mrs. Parsons versuchte, Mama zuzulächeln, aber ihr Gesicht wurde erst weich, als sie wieder zu Reese hinuntersah. Ich saß auf der Sofalehne neben Mama, von wo aus ich durchs Fenster auf den wartenden Laster und die leere Straße schauen konnte, bis rauf zur nächsten Kreuzung. Ich horchte auf das Geräusch des Pontiac, hoffte, es nicht zu hören. Daddy Glen konnte heimkommen, noch während Mrs. Parsons da war, und ich wußte, Mama machte sich deswegen Sorgen, sah, wie sie wieder nervös an ihren Gürtelschlaufen zupfte.

Mrs. Parsons schaute Mamas Hände an und sagte dann behutsam: »Mehr Geld wird nicht drin sein, fürchte ich. Mein Grundstück ist nicht viel wert, und außerdem hab ich es auf Matthew überschrieben, kurz nachdem meine Jungs gestorben sind. Die Sache ist die, Lyle hat keinen Anspruch auf das Land gehabt und auch keine andere Versicherung, soviel wir wissen.«

Mama schüttelte einmal den Kopf und schaute Mrs. Parson direkt ins Gesicht. »Ich weiß, daß er nix gehabt hat«, sagte sie. »Ich hab's gewußt, als er gestorben is, und es hat mir nie was ausgemacht. Um Ihnen die Wahrheit zu sagen, ich hab nich mal mit seinem Sterbegeld gerechnet. Hab gedacht, von der Armee steht ihm nix mehr zu.« Sie sah traurig aus, aber nicht mehr so verhärtet wie zuvor. Mrs. Parsons ging es anscheinend genauso.

»Ich wünsch dir, daß du ganz viel Geld von der Versicherung bekommst.« Reese zappelte glücklich in Oma Parsons' Armen und strahlte uns alle an.

»Ach, ich brauch kein Geld, Kind.« Oma Parsons lachte und stemmte sich von der Couch hoch. »Ich muß jetzt leider gehn, Anney. Is 'n langer Weg, bis ich daheim bin.« Ich paßte genau auf, ob Mama gemerkt hatte, daß die alte Frau sie beim Namen genannt hatte, aber Mama war schon aufgestanden und nahm Mrs. Parsons' Glas.

»Wollen Sie nich noch was?« fragte Mama, während sie auf die Küche zusteuerte. Mrs. Parsons schüttelte den Kopf und sagte nein, konnte sich aber noch nicht von Reese trennen. Ich sah, wie Mamas Schultern sich etwas lockerten, als sie wieder zurückkam. Auf der Straße draußen war es immer noch ruhig.

Oma Parsons bückte sich, um Reese noch einmal an sich zu drücken. »Denk dran, Liebes, als ich dich gekriegt hab, da hab ich das Beste von Lyle gekriegt«, sagte sie zu ihr. Das klang seltsam, als hätte sie meine kleine Schwester selbst aus dem toten Körper ihres Jungen ausgebrütet. Aber Reese lächelte wie eine Prinzessin und bohrte ihre Zehen in den Flor des Teppichs. Sie ging mit Oma Parsons bis zum Laster und bettelte, sie solle dableiben.

»Reese, gib Ruh«, sagte Mama. »Du kannst deine Oma nächsten Monat sehn, wenn wir zu ihr rauffahren.«

»Ihr kommt?« Mrs. Parsons schaute auf einmal wieder ganz traurig und nervös aus.

»Wir kommen.« Mamas Stimme klang ganz entschieden, aber ich sah, wie ihr Blick einmal kurz über die Straße huschte, als sie es sagte. Mrs. Parsons nickte schroff und kletterte in den Laster. Ihr Bruder sagte kein einziges Wort, ließ nur den Motor an und legte den Gang ein. Reese winkte schon heftig, bevor Matthew überhaupt Gas gab. Ich sah, wie Mrs. Parsons sich die Augen wischte, als der Laster losfuhr, und dann sah ich den Pontiac bei der Kreuzung in die Straße einbiegen. Mama ballte die Hände zu Fäusten und hielt sie sich vor den Bauch. Ich lehnte mich an sie und beobachtete, wie der Pontiac langsam an dem Laster vorbeimanövrierte. Als er bei uns stehenblieb, lehnte Daddy Glen sich aus dem Fenster. Er schaute auf die Straße zurück und dann zu Mama her.

»Du hast nix unterschrieben?« wollte er wissen.

»Nein, Glen.« Ich spürte, wie sie verlegen ihr Gewicht von einem Fuß auf den anderen verlagerte. Ich schaute zu ihrem Gesicht hoch und beobachtete, wie ihr Mund sich zu einem ebenso verlegenen und störrischen Lächeln verzog. »Du weißt, ich würd nie was unterschreiben, was du dir nich vorher angeschaut hast.«

Daddy Glen lächelte, als wäre er damit zufrieden. Ich stieß vorsichtig die Luft aus. Reese winkte immer noch, obwohl der Laster schon lang verschwunden war. Ich steckte die Daumen in die Gürtelschlaufen meiner Jeans und blieb bei ihr stehen, bis Mama und Daddy Glen ins Haus gingen.

»Er is 'n ruhiger Kerl, aber du brauchst Glen bloß in Rage bringen, und schon haut er dich um«, sagte Onkel Earle gutgelaunt. »Der Junge nimmt seine Hände her, wo andre 'ne Spitzhacke brauchen.« Wenn sie glaubten, wir wären weit genug weg, um sie nicht hören zu können, machten Earle und Beau mit Daddy Glens anderen Gliedmaßen weiter.

»Er dreht durch, wenn er wütend is.« Sie lachten. »Nimmt

sein' Prügel, wenn er mit den Armen nich an dich rankommt, und der macht dich schnell zum Krüppel.« Ich war zu jung, um zu verstehn, was sie damit meinten, warum sie so gemein lachten und darüber witzelten, daß keine Frau Daddy Glen jemals verlassen würde, oder brüllten und prusteten, während sie die Größe seiner Nase mit der seiner Zehen und Finger verglichen.

»Der Mann hat 'n Schwanz wie 'n Pferd«, prahlte Butch vor anderen Jungen, und das verstand ich. Aber Daddy Glens Geschlecht war es nicht, was mich nervös machte. Es waren diese Hände, die Art, wie die Finger sich unruhig krümmten und bogen, während er zusah, wie ich mich an Mama lehnte. Immer beobachtete er mich, so schien es mir, rief mich jedesmal, wenn Mama und ich zu reden anfingen, zu sich, wollte, daß ich ihm ein Glas Eistee holte oder ein neues Päckchen Zigaretten aus dem Eisschrank, wo er seine Stangen aufbewahrte, damit sie in der Sommerhitze nicht austrockneten. Mama sagte mir, ich solle ihm zeigen, daß ich ihn liebte, aber egal, wieviel Mühe ich mir gab, ich war ihm nie schnell genug.

»Das Kind wird mich nie lieben«, beklagte er sich eines Nachmittags, den Tränen nahe, bei Mama.

»Ach, Glen, sag doch so was nich.« Mamas Stimme klang dünn und zittrig, als hätte sie Angst, er könnte recht haben. »Finger liebt dich, Süßer.« Sie küßte ihn auf die Wange, nahm sein Gesicht zwischen die Hände und küßte seine Lippen. »Sie liebt dich. Wir alle lieben dich.« Daddy Glen zog sie zu sich herunter und seufzte leise, als sie seine Lider küßte und dann ihre Wange an seiner rieb.

Ich rannte hinaus. Mit dem Abendessen konnte es noch länger dauern, oder es endete damit, daß wir uns Hamburger kauften. Immer wenn sie anfingen, sich auf der Couch zu küssen, dann gingen sie ins Schlafzimmer und machten für mindestens eine Stunde die Tür hinter sich zu. Wenn sie rauskamen, lächelte Daddy Glen und war ganz entspannt. Mama hatte einen verträumten Blick und weiche Bewegungen, ihr Gesicht einen frischen rosa Schimmer.

»Die mögen das aber oft«, sagte Reese angewidert zu Alma. Aber Alma lachte nur.

»Jeder mag das, Mädel, jeder.« Sie klatschte Reese hinten auf die Jeans und zog mich an ihre Seite. »Denkt euch da ja nix Falsches aus. Liebe is mit das Beste, was wir haben, und sie kostet kein Geld und macht auch nich magenkrank. Ihr werdet's schon sehn. Wartet's ab, bis ihr größer seid. Ihr werdet's schon sehn.«

Reese schnitt eine Grimasse und schüttelte sich unbehaglich. »Bäh«, schrie sie und rannte davon. »Is ja eklig. Ich mach das nie.«

Tante Alma lachte ungerührt weiter. Ich entwand mich ihr und lief Reese nach. Es *war* eklig. Wie Mama und Daddy Glen sich ständig umarmten und abtatschten. Aber es war auch stark. Sex. Hatte Daddy Glen *das* mit mir auf dem Parkplatz gemacht? Tat ich *das* seit kurzem selbst, immer wenn ich nachmittags allein war? Ich stellte mir dann vor, gefesselt zu sein und in einem Heuschober zu liegen, während irgend jemand das trockene alte Stroh in Brand setzte. Ich malte mir alles ganz genau aus, während ich auf meiner Hand hin- und herschaukelte. In dem Tagtraum kämpfte ich darum, frei zu kommen, während das Feuer lichterloh um mich herum brannte. Ich bin mir nicht sicher, ob ich kam, wenn das Feuer mich erfaßte oder nachdem mir die Flucht gelungen war. Aber ich kam. Ich lag auf meiner Hand, träumte vom Feuer und hatte einen Orgasmus.

Daddy Glen ging es nicht besonders gut bei Royal Cola. Er wurde ständig für andere Routen eingeteilt oder mußte für Bruchschaden zahlen, und gleichgültig wie hart er und Mama arbeiteten, es schien nie genug Geld da zu sein, damit sie die Rechnungen bezahlen konnten. Er erzählte Mama ständig, daß sein Bruder ihn früher oder später für die Hilfe beim Renovieren bezahlen würde, aber auch, als die Praxis von James Waddell, Doktor der Zahnchirurgie, eröffnet und voller Patienten war, ließ James kein Wort darüber fallen.

»Vielleicht solltst du James lieber um das Geld bitten, das er dir geben wollt«, schlug Mama schließlich an dem Tag vor, als Daddy Glen heimkam und erzählte, daß man ihn entlassen hatte.

»Das kann ich nich.« Glens Gesicht schien in sich zusammenzufallen, als er beide Hände vom Haaransatz bis zum Hals gleiten ließ, den Schweiß von den dunklen Stoppeln auf seinen Wangen dabei abwischte und dann sein Kinn auf die Fingerspitzen legte, als würde er beten. »O Gott im Himmel, nein, das kann ich nich. Lieber verhunger ich.« Seine Augen wirkten, als lägen sie tiefer in den Höhlen, und sein Kinn war vorgestreckt. Er schaute überallhin, bloß nicht zu Mama. Instinktiv stellte ich das Glas ab, das ich gerade ausspülte und ging aus der Küche in die Diele hinaus, wo er mich nur sehen konnte, wenn er sich umdrehte.

»Glen, Süßer.« Mama beugte sich vor. »Ich weiß, daß es schwer is, aber James is dein Bruder, und Baby, wir sin fast pleite. Wir haben die Miete nich, wenn du von ihm das Geld nich kriegst.«

»Anney, du verstehst das nich.« Daddy Glen hob die Hände wieder und legte sie sich vors Gesicht. »James hat überhaupt nie was davon gesagt, daß er mich dafür bezahlt.

Verdammt, er hat nich mal gefragt, ob ich ihm helf. Ich bin einfach hingegangen, einfach so. Ich hab nie mit ihm über Geld geredet. Konnt's nich. Verdammt, ich glaub nich mal, daß er überhaupt wollt, daß ich ihm helf.«

Glen ließ beide Fäuste schwer auf seine Schenkel fallen, hämmerte mehrmals auf sie ein, bevor er seine Hände erneut hob und sie ausstreckte, Handflächen nach oben. »Es tut mir leid, Anney. Gott, es tut mir so leid.« Tränen sammelten sich in seinen Augen und perlten über seine Wangen. Seine Hände begannen zu zittern. »Aber es is nich einfach nur schwer. Es is unmöglich. Ich kann James nich um was bitten. Ich kann keinen von denen um irgendeinen Scheiß bitten. Das würd mich umbringen.«

Mama seufzte und schaute weg. »Also gut ...« Sie zögerte und ergriff dann die Hände, die immer noch ausgestreckt waren. »Also, dann warten wir's einfach mal ab. Es gibt noch andre Jobs, andre Sachen, die wir tun können. Earle kann uns beim Umzug helfen, vielleicht ziehn wir zu Alma. Irgendwas.«

Sie schaute Glen an, aber was sie in seinem Gesicht auch zu sehen gehofft hatte, sie fand es nicht, und ihr forschender Blick schweifte immer wieder ab.

»Ach, Glen. Baby, es wird alles wieder gut. Wir tun, was wir tun müssen. Mach dir bloß keine Sorgen.«

Danach schien sich alles unaufhaltsam weiterzuentwickeln. Wir zogen um und zogen noch mal um. In keinem Haus lebten wir länger als acht Monate. Gemietete Häuser, Häuser mit Kaufoption, Mietblöcke am Stadtrand, Ziegel und Putz und eine Kaufzusage, Freunde von Freunden, die jemanden kannten, bei denen was leerstand, Häuser, in denen der Besitzer unten wohnte, nebenan, im nächsten Block oder ein Freund von einem Mann war, der

ein Auge auf Mama geworfen hatte, oder jemanden kannte, der Daddy Glens Daddy kannte, oder der einen der Onkel für eine kurze Gelegenheitsarbeit angeheuert hatte, und zweimal – guter Gott, *zweimal* – brandneue Häuser, sauber und auf Raten gekauft, die wir nicht besaßen.
Umziehen war ohne Jahreszeit, war in jeder Jahreszeit, setzte die Zeit außer Kraft wie ein Zug ohne Fahrplan. Wir zogen so oft um, daß die Post nie mit uns Schritt halten konnte, zogen manchmal schon wieder weiter, bevor wir noch richtig ausgepackt hatten oder ich mir die Namen der Lehrer in meiner neuen Schule merken konnte. Umziehen gab mir das Gefühl, daß die Zeit verging und alles im Fluß war, als könnte man sich sowieso an nichts festhalten. Ich fühlte mich gespenstisch dabei, unwirklich und unwichtig, wie eine Schachtel, die verlorengeht, und wenn sie plötzlich wieder auftaucht, stellst du fest, daß du von dem, was drin ist, sowieso nie etwas gebraucht hast. Wir zogen so oft um, daß Mama inzwischen die Zeitungen in den Geschirrkartons ließ, die Polster, Kordeln und stabilen Kisten aufhob.
»Schmeißt das nich weg. Nich lang, und ich brauch's wieder.«
Mit jedem Umzug, jedem Fehlschlag, jedem »Wir schaffen's schon« und jedem »Wir probieren's noch mal« wurden die Falten in Mamas Gesicht tiefer. Es kam so weit, daß ich nichts so sehr haßte wie Umziehen, und eines heißen Sommertages nahm ich ein Fleischmesser und bohrte Löcher in Mamas Geschirrkartons, auch wenn dabei nicht mehr herauskam als ein Klaps auf den Hintern und der altbekannte Satz:
»Weißt du nich, wieviel das kostet?«
Ich wußte auf den Penny genau, was alles kostete. Sonntagabend saß Mama immer am Küchentisch, zählte das Klein-

geld in ihrer Brieftasche und jonglierte mit den Rechnungen, beschloß, welche nicht bezahlt werden konnten, noch nicht jedenfalls. Die Miete betrug achtzig Dollar im Monat, viel zuviel, wenn Daddy Glen immer nur sechzig Dollar die Woche nach Hause brachte. Für Lebensmittel brauchten wir soviel wie für die Miete, und das auch nur, weil wir Gemüse aus den Gärten meiner Tanten bekamen und billiges Fleisch von dem Mann, der Hackfleisch und Huhn an das Lokal verkaufte. Dann waren da noch die Kleider, die Reese und ich ständig brauchten, Arbeitskleidung für Mama und Daddy Glen – und Schuhe. Schuhe waren das schlimmste. Kleider konnte man von den Verwandten bekommen oder dann und wann bei einem Kirchenbasar finden. Aber Schuhe wurden in erschreckendem Ausmaß kaputt oder zu klein. Bis es mit dem Grind zu gefährlich wurde, gingen wir den ganzen Sommer barfuß.

Obwohl ich mich nie zuvor beklagt hatte, wollte ich plötzlich neue Schuhe, »Mary Jane« hießen sie, und es waren Lackschuhe – nicht die billigen, blauen Leinenturnschuhe für 1,98 Dollar, die ich alle sieben Monate oder so bekam. Ich war kein Baby mehr. Ich war acht, dann neun Jahre alt, wurde langsam groß. Innerhalb eines Jahres war ich nicht mehr gefällig und ruhig, sondern laut und beharrlich, forderte Schuhe, wie sie die anderen Kinder in der Schule trugen. Ich wollte die mit den kleinen Troddeln am Rist, hätte mich aber auch mit Collegeschuhen zufriedengegeben. Ich wußte, ich hatte keine Chance, ein Paar jener klassischen Mädchenlackschuhe mit den kurzen spitzen Absätzen zu bekommen, aber ich sah sie mir trotzdem sehnsüchtig an. Mama lachte nur und kaufte mir billige Slipper.

»Was glaubst du, wer wir sin, Mädel?« sagte sie. »Wir

gehörn nich zu den Leuten, die mit ihren Sachen angeben.«
Ich konnte nichts dagegen tun. Ich wünschte mir so sehr, wir könnten einfach mal zur Abwechslung solche Sachen haben wie die anderen Leute, wünschte, wir könnten jammern aus keinem anderen Grund als aus Spaß am Meckern und uns so verhalten wie das Pack, das wir angeblich waren, anstatt die ganze Zeit darauf zu achten, wie wir uns benahmen. Aber Mamas Lachen beschämte mich. Ich trug die Slipper unter lediglich symbolischem Protest.
»Denk dir nix«, sagte Mamas Freundin Mab zu ihr. »Kinder sind glücklicher, wenn sie Dreck zwischen den Zehen haben.« Aber mir fiel auf, daß ihre Mädchen mit Collegeschuhen in die Schule kamen und mit Lackpumps in die Kirche und über Reese und mich und unsere Billigslipper die Nase rümpften. Ich war mir nicht sicher, was Mama alles auffiel, was sie sich an Aufmerksamkeit überhaupt leisten konnte, aber wenn ich Sonntag abends bei ihr saß und zusah, wie sie ihre Zahlenkolonnen zusammenrechnete, hatte ich den Verdacht, daß sie alles sah und das Ganze haßte. Sie schaute hinaus zu meinem rotgesichtigen und schwitzenden Stiefvater, der den Rasenmäher im Garten herumschob, und seufzte in ihre Kaffeetasse.
»Wir wern hier nich bleiben können«, sagte sie, und ich wußte, es war bald wieder an der Zeit, umzuziehen.

In einem Winter verbrachten wir drei Monate bei Tante Alma, die sich ohne bares Geld ein neues Haus gekauft hatte. Keiner von uns glaubte, daß sie es behalten würde, und fast am gleichen Tag, als wir einzogen, fing die Bank mit dem Papierkram an. Irgend etwas passierte mit mir, etwas, das ich nie zuvor verspürt hatte und nicht zu bekämpfen wußte. Die Wut traf mich wie ein Baseball, der hart und schnell von einem neuen Schläger geschleudert wird. Am ersten Tag in der neuen Schule schürzte die Lehrerin die Lippen und fragte mich nach meinem Namen, und jene Wut kam wieder und drückte mir Bauch und Kehle zusammen. Ich sah die müde Geduld in ihrem Blick, einen Hauch Mitleid und eine Verachtung, die so alt war wie die roten Erdhügel, die ich durch die Fenster des Klassenzimmers sehen konnte. Ich öffnete den Mund, konnte aber nicht sprechen.

»Also, wie heißt du, Liebes?« fragte mich die Frau noch einmal, langsam, als vermutete sie, ich sei nicht besonders helle. Die Wut machte sich in mir breit.

»Roseanne«, antwortete ich so unbekümmert, als wäre ich noch nie anders genannt worden. Ich lächelte sie an wie eine Roseanne. »Roseanne Carter. Wir kommen aus Atlanta, sin grade hergezogen.« Ich redete beiläufig weiter, erzählte von der Schule, in die ich in Atlanta gegangen war, erfand alles beim Reden und lächelte immer stärker, als sie zu allem nickte, was ich sagte.

Es jagte mir Angst ein, daß es so einfach war – meine Zeugnisse hatten schließlich nicht mit mir Schritt halten können –, daß die Leute dachten, ich könnte eine Roseanne Carter aus Atlanta sein, einer Stadt, in der ich nie gewesen bin. Jeder glaubte mir, und ich kam in den Genuß der kurzen Popularität, jemand aus einer großen Stadt zu sein, der Großstadtgeschichten erzählen konnte. Es war zwar erstaunlich, aber von meiner Familie fand keiner heraus, daß ich diese Lüge erzählt hatte. Trotzdem war es eine Erleichterung für mich, als wir diesmal wegzogen und ich unter meinem richtigen Namen in eine neue Schule kam. Noch Monate danach träumte ich, daß jemand zu mir herkam und mich Roseanne nannte, daß die Schulzeugnisse mich endlich doch entlarvten oder einer der Lehrer an meiner neuen Schule auftauchte. »Warum nur hast du diese Lüge erzählt?« fragten sie mich in dem Traum, und ich konnte ihnen keine Antwort geben. Ich wußte es nicht. Ich wußte es wirklich nicht.

Eines Tages verkündete Earle, daß er endlich das alte Schießeisen, das ihm Beau angedreht hatte, an irgendeinen Idioten aus Greenwood verkauft hatte, der ein anständiges Gewehr nicht von verrostetem Schrott unterscheiden konnte. Er bestand darauf, Mama etwas Geld zu leihen, weil sie für ihn, wie er sagte, besser war als eine Bank. »Du weißt, wie ich bin, Anney«, sagte er. »Wenn ich Geld in der Tasche hab, schmeiß ich's zum Fenster raus. Wenn ich's dir geb, und es kommt die Zeit, wo ich's wirklich brauch, dann weiß ich, daß du's mir gibst, wenn du's hast, und wenn nich, na ja, dann krieg ich wenigstens was zu essen von dir. Isses nich so, Schwesterherz?«

Daddy Glen ärgerte sich über Mama, weil sie das Geld angenommen hatte, so als hätte sie es nur getan, um zu zeigen, daß er nicht für unseren Unterhalt aufkommen konnte. »Ich bin ein erwachsener Mann«, brüllte er. »Ich brauch deinen verdammten Bruder nich, damit ich um die Runden komm.« Eine Woche lang redete er mit keinem von uns, und als Earle zu Besuch kam, brummelte Daddy Glen, er habe keine Zeit für sinnloses Geplapper, und fuhr davon, als hätte er was zu erledigen.

»Der Kerl hat zuviel Stolz«, sagte Earle nachsichtig zu Mama. »Wenn er's nich 'n bißchen lockerer nimmt, wird er sich noch mal was abbrechen. Zum Teufel, wir wissen doch alle, daß wir uns gegenseitig helfen müssen in diesem Leben.« Er zwinkerte mir zu, umarmte Reese und neckte Mama, bis sie wie ein Mädchen kicherte und ihm ein Sandwich mit gebratenen Tomaten machte. Als er sich

verabschiedete, gab er Reese einen Vierteldollar und mir einen halben.
»Du wirst langsam erwachsen, Süße«, sagte Onkel Earle zu mir. »Bald bist du so hübsch wie deine Mama.« Ich lächelte und ließ den halben Dollar zwischen meinen Handflächen kreisen. Earle lebte allein, seit seine Frau ihn verlassen hatte, und an den meisten Abenden ging er entweder einen trinken oder eine seiner Schwestern besuchen. Bevor Mama beschlossen hatte, Daddy Glen zu heiraten, war Onkel Earle ständig in unserer Nähe, aber mit der Zeit sahen wir immer weniger von ihm. Damals wünschte ich mir einen Augenblick lang, wir würden mit ihm zusammenleben, dann könnte Mama sich richtig um ihn kümmern und er uns Münzen schenken und Mama zum Lachen bringen.

Als Daddy Glen in jener Nacht spät nach Hause kam, weigerte er sich, ins Bett zu gehen, obwohl er am nächsten Tag arbeiten mußte. Er setzte sich ins Wohnzimmer und hörte Radio, machte ein verkniffenes und wütendes Gesicht. Mama blieb mit ihm auf und versuchte, ihn zum Reden zu bringen, aber er sprach immer noch kein Wort mit ihr. Als wir am nächsten Morgen aufstanden, sah sein Gesicht dünn und weiß aus, und seine blauen Augen waren so dunkel, daß sie schwarz wirkten.
Das angespannte Schweigen dauerte noch Wochen an, und selbst als sich die Lage zu beruhigen schien, war Daddy Glen verändert. Er sah in sich versunken und verdrossen aus. Eines Abends beim Essen sah ich, wie er zornig seinen Teller zur Seite schob. »Alles, was ich anfang, geht schief«, jammerte er. »Ich steck meine Hand in ’nen Topf mit Honig, und raus kommt Scheiße!«
»Ach, Glen«, sagte Mama. »Jeder hat ab und zu Schwierig-

keiten. Es wird schon wieder besser werden. Du mußt nur Geduld haben.«

»Halt's Maul!« schrie er. »Hör auf mit deinem Bemutterungsscheiß. Halt einfach dein Maul. Halt's Maul!«

Mama erstarrte, eine Hand noch nach dem Brotkorb ausgestreckt. Ihr Gesicht war wie ein Foto, schwarz und weiß, die Augen riesige dunkle Schatten und die Haut von einem Augenblick zum anderen bleich glänzend wie Fotopapier, der Mund ungläubig geöffnet.

Reese vergrub den Kopf in ihren Händen und stieß einen hohen dünnen Schrei aus, dem augenblicklich Schluchzer folgten. Ohne auch nur darüber nachzudenken, schloß ich meine Finger fest um die Tischkante und zog mich hoch, bis ich stand. Daddy Glens Gesicht war rot, verschwollen, Tränen liefen ihm die Wangen herunter. Mamas Blick schwenkte wie Flutlicht zu mir herüber, der seine folgte.

»O Gott«, stöhnte er, und Mama erschauerte. Daddy Glen stolperte um den Tisch herum, stieß mit der Hüfte gegen die Kante, so daß die Schüsseln und Gläser wackelten. »O Anney. Es tut mir leid. O Gott! Ich will dich nich anschrein.« Er küßte ihre Stirn, ihre Wangenknochen, ihr Kinn, hatte ihr Gesicht mit beiden Händen umfaßt. »O Anney, es tut mir leid!«

»Is schon gut«, flüsterte sie, streichelte seine Arme und versuchte, ihn wegzuschieben. »Is schon gut, Süßer. Ich versteh schon.«

Reese schluchzte immer noch, während ich dastand und die Tischkante umklammerte und keine Ahnung hatte, was ich hatte tun wollen. Ich schaute auf meine Hände hinunter, die Fingerspitzen flachgedrückt und weiß, die Nägel unregelmäßig abgebissen. Meine Hände waren ruhig, aber meine Arme zitterten. Was hatte ich vorgehabt? Was hatte ich vorgehabt?

Daddy Glen schaute mich an. »Ich weiß, wie lieb dich deine Mama hat«, sagte er, legte seine Hand auf meinen Arm, drückte fest zu. Als er mich wieder losließ, hatte ich einen roten Fleck, und Mama bemerkte ihn sofort.

»Glen, du kannst deine eigene Kraft nich richtig einschätzen!«

»Nein.« Er war jetzt ruhiger. »Wahrscheinlich nich. Aber Finger weiß, daß ich ihr nie weh tun wollt. Finger weiß, daß ich sie lieb hab. Verdammt noch mal. Du weißt, wie lieb ich euch alle hab, Anney.«

Ich starrte zu ihm hoch, Mamas Hände lagen auf meinen Schultern, und mir war bewußt, daß mein Mund offenstand und mein Gesicht leer war. Was wußte ich? Was glaubte ich? Ich schaute seine Hände an. Nein, er wollte mir nie weh tun, nicht wirklich, sagte ich mir, aber mehr und mehr schienen diese Hände sich zu bewegen, bevor er darüber nachdenken konnte. Seine Hände waren groß, unpersönlich und schnell. Ich konnte ihnen nicht entkommen. Reese und ich machten uns über sie lustig, wenn er nicht in der Nähe war – Gorillahände, Affentatzen, Löffelstörschnauzen, Biberschwänze. Manchmal fragte ich mich, ob er wußte, was wir über ihn sagten. In meinen Träumen wimmelte es von langen Fingern, Händen, die um Türrahmen herumgriffen und auf meine Matratze krochen, und die Angst in mir war wie ein großer Fluß, wie das eisdunkle Blau seiner Augen.

6

Hunger macht einen ruhelos. Man träumt vom Essen – nicht irgendwas zu essen, sondern von perfektem Essen, dem besten Essen, phantastischen Mahlzeiten, gerühmt und ehrfurchtgebietend, dem einzigartigen Stück Fleisch, dem genauen Geschmack von buttrigem Mais, Tomaten, so reif, daß sie aufplatzen und süßen Duft verströmen, Bohnen, so knackig, daß sie zwischen den Zähnen krachen, Bratensaft, der einem, wie dem Baby die Muttermilch, das Herz höher schlagen läßt. Wenn ich Hunger bekam, konnte ich meine Hände nicht stillhalten. Ich zupfte an Schorfrändern herum, kratzte Flohbisse und alte Narben und spielte mit losen Strähnen meiner schwarzen Haare. Ich ließ einen Penny auf meiner Handfläche hüpfen, versuchte zu lernen, wie man ihn über die ausgestreckte Hand und um jeden einzelnen Finger herumrollt, ohne daß er herunterfällt, so wie es mein Cousin Grey beherrschte. Ich knabberte an meinen Fingernägeln oder saugte an Zahnstochern und las alles, was ich nicht schon mehr als zweimal gelesen hatte. Aber wenn Reese Hunger bekam und nichts zu essen da war, schluchzte sie nur, und dicke glänzende Tränen rannen ihr die rosigen Wangen hinunter. Nichts konnte sie ablenken.

Wir hatten nicht allzuoft Hunger. Es gab immer irgendwas, was man dagegen tun konnte. Reese und ich gingen am Highway entlang und sammelten Pfandflaschen auf; von dem Geld kauften wir Mama Zigaretten, während sie den alten Damen, die sie vom Lokal her kannte, zu Hause Dauerwellen machte. Reese zog die Nase kraus und kicherte, wenn sie Mama die Schachtel Pall Mall in die Tasche steckte, während ich losrannte und uns ein paar Biscuits, kleine weiche Brötchen, von dem mit einem Küchentuch zugedeckten Teller auf dem Ofen holte.

»Das sind aber brave kleine Damen«, sagten dann die Frauen zu ihr, und Mama klopfte auf ihre Tasche und stimmte ihnen zu.

Mama konnte aus Biscuits und Bratenfett ein Essen zaubern; Hefeteig aus Mehl und Wasser, darüber das Fett von ausgelassenem Schinkenspeck. Als ich in die vierte Klasse kam, aßen wir fast nur Biscuits. Manchmal servierte Mama dazu eine Schüssel Tomatensuppe oder kaltes Schweinefleisch mit Bohnen. Wir versicherten uns lachend, daß wir am liebsten direkt aus der Dose aßen, aber kalt war es, weil das Elektrizitätswerk uns den Strom abgedreht hatte – kein Geld in der Post, kein Strom. Den Bauch voller Kohlehydrate, aber immer Hunger.

Eines Nachmittags war nicht einmal mehr das Mehl für dieses Scheinessen vorhanden. Wir saßen am Küchentisch, Reese und ich murrten, die Mägen knurrten. Mama lachte, aber sie schaute uns nicht an dabei. »So klein und machen soviel Lärm. Man könnt meinen, ihr Mädels habt seit 'ner Woche nix zum Essen gekriegt.«

Sie holte ein paar Biscuits, bestrich sie mit dunkelrotem Ketchup und streute Salz und Pfeffer darauf. Sie schenkte uns kalten Tee ein und erzählte uns Geschichten über echten Hunger, einen Hunger, der Tage dauerte, ohne die Aussicht, daß es je wieder Biscuits geben würde, über die Zeit, als sie noch ein Kind war und sich mit ihren Schwestern um die letzte Speckschwarte geprügelt hatte.

»Wir haben immer die Teller um den Tisch rumgegeben,

acht Teller für acht Kinder, haben so getan, als ob das Essen vom Herd für alle Teller reichen würd, haben über Essen geredet, was wir noch nie gesehn haben, nur davon gehört oder uns vorgestellt, haben uns Geschichten ausgedacht, was wir alles kochen würden, wenn wir könnten. Earle hat sich am liebsten halbgare junge Hunde vorgestellt. Eure Tante Ruth hat immer von Froschzungen mit Brombeeren geschwärmt. Beau wollte gebratene Kohlrüben, und Nevil wär gestorben für gedämpfte Narzissen. Aber den Preis hat Raylene gewonnen mit ihrem Rezept für glasiertes Schildkrötenfleisch mit Wolfsmilchblättern und einem Dressing aus heißer Pisse.«

Nach einiger Zeit fingen Reese und ich auch an, uns Mahlzeiten auszudenken. »Erdnußbutter und Wackelpudding. Kleingehacktes Fliegenfleisch mit sauren Gurken.« Mama brachte uns zum Lachen, indem sie nachmachte, wie sich ihre Brüder und Schwestern darum gestritten hatten, wer das ekelhafteste Essen erfinden konnte. Sie stopfte uns voll mit Biscuits und Ketchup, Biscuits und Mayonnaise und immer wieder großen Gläsern voll Tee, während sie ununterbrochen lachte und scherzte und uns beim Hinundhergehen mit ihren langen Fingernägeln an den Schultern kitzelte. Schließlich ging Reese hinaus, um den Hunden von nebenan hinterherzujagen und die Jungs, die sie hetzten, lauthals zu beschimpfen. Aber ich blieb beim Haus und beobachtete Mama durchs Küchenfenster, sah, wie sie die Hände zu Fäusten ballte und das Kinn wütend nach oben reckte. Als Daddy Glen vom Fischen mit meinen Onkeln zurückkam, sah sie genauso aus wie eine dicke, wütende Glucke, die Federn aufgeplustert und die Augen gelb.

»Biscuits und Ketchup«, zischte sie. »Du meinst, du findst lässig 'nen andern Job, aber ich muß mein' Mädels diese

Scheiße zum Fraß vorsetzen, während du den ganzen Nachmittag auf deim Arsch sitzt und rauchst und Lügen erzählst.« Sie verschränkte die Arme vor der Brust und saugte heftig an ihren Lippen, so daß ihr Mund dünn und hart aussah.

»Jetz komm, Anney ...« Daddy Glen streckte die Hand aus, wollte sie ihr auf den Arm legen. Sie schlug seine Hand weg und wich zurück wie eine Schlange, die gerade eine Ratte gefangen hat. Ich verließ meinen Fensterplatz und rannte ums Haus, damit ich durch die offene Haustür zusehen konnte. So hatte ich Mama noch nie erlebt. Es machte mir angst, aber ich genoß es auch. Sie schien sich vor nichts mehr zu fürchten.

»Nich mit meinen Kindern«, sagte sie zu Daddy Glen mit einer Stimme, die so weit trug wie ein Schrei, obwohl es nur ein rauhes Flüstern war. »Ich hab mir geschworn, daß meine Kinder nie wissen sollen, wie das is. Daß sie nie hungern oder frieren oder Angst haben sollen. Nie, hörst du? Nie!«

Sie ging ins Bad und wusch sich das Gesicht, die Unterarme, den Hals. Mama zog sich gerade vorsichtig die Strümpfe an, als ich zu ihr rannte, weil ich so verängstigt und aufgeregt war, daß ich in ihrer Nähe sein mußte. Sie hielt inne und umarmte mich kurz. »Geh und ruf deinen Onkel Earle an, daß er euch hier abholt, wenn er fertig is. Du und Reese, ihr bleibt besser bei deiner Tante Alma, bis ich zurück bin.«

Ich rannte in die Küche, wo das Telefon stand, aber ich rief nicht an. Statt dessen drückte ich mich im Flur herum und beobachtete ihr Spiegelbild im Garderobenspiegel.

Mama zog sich einen frischen BH an und einen der ärmellosen Pullover, die sie von ihrer Freundin Mab aus dem Lokal bekommen hatte – den, von dem Mab behauptete, er sei extra gemacht worden, um zu zeigen, wie spitz ihre

Titten waren. Daddy Glen kam in den Flur und sah ihr zu; sein Adamsapfel hüpfte, aber kein Wort kam aus seinem Mund. Mama malte sich die Lippen unverschämt rot an, kämmte ihr dunkelblondes Haar zurück und hängte sich ihre große alte Handtasche um. Sie warf einen Blick in den Flur und sah, daß ich vor der Küche am Türstock lehnte.
»Haste Earle angerufen?«
Ich nickte; mir war zwar nicht ganz wohl bei der Lüge, aber ich wollte sie nicht aufregen. Es würde Stunden dauern, bis Earle kommen und uns holen könnte, und ich hatte bereits beschlossen, nicht auf ihn zu warten.
Mama hielt inne, schüttelte den Kopf, ging zurück ins Schlafzimmer und zog unter dem Bett die Schachtel hervor, in der sie ihre glänzenden Lackschuhe mit den hohen Absätzen aufbewahrte. Als sie sie angezogen hatte, sah sie völlig verändert aus, älter und härter, den Mund zu einem bitteren kleinen Lächeln verzogen. Ihre blonden Haare sahen noch heller aus, ihre Augen dunkler, ihre Haut wirkte blasser. Sie war auf eine kalte Art schön. Daddy Glen stand immer noch im Flur, aber Mama ging um ihn herum, als wäre in Wirklichkeit gar niemand da, als würde sie auch sonst jedesmal, wenn sie durch den Flur ging, die Hüfte vorschieben und einen Bogen beschreiben. Daddy Glen schwankte leicht, als sie vorbeiging, aber er tat nichts, um sie aufzuhalten. Seine Hände hingen neben seinen Hosentaschen herunter, und er atmete durch den Mund, wie wenn ihm gleich schlecht werden würde. Das Klackern ihrer Absätze war fast genauso laut wie das Knacken seiner Knöchel. Ich hielt mich dicht hinter Mama, hatte Angst, Daddy Glen anzuschauen, Angst, mein Blick könnte den Bann brechen, der ihn im Korridor festzuhalten schien. Mama sagte nichts, umarmte und küßte mich nur und glitt dann hinter das Steuer ihres Pontiac.

Als der Motor aufheulte, brach der Bann. Daddy Glen rannte hinaus und blieb auf dem Asphalt stehen, sah zu, wie Mama davonfuhr. Sein Gesicht war starr. Nicht einmal in meine Richtung schaute er, und trotzdem krampfte sich mein Magen zusammen. Mir war, als würde das Gras nach reinem Ammoniak stinken und mir die Kehle verätzen, als verströmte Daddy Glens Haut rotglühende Hitze und dämpfigen Schweiß. Neben den schmalen Trägern seines ärmellosen T-Shirts bewegten sich seine Schultermuskeln, rollten und wölbten sich. Ich wußte, er konnte mir ohne weiteres genauso systematisch, wie er seine Knöchel knakken ließ, beide Arme brechen, mir genauso fest, wie er seine eigenen Hände knetete, den Hals zusammendrükken. Ich ging vorsichtig ein paar Schritte rückwärts, rannte dann ums Haus und kletterte über den Zaun in den Garten unserer Nachbarn, damit ich außer Sichtweite war.

Reese spielte Seilhüpfen mit den MacCauley-Zwillingen und wollte nicht mitkommen, aber als ich ihr sagte, wir würden zum Highway gehen und per Anhalter fahren, anstatt zu warten, daß uns jemand holte, war sie sofort Feuer und Flamme. Reese liebte es, am Highway den Daumen rauszustrecken und sich von Fremden die vier Meilen zu Tante Almas Haus mitnehmen zu lassen. Sie hatte mir zwar versprochen, es nie ohne mich zu tun, aber ich fürchtete, sobald sie nur ein wenig älter war, würde sie quer durch den ganzen Bundesstaat trampen. Also dachte ich mir jedesmal, wenn wir per Anhalter fuhren, eine neue Horrorgeschichte aus. Ich hatte mich so daran gewöhnt, daß ich, nervös wie ich war, automatisch damit anfing, diesmal über einen Geist, der nur Mädchen mitnahm, ihnen die Haut abzog wie erjagtem Wild, das Fleisch auffraß und die Häute färbte, um Geldbörsen und Brieftaschen daraus zu machen.

»Der kriegt uns nie.« Reese lachte. »Wir müssen nur aufpassen, daß wir uns nie von 'nem Mann allein mitnehmen lassen.« Darüber dachte ich einen Augenblick lang nach.

»Aber den Geist kann man nich so leicht erkennen«, sagte ich dann. »Manchmal fängt er zuerst 'n Ehepaar, versteckt sich aufm Rücksitz, wenn sie bei 'ner Tankstelle aufm Klo sin. Wenn sie losfahrn, bringt er sie erst um, und dann setzt er sie wieder vorn hin, daß man denkt, das wärn die einzigen Leute im Auto. So fängt er 'ne Menge Leute, die nie zu 'nem Mann allein ins Auto steigen würden.«

Reese kaute auf ihrer Unterlippe herum und schaute auf die Straße. Offensichtlich dachte sie gründlich über diese neue Variante nach. Sie musterte die Leute in dem Laster, der wegen uns anhielt, genau, eine ältere Frau in einem dunkelblauen Hemdblusenkleid und einen jüngeren Mann in khakifarbener Arbeitskleidung. Bevor sie hinten reinkletterte, versetzte sie dem Fahrerhaus einen so kräftigen Schlag, daß die beiden vor Schreck hochfuhren. Ich biß mir auf die Zunge, damit ich nicht loslachte.

Die alte Dame schimpfte uns, weil wir auf dem Highway Autos anhielten. »Ihr könntet umgebracht werden oder Schlimmeres«, sagte sie durch die Scheibe nach hinten. »Junge Mädchen auf der Straße sind eine Einladung für die Bösen. Alles mögliche könnte euch passieren.« Wir nickten beide ernst und bedankten uns höflich, als wir bei der Kreuzung kurz vor Tante Almas Haus heruntersprangen.

Mitternacht war schon vorbei, als Mama uns abholte. Reese schlief in Tante Almas Bett, aber ich saß noch bei Onkel Wade, war eingenickt über dem Puzzle, das er zusammensetzte, wenn er nicht schlafen konnte.

»Mädel, deine Mama«, sagte er und gab mir einen kleinen Schubs. Vollends wach wurde ich erst, als Mama meine

Schulter berührte. Ihre Hände waren schwer und rochen leicht nach Jergens-Lotion.

»Komm, Finger«, flüsterte sie. »Wir gehn jetzt heim.« Mit müder Stimme bedankte sie sich bei Onkel Wade. Ihre Haare hingen schlaff herunter, und ihr Gesicht war saubergeschrubbt. Sie trug immer noch den Pullover, aber darüber ein loses weißes Hemd, und sie hatte ihre flachen Kellnerinnenschuhe an.

»Sag nix«, meinte sie. »Hol nur die Schuhe von Reese und komm.« Sie hob Reese hoch, ohne Tante Alma aufzuwecken, und trug sie zum Auto. Ich folgte ihr, hängte mich rechts von ihr ein, während Reese sich an ihre linke Schulter lehnte. Beim Auto blieb sie stehen und schaute in den dunklen Nachthimmel hinauf. Vom Haus her fiel Licht auf ihr Gesicht, und es bestand nur aus Höhlen und Kanten, die Augen lagen tief und glitzerten.

»Verdammt!« flüsterte sie leise und lehnte die Stirn gegen das kühle Metall über der Wagentür. »Verdammt, verdammt.«

»Mama«, wimmerte Reese. Ich preßte meine Wange gegen Mamas Körper und blieb still. Einen langen kalten Augenblick warteten wir, und dann richtete Mama sich auf und öffnete die Tür.

»In Ordnung«, sagte sie, als beendete sie ein langes Gespräch, das sie mit sich selbst geführt hatte. »In Ordnung.« Ich drehte mich noch einmal um zu Tante Almas Haus. Onkel Wade stand in der Küche und schaute zu uns raus, mit finsterem Gesicht und zusammengepreßten Lippen. Warum war er wütend? fragte ich mich. Was war passiert, daß er so furchtbar wütend aussah?

»Ich mach euch 'n paar Eier«, sagte Mama, als sie uns in die Küche und an den Tisch bugsierte. Eine Büchse mit

Mehl war da, ein Glas Gelee, ein Teller mit Butter, eine Tüte Tomaten, ein noch ungeöffnetes Päckchen Rückenspeck und eine Schachtel mit frischen, braungesprenkelten Eiern. Das meiste räumte sie weg, dann schlug sie die Eier mit frischer Milch auf und legte grüne Tomatenscheiben um den Pfannenrand, bevor sie die Eimasse hineingoß.

»Meine Mama hat das spät am Abend immer gekocht«, verkündete sie und blinzelte in dem zu hellen Licht. Daddy Glen saß im Wohnzimmer vor dem Fernseher, den Ton leise gedreht, schaute nicht zu uns her und sagte kein Wort. Ich sah, wie Reese' Augen unsicher zu ihm, dann zu Mama und schließlich zu mir wanderten. Daddy Glens Hände lagen keine Sekunde still auf seinen Oberschenkeln, die Finger verknoteten sich, klammerten sich an seine Hose, zitterten dann auf dem dunklen Stoff wie die Beine sterbender Marienkäfer, wenn man sie nachts auf den Rücken dreht. Mama zog ein Blech mit Biscuits aus dem Herd und grinste.

»Die Tomaten müssen fast durch sein, wenn die Eier reinkommen, weil die Eier brauchen überhaupt nich lang. Müssen weich sein. Müssen euch wie Butter auf der Zunge zergehn.« Sie häufte mir Rührei auf den Teller und legte zwei Biscuits neben die zart gebräunten Tomaten. Reese strich sich Butter auf die Biscuits und klatschte einen großen Klecks Gelee neben ihre Eier. Mein Magen war so zusammengekrampft, daß ich mir nicht vorstellen konnte, irgend etwas herunterzubringen, aber Mama setzte sich direkt mir gegenüber hin und lächelte übers ganze Gesicht, und ich wußte, ich mußte alles aufessen. Ich schaffte es auch, langsam, während Daddy Glen schweigend nebenan saß und Mama immer weiterredete, als wäre er gar nicht da. Mein Blick schweifte immer wieder zu seinen

Händen, die seine Oberschenkel umklammerten. Ich ballte die meinen unter dem Tisch, rieb meine Beinmuskeln. Die Biscuits machten voll, aber nicht satt. Hatte ich einmal zu essen angefangen, konnte ich nicht genug kriegen. Reese schien es genauso zu gehen. Sie aß, bis ihre Augen vom vielen Essen ganz zugeschwollen aussahen. Dann legte sie den Kopf auf den Tisch, als wollte sie auf der Stelle einschlafen. Mama lächelte und steckte ihr die dünnen blonden Haare hinter die Ohren, damit sie ihr nicht in die Augen fielen. Sie bestrich alle übriggebliebenen Biscuits mit Butter und wickelte sie in ein Küchentuch, damit wir noch was zum Frühstück hatten. Die ganze Zeit redete sie über alles und nichts, über ihre Mama und über Gerichte, die ihre Tanten spät am Abend gekocht hatten, über ein komisches Geräusch, das der Pontiac plötzlich machte, und daß sie unbedingt das Auffangsieb in der Waschmaschine saubermachen mußte.

Ich hörte Mama mit offenem Mund zu. Mir war, als würde ich vom Wind durchgeblasen, vom Hals bis zum Bauch, heiß und kalt zugleich, und als entfachte er kleine Funken in meinem Inneren. Endlich brachte Mama Reese und mich gleichzeitig ins Bett, blieb bei uns sitzen, als wollte sie die ganze Nacht da verbringen. Ich hörte immer noch leise den Fernseher aus dem vorderen Zimmer, und ich versuchte, wach zu bleiben, aber das Essen wirkte auf meinen Körper wie eine Droge. Ich glitt hinein ins Dunkel und in einen Traum über große weiche erstickende Wolken, die wie Nebelbänke auf einem Brombeerfeld lagen. Von Reese' aufgedunsenem ängstlichen Gesicht über mir und Daddy Glens gedämpfter zorniger Stimme aus dem Flur wachte ich auf. Ich umklammerte Reese' Finger und betete um Stille, kniff meine Augen so fest zu, daß mir die Ohren summten.

*

Die Woche darauf mußten wir wieder umziehen, aber Mama sagte, nun würde es besser werden, da Daddy Glen demnächst draußen im Pepsi-Werk arbeiten würde. Aber das neue Haus war nicht neu. Es sah genauso aus wie die letzten drei – klein und eng und feucht, egal, wie oft Mama lüftete. Es war genau wie all die anderen Häuser, die Daddy Glen für uns aufgetrieben hatte: ein Haus in einer Wohnsiedlung aus weißgestrichenem Holz, davor ein Einstellplatz mit Blechdach. Der Rasen war immer trocken, bestand aus vereinzelten struppigen Grasflächen und steinigem Boden. Nie gab es Bäume oder Büsche dort. Mama setzte manchmal Blumen ein oder grub im hinteren Teil des Gartens ein Beet für Gemüse um, das irgendwie nie bepflanzt wurde, bevor wir wieder weiterzogen, aber immer sahen die Häuser nackt und verlassen aus.
»Ungeliebt«, sagte Temple, Tante Almas Älteste, als sie uns im neuen Schlafzimmer beim Auspacken half. »Dein Daddy sucht immer Häuser aus, wo's ausschaut, als ob da nie jemand wirklich wohnen möcht. Hier schaut's aus, als ob die Leut nur kurz vorbeikommen und dann so schnell, wie sie können, wieder abhaun.« Ich widersprach nicht. Sie hatte recht.
Auch meine Tanten zogen ständig um – alle, bis auf Tante Raylene, die fast ihr ganzes Leben als Erwachsene dasselbe Haus gemietet hatte. Niemand sonst schien in irgendeinem Haus besonders lang zu bleiben, aber sie suchten sich ältere Häuser aus, die einander meistens glichen, nicht solche, wie Daddy Glen sie bevorzugte, mit Fensterläden, Einstellplätzen und einer nie funktionierenden Müllabfuhr. Alma wohnte immer in einem großen alten klapprigen Haus mit einer großzügigen Veranda und Hunden, die davor in der Sonne dösten. Tante Ruth brauchte immer eines mit einem Walnuß-

baum davor, der den Lastern meiner Onkel Schatten spendete.
Daddy Glen rümpfte die Nase über die Häuser meiner Tanten mit ihren alten Kohleöfen und den Hühnerställen im Garten. »Also, ich würd bei dir nich wohnen wollen, und wenn du mir was zahlen würdst dafür«, sagte er eines Sonntags mit Nachdruck zu Travis. Aber Travis grinste nur und versetzte ihm einen Rempler. »Das Problem is, Glenmann, den Vermietern mußte Geld rüberschieben, und die schern sich ’nen Dreck drum, was unsereins sich vorstellt, was für ’n Haus wir mieten wollen. Scheißdreck! Jeder tut, was er kann, oder?«
Ich fand es herrlich, als Alma und Wade aufs Land zogen, neben weite Felder mit Erdnüssen und Erdbeeren. Das Haus war direkt am Stadtrand, in der Nähe der Lastwagenstraßen von West Greenville, wo alles heruntergekommen und billig war und niemand was dagegen hatte, wenn man das Auto auf dem Rasen abstellte. Immer waren Kinder auf der Veranda, Verwandte gingen durch die Fliegengittertür ein und aus, Wäsche hing auf der Leine, und Hühner liefen herum, und gleichgültig, welche Tante wir besuchten, es gab immer etwas zu tun.
»Fang die Henne da ein«, sagte zum Beispiel Tante Alma zu mir. »Dann kannste die Bohnen da verlesen und die Tomaten waschen.« Reese half mir meistens, und wir saßen zusammen auf der Veranda, gingen unter im Schwarm unserer Cousinen und Cousins und deren Freunden, so daß Tante Alma oder Tante Ruth manchmal ganz vergaßen, daß wir da waren, bis Mama anrief, weil sie uns suchte. Es war völlig gleichgültig, wo wir wohnten, solange wir zu einer unserer Tanten gehen konnten.
Bei Tante Alma konnten wir zuhören, wie Garvey und Grey sich stritten, wie Klein-Earle kicherte und kreischte,

Onkel Wade trank und fluchte, wie das Radio spielte und die Hühner draußen vorm Fenster gluckten. Dort durften wir auf einer großen Plane herumrutschen, während aus der Sprinkleranlage kaltes Wasser auf uns niederrieselte. Bei Tante Ruth konnten wir zusehen, wie Onkel Travis Kartoffeln für sie schnipselte, ein Bier neben sich und eine Zigarette im Mundwinkel, so daß ab und zu Asche auf die Schalen fiel. Tante Ruth ließ uns sogar einfach in der Unterhose spielen, obwohl Mama, nachdem Reese Grind bekommen hatte, darauf bestand, daß wir unsere Kleider anbehielten, und uns, als wir Flöhe hatten, von oben bis unten abschrubbte, sobald wir heimkamen. Reese und mir war das egal. Wir wollten trotzdem bei jeder Gelegenheit wieder hin. Bei den Tanten war Leben, da war es warm, die Häuser quollen über vor Stimmen und Gelächter und herumlaufenden Kindern. Die Stille in unserem eigenen Haus war kalt, auch wenn wir bessere Möbel hatten und die Türen nicht offenstehen ließen, damit der Wind nicht durchs Haus blasen konnte. Daddy Glens Häuser hatten etwas Eisiges, das aus uns herausschmolz, sobald wir bei unseren Tanten waren.

Daddy Glens Brüder lebten in großen Häusern, die ihnen gehörten, mit eingezäunten Gärten und blühenden Sträuchern. »So müßten wir eigentlich leben«, sagte er, wenn er mit uns seine Brüder besuchte. Mehr als alles andere wollte Daddy Glen ein Haus wie Daryl und James – ein neues Haus mit einem gepflegten Rasen und Panoramafenstern samt gefütterten Vorhängen. Die Häuser, die er für uns aussuchte, waren immer schäbige Kopien davon. Mama nähte Vorhänge, putzte die Fenster und bohnerte die Böden. Daddy Glen mähte den Rasen und schickte uns mit Scheren los, das Unkraut neben der Einfahrt auszugraben. Er schrie Earle und Beau an, wenn sie auf dem Rasen parkten, und er verjagte die Hunde, die nachts die Mülltonnen umkippten.

»Keiner gönnt mir, daß ich's schön hab«, beklagte er sich und verfiel dann in eine seiner gefährlichen Schweigelaunen, weigerte sich, mit irgend jemandem zu reden. Er brütete so oft vor sich hin, daß Reese und ich Kontrollgänge durch den Gärten machten, vom Wind verstreuten Abfall und Hundescheiße aufsammelten – alles, was ihn wütend machen könnte. In jedem neuen Haus war er eine Zeitlang glücklich, und wir versuchten, diese relativ ruhige Phase so lange wie möglich auszudehnen, indem wir alles blitzsauber und ordentlich hielten.

»Hier wird alles anders werden«, sagte er immer zu Mama. Reese und ich ließen uns nichts anmerken und gingen ihm aus dem Weg. Keiner von uns beiden glaubte, daß sich jemals irgendwas ändern würde, aber wir hüteten uns, das zu sagen. Manchmal schien es beinah, als könnte Daddy Glen die Gedanken lesen, die wir vor ihm zu verbergen suchten, denn er schaute uns genau dann an, wenn wir dachten, nichts, was er tat, würde irgendeinen Unterschied machen.

»Das frißt einen Mann auf«, sagte er einmal zu Mama, »wenn er weiß, daß ihm keiner traut.« Anscheinend war unsere Ungläubigkeit schuld an seinem Versagen. Unser Mangel an Vertrauen machte ihn zu dem Mann, der er war, war schuld daran, daß er nicht zur Arbeit gehen konnte, ohne in Streit zu geraten, daß er seine Vorgesetzten mit beißendem Spott behandelte und eklig war zu den Ladenbesitzern, die er eigentlich dazu bringen sollte, seine Schuldscheine zu akzeptieren. Das Geld wurde immer knapper, und Daddy Glen starrte uns an, als ob ihn jeder unserer Atemzüge bares Geld kostete.

Einen Monat wurde die Miete zu spät gezahlt, im nächsten

gar nicht, im übernächsten wieder zu spät. Daddy Glen fing an, abends lange Fahrten mit dem Auto zu unternehmen, und die Leute begannen tagsüber zu uns zu kommen. Sie hämmerten gegen die Türpfosten, nachdem sie geläutet hatten. Falls Mama zu Hause war, saß sie am Küchentisch, eine Zigarette zwischen den Fingern, starrte ins Leere und sagte kein Wort.

Reese oder ich gingen an die Tür und riefen: »Mama is nich daheim. Ich kann Sie nich reinlassen, meine Mama is nich daheim.«

Die Männer und Frauen, die zu uns kamen, schmeichelten und drohten dann, lockten und tobten. Sie schrien so laut Mamas Namen, daß es alle Nachbarn hören konnten. Mama strich sich mit beiden Händen die Haare aus dem Gesicht, zündete sich eine neue Zigarette an und umarmte uns. Reese und ich grinsten und lugten vorsichtig unter den Vorhängen durch, ob der Vermieter oder der Schuldeneintreiber wieder gegangen war, und rannten dann mit der guten Nachricht zu ihr.

»Meine gescheiten Mädels«, sagte Mama dann anerkennend. »Meine großen gescheiten Mädels.« Aus ihrem Gesicht wich die Anspannung, die Falten zwischen ihren Augenbrauen glätteten sich, und sie drückte uns noch einmal an sich, jedesmal.

»Wir sin keine schlechten Menschen«, sagte Mama. »Wir sin nich mal richtig arm. Denkt dran, wenn mal irgendwer was zu euch sagt. Wir sin keine schlechten Menschen. Und wir zahlen alles, was wir brauchen. Wir können nur nich immer dann zahlen, wenn die Leute es wollen.«

Reese und ich nickten ernst, stimmten wortlos zu, aber wir glaubten ihr nicht. Wir wußten, was die Nachbarn über uns sagten und wovor Mama uns beschützen wollte. Wir wußten, wer wir waren.

Onkel Nevil und Tante Fay zogen in ein Haus an einem so steilen Hügel, daß wir unter der Veranda mit den Hunden spielen konnten. Selbst wenn wir uns auf die Zehenspitzen stellten, konnten wir die Bodenbretter über uns kaum berühren. Die Wände waren so tief in die Erde versenkt, daß die Hunde sich nicht untendurchgraben konnten, und die hinteren Räume waren immer kühl und schattig. Ich liebte dieses Haus, das kühle Halbdunkel unter der Veranda, in dem es nach Hunden und roter Erde roch, aber Daddy Glen haßte es.

»Das is 'ne verdammte Niggerhütte! Denen isses anscheinend egal, wie sie leben!« Er bestand darauf, daß er uns nie in so ein Haus stecken würde. Statt dessen zog er mit uns in ein Steinhaus, wo sich die Fußbodenfliesen wegen der Feuchtigkeit ständig aufbogen und wo wir sowieso nicht besonders lang blieben. »Aber 'ne anständige Nachbarschaft«, sagte er zu Mama, die nichts erwiderte, nur das Geschirr wieder einmal auspackte.

Meine Tante Alma zog Daddy Glens ewige Verachtung auf sich, als ich neun war und sie meinen Onkel Wade verließ. Onkel Earle meinte lachend, daß Alma Wade endlich bei dem erwischt hatte, was er seit Jahren tat.

»Macht mit andern rum«, sagte Kusine Deedee. »Wenn er mein Mann wär, ich würd ihm den Schwanz wegschießen.«

»Könnt mit der Grund sein, warum du keinen hast – Mann, mein ich«, entgegnete Tante Alma und lachte dann bei der Vorstellung, wie sie Onkel Wade ins Gemächte schießen würde. »Auf jeden Fall würd er merken, daß ich da bin«, sagte sie zu Mama. »Aber, zum Teufel, der Mann is wie 'n Hund. Is ihm völlig egal, wo er'n reinsteckt. Weiß nich zu schätzen, was er hat. Da kann ich ihn genausogut alleinlassen, den Dreckskerl.«

Sie zog mit ihrer ganzen Brut in ein Apartmenthaus in der Stadt, ein zweistöckiges Holzhaus ohne Aufzug mit einer wackligen Veranda auf einer Seite. Gleichgültig, wo sie wohnte, Tante Alma hatte immer eine Veranda.

Niemand, den wir kannten, hatte je in einem Apartment gewohnt. Mama nahm uns mit, als sie sie besuchte, und außerdem einen Papierbeutel voller Handtücher und Baumwollwindeln aus dem Second-hand-Shop der Heilsarmee für das neue Baby. Tante Alma lächelte zur Begrüßung, holte einen Krug mit kaltem Tee aus dem Kühlschrank und dirigierte uns auf die Veranda hinaus.

Eine lange Treppe ging von der Veranda ab, machte eine Schleife am darunterliegenden Apartment vorbei und endete im Hof. Grey und Klein-Earle saßen auf den obersten Stufen und beugten sich vor, um die Kinder von unten zu beobachten, die aus den Fenstern zu uns heraufschauten. Glänzende braune Gesichter drückten sich gegen das Glas und verschwanden wieder, ernste ausdruckslose Gesichter, die wir kaum voneinander unterscheiden konnten.

»Nigger«, flüsterte Grey stolz. »Ham Angst vor uns.«

Ich umklammerte das Treppengeländer, wobei sich Späne von dem trockenen Holz lösten, und lehnte mich darüber. Ich hatte noch nie farbige Leute aus der Nähe gesehen, und ich war neugierig auf die da unten. Sie sahen wirklich verängstigt aus.

»Ihre Mama läßt sie nich raus.« Klein-Earle kaute auf einem Holzspan aus dem Geländer herum und zupfte schon am nächsten. »Heut früh ham wir gehört, wie sie gesagt hat, sie versohlt ihnen den Arsch, wenn sie bloß die Tür aufmachen. Sie freut sich garantiert nich drüber, daß wir hier eingezogen sin.«

»Ha, Daddy auch nich.« Grey lachte.

»Muß ganz schön stickig sein da drin«, flüsterte Patsy Ruth.
Ich nickte, ohne das Fenster aus den Augen zu lassen. Es sah so aus, als wären es drei dort unten, die abwechselnd rausschauten, genauso fasziniert von uns wie wir von ihnen. Reese war hinter mir und zog mich am Arm. Ich drehte mich nicht um; mir war, als schaute das Gesicht im Fenster mich direkt an.
»Können wir nich in' Hof runtergehn?«
»Da drunten isses noch heißer, überhaupt kein Wind, und staubig. Hier oben isses besser.« Grey spuckte über das Geländer auf die ausgedörrte Erde tief unter uns. »Außerdem müßten wir an denen da vorbei.« Er nickte Richtung Fenster.
Ich kniff die Augen zusammen wegen des grellen Lichts. Das Gesicht im Fenster kniff die Augen zusammen. Ich konnte nicht sagen, ob es ein Junge oder ein Mädchen war – ein sehr hübscher Junge oder ein sehr wildes Mädchen auf jeden Fall. Die Wangenknochen standen so weit vor wie meine, die Augen waren groß und schön, lange Wimpern, während der Mund klein war, die Lippen aufgeworfen, wie von einem Bienenstich geschwollen, aber nicht breit. Die Schokoladenhaut war so weich, so glatt, keine Poren zu sehen. Ich befühlte meine Wangen, schaute zu Grey hinüber und dann wieder nach unten. Greys Wangen waren voller Mitesser und von der Sonne gerötet. Ich hatte vorher nie darüber nachgedacht, aber er war fast häßlich.
»Was siehst'n da, Finger?« Grey stupste mich.
Ich konnte nicht sagen, was ich dachte, konnte nicht sagen: Das Kind ist hübscher als du. Ich richtete mich auf und riß selbst einen Span aus dem Holz, bevor ich mich zu Grey umdrehte.
»Mir gefällt's hier. Gefällt mir viel besser als die klapprige

alte Kiste, wo ihr vorher wart«, log ich. »Wieviel Schlafzimmer habt ihr?«
Grey wirkte plötzlich gelöst, und ich merkte, daß er Angst gehabt hatte, ich würde irgendwas Gemeines sagen. »Is mehr Platz hier, als de denkst. Ein Zimmer nur für Klein-Earle und Kaulquappe und mich. Patsy Ruth und Temple ham ihr eigenes, und Mama hat sogar gesagt, ich darf 'n Aquarium auf die Kommode stellen und mir die Schildkröten von Garvey wiederholen.« Klein-Earle nickte begeistert. Es war das erste Mal, daß jemand Garvey, der bei Onkel Wade geblieben war, erwähnt hatte, aber ich sagte nichts. Mama hatte mir erzählt, es habe einen furchtbaren Streit gegeben, als Wade Garvey dabehielt und seinen Zwilling mit Tante Alma gehen ließ.
»Sag nich Kaulquappe zu dem Baby«, warf Patsy Ruth ein. »Sag Annie! Du weißt, daß Mama es nich mag, wenn du Kaulquappe sagst.«
Die Tür ging auf, und Tante Alma schaute heraus. »Spielt ihr schön?« Sie blinzelte wegen der Sonne.
»Kein Problem, Mama«, sagte Grey. Ich schaute wieder zu dem Fenster hinunter. Es war ein Mädchen, ich war mir fast sicher, ein wildes Mädchen, das uns mißtrauisch beobachtete. Grey stützte sich mit seiner großen Hand auf den Stufen ab und richtete sich auf. Der Blick des Mädchens folgte seiner Faust und fiel dann wieder auf mich. Ich versuchte zu lächeln, aber mein Gesicht fühlte sich steif an, nervös. Das Gesicht des Mädchens blieb ohne jeden Ausdruck und verschwand in der Dunkelheit des Apartments.
»Laßt bloß die Kinder da unten in Ruh«, sagte Tante Alma zu Grey. »Ich will keine Schwierigkeiten mit den Leuten.«
»Ja, Mama«, erwiderten Grey und Klein-Earle wie aus einem Mund. Das Fenster unten blieb dunkel.

Als wir das nächstemal zu Besuch kamen, erzählte mir Grey, daß es fünf waren da unten, genau wie oben, daß der Vater irgendwo im Norden arbeitete, und keines der Kinder so alt war wie er. Die Frau war verschlossen, nickte Tante Alma höchstens mal zu, aber die Kinder lungerten nach der ersten Woche wieder auf der Treppe herum, rannten zwar jedesmal in die Wohnung, wenn einer der Onkel mit seinem Laster vorfuhr, aber sie beachteten die weißen Kinder ansonsten nicht. Irgendwann in der zweiten Woche veranstalteten sie einen Spuckwettbewerb, erster Stock gegen Parterre, und Grey gewann. Danach entspannte sich die Lage etwas. Grey zeigte den Jungs von unten sein Taschenmesser und bewunderte dafür die Werkzeuge, die der älteste Junge von seinem Vater bekommen hatte. Nur das Mädchen hielt sich abseits, blieb bei seiner Mama, während die Jungs draußen im Hof spielten.

»Sie is hübsch, wenn de bei Niggern überhaupt von Hübschsein reden kannst«, meinte Grey, »aber nich freundlich. Schaut, wie wenn se drauf warten würd, daß ich sie in' Hals beiß oder so was.«

»Wenn du sie so nennst, beißt sie vielleicht dich. Ich würd's tun.« Ich dachte an den intensiven, entschlossenen Gesichtsausdruck des Mädchens. Ich hatte die abscheulichen Witze und Gemeinheiten gehört, die sich die Leute über »Nigger« erzählten, aber ich selber hatte noch nie mehr zu Farbigen gesagt als das kurze, vorsichtige »Sir« und »Ma'am«, das uns Mama beigebracht hatte. Ich war diesen Kindern gegenüber genauso schüchtern, wie sie es anscheinend uns gegenüber waren. So nervös mich der Gedanke auch machte, ich wünschte, das Mädchen würde herauskommen, damit ich versuchen könnte, mit ihr zu reden, aber sie sah uns immer nur durchs Fenster an. Ihre

Mama hatte ihr wahrscheinlich alles erzählt, was sie von einem Dreckspack wie uns zu erwarten hatte.

»Jungejunge, du hättst hörn sollen, was Daddy und Onkel Beau gesagt ham, als sie da waren, was die denen für Namen gegeben ham.« Grey runzelte die Stirn und trat mit einem Fuß gegen den andern. »Daddy is ganz schön wütend, daß wir hierhergezogen sin.«

Ich wußte, was er meinte. Die Woche zuvor waren Onkel Wade und Tante Alma bei uns gewesen; Wade sah völlig fertig und heruntergekommen aus und beschimpfte Alma.

»'nem Mann die Kinder wegnehmen und dann in das Drecksloch ziehn, wo überall Nigger sin. Meine kleinen Mädels müssen die Treppe raufgehn und an den Niggerjungs vorbei. Meine Frau in derselben Straße wie dieser Abschaum!« Onkel Wades sonnenverbranntes Gesicht war schmaler als sonst und dunkel vor Wut.

Tante Alma lachte ihn einfach aus. Sie sah so gut aus wie noch nie. Auch sie war ein bißchen schmaler geworden, aber ihr stand es gut. Ihr Gesicht wirkte weich und gelöst, der Rock spannte nicht mehr um ihre runden Hüften. Sie sah nicht so aus, als würde sie Onkel Wade allzusehr vermissen. »Der Mann is schlimmer als 'n kleiner Junge«, sagte sie zu Mama, »macht dich kaputt, weil de dich ständig für ihn abrackern sollst, ihm das Essen kochen, seine Sachen waschen, ja sogar ihn selber und seine fetten Haare sollste waschen, verdammt!« Jetzt lachte sie einfach und strich sich mit einer ihrer kleinen Hände den Pony aus der Stirn.

»Ich zahl meine Miete selber, dankeschön, Mr. Wade Yarnall.« Sie rollte sich eine Locke ums Ohr und lächelte Mama stolz an. »Ich brauch mir nich anhörn, was für Beschwerden du hast über mein Leben, den Quatsch über meine Kinder. Sie sin sauber und satt und glücklich, da wo sie sin. Niemand tut ihnen was. Niemand tut mir was, und so wird's auch in Zukunft sein.«

»Aber es is 'n Skandal! Sie kann doch da nich bleiben.«

Tante Carr war auf Onkel Wades Seite, aber das war immer schon so, erzählte mir Mama. Carr war von Baltimore heruntergekommen, um ihren alljährlichen Sommerurlaub bei uns zu verbringen. »Deine Tante Carr war immer schon scharf auf Wade«, vertraute Mama mir eines Nachmittags an, als wir Wäsche aufhängten. »Damals, als wir noch Mädels waren, da hat sie geglaubt, sie würd Wade heiraten. Is nie drüber weggekommen, daß er Alma genommen hat.«

»Was du nich sagst, Anney. Carr is nie über irgendwas weggekommen. Das Mädel merkt sich alles, was ihr irgendwer mal angetan hat oder antun wollte. Wetten, daß sie alle Gemeinheiten nachts vorm Schlafengehen laut runterrattert, damit sie auch ja nix vergißt?« Onkel Earle stand am Ende der Wäscheleine, eine große Papiertüte in den Armen und ein breites Grinsen auf dem braungebrannten Gesicht. Er stellte die Tüte ab und fing mich auf, als ich zu ihm rannte, lachte über Mamas verärgerten Gesichtsausdruck.

»Na, komm schon, Anney. Du weißt, daß es stimmt, was ich sag. Brauchst mich gar nich so wütend anschaun.« Er klopfte auf seine Tüte. »Ich hab dünnschalige Pekannüsse für mindestens zwei Dutzend Pies dabei. Warum läßt du nich einfach mich und deine Kleine da die Nüsse rauspulen, während du den Teig ausrollst?«

Mama steckte die letzte Wäscheklammer auf eine von Daddy Glens abgetragenen Boxershorts und schüttelte eines seiner Hemden, damit die Ärmel gerade hingen. »An manchen Tagen frag ich mich, wie dich überhaupt jemand ertragen kann, Earle Boatwright. Immer sagst du über jeden nur das Schlechteste. Ich glaub, du bist derjenige, der nachts wach liegt und drüber nachdenkt, was für Bosheiten er über andre Leut erzählen könnt.«

Earle lachte wieder. »Ah, du hast recht, Schwesterherz. In meiner freien Zeit mach ich nix andres, als mir alles aufzuschreiben, was die Leute getan haben und worüber sie mit niemand reden wollen, und dann erzähl ich genau das rum.« Er nahm die Tüte auf die eine Hüfte und mich auf die andre. »Sag, Finger, hat deine Mama dir schon erzählt, warum deine Tante Carr so weit weg in Baltimore wohnt und so selten heimkommt, daß wir sie kaum noch wiedererkennen?«

»Ach, Earle!« Mama hielt sich eine Hand vor den Mund und griff mit der anderen nach den Pekannüssen. »Red nich schlecht von Carr. Komm mit rein, dann hol ich meinen Karo-Sirup und die Pie-Pfannen raus.«

Earle schwang mich hoch und setzte mich auf seine Schultern, so daß meine Beine vor seiner Brust baumelten. »Jawoll, Ma'am. Dein Pekan-Pie schmeckt mir besonders gut, wenn du wütend bist.«

Er kitzelte meine bloßen Füße, bis ich ihn an den Ohren zog, damit er aufhörte.

»Wenn deine Mama sauer auf mich is, Finger, dann hackt sie die Nüsse ganz fein, so mag ich's. Ansonsten isses ihr egal, und wenn die Nüsse nich kleingehackt sin, dann sin sie mir nich süß genug.«

Bei der Fliegengittertür blieb er stehen, und ich zog ihn wieder an den Ohren. »Was is jetzt mit Tante Carr? Willst du mir nich erzähln, warum sie nach Baltimore gezogen is?«

Er schaute zu mir hoch, und das berüchtigte langsame Grinsen breitete sich auf seinem Gesicht aus. »Du weißt, daß deine Mama nich will, daß ich dir die Geschichte erzähl.«

Ich schlug mit den Beinen gegen seine Brust. »Willst du's mir nich trotzdem erzähln?«
Earle lachte und hob mich herunter. Er stieß mit der Hüfte gegen die Fliegengittertür und schaute schnell nach, ob Mama schon in die Küche gegangen war. »Na gut.« Er zündete sich eine Zigarette an, wobei er nur eine Hand nahm für das Streichholz.
»Deine Tante Carr war 'n empfindliches Mädel, vor allem, wenn's drum ging, wie hübsch deine Mama und Alma waren, während sie selber nich besonders gut ausgesehn hat. Carr wollte unbedingt schön sein, und sie wurde richtig gemein deswegen. Sie hat immer so schlecht über Raylene geredet, daß es eine Schande war, sagte dauernd, Raylene muß Make-up nehmen und sich die Haare richten lassen, soll schauen, daß sie endlich 'n Mann abkriegt. Aber ich hab mir immer gedacht, sie hat auf Raylene nur rumgehackt, damit jeder sehen konnt, wieviel Mühe sie selber sich mit ihrem Aussehen macht. Raylene und Alma und deine Mama haben sie immer nur ausgelacht deswegen, hat sie ganz schön auf die Palme gebracht. Ich sag nich, daß Carr ihre Schwestern nich geliebt hätt, aber manchmal war es eindeutig, daß sie sie nich besonders gern hatte. Und, ah! Allerdings hatte sie ein Auge auf den jungen Mr. Wade geworfen. Das Mädel wollt ihn schlicht und einfach haben, und vielleicht hat sie gemerkt, daß sie Luft für ihn war, wenn Alma in der Nähe war. Das hat sie schwer gewurmt.
Dann, an einem Thanksgiving, wo es jeder hören konnt, hat Wade im Scherz gesagt, daß Alma die jüngere, hübschere Ausgabe von Carr is – die Blüte neben dem Fallobst, hat er, glaub ich, gesagt. In dem Augenblick war Carrs Gesicht echt sehenswert. Jeder ihrer Gedanken war klar und deutlich erkennbar, und keiner davon war schön. Und bis Weihnachten, ich schwör's dir, da hat sich das

Mädel den alten Baltimore-Benny geschnappt, als wär er 'n frischer Köder in 'nem kalten Bach. Hat im Herbst danach das erste Baby gekriegt, und kurz drauf hat sie Benny dazu gebracht, mit seinen Leuten wieder hochzuziehn. Wade und Alma haben noch fünf Jahre gebraucht, bis sie geheiratet haben, obwohl der Pfarrer kaum ausgeredet hatte, als Almas Zwillinge auch schon aus ihrem Bauch rauswollten.«

Earle rollte die Zigarette zwischen Daumen und Zeigefinger hin und her. »Sieht so aus, als ob wir danach alle erwachsen geworden sin und alles anders geworden is. So is das Leben. An einem Tag is die ganze Familie noch zusammen, ständig wird gestritten und sich wieder versöhnt, und dann is alles vorbei. Du gehst weg und gründest 'ne eigene Familie, hast Angst, was als nächstes kommt – und, bei Gott, alles kommt immer schneller, das kann ich dir sagen.« Er schaute über den Garten hinweg, als sähe er dort wesentlich mehr als seinen öliggrünen Chevy, der auf der Straße stand.

»Na, wo bleibt ihr denn?« rief Mama aus der Küche. »Ich mach doch die Pies nich ganz allein, wenn ihr zwei mir helfen könnt.« Ich rannte hinein, während Earle langsam nachkam, seinen schlaksigen Körper auf einen umgedrehten Küchenstuhl fallen ließ und das Kinn auf die Lehne stützte.

»Du willst nur nich, daß ich Geschichten erzähl, wenn du nich zuhören kannst, Schwesterherz.«

»Lügen, meinste.« Mama reichte mir das Sieb und eine Schüssel voll Mehl, schüttete dann einen Berg Pekannüsse auf den Tisch zwischen sich und Earle. Sie nahm ihr großes Fleischermesser und fing an, die Nüsse damit zu wiegen, hackte sie ganz fein. »Weißte, Finger, Earle hatte langweilige braune Haare, als er klein war und in die Schule kam. Es is nur jedes Jahr dunkler und schwärzer geworden.« Sie schaute mit einem schiefen Lächeln zu ihrem Bruder hin-

über. »Was glaubst du, Earle, war es die Schule oder die Sünde, die deine Haare so schwarz hat werden lassen?«
Earle stopfte sich eine Handvoll Nüsse in den Mund, zupfte an der Locke, die ihm in die Stirn hing, und stieß einen langen wehmütigen Seufzer aus. »Ach, es war die Schule, Schwesterherz. Deswegen hab ich auch damit aufhören müssen. Es wär sonst zuweit gegangen. Wenn ich nich von der Schule abgegangen wär, dann wären meine Haare so schwarz geworden, daß sie das ganze Sonnenlicht von Greenville County verdunkelt hätten. Die Ernte wär verdorben, und Kinder hätten hungern müssen, nur wegen meinem egoistischen Bedürfnis, Algebra und Geographie zu lernen. Ich mußte damit aufhören und den Job annehmen, wo ich draußen beim Luftstützpunkt die neue Rennbahn gebaut hab. Es war die einzige Möglichkeit, um uns alle vor der Hungersnot und der kalten, kalten Nacht zu bewahren.«
»Ach, du!« Mama versetzte Earle einen Klaps auf die Schulter. »Ich kann nix sagen, ohne daß du deine schrecklichen Lügen erzählst.« Sie nahm das Nudelholz und zerdrückte damit ein paar Tassen Nüsse in ganz kleine Körner. »Gott weiß Bescheid, Earle Boatwright. Irgendwann kommen deine Geschichten auf dich zurück. Und dann wirste nich mehr wissen, was de sagen sollst, das schwör ich dir.«

Onkel Wade und Tante Alma stritten noch wochenlang, und ab und zu griffen Tante Carr und Mama ein, bis Tante Carr nach Baltimore zurückmußte und Daddy Glen seinen neuen Job im Pepsi-Werk verlor und Mama so viel arbeitete, daß sie Tante Alma nicht mehr oft besuchen konnte. Es sah nicht so aus, als ob sie sich je versöhnen würden, aber es verhielt sich auch niemand so, als wäre es besonders wichtig. Tante Alma hatte geschworen, sie würde Wade erst dann wieder einen Platz in ihrem Leben geben, wenn er die ganze Main Street langkroch und dabei laut sang, was für ein Hund er sei, aber als das Baby krank wurde und die Jungs anfingen, nachts herumzustreunen, gab sie auf und zog wieder bei ihm ein.

»Ich hab gewußt, wie er is, als ich ihn geheiratet hab«, sagte Alma zu Mama. »Ich glaub, er is auch nich schlimmer als jeder andre Mann.« Aber sie war immer noch so wütend, daß sie einige Monate lang nicht in das gemeinsame Schlafzimmer ging. Sie behandelte Wade, als wohnte er in seinem eigenen Haus zur Untermiete, redete kaum mit ihm, bis er sich entschuldigte. Zuerst war Onkel Wade ziemlich aufgebracht, behauptete, Tante Alma würde in die Hölle kommen, weil sie ihn wie einen Fremden behandelte. Irgendwann entschuldigte er sich dann doch, aber er wollte nicht zugeben, daß er einen Fehler gemacht hatte.

»Ein Mann hat seine Bedürfnisse«, sagte er zu jedem, angefangen bei Daddy Glen bis zu den Tankstellenwärtern auf der White Horse Road. »Ein Mann hat seine Bedürfnisse, und sie war schwanger. Hätt ich meinem eigenen Baby in ihrem Bauch weh tun sollen?«

Für die Tanten war Wades elende Jammerei ein Witz. »Ein Mann hat seine Bedürfnisse«, sagten sie jedesmal lachend, wenn sie zusammenkamen. »Und was hat dann 'ne Frau?«

»Männer!« antwortete dann immer eine unter großem Gekicher. Worauf alle lachten, bis ihnen die Tränen kamen. Mir war überhaupt nicht klar, was daran so lustig war, aber ich lachte trotzdem mit. Bei meinen Tanten war ich gerne Frau, ich mochte das Gefühl, Teil von etwas Boshaftem und Starkem zu sein, das nichts zu tun hatte mit meinen großen groben Cousins und der ganzen Welt der spuckenden, fluchenden, angeberischen Männer.

7

Laßt euch bloß nich von mir beim Stehlen erwischen«, ermahnte uns Mama bei einer ihrer seltenen Predigten, nachdem Grey geschnappt worden war, als er mit einer Literflasche Royal Cola im Sonderangebot aus dem White-Horse-Supermarkt rannte. »Wenn ihr was wollt, dann sagt's mir, und wenn es unbedingt sein muß, dann finden wir auch 'n Weg. Aber ich laß es nich zu, daß ein Kind von mir beim Stehlen erwischt wird.«

Ich nahm Mama beim Wort und lungerte mit meinen Cousins Garvey und Grey herum, hatte vor, mich nicht erwischen zu lassen und es Mama nicht zu sagen. Aber nachdem ich eines Nachmittags für Reese und mich Tootsie Rolls hervorzauberte, ergriff Mama meine Hände, als würde sie gleich zu weinen anfangen.

»Wo hast du die her?«

»Onkel Earle«, sagte ich versuchsweise.

»Nein.« Mama beugte sich etwas herunter, so daß ihr Gesicht dicht vor meinem war.

»Tante Alma.« Vorsichtig setzte ich eine undurchdringliche Miene auf.

»Lüg nich noch dazu.« Die Furchen in ihrem Gesicht sahen aus wie die Flüsse, die nach Süden Richtung Charleston strömten. »Sag mir die Wahrheit.«

Ich fing zu weinen an. »Mit Grey und Garvey heute morgen in der Stadt, im Woolworth.«

Mama wischte mir mit dem Zeigefinger die Tränen von

den Wangen. Dann wischte sie sich selbst über die Wangen. »Is das alles? Wie viele hast du mitgenommen?«

»Noch zwei, Mama. Eine hab ich gegessen, eine Reese.«

Mama lehnte sich zurück, ließ meine Hände los. Sie schüttelte eine Zigarette aus der Packung und zündete sie bedächtig an. Ich saß still da, beobachtete sie, wartete. Mir stiegen immer noch die Tränen in die Augen, und ich mußte mich abwenden, um sie mir an der Schulter abzuwischen, aber ich beobachtete weiterhin Mamas Gesichtsausdruck, während sie dasaß und rauchte, ohne mich anzuschauen. Unablässig rieb sie die Finger ihrer rechten Hand gegeneinander; es sah aus wie die Beine der Heuschrecken, die ich das lange Gras vor Tante Almas Haus hatte hinaufklettern sehen. Auch ihre Lippen bewegten sich unablässig, als saugte sie an ihren Zähnen oder wollte etwas sagen, aber sie war lange Zeit still, saß nur da und schaute, ihre Zigarette rauchend, zum offenen Fenster hinaus.

»Du kennst deinen Vetter Tommy Lee? Tante Ruths Ältesten?«

Ich runzelte die Stirn, versuchte mich an ihre Namen zu erinnern. Da war Dwight, das wußte ich, Lucius, D. W., Graham, ja genau, Tommy Lee und Butch. Tante Ruth hatte nur zwei Töchter und sechs Jungen, die meisten davon verheiratet und selbst schon Väter von Jungen. Sie waren sich so ähnlich, daß ich nie über jeden einzelnen Bescheid wußte, außer über Butch, und den sah ich kaum noch, seit er zu Ruths Ältester, Mollie, nach Oklahoma gezogen war. Die jüngeren tauchten gelegentlich bei uns auf, um mit Reese und mir zu raufen, uns Süßigkeiten zu schenken oder Geschichten zu erzählen. Die älteren hatten die eingesunkenen Augen und platten Gesichter von Männern, und sie hatten nie etwas für uns, außer garstige

Blicke. Ich hätte nicht sagen können, welcher der älteren Tommy Lee war, aber ich hatte zur Genüge gehört, was die Leute über ihn sagten – was für ein Streithammel er war, was für Freundinnen und was für ein dreckiges Mundwerk er hatte, seine regelmäßigen Aufenthalte im Bezirksgefängnis und die Schlägereien, in die er geriet.

»Er is schlecht«, sagte Mama, während sie weiterhin zum Fenster hinausschaute. »Er is einfach durch und durch schlecht. Er bestiehlt seine Mama. Er hat mich bestohlen. In seiner Nähe darfste keinen Geldbeutel liegenlassen oder irgendwas, was er zu Geld machen kann. Einmal hat er sogar Deedees Rabattmarkenheft geklaut und irgendein nutzloses Zeug dafür eingetauscht.«

Ihr Blick glitt zu meinem Gesicht zurück, die starren braunen Augäpfel glänzten wie bemooste Felsen unter Wasser.

»Ich weiß noch, wie wir kleine Kinder waren und er immer Bonbons gestohlen hat, um sie zu verschenken. Dachte wahrscheinlich, die Leute würden ihn mögen, wenn er ihnen was schenkt. Jetzt redet er ständig davon, daß ihm alles weggenommen wird, und für alles, was er macht, hat er 'ne Entschuldigung. Verprügelt seine Freundinnen, weil sie ihn betrügen. Hat nie lange den gleichen Job, weil die Leute Lügen über ihn erzählen. Stiehlt, weil die Welt so grausam zu ihm ist. So ein Quatsch. Er is einfach schlecht, das is alles, einfach schlecht. Beklaut seine Mama und seine Schwestern, beklaut seine eigenen Leute.«

Ich ließ den Kopf sinken. Mir fiel ein, daß Grey mir erzählt hatte, wie ihm Tommy Lee beigebracht hatte, Schlösser zu knacken, und daß Tommy Lee der raffinierteste Kerl von ganz Greenville sei. »Der kann für sich selber sorgen, da kannste Gift drauf nehmen. Bleibt niemand was schuldig, nie.« Greys Gesicht war ganz rot geworden vor Respekt und Neid, als er das sagte, und ich hatte etwas Ähnliches verspürt – wünschte, ich könnte auch für mich selber sorgen und Schlösser knacken oder ein Auto ohne Schlüssel anlassen oder so geschickt Sachen von einer Verkaufstheke verschwinden lassen, daß niemand es merkte. Aber die eigene Mama beklauen! Mein Gesicht fühlte sich steif an vor Scham und Wut. So war ich nicht. Ich würde Mama nie bestehlen.

Mamas Hand berührte mein Kinn, fuhr mir über die Wange und strich mir übers Haar. »Du bist mein ganzer Stolz. Weißt du das? Du und deine Schwester, ihr seid wirklich alles, was ich hab, alles, was ich je haben werd. Glaubst du, ich laß es zu, daß du so wirst?«

Ich schüttelte den Kopf. Die Tränen kamen wieder und dazu noch ein Schluckauf. Mama stand auf und holte einen kühlen Waschlappen für mein Gesicht.

»Wein nich, Süße. Wird schon wieder gut. Wir kriegen das schon in Ordnung, es wird alles wieder gut.« Sie steckte die Schokoriegel in eine Papiertüte und drückte mir ein paar Pennies in die Hand. Sie redete weiter, während sie mir die Haare bürstete und dann sich selbst frisierte, Reese hereinrief und ihr sagte, sie solle auf der Veranda bleiben, den Herd, auf dem die Bohnen kochten, kleiner schaltete und mit mir zum Auto ging. Sie erzählte mir von sich und Tante Raylene, wie sie als kleine Mädchen für diesen Mann draußen in der Old Henderson Road gearbeitet und wochenlang jeden Tag für ein paar Pennies Erdbeeren gepflückt hatten, wie sie aus jeder Reihe die reifen roten Früchte abzupften, damit er sie in seinem Stand am Straßenrand verkaufen konnte.

»Nur die reifen, hat er immer gesagt, aber es war so heiß und so staubig, und manchmal haben wir auch die nicht ganz so reifen mit abgezupft, du weißt schon, grüne oder meinetwegen halb grüne. Wir haben sie beim Einfüllen unter den reifen versteckt. Die Leute haben so 'ne Schachtel gekauft, daheim dann am Boden diese halbreifen gefunden und sich beschwert. Er is immer ganz schön bös geworden, aber wir waren ja noch Kinder, und sein Gebrüll war uns egal, solang wir die Arbeit bezahlt gekriegt haben.«

»Was hat er euch denn gezahlt?«

Mama machte eine wegwerfende Handbewegung. »Zuwenig, is doch klar, viel zuwenig. Erdbeerpflücken is 'ne fürchterliche Arbeit, der Rücken tut dir weh, die Augen, und überall biste voller Saft, und die Finger jucken von diesen winzigen Stacheln. Sogar für Kinder is das zuwenig Geld, auch wenn de soviel ißt, wie de kannst. Nach 'ner Zeit kannste eh keine mehr sehn.« Sie lachte. »Obwohl, Raylene hat 'ne Menge davon verdrückt. So schnell konntste gar nich schaun, wie die sich die Beeren reingestopft hat. Der einzige Beweis dafür war ihre rote Zunge.«

Sie hielt vor dem Woolworth, stellte den Motor ab und blieb einen Augenblick lang sitzen, die Hände auf dem Lenkrad. Ich schaute zu den großen Schaufenstern hinüber, in denen stapelweise Picknickkörbe aus Plastik, kleine Büroabfalleimer aus Blech und ärmellose, auf Bügel gehängte Sommerkleider aus Baumwolle hinter rattenähnlichen ausgestopften Tieren und Dreirädern mit bunten Plastikwimpeln an den Lenkstangen zusammengepfercht waren. Bei der Vorstellung, mit Mama wieder da hineingehen zu müssen, wurde mir übel, und ich wurde beinah wütend auf sie. Warum konnte sie mir nicht einfach das Versprechen abnehmen, es nie mehr wieder zu tun?

Ich schreckte hoch, als sie mir die Hand auf die Schulter legte. »Deine Oma hat rausgefunden, was wir gemacht haben, weil wir faul wurden und immer mehr grüne Erdbeeren unten in die Schachteln legten. Opa hat drüber gelacht, aber deine Oma nich. Eines Nachmittags kam sie vorbei und hat mindestens 'ne Handvoll Schachteln umgedreht. Hat 'nen Korb mit grünen Erdbeeren vollgemacht und dem Mann abgekauft. Hat uns mit heimgenommen, uns an den Küchentisch gesetzt und jede einzelne davon aufessen lassen. Raylene und ich haben die ganze Nacht lang Erdbeeren gekotzt.«

»Ihr müßt sie doch gehaßt haben!«

Mama sagte nichts, und ich bekam es mit der Angst zu tun. Ich wollte nicht, daß sie dachte, ich würde sie hassen. Ich wollte nicht einmal, daß ich auf sie wütend war. Ich biß die Zähne zusammen und versuchte, die Tränen zurückzuhalten.

»Es gibt kein' andern Weg«, sagte sie ruhig. »Ich hasse es. Du haßt es. Vielleicht haßt du mich deswegen. Ich weiß es nich, und ich kann dir nich sagen, was jetz passiert. Aber ich weiß einfach kein' andern Weg. Wir gehen da rein und geben dem Mann die Süßigkeiten zurück, zahlen für das, was du gegessen hast, und das is auch schon alles. Damit isses vorbei, und du wirst froh sein, daß alles geregelt is. Wir brauchen nie mehr drüber reden.«

Abrupt öffnete Mama die Tür, und ich folgte ihr wie betäubt. Ihre Wangen bekamen rote Flecken, als sie mich zur Süßigkeitentheke führte, auf die Verkäuferin wartete und mich nach vorne schob. »Meine Tochter hat Ihnen was zu sagen«, meinte sie nur und stupste mich. Aber ich brachte kein Wort heraus. Ich hielt der Verkäuferin die Tüte und die Pennies hin und fing wieder zu weinen an, diesmal mit lauten Schluchzern. Das Mädchen sah verwirrt aus, aber Mama sagte nichts mehr, stupste mich nur noch einmal. Ich dachte schon, ich würde an meiner eigenen Zunge ersticken, als plötzlich der Geschäftsführer zu uns herkam.

»Was haben wir denn da?« sagte er mit dröhnender Stimme. »Was haben wir denn da? Bringst du uns was, meine Kleine?« Er war groß, hatte ein breites Gesicht und einen aufgeblähten Bauch, der unter seiner zugeknöpften Anzugweste hervorschaute. Er bückte sich, so daß sein Gesicht auf gleicher Höhe war wie meines, so nah, daß ich den scharfen Alkoholduft seines After-shave roch.

»Is doch so, oder, Süße?« Er sah aus, als müßte er den Drang, über uns zu lachen, unterdrücken. Plötzlich hatte ich so eine Wut auf ihn, daß sich mir der Magen zusammenkrampfte. Ich streckte ihm die Tüte hin, die Pennies.

»Ich hab's gestohlen. Es tut mir leid. Ich hab's gestohlen.« Mama drückte meine Schulter, und ich hörte, wie sie mit einem Seufzer ausatmete. Ich schloß einen Moment lang die Augen und zwang mich, auf sie nicht ebenso wütend zu werden wie auf diesen Mann.

»Aha«, sagte er. »Ich verstehe.« Ich schaute ihn wieder an. Er wühlte in der Tüte herum, zählte die Tootsie Rolls und nickte. »Es ist gut, Ma'am«, sagte er so laut wie zuvor, »daß Sie das gleich gemerkt haben.« Er nickte mir zu. »Du hast Glück, meine Kleine, du hast wirklich Glück. Deine Mama liebt dich. Sie will nicht, daß du ein Dieb wirst.«

Er richtete sich wieder auf und gab die Pennies der Verkäuferin. Er streckte eine Hand aus, als wollte er sie mir auf den Kopf legen, aber ich trat einen Schritt zurück, so daß er sich dazu nach vorn hätte beugen müssen. »Arschloch«, hätte Grey ihn genannt, »das schleimige Arschloch frißt wahrscheinlich den ganzen Tag lang Tootsie Rolls.« Wenn er noch mal die Hand nach mir ausstreckte, so beschloß ich, würde ich ihn beißen, aber er schaute mich nur lange und aufmerksam an. Ich wußte, ich sollte mich

jetzt schämen, aber es ging nicht mehr. Ich war empört. Ich hätte ihn am liebsten getreten oder vollgekotzt oder auf der Straße laut seinen Namen geschrien. Je länger er mich anschaute, desto mehr haßte ich ihn. Wenn ich ihn mit meinem Blick hätte töten können, ich hätte es getan. Der Ausdruck in seinen Augen sagte mir, daß er wußte, was ich dachte.
»Ich werd deiner Mama einen Gefallen tun.« Er lächelte. »Ihr dabei helfen, dir zu zeigen, wie ernst das ist, was du getan hast.«
Mama verstärkte den Griff auf meiner Schulter, aber sie sagte nichts.
»Was wir tun werden, ist folgendes«, verkündete er. »Wir sagen, du darfst eine Zeitlang nicht hierherkommen. Wir sagen, wenn deine Mama glaubt, daß du deine Lektion gelernt hast, dann kann sie herkommen und mit mir reden. Aber bis dahin werden wir uns deinen Namen merken und wie du ausschaust.« Er beugte sich wieder herunter. »Hast du mich verstanden, Süße?«
Ich hatte verstanden. Ich hatte verstanden, daß ich von den Woolworth-Theken verbannt war. Ich spürte Mamas heiße Hand durch meine Bluse hindurch, und ich wußte, sie würde nie mehr auch nur in die Nähe dieses Kaufhauses gehen, würde nie mehr mit diesem Schleimscheißer im selben Zimmer sein wollen. Ich schaute mir die bunten Haarbürsten und Bänder, die Wühltische mit Unterhosen und Socken, die Notizbücher, Puppen und Luftballons um mich herum an. Hunger war es, was ich in diesem Augenblick verspürte, nackten, fürchterlichen Hunger, ein Rumoren ganz tief in mir drin, als hätte meine Wut alles aufgezehrt, was ich jemals gegessen hatte.
Seitdem kam er jedesmal wieder, wenn ich an den Schau-

fenstern von Woolworth vorbeiging – jener schwindelerregende, verzweifelte Hunger, dazu Haß und ein beinahe schmerzhaftes Verlangen, jemandem weh zu tun. Ich fragte mich, ob Tommy Lee genau diesen Hunger und diese Wut verspürte, wenn er die Brieftasche seiner Mama durchsuchte. Dieser Hunger saß hinten in der Kehle, nicht im Bauch; es war ein Gefühl der Leere, das nach einem erlösenden Schrei verlangte. Immer wenn wir Daddy Glens Leute besuchten, begann dieser Hunger hinter meiner Zunge zu pochen, wurde übermächtig, bis ich schließlich inmitten eines Familienfestes voll Lärm und Essen nur noch stumm und hungrig herumstand.

Der große Unterschied zu den Boatwrights bestand nicht nur darin, daß Daddy Glens Brüder Anwalt und Zahnarzt waren statt Mechaniker und Dachdecker. In Daddy Glens Familie blieben die Frauen zu Hause. Seine eigene Mama hatte noch nie in ihrem Leben einen Job gehabt, und Daryl und James hielten nichts von Frauen, die ihre Kinder allein ließen, um »außerhalb des Hauses zu arbeiten«. Sein Vater Bodine Waddell war Besitzer der Sunshine-Molkerei, und Männer wie die Brüder meiner Mama wurden von ihm regelmäßig angeheuert und wieder gefeuert, eine Tatsache, die er uns nie vergessen ließ.

»Ganz schön stolz für 'n Mann, der Kühe hütet«, sagte Beau einmal über ihn, und Glen war auf der Stelle eingeschnappt.

»Daddy hat mit den Kühen selber nix zu tun«, sagte er zu Earle. »Aus dem ganzen County bringen ihm die Bauern ihre Milch, oder er läßt sie abholen. Daddy verarbeitet die Milch nur, füllt sie in die Sunshine-Flaschen ab, und seine Laster fahren sie aus.«

»Ah ja.« Earle nickte ernst. »Das is natürlich ganz was

andres. Der Mann hütet die Kühe nich, er mietet nur ihre Titten.«

Glen sah aus, als würde er ihn gleich anspucken oder niederbrüllen, aber er beherrschte sich. »Sag bloß nix gegen meinen Daddy.« Er knurrte fast. »Bloß nich.«

Daraufhin gaben Earle und Beau Ruhe. Glen konnte nichts dafür, daß sein Vater so ein Scheißkerl war, und es hatte sich noch nie ausgezahlt, einem Mann direkt ins Gesicht zu sagen, was man von seinen Leuten hielt. Im Lauf der Zeit war Glen immer eigenwilliger geworden, was seine Familie betraf; in einem Augenblick beklagte er sich darüber, wie schlecht sie ihn behandelte, und im nächsten nahm er sie in Schutz. Das schlimmste war jedoch, daß er darauf bestand, zu allen möglichen Familienfesten mit uns allen seine Brüder oder seinen Daddy zu besuchen, obwohl es sogar für mich offensichtlich war, daß sie sich nie freuten, uns zu sehen. Es spielte sich so ein, daß wir mindestens einmal jeden Monat zu Daddy Waddells Haus fuhren. Das Verdeck des Pontiac war zurückgeklappt, die Papierfetzen wirbelten auf dem Boden herum, und Reese und ich hingen über der Lehne des Beifahrersitzes, schauten zu, wie Mama ihre Frisur vor dem Fahrtwind zu retten versuchte, und hörten uns Daddy Glens Lügen an.

»Wir bleiben nich lang«, versprach er jedesmal, und Mama lächelte, als wäre es ihr ganz egal. Wir knirschten mit den Zähnen. Wir wußten genau, daß er nicht den Mut hatte zu gehen, bevor sein Vater mit der altbekannten Predigt über alle Dinge, die Glen in seinem langen Leben voller Versagen und Enttäuschung jemals falsch gemacht hatte, fertig war.

»Euer Daddy will, daß sein Daddy stolz auf ihn ist«, sagte Mama einmal. »Es bricht mir noch das Herz. Genausogut könnt er nach dem Mond pfeifen.«

Es stimmte. Wenn sein Vater in der Nähe war, wurde Glen unsicher und sehr vorsichtig. Der Schweiß brach ihm aus, und sein Blick huschte immer wieder zu seinem Daddy, als müßte er ununterbrochen aufpassen, damit ihm nicht das, was er am meisten brauchte, entging. Er zupfte wie ein kleiner Junge an seiner Hose herum und ließ den Kopf hängen, wenn er von irgend jemandem etwas gefragt wurde. Es fiel mir schwer, diesen Glen mit dem, der er die übrige Zeit war, in Einklang zu bringen – dem großspurigen, streitlustigen Gockel von einem Mann, der sich mein Daddy nannte.

»Der olle Glen is schlimmer als eineinhalb Kampfhähne«, sagte mein Onkel Earle oft. »Dem geht besser niemand an die Eier. Der macht dich platt, und wenn er dabei draufgeht.« Was nicht so falsch war. Oft genug kam ich von der Schule nach Hause und fand Mama und Glen am Küchentisch sitzend, jenen erschrockenen Ausdruck im Gesicht, die Augen weit aufgerissen, was bedeutete, daß er auf jemanden losgegangen war, der irgend etwas zu ihm gesagt hatte, und wieder einmal seinen Job verloren hatte. »Der Mann kann sich nich beherrschen«, jammerte Oma, konnte sich dabei jedoch ein Grinsen nicht verkneifen. Jeder grinste insgeheim darüber. Das war das einzige, was Daddy Glen vor der absoluten Verachtung der Boatwrights bewahrte. Die Berserkerwut, die ihn immer wieder überkam, war der Faszination, die die berühmten Saufgelage der Boatwrights ausübten, nur eine Idee unterlegen. »Leg dich mit einem von den Kerlen an, und du erntest Sturm«, sagten die Leute über meine Onkel und nach einiger Zeit auch über Daddy Glen. Abdeckkappen von Autoreifen und Kuchenbleche, Mistgabeln und Besenstiele, um Daddy Glen herum wurden alle Sachen krumm oder kaputt. Er wurde rot im Gesicht, und seine Hände zitterten; in seinem Hals fing es an zu arbeiten, die Muskeln traten hervor und pochten; dann wölbte sich sein Mund vor, und er legte los. Worte kamen heraus, die man nicht unbedingt verstehen mußte: *Verdammter Scheißkerl Hurensohn Arschficker!* Zauberworte, auf die hin andere Männer zurückwichen, die Hände hochhielten, Handflächen nach außen, und flüsterten: »Komm, Glen, komm schon, ruhig, Glen, ganz ruhig, Junge ...«

»Dein Daddy is selber 'n Hurensohn, ein absolut verrückter Schweinehund«, sagte Grey immer zu mir mit etwas Ehrfurcht in der Stimme, einer Sehnsucht, wenigstens nur halb so gefährlich zu sein. Ich lächelte dann und nickte und biß mir auf die Lippen, während in meinem Kopf zwei verschiedene Filme abliefen: Daddy Glen, der mich anschreit, den Hals knallrot vor Wut, und direkt daneben die andere, kaum vorstellbare Vision von Daddy Glen im Haus *seines* Daddys, wie er den Kopf hängen läßt und sein Mund so weich ist, daß auf der Oberlippe Speichel glänzt.

»Ich hasse es, da hinzugehn«, sagte Mama, »da rumzustehn und drauf zu warten, daß sein Daddy merkt, daß wir da sin.« Sie bürstete uns die Haare, bis sie fein und locker waren, und raffte sie ganz oben auf dem Kopf mit kleinen Haarspangen zusammen. Reese und ich hielten still und sagten nichts. Wir wußten, wir sollten nicht darauf achten, wenn Mama über Daddy Glens Leute redete. »Wer hat denn diesmal Geburtstag?« war so ungefähr das einzige, was man gefahrlos fragen konnte, da immer irgendein Geburtstag oder eine Hochzeit oder eine Taufe anstand. Die Waddells hatten zwar nicht so viele Cousins und Cousinen und Tanten und Onkel wie wir, aber die Frauen bekamen noch Kinder – irgend jemand feierte immer irgend etwas.

Eines Sonntags war es ein Doppelgeburtstag, der von

James und von einem seiner Bälger. »Einem seiner Kinder«, korrigierte mich Daddy Glens Schwägerin Madeline. »Bälge sind Häute von kleinen Tieren.«
Da hast du verdammt recht, dachte ich, als ich zu meinem wie ausgestopften Cousin in einer Hose mit Bügelfalten hinüberstarrte, einer acht Jahre alten Kopie seines fetten häßlichen Vaters. Sie servierten uns Tee im Garten, nur uns – Anneys Mädchen, so nannten sie uns. Ihre Bälger liefen im Haus ein und aus, laut, unbekümmert, zerkratzten die polierten Möbel mit den Fingernägeln, trampelten über den Parkettboden, hinterließen Dreckspuren auf den gewebten Teppichen.
»Diesen kleinen Gören gehört der Arsch versohlt.« Mama saß mit uns am Picknicktisch im Garten, weit weg von den anderen. Sie hatte nach uns sehen wollen und war hierhergekommen, wo wir in unseren gestärkten Kleidern herumsaßen, die Gesichter so steif wie die Ärmel. Reese und ich waren verschwitzt und fühlten uns elend, versuchten, nicht auf den Bänken herumzurutschen, Mama zuliebe guterzogen auszusehen und diesen Bälgern, die wir ebensosehr haßten wie sie uns, aus dem Weg zu gehen.
»Wann gehn wir?« fragten wir Mama ständig, obwohl wir wußten, daß sie es uns nicht sagen konnte; wir fragten trotzdem.
»Bald«, antwortete sie und zündete sich mit zitternden Händen eine neue Zigarette an. Mama rauchte in Daddy Waddells Haus nicht, obwohl ihr nie jemand gesagt hatte, sie solle es nicht tun. Sie ließen nur keine Aschenbecher herumstehen. Aber einmal sah ich, wie Madeline bei der Spüle in der Küche rauchte und die Asche in den Abfluß schnippte. Ich fragte mich damals, ob sie alle in die Küche oder ins Badezimmer gingen zum Rauchen und die übri-

ge Zeit so taten, als hätten sie keine derart schmutzigen Angewohnheiten.

»Können wir noch nich heim?«

»Nein, James will Daddy seinen neuen Rasenmäher zeigen.«

»Er hat doch letztes Jahr 'nen neuen gekriegt.«

»Das is einer, wo du dich draufsetzen kannst, wenn du das Gras mähst.«

»Schaut nich so aus, wie wenn der Garten so groß wär, daß de so was brauchst.«

»Tja« – Mama lachte kurz auf –, »ich glaub nich, daß James irgendwas kauft, nur weil er's braucht.« Sie strich sich sorgfältig über das Kleid, bevor sie wieder hineinging, obwohl nirgends auch nur eine Spur von Asche war. »Ihr Mädels spielt jetz schön, ja?«

Wir saßen still, wunderbar guterzogen, hatten beinah Angst, uns zu bewegen. »Ja, Ma'am. Nein, Ma'am.« Wir hielten den Rücken gerade und redeten nur, wenn wir gefragt wurden, versuchten, uns vorzustellen, daß Daddy Glen herausschaute und uns sah und stolz war. Seine Leute beobachteten uns durch die Fenster. Die Bücherregale und die gerahmten Bilder hinter ihnen verspotteten mich. Wie konnten Reese und ich all dessen würdig sein, der Rosen im Garten, des Sonnenlichts auf diesen blankgeputzten Fenstern und geblümten Vorhängen, des Porzellans, das in Glasvitrinen funkelte? Ich starrte diese Bücherrücken an, und ich wollte alles haben, wollte die Möbel haben, den Garten, die große offene Küche mit dem Geschirr für jeden Tag und anderem für besondere Gelegenheiten, die Tiefkühltruhe in der Abstellkammer und die weichen Sitzkissen auf allen Eßzimmerstühlen. Reese zog mich am Arm, wollte, daß ich mit ihr redete, aber ich brachte kein Wort an dem Hunger in meiner Kehle vorbei.

Ich hörte, wie Daryl und James hinter den Rosensträuchern redeten. »Schau dir das Auto an. Genau wie das Negerpack. Wie kann man sich so was zulegen.«
»Was hast du erwartet? Schau doch, was er geheiratet hat.«
»Die und ihre Bälger, die passen zu dem Auto ...«
Ich strich mir die schwarzen Haare aus den Augen und schaute zum Haus, sah, wie eine meiner Cousinen, in einem weißen Kleid mit angeschnittenen Ärmeln, mit einem breiten Mund wie alle meine Cousinen, dastand und mich beobachtete, sich an der Nase kratzte und mich anstarrte, als wäre ich ein Elefant im Zoo – stumm und häßlich und unempfindlich gegen Schmerz. Was erzählen sie ihr über uns? fragte ich mich. Daß wir nicht wirklich zur Familie gehören, sondern nur die schlimmen Bälger der Frau ihres verrückten Onkels sind? Du bist nicht mit mir verwandt, du gehörst nicht zu meinen Leuten, raunte ich mir selbst zu. Neue und fürchterliche Worte rollten mir im Kopf herum, während die Luft an meinem Hals kühl wurde.
Zu Reese' Überraschung stand ich auf, schüttelte meinen Rock aus und spazierte zwischen Madelines Rosensträuchern herum. Ich streckte meine Hände aus und streifte sachte über die dornigen Stengel und die samtigen Blüten, knickte im Vorübergehen Knospen ab. Ich zupfte die Knospen auseinander, zerriß die Blütenblätter und ließ sie in meinen Ausschnitt fallen. Ich hob sogar den Rock hoch und steckte mir ein paar in die Unterhose, ging dann langsamer, damit ich die feuchten seidigen Blüten an meiner Haut spüren konnte.
Pack stiehlt, dachte ich und rief mir Tante Madelines kalten Ton in Erinnerung, die bitteren Worte ihres Mannes. »Pack auf jeden Fall«, murmelte ich, aber ich nahm mir nur die Rosen. Kein Hunger, egal wie groß, würde

mich dazu bringen, ihnen irgendwas anderes wegzunehmen. Ich spürte eine sonderbare Hitze hinter meinen Augen, die alles, worauf mein Blick fiel, aufleuchten ließ. Sie war gefährlich, diese Hitze. Sie wollte aus mir herausströmen und alles verbrennen, alles, was sie hatten und wir nicht haben konnten, alles, weswegen sie dachten, sie seien besser als wir. Ich stand im Garten und drehte mich unentwegt im Kreis, verströmte Hitze und Wut und den süßlichen Gestank zerdrückter Blütenblätter.

8

Ich war zehn, schlaksige ruhelose zehn Jahre alt, als wir nach West Greenville zogen, damit Daddy Glen näher an der neuen Textilfabrik für Arbeitskleidung war, wo er eine Stelle als Vertreter bekommen hatte. Als Mama in der Abstellkammer Geschirr und Töpfe einpackte, fand sie die Überreste des Liebesknotens, den ihr Tante Maybelle und Tante Marvella gemacht hatten. Er bestand nur noch aus ein paar vom Staub zusammengehaltenen Fetzen und schien nur deswegen überlebt zu haben, weil er zwischen zwei ineinandergestapelte Blumentöpfe gerutscht war. Mäuse hatten das Band aus den Haaren gezupft, und Käfer hatten sich die meisten Kräuter und das Blut geholt. Trotzdem hatte das geknüpfte Herz des alten Spitzenfetzens all die Jahre überstanden. Mama erkannte das Ding an der Farbe des Bandes.

»Das war 'n Hochzeitsgeschenk von euren Eustis-Tanten«, sagte Mama zu mir, aber durch Omas Geschichten wußte ich bereits, was es war. Als Mama es vorsichtig hochzuheben versuchte, zerfiel das ganze Ding zu Staub. Der Magen krampfte sich mir zusammen, und ich umarmte mich selbst ganz fest. Ungeduldig fegte Mama den Schuppen aus und lud ihre Wäschekörbe voll. »Kräuterhexen«, murmelte sie.

In dieser Woche wachte Marvella eines Nachts auf, nachdem sie geträumt hatte, ihre Haare hätten sich in Stacheldraht verwandelt, und Maybelle war, als sie morgens aufwachte, fest davon überzeugt, die Kaninchen hätten alle Bohnen aufgefressen. Statt dessen stellten sie fest, daß ein Hund die Honigwabe ausgegraben und die Spitze mitten entzweigerissen hatte. Keine sagte zur anderen, was das ihrer Meinung nach bedeutete.

Das neue Haus in West Greenville war so weit weg von den Häusern der Tanten, daß wir kaum Zeit hatten, bei ihnen vorbeizuschauen. Oma paßte zwar immer noch auf Reese auf, wenn sie konnte, aber es war viel zu umständlich, sie zu Alma zu bringen und wieder abzuholen, und Mama beschloß, sie könnte mir allmählich zutrauen, uns beide am Leben zu halten, während sie bei der Arbeit war. Jetzt sahen wir Oma nur noch sonntags, wenn Mama Daddy Glen ausschlafen ließ und mit uns Tante Ruth oder Tante Alma besuchte. »Is nich gut, daß du so weit weg bist«, beschwerten sich ihre Schwestern dann, aber Mama lächelte nur und erzählte ihnen, wie hübsch unser neues Haus sei, wie hart Daddy Glen arbeite. Und es war auch ein hübsches Haus mit einem großen Garten, aber es kostete auch mehr, was bedeutete, daß Mama ein paar Stunden anhängen mußte, damit sie ein bißchen mehr Geld nach Hause brachte. Es sah nicht so aus, als würden sich Daddy Glens Kundenbesuche so gut entwickeln, wie sie gehofft hatten.

»Euer Daddy muß in letzter Zeit schrecklich viel arbeiten«, sagte Mama zu uns. »Ihr Mädels seid ja still, wenn er daheim is. Kommt ihm nich in die Quere. Er braucht seine Ruhe.«

»Er liebt euch«, sagte Mama ständig, und sie meinte es auch so, aber es kam mir so vor, als ob Daddy Glens Hände immer nach mir suchten, über meiner Haut bebten, so als zöge ihn etwas zu mir hin und stieße ihn gleichzeitig wieder weg. Ich schaute dann zu ihm auf, vorsichtig, wachsam, und sah, daß er mich anstarrte, als wäre ich etwas Unvorstellbares und Merkwürdiges. »Du siehst nich aus wie deine Mama«, sagte er einmal, »nur wenn du schläfst.« Manchmal, wenn ich an ihm vorbeirannte, griffen plötzlich seine Hände nach mir, hoben mich ein kleines Stück hoch und zogen mich zu ihm zurück. Er schaute mir ins Gesicht, schüttelte mich einmal kurz und ließ mich wieder los.

»Renn nich so durch die Gegend«, sagte er dann. »Du bist 'n Mädel, kein Rennpferd.«

Reese und ich machten uns einen Spaß daraus und spielten jeden Tag Rennpferde, wenn wir von der Schule heimkamen, rannten durch das leere Haus und hüpften auf dem großen Kniekissen herum, das vor seinem Stuhl lag. Eines Tages liefen wir wie immer um die Wette ins Haus hinein, ohne zu bemerken, daß das Auto draußen stand, ohne Daddy Glen zu sehen, bis eine große Hand meine Schulter packte.

»Was hab ich dir gesagt?« brüllte er, hob mich in die Höhe und schüttelte mich, bis ich den Kopf nicht mehr gerade halten konnte. »Du Hexe. Du kleine Hexe.« Mein Körper krachte gegen die Wand, meine Absätze stießen ins Leere, einen halben Meter über dem Boden. Durch einen schwindligen Nebel hindurch sah ich, wie Reese davonrannte, und dann war ich unter seinem Arm, wurde durch den Flur ins Badezimmer getragen. Er verriegelte die Tür hinter uns und ließ mich fallen.

»Es tut mir leid, es tut mir leid.« Ich war so erschrocken, daß ich stotterte.

»Es wird dir bald noch viel mehr leid tun.« Er zog seinen Gürtel aus den Schlaufen und wickelte das Ende mit der Schnalle um seine rechte Hand. »Ich hab lang damit gewartet, zu lang.«

Sein Gesicht war bleich, das Kinn hart, die Augen wirkten im grellen Schein der Leuchtstoffröhre über dem Spiegel rötlich. Ich stolperte rückwärts gegen die Badewanne, hatte schreckliche Angst, betete darum, daß Mama schnell heimkommen möge. Mama würde ihn zurückhalten. Seine linke Hand griff nach mir, packte mich an der Schulter, legte mich über sein linkes Bein. Er zog mir den Rock bis über den Kopf hoch und stopfte ihn in jene Hand. Ich hörte, wie der Gürtel hochsauste, ein Lied in der Luft, ein hoher, entsetzlicher Ton. Er kam wieder herunter, und ich schrie. Daddy Glen schwang seinen Gürtel erneut. Ich schrie, als er noch durch die Luft sauste, schrie, bevor er mich traf. Ich schrie nach Mama. Daddy Glen schrie mit mir, seine rauhen, dröhnenden Schreie waren genauso laut wie meine hohen, dünnen, und hinter uns, vor der verschlossenen Tür, schrie Reese ebenfalls und dann auch Mama. Alle schrien wir, und keiner konnte helfen.

Als Daddy Glen die Tür aufsperrte, haute ihm Mama eine runter und schloß mich in die Arme. Er hielt sich eine Hand an die Wange und schaute zu, wie ich an ihrem Hals schluchzte und weinte. »Du Mistkerl«, beschimpfte sie ihn und drehte den Wasserhahn auf, um mir das Gesicht zu waschen.

»Sie is auch mein Mädel«, sagte er. »Jemand muß sie lieb genug haben, daß es ihm nich egal is, was aus ihr wird.« Sein Gesicht sah abwesend aus, aufgedunsen und leer, als wäre er eben aus einem langen, langen Schlaf erwacht.

»Ich will nix mehr hören davon«, fuhr Mama ihn an und schob ihn aus dem Zimmer. Sie setzte mich auf ihren Schoß und wusch mir das Gesicht, den Hals, die geschwollenen Schenkel.

»Ach, meine Kleine«, sagte sie immer wieder. Ich lehnte

mich still gegen sie, war dankbar, in ihren Armen sicher zu sein. Die Luft auf meiner Haut fühlte sich komisch an, und ich hatte so viel geschrien, daß ich keine Stimme mehr übrig hatte. Ich sagte nichts, ließ Mama reden, hörte nur halb, was sie flüsterte. »Meine Kleine«, nannte sie mich. »Ach, Mädel. Ach, Süße. Meine Kleine, was hast du nur getan? Was hast du getan?«

Was ich getan hatte? Ich war ins Haus gerannt. Was fragte sie da noch? Ich wollte, daß sie weiterredete und verstand, ohne daß ich etwas sagte. Ich wollte, daß sie mich genug liebte, um ihn zu verlassen, uns zu packen und von ihm wegzubringen, ihn zu töten, wenn es sein mußte. Ich hielt mich an ihr fest, bis sie mich ins Bett brachte, hielt mich an ihr fest und wimmerte dann. Ich hielt mich an ihr fest, bis ich in einen benebelten, elenden Schlaf fiel.

Ich wachte auf, weil ich sie reden hörte, ihre Worte, die durch die geschlossene Tür des Schlafzimmers hallten. Ich hörte alles, was sie sagten, hörte, wie Mama in seinen Armen weinte. Daddy Glen erzählte ihr, ich hätte ihn einen Schweinehund genannt, daß ich durchs Haus gerannt sei und Sachen umgeworfen und ihn mit diesem Wort beschimpft hätte. Er weinte und schwor, daß er mich nicht so fest habe schlagen wollen, er wisse nicht, was ihn dazu getrieben habe. Er schluchzte und schlug dann so heftig mit den Fäusten auf die Matratze, daß die Federn quietschten.

»Sie hat mir gesagt, daß sie mich haßt«, sagte er, »hat gesagt, ich würd nie ihr Daddy sein. Und ich hab durchgedreht, Anney. Ich hab einfach durchgedreht. Verstehste? Weißte nich, wie lieb ich euch alle hab, sie liebhab? Und – o Gott, Anney! Sie haben mich heut rausgeschmissen. Mich einfach rausgeschmissen, ohne sich irgendwas dabei zu denken. Und was mach ich jetzt, damit ich die Mädels satt krieg?«

Reese lag neben mir im Bett, die Finger im Mund, die Augen weit aufgerissen. Sie sagte nichts. Ich lag still da, hörte mir Daddy Glens Lügen an, fragte mich, ob er glaubte, er würde die Wahrheit sagen. Unentwegt sah ich dabei Reese ins Gesicht, ein Kindergesicht, weich und leer und verängstigt. Mamas Weinen wurde leiser, verebbte. In der Stille danach hörte ich, wie Daddy Glen etwas flüsterte, hörte ein Gemurmel, die Antwort von Mama. Dann ein Seufzer und das Knarren ihres Betts, als er Mama tröstete und sie ihn. Sex. Sie liebten sich, Mama seufzte und schluchzte, und Daddy Glen sagte immer wieder ihren Namen. Ich schaute Reese in die Augen, und wir lauschten den kleinen Lauten, die sie von sich gaben.

»Du hast ihn wütend gemacht«, flüsterte Reese. »Sei lieber vorsichtig.«

Ich versuchte, vorsichtig zu sein, aber irgend etwas war entzweigegangen. Irgend etwas hatte sich gelöst, so wie sich die verknoteten Strähnen von Tante Marvellas Haar im Staub entwirrt hatten. Ich konnte nie vorsichtig genug sein, nie verhindern, daß Daddy Glen in Wut ausbrach. Dr. Pepper stellte ihn als Vertreter ein, aber zu einem geringeren Gehalt als der Arbeitskleidungsservice. Er hatte eine der kurzen Routen, nicht viel Geld damit zu machen und nicht genug Arbeit für den ganzen Tag. Er kam unregelmäßig nach Hause, früh und spät. Mama arbeitete immer länger, nahm jede Bezahlung dafür an, die sie bekam, und ich blieb außer Haus, soviel ich konnte. Falls ich heimkam, während er da war und Mama nicht, fand er immer irgend etwas, was ich angestellt hatte, etwas, was ich noch lernen mußte, etwas, was er einfach tun mußte, weil er mich liebte. Und er liebte mich auch. Er sagte es mir immer wieder, drückte mich dabei fest an sich, und seine Hände zitterten, während sie ruhelos, endlos über meinen Bauch, meinen Arsch, meine Schenkel strichen.

»Du bist genau wie deine Mama«, sagte er dann und preßte seine stopplige Wange gegen meine.

Ich stand stocksteif da, schämte mich, war aber unfähig, mich zu befreien, hatte Angst, ihn wütend zu machen, Angst davor, was er Mama erzählen könnte, und gleichzeitig Angst, seine Gefühle zu verletzen. »Daddy«, flüsterte ich schließlich, und er flüsterte ebenfalls: »Weißte denn nich, wie lieb ich dich hab?« Und ich zuckte zurück. Nein, das wußte ich nicht.

Nie sagte er: Erzähl ja nix deiner Mama. Er brauchte es gar nicht zu sagen. Ich wußte nicht, wie ich irgend jemandem hätte erzählen sollen, was ich fühlte, was mir Angst einjagte und mich beschämte und trotzdem dazu brachte stehenzubleiben, unbeweglich und verzweifelt, während er sich an mir rieb und sein Gesicht in meinem Hals vergrub. Ich konnte das Mama nicht erzählen. Ich hätte nicht gewußt, wie ich es erklären sollte, daß ich dastand und es zuließ, daß er mich berührte. Es war kein Sex, nicht so wie ein Mann und eine Frau ihre nackten Körper ineinanderschieben, aber es war doch etwas Ähnliches wie Sex, etwas Mächtiges und Erschreckendes, das er unbedingt haben wollte und ich überhaupt nicht verstand. Schlimmer noch, wenn Daddy Glen mich so festhielt, dann waren seine Hände auf einmal sanft, und wenn er mich losließ, schaukelte ich auf unsicheren Füßen.

Daddy Glen roch nach Schweiß und Coca-Cola, nach After-shave und Zigaretten, aber vor allem nach etwas, das ich nicht benennen konnte – etwas Saurem, Bitterem und Scharfem. Angst. Es könnte Angst gewesen sein. Aber ich hätte nicht sagen können, ob es seine oder meine Angst war. Ich konnte gar nichts sagen. Ich wußte nur, daß da etwas war, was ich falsch machte, etwas Schreckliches. Er sagte: »Du treibst mich zum Wahnsinn«, mit einer merkwürdigen, aufgewühlten Stimme, und ich erschauerte, glaubte ihm aber.

Ich fürchtete mich nur noch mehr vor Daddy Glen, den Handflächen, die zuschlugen, den Fingern, die sich festkrallten und blaue Flecken hinterließen, den Knöcheln, die er mir manchmal direkt unter die Augen preßte, den Händen, die mich packten und schüttelten und hochhoben, bis seine Augen sich in meine bohrten. Meine eigenen Hände waren so klein, die Finger dünn und schwach. Ich wünschte mir, sie wären größer, breiter, stärker. Ich wünschte mir, ich wäre ein Junge, dann könnte ich schneller rennen, länger wegbleiben oder sogar zurückschlagen.

Grey schenkte mir einen Gummiball, Hartgummi, schwarz und so klein, daß ich ihn in meiner Hand verstecken konnte. Ich schloß meine Hände um den Ball, damit ihn niemand sah. Leidenschaftlich bearbeitete ich diesen Ball, rollte ihn entschlossen zwischen meinen Fingern, drückte ihn verbissen, preßte nacheinander jeden Finger gegen die Daumen. Eines Tages würden meine Hände genausoviel Kraft haben wie die von Daddy Glen. Die Größe ist egal, sagte ich mir, eines Tages würden meine Hände seinen gewachsen sein. An manchen Tagen dachte ich, daß ich den Ball so heftig bearbeitete, weil ich Daddy Glen ähnlicher sein wollte; an anderen Tagen wußte ich, das war nicht der Grund.

In jenem Frühling stritten Earle und Daddy Glen wegen ein paar Werkzeugen; Daddy Glen behauptete, er hätte sie Earle geliehen und nie zurückbekommen. Earle war beleidigt und kam nicht mehr zu Besuch. Nach diesem Zwischenfall redete Daddy Glen die ganze Zeit schlecht über die Boatwrights, funkelte mich wütend an, wenn ich Mama irgend etwas über »dieses Pack«, wie er es nannte, fragte. Er machte sich darüber lustig, wie oft die Onkel sturzbesoffen waren und sich gegenseitig die Lastwagen zu Schrott fuhren, er machte dreckige Bemerkungen über Mamas Nichten, die immer heimlich zur Rhythm Ranch schlichen, dort Whiskey tranken und mit Männern tanzten, die älter waren als ihre Väter. Gleichgültig, was Daddy Glen auch redete, Mama sagte nicht viel dazu. Ihr Gesicht sah die ganze Zeit müde aus.

»Ich will nix hören davon«, sagte sie, wenn ich ihr etwas zu erzählen versuchte, was mir Oma oder Tante Alma zugeflüstert hatten. »Da braucht keiner stolz drauf sein, wenn er Leute krankenhausreif schlägt, nur weil sie ihn schief anschaun.«

Ich schämte mich wegen Daddy Glen und wie er redete, aber Mama schien es nichts auszumachen. Sie wurde nur still, immer stiller mit der Zeit. Ich bettelte, sie solle mir Geschichten erzählen, so wie Oma es immer getan hatte, aber sie sagte, ich sei zu jung für solche Sachen. Vielleicht würde sie mir die paar Dinge, die ich ihrer Meinung nach wissen mußte, einmal erzählen, wenn ich erwachsen war und meine eigene Familie hatte, aber bis dahin erwartete sie von mir, daß ich ihr keine Fragen stellte, die sie nicht beantworten wollte. Glen habe schon recht, sagte Mama zu mir, sie wolle nicht, daß ich so wild und böse wurde wie Earle oder Beau oder womöglich gar Raylene.

Wenn Daddy Glen mich verprügelte, gab es immer einen Grund, und Mama stand dabei meistens vor der Badezimmertür. Danach weinte sie und wusch mir das Gesicht und sagte mir, ich solle nicht so dickköpfig sein, ihn nicht mehr wütend machen. Ich versprach es ihr, aber ich hatte ein Talent dafür, immer wieder freche Antworten zu geben und Daddy Glen wütend zu machen; es war aber auch fast unmöglich, ihn nicht wütend zu machen. Manchmal, wenn ich zu seinem roten Gesicht und den funkelnden Augen hochschaute, wußte ich, daß nicht das, was ich getan hatte, ihn dazu brachte, mich zu verprügeln. Der Grund war einfach ich selbst, die Tatsache, daß ich lebte und wie ich war – in seinen Augen und auch in meinen. Ich war schlecht. Natürlich war ich schlecht. Ich gab es vor mir selbst zu, ballte meine Hände zu Fäusten und verschloß meine Augen vor allem, was ich nicht verstand.

»Finger.« Cousine Deedee war die erste, die mich Finger nannte, aber seit wir in West Greenville lebten, nannte mich jeder so. Böser Finger, zäher Finger, Langfinger, Fingerknöchel, dürrer Finger, Haut und Knochen, knochenhart, sturer Stock, Dickschädel, Schafskopf, Streithammel, Widderhörner, Bock.

»Du bist ein zäher Finger, das eigensinnigste Kind auf dem ganzen Planeten!« sagte Daddy Glen zu mir. »Kalt wie der Tod, hinterlistig wie eine Schlange und doppelt so falsch.«

Daddy Glen achtete darauf, mich nicht zu schlagen, wenn eine der Tanten da war, und nicht so heftig, wenn Mama es sehen konnte, außer wenn es als Strafe zu rechtfertigen war; dann zerrte er mich ins Badezimmer, und sie wartete auf der anderen Seite der verschlossenen Tür. Gefährlich war er nur, wenn Reese und ich allein mit ihm waren. Rannte ich vor ihm davon, dann verfolgte er mich. Er schüttelte mich so heftig, daß ich den Kopf nicht mehr gerade halten konnte, und er meinte lachend, Hühner und Ziegen hätten mehr Mumm als jeder Boatwright, sogar mehr als ein halber Boatwright wie ich.

An die Knochen in meinem Kopf dachte ich dabei, die harte, poröse Schädeldecke, die mein Gehirn schützte und, egal, was passierte, dafür sorgte, daß ich mich irgendwann wieder erholen konnte. An die Hitze in meinem Inneren, meinen harten, zähen Kern. Ich verschränkte die Finger hinter meinem Kopf, biß die Zähne zusammen und schaukelte vor und zurück. Uns Boatwrights wurde nachgesagt, ein robuster Schlag zu sein, und bei mir äußerte sich das in Eigensinnigkeit und Rückgrat.

Ich holte mir ständig irgendwelche Verletzungen, so schien es, auf eine Art, die Mama nicht begreifen und ich nicht erklären konnte. Mama machte sich Sorgen darüber, wie unvorsichtig ich war, wie anfällig ich geworden war. »Vielleicht hast du zu dünne Knochen«, vermutete sie und kaufte mir Vitamine. Ich wußte nicht, was ich ihr sagen sollte. Irgend etwas zu sagen bedeutete, alles zu erzählen, ihr zu beschreiben, wie es war, wenn er mich fest an seinen Bauch drückte und mir Kosenamen zuflüsterte, die ich nicht hören wollte. Ich blieb still, eigensinnig, voller Groll und sammelte meine Verletzungen, als wären sie unvermeidlich. An meinem Hinterkopf bildeten sich Höcker, keine Beulen aus Fleisch und Gewebe, sondern ein welliger Knochenwulst. Meine großen Zehen wurden flach und platt, waren mit ein paar Monaten Abstand beide gebrochen, als ich gegen Türpfosten krachte, weil ich beim Rennen über die Schulter schaute.

»Wieso machst du so was?« fragte mich Mama. Es war meine Schuld, ich durfte im Haus nicht herumrennen.

»Ständig is irgendwas mit ihr«, beklagte sich Daddy Glen. »Ein Glück, daß sie so ein dickschädliges Balg is.«

Ich beobachtete ihn mit gesenkten Lidern, drehte den Kopf leicht zur Seite, vorsichtig darauf bedacht, nicht zu grinsen und damit meinen unverfänglichen eigensinnigen Gesichtsausdruck zu zerstören.

»Finger, sei vorsichtiger«, bat mich Mama.

Ich träumte tagsüber nicht mehr vom Feuer. Jetzt stellte ich mir vor, daß Leute zuschauten, während Daddy Glen mich verprügelte, aber nicht dann, wenn es tatsächlich passierte. Wenn er mich verprügelte, schrie und trat und weinte ich wie ein kleines Kind, was ich ja auch war. Aber manchmal, wenn ich in Sicherheit und allein war, stellte ich mir die Leute vor, die dabei zuschauten. Es mußten Zuschauer dasein – irgendein Mädchen, das ich bewunderte und das kaum von meiner Existenz wußte, irgendein Mädchen aus der Kirche oder aus unserer Straße oder eine meiner Cousinen oder gar jemand vom Fernsehen. Manchmal war eine ganze Gruppe dazu gezwungen, zuzuschauen. Sie konnten nichts dagegen tun, nicht davonlaufen. Sie mußten zuschauen. In meinen Träumen war ich stolz und herausfordernd. Ich starrte ihm entschlossen ins Gesicht, gab keinen Laut von mir, keine beschämenden Schreie, kein Betteln. Die Zuschauer bewunderten mich, und ihn haßten sie. So malte ich es mir aus, wenn ich mir die Hände zwischen die Beine steckte. Es war beängstigend, aber auch aufregend. Die Zuschauer liebten mich. Es war, als würde ich wegen ihnen verprügelt. In ihren Augen war ich wunderbar.

Meine Phantasien wurden gewalttätiger und komplizierter, während Daddy Glen mich immer noch mit denselben zwei oder drei Gürteln schlug, die er für mich auf die Seite gelegt hatte. Eingeölt, glatt und geschmeidig wie die Knorpel im Hühnerschmalz, hingen diese Gürtel an der Innenseite seiner Schranktür, wo ich sie sah und roch, wenn ich Mama dabei half, seine Kleider aufzuräumen. Ich strich über das Leder, spürte seine Wärme an meinen Handflächen. Kein Zauber lag darin verborgen, kein Geheimnis. Manchmal zwang ich mich, zu diesem Schrank zu gehen

und mir diese Gürtel um die Finger zu wickeln, als wären sie etwas Animalisches, das man zähmen konnte.
Ich schämte mich wegen der Dinge, die ich mir vorstellte, wenn ich mir die Hände zwischen die Beine steckte, schämte mich mehr, weil ich bei der Vorstellung, geschlagen zu werden, masturbierte, als dafür, daß ich überhaupt geschlagen wurde. Ich lebte in einer Welt aus Scham. Ich verbarg meine Verletzungen, als wären sie Beweise für begangene Verbrechen. Ich wußte, ich war eine kranke, verabscheuungswürdige Person. Ich konnte meinen Stiefvater nicht davon abhalten, mich zu schlagen, aber *ich* war diejenige, die masturbierte. *Ich* tat das, und wie hätte ich irgend jemandem erklären können, daß ich nicht geschlagen werden wollte und mir trotzdem eine Geschichte dazu ausdachte und dabei masturbierte?
Aber nur in meiner Phantasie, wenn Leute dabei zuschauten, war ich fähig, Daddy Glen zu trotzen. Nur dort besaß ich so etwas wie Stolz. Ich liebte diese Träume, obwohl ich mit Sicherheit wußte, daß sie etwas Schreckliches waren. Sie mußten schrecklich sein; in ihnen beschäftigte ich mich mit mir selbst und hatte heftige Orgasmen. In ihnen war ich etwas ganz Besonderes. Ich triumphierte, war wichtig. Ich schämte mich nicht. Wurde ich in Wirklichkeit geschlagen, war kein Heldentum möglich. Es gab nichts anderes, als geschlagen zu werden, bis ich nur noch aus Rotz und Elend bestand.

Mein Schlüsselbein wuchs nicht gerade, sondern mit einem Höcker zusammen, nachdem es das zweitemal gebrochen war – ein Unfall, behauptete Daddy Glen, genau wie beim ersten Mal, als ich von der Veranda heruntergefallen war. Der junge Assistenzarzt im Krankenhaus sah wütend aus und ordnete eine Menge von Röntgenuntersuchungen an.

»Wie hat sie sich das Steißbein gebrochen?« wollte er, den Stapel Röntgenbilder vor sich, von Mama wissen, als wir glaubten, nach Hause gehen zu können. Er hatte einen komischen Akzent und volle schwarze Locken. Er beugte sich über Mama, als würde er sie gleich schlagen.
»Ihr was?«
»Ihr Steißbein, Lady, ihren Arsch. Womit haben Sie dieses Kind geschlagen? Oder haben Sie sie einfach gegen die Wand geschmissen?«
»Was sagen Sie da?« Mamas Gesicht war weiß und starr, das seine rot und zornig. »Was sagen Sie da?« Diesmal war Mamas Stimme hoch und laut. Eine ältere Krankenschwester in einem zerknitterten Kittel war plötzlich rechts neben mir, hatte eine Hand auf den Arm des Arztes gelegt, und die andere streckte sie nach Mama aus. Auf ihrer Brusttasche war ein Aufkleber, auf dem »Myer« stand.
»Keine Aufregung«, sagte sie. »Ganz ruhig.«
Der Arzt faßte mir unters Kinn. Seine Finger waren warm, die Haut rauh und trocken. »Erzähl's uns«, sagte er. »Erzähl uns alles.«
Ich schaute ihm in die Augen, und in seinen Pupillen konnte ich mich selber sehen, ein winziges und fremdes Gesicht über dem Verband um Schulter und Arm. Er sah wütend aus und ungeduldig und angewidert. Er starrte Mama böse an, ohne jedes Mitleid. Ich spürte, wie Mamas Finger meine freie Hand drückten, hörte, wie sie atmete, als würde ihr gleich schlecht. Als ich ihr ins Gesicht schaute, sah ich ihr Entsetzen und auch ihre Liebe zu mir. Daddy Glen wartete mit Reese draußen im Auto. Die Krankenschwester fing an zu reden, aber ich hörte nicht zu.
»Mama, bring mich heim«, flüsterte ich. Mamas Finger schlossen sich um mein Handgelenk. Durch den dünnen

Baumwollstoff meiner Bluse fühlten sie sich eisig an – eisig, aber tröstlich.
»Lassen Sie mein Mädel in Ruh«, sagte sie zu dem Arzt.
Sein Mund zuckte, und er schüttelte mein Kinn leicht. Ich ließ meinen Blick über sein Gesicht gleiten. Er kannte uns nicht, kannte weder meine Mama noch mich.
»Du kannst uns alles erzählen«, sagte er mit seiner fremden Stimme.
Ich hielt mich an Mama fest und sagte überhaupt nichts mehr. Der Arzt schlug einmal heftig auf die Matratze neben mir, wandte sich dann ab und stieß die Tür mit den Fäusten auf. Ich schaute die Krankenschwester an. Mrs. Myer beobachtete mich aufmerksam, die Hand über dem Mund, die Augen alt und weise.
»Es tut mir leid«, sagte sie schließlich zu Mama und nahm die Hand weg. »Er is jung und er is noch nich lang da.«
Wir warteten, Mama hielt mich fest, Mrs. Myer atmete in tiefen, langsamen Zügen und schaute immer wieder zur Tür. Eine Schwarze kam herein mit einem Klemmbrett voller Papiere, das sie weitergab.
»Sie müssen das unterschreiben«, sagte Mrs. Myer zu Mama. Sie schaute mich nicht mehr an.
Ich wußte genau, was sie dachte, aber bei Mama war ich mir nicht sicher. Ihr Gesicht sah fremd und hart aus, ihre Hand, mit der sie mich festhielt, war immer noch kalt, aber jetzt zitterte sie auch. In den wenigen Augenblicken, in denen sie uns allein ließen, betrachtete sie mein Gesicht, als wäre es eine Karte der Hölle.
»Finger«, flüsterte sie.
Ich wartete.
»Liebling.«
Draußen im Korridor ging jemand vorbei. Ich lehnte

meinen Kopf gegen Mamas Brust, lauschte ihrem Herzen, wollte sonst nichts mehr hören.

»Baby.«

»Mama«, bettelte ich. »Mama, bring mich heim.«

»Wir fahren zu Tante Alma«, sagte sie zu mir, während sie mich auf den Rücksitz hob. Der Blick, den sie Daddy Glen zuwarf, als er ihr helfen wollte, schien ihn bis ins Mark erstarren zu lassen. Die Hände ausgestreckt in der Luft, blieb er stehen, ohne sie zu berühren. Vorn saß Reese, den Daumen im Mund, das Gesicht leer und unbewegt. Gestützt von Kissen, saß ich im Fond, lehnte die Wange gegen den Plastikbezug des Sitzes und versuchte, mich so wenig wie möglich zu bewegen. Meine Schulter fühlte sich heiß und riesig an wie ein Luftballon voller Schmerzen, der nur darauf wartete, in mir zu explodieren. Daddy Glen folgte Mama rund ums Auto bis zur Fahrertür, griff zögernd nach ihren Schultern, aber sie schüttelte ihn immer wieder ab. *»Laß das!«* schrie sie einmal. Das Auto wackelte, als sie die Tür zuschlug, und ich knirschte mit den Zähnen. Daddy Glen beugte sich ins Fenster, flehend, im Licht des Notdiensteingangs sah man die Tränen auf seinem Gesicht.

»Anney, ach, Anney, sag doch was. Sei nich so. Anney, bitte, Anney!«

Mama fuhr langsam an, ließ ihn neben dem Auto mitlaufen bis zur Straße. Ich sah den Blick nicht, den sie ihm dann zuwarf, aber ich hörte seinen Schrei, rauh und sinnlos, als sie den Motor aufheulen ließ, den Fuß auf der Bremse, so daß der Pontiac zwar ruckte, aber stehenblieb. Er ließ die Tür los, trat aber nicht zurück. Sein Gesicht war ganz nah, und dann war es weg.

Mamas Kinn war spitz, glänzte einmal im Licht anderer

Autoscheinwerfer, dann in der Beleuchtung des Armaturenbretts. Ich beobachtete, wie ihr die Tränen herunterliefen, als sie sich zu mir umdrehte. Ich schloß die Augen, öffnete sie. Alles sah verschwommen und fremd aus, aber ich konnte nicht mehr darüber nachdenken. Die kühle Luft, die durch das offene Fenster hereinkam, war feucht und süß. Falls es wirklich einen Gott oder gar Hexerei gäbe, dann würde dieser Wind durch mich hindurch und wieder nach draußen wehen. Er würde die Straße zurück zum Krankenhaus brausen, den Dreck aufwirbeln und ihn Daddy Glen in die Augen streuen. Daddy Glen würde erkennen, wer er war, was er getan hatte. Dieser Arzt würde auf seinem Nachhauseweg herauskommen, ihn dort sehen und wissen, wer er war. Der Wind würde es ihm sagen, der Mond oder vielleicht sogar Gott. Dieser Arzt würde Bescheid wissen, und er würde mit diesem Bewußtsein sein Auto anlassen. Er würde krachend den Gang einlegen und über diesen Parkplatz rasen. Der Kühlergrill würde erst wenige Zentimeter vor Daddy Glens entsetztem Gesicht haltmachen.

»Du Scheißkerl«, würde dieser Arzt schreien. *»Rühr dieses Kind noch einmal an, und ich mach Matsch aus dir!«*

Daddy Glen würde Tränen aus Blut weinen. Vielleicht zöge Jesus in sein Herz ein. Er würde uns zu Tante Alma folgen und sich vor der gesamten Familie auf die Knie werfen. »Ich habe gesündigt«, würde er sagen und die Hände nach mir ausstrecken, mich um Vergebung anflehen und meinen Namen rufen. Mama würde nein sagen. Meine Tanten würden nein sagen. Meine Onkel, Reese, der Pfarrer, jeder auf der ganzen Welt würde aufstehen und nein sagen. Aber ich würde mich mühsam von meinem Krankenbett erheben. Ich würde ihm geradewegs in die Augen schauen, in die Lichter seiner Seele.

Ja, würde ich sagen.
Ja. Ich vergebe dir.
Dann würde ich wahrscheinlich sterben.
Ich lachte beinah, meine Schultern bebten. Ein heißer Schmerz schob die Geschichte so schnell weg, daß ich einen kleinen Laut ausstieß. Ich schluckte fest, entschlossen, nicht zu weinen. Mama streckte die Hand nach mir aus. Ihr Gesicht sah alt aus, sehr alt und müde. Mir tat das Herz weh, wenn ich sie so sah. Ich konnte ihr nicht weh tun, ich konnte es nicht.
»Es tut mir leid«, flüsterte ich.
»Laß, Süße, laß nur. Du hast nix falsch gemacht.« Ihre Lippen waren geschwollen, sie hatte sie sich aufgebissen, und ich spürte meine eigenen geschwollenen und aufgesprungenen Lippen an meinen Zähnen.
»Ich liebe dich.« Meine Stimme war so dünn, ich glaubte nicht, daß sie mich hörte. Aber ihre Antwort kam, schnell und leise.
»Ich liebe dich auch.«

9

Zwei Wochen später waren wir wieder bei Daddy Glen zu Hause. Nichts hatte sich verändert. Alles hatte sich verändert. Daddy Glen hatte gesagt, es tue ihm leid, hatte gebettelt, geweint und geschworen, mir nie mehr weh zu tun. Ich hatte still, eigensinnig und wie betäubt danebengestanden. Er war vor Alma, Wade, ihren Kindern und Mama auf die Knie gegangen, hatte Reese und mich an sich gezogen und gelobt, daß er ohne unsere Liebe nicht leben könnte. Mama hatte sich neben ihn auf den Boden gekniet und ihn einen Eid schwören lassen, daß er nie mehr die Hand gegen mich erheben würde.

Ich hatte mir seine tränennassen Gesichtszüge angesehen und gewußt, ohne jede Frage, was passieren würde. Mama würde ihm verzeihen, ihn jedoch genau beobachten und ihm zu verstehen geben, daß er sich ihr Vertrauen wieder verdienen müßte. Er würde gut sein, er würde vorsichtig sein. Aber nach einer Weile würde Daddy Glen etwas anders über den Unfall reden. Er würde sich an Dinge erinnern, die um diese Zeit herum passiert waren, Sätze, die ich gesagt, Blicke, die ich ihm zugeworfen hatte. Eines Tages, vielleicht in ein paar Monaten, würde es etwas geben, das ich getan hatte und das alles gerechtfertigt erscheinen ließ. Dann würde Daddy Glen mich wieder mit ins Badezimmer nehmen, dabei sagen, daß es ihm mehr weh tue, als es mir jemals weh tun könnte. Aber sein Gesicht würde die Wahrheit verraten, seine Hände auf meinem Körper würden ihn verraten. Er würde mir zeigen, wie sehr er gelitten hatte, als Mama ihn auf diesem Parkplatz stehenließ, und dann, wenn er mich schlüge, würden wir beide wissen, warum. Aber Mama würde es nicht wissen. Und da ich mehr Angst davor hatte, ihr weh zu tun, als vor irgend etwas, das mit mir passieren könnte, würde ich genauso hart wie er daran arbeiten, daß sie es niemals erfuhr.

Ich biß die Zähne zusammen und versuchte, alles, was nicht direkt vor meiner Nase lag, zu ignorieren. Ich redete mit niemandem und versteckte mich hinter Büchern. Nachts lag ich im Bett, drückte beide Hände gegen die empfindliche Stelle zwischen meinen Beinen, lauschte dem Radio und versuchte, nicht nachzudenken. Unter Mamas geduldiger, aufmerksamer Pflege war meine Schulter schnell geheilt, aber es kam mir vor, als würde irgend etwas in mir drin nie wieder ganz werden. Ich wachte so wütend auf, daß mir der Hals weh tat. Meine Zähne fühlten sich an, als lägen die Nerven frei. Ich stand auf und schaute in den Spiegel, erwartete, den Mund voller Blut zu haben, aber da war nichts, nur meine Zähne, klein, weiß und scharf. Mama paßte auf, daß ich immer in ihrer Nähe war. Sie ließ mich sogar im Morgengrauen aufstehen und in der einzigen Zeit, die sie für sich allein hatte, bei ihr sitzen, in der Stunde, in der sie ihren Kaffee trank und den Sonnenaufgang beobachtete.

»Hab noch nie länger schlafen können als bis zum Sonnenaufgang«, erzählte sie mir. »Egal wie wenig ich geschlafen hab, ich wach einfach auf.« Ihr Gesicht sah verhärmt aus. Sie zog mich an sich, gegen ihre Hüfte, und legte ihr Kinn auf meinen Kopf. Es kam mir vor, als wäre ich jetzt ihre Mutter, hielte sie fest, und sie wäre mein Kind und glücklich, weil sie sich auf mein gerades starkes Rückgrat stützen konnte. Ich schloß die Augen, wünschte mir, die Zeit möge stillstehen, der Augenblick ewig dauern, der Tag nie beginnen. Aber natürlich stand irgendwann Daddy Glen auf oder Reese, und Mama spülte ihre Kaffeetasse aus und ging sich ihre Arbeitskleidung anziehen.

Mama bestand darauf, daß Reese und ich am Nachmittag nach der Schule zu Tante Alma gingen und dort blieben, bis sie uns abholte. Ich half Tante Alma im Garten oder beim Einmachen, und während wir arbeiteten, dachte ich mir Geschichten aus. Meine Cousins und Cousinen liebten meine Geschichten – vor allem die, in denen Blutsauger vorkamen, die nur die frisch geschlachteten Körper neugeborener Babys anfielen, oder grüngesichtige Zwerge, die jedem Kind, das ihnen die Herzen von vierundvierzig erwachsenen Männern brachte, unsagbare Reichtümer versprachen. Grey meinte, ich hätte »'ne ziemlich interessante Phantasie für 'n Mädel«. Aber Tante Alma kam eines Tages auf die Veranda, als ich gerade eine der Lieblingsgeschichten der Jungs erzählte, und regte sich so auf, daß es aussah, als würde sie sich gleich in die Hose machen. Hätte sie alles gehört, sie hätte mich wahrscheinlich schlimmer verprügelt als Daddy Glen. In meinen Geschichten wimmelte es von grausam vergewaltigten und ermordeten Jungen und Mädchen, von Babys, die in Bohnensuppe gekocht wurden, von Vampiren und Soldaten und langen, rasiermesserscharfen Dolchen. Hexen schlugen Kindern und Erwachsenen die Köpfe ab. Frauenbanden kamen auf Motorrädern daher und zündeten den Leuten die Häuser an. Der Boden tat sich auf, und grünschwarze Eidechsenzungen schnellten hoch und zogen die Leute hinunter. Ich wurde sehr beliebt als Babysitter; während ich Geschichten erzählte, waren alle still und brav, die Blicke hingen an meinem Gesicht, so daß ich mir wie eine meiner eigenen Hexen vorkam, die einen Bann aussprach.

»Mädel«, sagte Cousin Grey zu mir, »manchmal kriegt man echt Angst vor deinem Gesicht!«

»Finger wird noch richtig gemein«, sagte Tante Alma zu Mama. »Dagegen muß was getan werden.«

Mama nahm mich daraufhin in das Lokal mit. Dort konnte ich mit Geschirrspülen mein eigenes Geld verdienen, Geld, das ich nicht für Kleider auf die Seite legen mußte, sondern ausgeben konnte, wofür ich wollte, meist für gebrauchte Bücher aus den Regalen des Second-hand-Shops, die ich dann an der Taschenbuchbörse tauschte. Reese beklagte sich, daß ich gar nicht mehr mit ihr spielte, daß ich ständig arbeitete oder las oder schlief. Als die Schule den Sommer über zumachte, suchte ich mir ein Versteck in den Wäldern in der Nähe von Tante Almas Haus, wo ich Stunden mit einer Tüte Hershey Kisses – ich starb für diese in Alufolie eingewickelten Schokopyramiden – und einem Buch verbrachte. Der Bibliothekar gab mir die Pferdegeschichte *Black Beauty*, *Robinson Crusoe* und *Tom Sawyers Abenteuer*. Selbst suchte ich mir *Not as a Stranger* aus, Mailers *Die Nackten und die Toten*, den Krimi *This Gun for Hire* und den Frauendetektivroman *Marjorie Morningstar*. Ich kletterte auf einen Baum, um die Sexstellen zu lesen, trank Wasser aus dem Bach und ging erst heim, wenn es dunkel wurde.

Mama machte sich immer noch Sorgen um mich, das war klar. »Süße, alles in Ordnung mit dir?« fragte sie mich eines Morgens. Ich zuckte nur mit den Achseln und schaute wieder in die Taschenbuchausgabe von dem Kinderbuch *The Secret Garden*, die ich nie in die Schulbücherei zurückgebracht hatte. Sie nahm mir das Buch weg, so daß ich sie anschauen mußte. Ihr Gesicht war dünner geworden, die Haut rauher, und unter ihren Augen lagen Schatten, die nicht mehr weggingen. Die Leute redeten nicht mehr darüber, wie schön sie war, sondern wie schön sie einmal gewesen war.

»Ich möchte, daß du was für mich tust.« Sie schaute auf das Buch in ihren Händen, auf ihre Finger, die über den gebrochenen Rücken und den mit Tesa verklebten Umschlag strichen. Ich knirschte mit den Zähnen, hatte Angst vor dem, was kommen könnte.

»Deiner Tante Ruth geht's nich gut, weißte. Travis sagt, den Sommer is sie viel schwächer geworden.«

Das überraschte mich. Ich hatte gedacht, Mama würde darüber reden wollen, wie sehr ich mich zurückgezogen hatte, daß ich nie mehr mit ihnen fernsah oder mit Reese spielte oder mit jemandem redete. Außerdem war Tante Ruth schon so lange krank, daß sich alle daran gewöhnt hatten. Konnte es ihr wirklich so viel schlechter gehen?

»Jetz, wo Deedee und Butch weg sin, macht sich Travis Sorgen, wenn Ruth allein daheim is. Er hat mich gefragt, ob du nich vielleicht 'ne Zeitlang da draußen bleiben willst, wenigstens bis es ihr wieder bessergeht.«

Mama schlug *The Secret Garden* an der Stelle auf, wo ich mein Lesezeichen hineingelegt hatte, ein mit dem Piggly-Wiggly-Emblem besticktes Band.

»Was hältste davon?« fragte sie.

»Ich weiß nich«, sagte ich automatisch. Ich hatte Tante Ruth schon länger nicht mehr gesehen, seit dem ersten Weihnachtsfeiertag nicht mehr, als Mama uns zu Tante Alma mitgenommen hatte zu einem Abendessen mit allen Schwestern. Auch da war Tante Ruth schon dünn und schwach gewesen, die Finger, die in ihrem Schoß ruhten, blau und geschwollen. Was würde ich tun, wenn es schlimmer mit ihr wurde, während ich bei ihr war? Was, wenn sie sterben sollte?

»Also ...« Mama schloß das Buch und gab es mir zurück. »Ich will, daß du 'ne Zeitlang da rausziehst, wenigstens 'ne Woche oder so, damit Travis 'n bißchen Zeit für sich selber hat.«

Ich nickte.

»Gut.« Mama seufzte, als wäre etwas Schwieriges geregelt worden. Sie strich mir die Haare hinter die Ohren. »Ach, Finger, warum läßt du deine Haare immer bis über die Augen runterhängen? Du hast so ein hübsches Gesicht. Wenn du dir von mir 'ne Dauerwelle machen lassen würdst, dann könnten die Leute deine Augen und dein Lächeln sehn.«

Ich grinste und schüttelte den Kopf. Ihre Gesichtszüge entspannten sich ein wenig, und sie lächelte ebenfalls. »Du bist so eigensinnig.« Ihre Finger glitten sanft über meine Stirn, schoben ein paar lose Haarsträhnen nach hinten. »Sogar noch eigensinniger als deine Mama, glaub ich.«

Tante Ruth hatte sich so verändert, wie ich es nie für möglich gehalten hätte. Die Haare, einst üppig und dunkelrot, waren ihr fast alle ausgefallen. Der Rest war zu orangefarbenem Stroh verblaßt, das sie mit einem grünkarierten Baumwollschal bedeckte, wenn sie aus dem Haus ging. Sie war so dünn geworden, daß ich sie wahrscheinlich ganz allein hätte hochheben können, wenn sie es mir erlaubt hätte. Aber am meisten hatte sich verändert, wie sie sich bewegte und wie sie redete. Sie war immer die langsame, gutmütige Tante gewesen, die ruhige, die viel nachdachte und wenig sagte. Jetzt redete sie unablässig, ständig zuckten ihre Finger, und die ganze Zeit ließ sie ihre Blicke umherschweifen, als hätte sie Angst, etwas zu verpassen. Wie ein Vogel streckte sie den Hals und neigte den Kopf, um aus dem Fenster zu schauen, während ihre Finger an der Wolldecke zupften, die, egal wie heiß es war, auf ihrem Schoß lag. Sie lebte jetzt auf der Couch, mit gelegentlichen Ausflügen zum Schaukelstuhl auf der Veranda, und Travis hatte auf ihre Veranlassung die Vorhänge abgenommen, damit ihr nichts die Aussicht versperrte. Sie schaute sich den Sonnenaufgang und den Sonnenuntergang an und schlief, wann es ihr einfiel, und zwischen ihren Nickerchen redete sie. Nach den ersten paar Tagen, an denen ich ihr Saftglas nachgefüllt und zugesehen hatte, wie sie sich langsam und vorsichtig zum Badezimmer vorkämpfte, bekam ich den Verdacht, daß mein Hauptzweck darin bestand, Tante Ruth ein Publikum zu sein, jemand, der zum richtigen Zeitpunkt nickte und sie nicht unterbrach.

»Als wir klein waren, haben wir unsern Daddy so gut wie nie gesehn«, erzählte sie mir eines Nachmittags. »Er war immer bei der Arbeit oder beim Trinken oder irgendwohin unterwegs. Ich hab geglaubt, es is normal, daß Männer nich viel daheim sin. Jetzt, wenn Travis zu lang bei mir is, geht er mir auf die Nerven, sogar wenn es mir fast lieber wär, daß er da is und mir hilft. Gut, daß ich dich hab und daß du da bist, Finger. Du gehst mir überhaupt nich auf die Nerven.«

Tante Ruth lehnte sich wieder in die Kissen zurück, umfaßte mit beiden Armen ihren Bauch, und als das Licht durch die offene Tür auf ihre Wangen fiel, kniff sie die Augen zusammen. Die Knochen in ihrem Gesicht zeichneten sich scharf und deutlich ab. Wie sie so auf die Couch gebettet lag, die Beine angezogen, so daß ihre bloßen Füße an meinem Schenkel ruhten, sah sie fast wie ein Mädchen aus, eine kleine Hexe mit einem schmalen grauen Gesicht. Niemand sollte so dünn sein, so dünn, daß die Haut über den Schlüsselbeinen vom Pulsschlag zittert. Sie hielt sich kurz die Hand über die Augen und schaute mich prüfend an.

»Weißte, wenn de die Augen zumachst, dann schauste genauso aus wie deine Mama, als sie noch klein war.«

Ich nickte. Ich hörte nicht richtig zu. In den zwei Wochen, die ich schon bei ihr war, hatte Tante Ruth eine Menge über Travis erzählt, über Travis und ihren Vater, über Onkel Earle und ihre Brüder und Schwestern, über Ereignisse, die lange vor meiner Geburt passiert waren und die mir, wie sie glaubte, noch niemand erzählt hatte. Ich hätte froh sein sollen, das alles endlich zu hören und all die Fragen stellen zu können, die ich jahrelang aufgespart hatte. Aber zum erstenmal in meinem Leben konnte ich nicht über diese alten Geschichten nachdenken. Alles, woran ich denken konnte, war, nach Hause zu gehen. Wann holte Mama mich nach Hause? Wollte ich nach Hause?

Ich biß mir auf die Lippen, holte vorsichtig Luft, bevor ich herausließ, worüber ich nachgedacht hatte. Tante Ruth schaute mich erwartungsvoll an.

»Daddy Glen haßt mich.« Da, es war ausgesprochen. Ich zog die Knie an und schlang meine Arme um sie, wartete nur darauf, daß Tante Ruth mir widersprechen würde. Sie sah mich direkt an, das Gesicht unbewegt, ruhig, offen. Ich ballte meine Hände zu Fäusten.

»Sag mal, Finger.« Ihre Stimme war sehr leise. »Glaubst du, ich sterbe?«

Mein Magen krampfte sich zusammen. Ich schaute durch die Tür hinaus. Natürlich lag sie im Sterben. Ich schaute zu ihr hin und dann wieder weg. »Nee, du bist einfach nur ganz fürchterlich krank.«

»Finger.«
Ich schüttelte den Kopf. Das Licht, das durch die Fliegengittertür hereinfiel, war zu hell. Tränen liefen mir übers Gesicht.
»Finger?«
»Tantchen, frag mich nich.« Ich schaute auf. Guter Gott, sie war so dünn!
»Also, können wir miteinander reden oder nich?« Ihre Stimme klang müde. Sie schloß die Augen und hob eine Hand, rieb sich die zarte Haut an ihrer rechten Schläfe. Es sah aus wie eine leichte Verletzung, ein blauer Schatten auf dem Pergamentgrau.
»Ich weiß nich.« Ich biß leicht in meinen Unterarm und saugte an meiner Haut. Ich wußte überhaupt nicht, was ich sagen sollte.
»Na schön.« Sie schwieg einen Augenblick, ließ dann ihre Hand sinken und richtete sich etwas auf. »Ich glaub schon, daß wir's können. Ich glaub, wir müssen. Es gibt 'n Haufen Sachen, die ich nich mehr tun kann, aber zum Teufel ...« Sie streckte eine Hand nach mir aus, winkte mich zu sich. »Rutsch mal näher.«
Ich zögerte, schob mich dann über die Couch, bis sich meine Hüften zwischen ihren Beinen befanden. Mit dem Rücken lehnte ich an einem Schenkel, den anderen hatte ich unter meinen Kniekehlen. Sie legte den Arm um mich und zog mich an ihre Brust. »Süße«, flüsterte sie, und einen Augenblick lang drückte sie mich nur an sich.
»Du hast recht, Mädel. Glen mag dich nich besonders. Er is eifersüchtig, glaub ich.« Sie ließ ihre Finger über mein Gesicht gleiten, schnippte die Tränen weg und streichelte mir die Wangen. »Irgendwo is er selber nur 'n kleiner Junge, will mehr von deiner Mama als du, will lieber ihr

Baby sein als ihr Mann. Und das is gar nich so selten, das kann ich dir sagen.«

Ich schaute sie an. Ihr Mund war zu einem unbeholfenen Grinsen verzogen.

»Männer«, sagte sie ernst, »sin einfach nur kleine Jungs, die sich an Titten hängen, sooft sie können. Deine Mama weiß das genausogut wie ich. Alle wissen wir das. Und Glen ...«

Sie schwieg einen Augenblick, ließ den Blick durchs Zimmer schweifen, als suchte sie etwas. Er landete wieder bei mir. Sie zog mich enger an sich.

»Finger, hat Daddy Glen dich je ... na ja ... angefaßt?« Auf ihren grauen Wangen erschienen identische rosa Streifen. »Hat er dir jemals weh getan, mit dir rumgemacht?« Ihre Hand glitt an mir herunter, tätschelte mich zwischen den Beinen. »Da unten, Süße. Hat er dir jemals da unten weh getan?«

Ich erforschte aufmerksam Tante Ruths Gesicht. Ich wußte, was sie meinte, das, was Männer mit Frauen machen. Ich wußte, wie der Geschlechtsakt aussehen sollte, ich hatte es gelesen, kannte den Witz: »Was is 'ne Jungfrau von South Carolina? 'ne Zehnjährige mit schnellen Beinen.« Das hatte er nicht getan. Oder? Ich spürte meine Zunge an den Zähnen. Das Rosa auf Tante Ruths Wangen wurde stärker, fast rot. Ich ließ den Kopf sinken.

»Nein«, flüsterte ich.

Ich dachte daran, wie seine Hände über meinen Körper glitten, unter meine Bluse, in meine kurzen Hosen, über meinen Hintern, wie die Schwielen kratzten, wie sein Atem über mir schnell und schwer ging, während er mich enger und enger an sich drückte, dachte an das Geräusch seines Gürtels, wenn er ihn in der feuchten Stille des Badezimmers aus den Schlaufen seiner Hose zog. Ich erschauerte.

»Nein.« Ich sagte es lauter. »Er schaut mich nur bös an. Packt mich manchmal. Schüttelt mich.« Ich zögerte, schaute zu ihren geröteten, eingefallenen Wangen hoch. »Du weißt schon, wenn ich schlecht bin.« Sag's ihr, dachte ich. Sag ihr alles. Sag's ihr. »Aber wie er mich anschaut, wie er die Hände verdreht, wenn er mich anschaut, das macht mir angst, Tantchen. Er macht mir angst.«

Tante Ruth wiegte mich an ihrer Brust.

»Ach, Süße«, hauchte sie. »Was sollen wir nur mit dir machen?«

An den Nachmittagen, während Tante Ruth ab und zu kurz einschlief, kratzte ich die alte Farbe von ihrer Veranda, behielt sie dabei durch die Fliegengittertür im Auge für den Fall, daß sie mich brauchte. Onkel Earle hatte versprochen, die Veranda und die Vorderseite des Hauses neu zu streichen, und gesagt, er würde mir im Herbst die Schulkleidung zahlen, wenn ich das Holz für ihn abkratzte und saubermachte. Alle paar Tage kam er mittags vorbei, um leise mit Tante Ruth zu reden und meine Fortschritte zu begutachten. Die Hälfte der Zeit, wenn er da war, schlief Tante Ruth, und er setzte sich dann zu mir auf die Veranda, rauchte den Tabak von Onkel Travis und erzählte mir Geschichten, während ich arbeitete. Es kam mir vor, als erinnerte ihn Tante Ruths Krankheit an die Zeit, als sie jung und gesund war, als sie alle noch Kinder waren und zusammen auf dem Land im Norden von Greenville lebten und als die beiden als erste heirateten und ihre eigenen Familien gründeten – Tante Ruth mit Onkel Travis und Earle mit Teresa. Er redete wie Tante Ruth, so als setzte er ein Gespräch fort, das ihm die ganze Zeit im Kopf herumging, grübelte, schwelgte in Erinnerungen, redete ohne Unterlaß.

»Hat dir deine Mama schon mal was von unserm Vater erzählt?« begann er eines Nachmittags, während er sich eine Zigarette drehte. »Das war vielleicht einer! Bei den Leuten hieß er nur ›dieser Boatwright-Junge‹ bis zu dem Tag, an dem er starb. Hat sich mehr um seine Hunde gekümmert als um seine Frau oder seine Kinder – nich daß Mama jemand gebraucht hätt, der sich um sie kümmert. Deine Oma is zäher als alle ihre Söhne miteinander. Von Daddy hat sie sich, glaub ich, nie viel erhofft. Die Sache is nur die: Ich glaub, wir alle, wir sin genau wie er. Dein Onkel Beau is 'n Säufer. Das weißt du, aber dein Onkel Nevil is auch einer und ich auch, nehm ich an. Aber von uns is keiner so hilflos wie unser Daddy, sieht auch keiner so gut aus, und deswegen kommen wir nich so gut damit durch wie er. Deswegen hat mich auch Teresa verlassen. Sie hat immer gesagt, sie will 'nen Mann, der wie 'n großer, kühler Fluß is. Hört nich damit auf, wie Frauen eben sin, wenn sie in deinen Armen liegen, ganz weich und zum Reden aufgelegt, redet immer nur über diese kristallklare Quelle, diese reine, lebenswichtige Flüssigkeit.«

Er stieß ein kurzes, abruptes Lachen aus, obwohl ich keinen Humor in seinen Augen entdecken konnte, nur ein Funkeln, das hart und wütend wirkte. Seine Finger rollten das Papier fest um den zusammengedrückten Tabak, und dann führte er die Zigarette zum Mund, um das Papier abzulecken und zuzukleben.

»Reden konnte Teresa. Herr im Himmel!« Er schaute zur Seite, als erinnerte er sich an Dinge, mit denen er nicht konfrontiert werden wollte.

Ich senkte den Kopf. Ich wollte nicht, daß er zu reden aufhörte.

»Teresa hat mir immer gesagt, daß ich sie ausfülle, daß ich

ihre Seele befriedige. Und jedesmal mußte ich an unsern Daddy denken – wie Mama ihm immer wieder einen Schluck hat abjagen müssen, also hat der Mann sie nie ausgefüllt, ihren Durst nie wirklich gelöscht. Die Frau hat immer abgehärmt und vertrocknet ausgesehn. Das wollt ich Teresa nie antun. So wollt ich nie sein. Wie ein Fluß voller Liebe wollt ich diese Frau überfluten. Scheißdreck! Als sie mich verlassen hat, hat sie gesagt, ich wär nich mal 'n Mund voll Spucke. Ich, ihr großer, kühler Fluß! Verdammt!«

Onkel Earle fegte Tabakkrümel von seinem Schoß.

»Ich versteh manchmal einfach nich, wie alles so schiefgehn kann, Finger, die einfachsten Sachen – Teresa und ich, Mama und Daddy, deine Mama und Glen. Verflucht noch mal, sogar Ruth und Travis. Weißte, Travis hat Ruth mal verlassen, als die Kinder noch klein waren, is einfach für zwei Monate abgehaun und hat nie einen Ton gesagt. Und jeder kann es sehn, wie sehr er sie liebt. Manchmal versteh ich's einfach nich.«

Er versuchte, die Zigarette anzuzünden, aber sie löste sich auf. Er betrachtete den auf seiner Jeans verstreuten feuchten Tabak, fluchte und stand, sich mit der Hand auf der Treppe abstützend, auf. »Traurig, was?« sagte er. »'n Mann, der nich mal 'ne Zigarette zusammenhalten kann? Verdammt traurig.« Er ging davon, wischte sich beim Gehen die Jeans ab.

Tante Ruth wollte, daß ich verstand, wer unsere Leute waren und was sie getan hatten. Zwei volle Tage widmete sie der Geschichte von Großonkel Haslam Boatwright, der Lastwagenfahrer bei der JC-Penney-Spinnerei gewesen war, bis er seine Frau und ihren Liebhaber bei einem Wochenendausflug nach Atlanta erschoß. Seitdem war er im Staatsgefängnis von Georgia eingesperrt. Sie erzählte mir von meinem richtigen Vater und von Lyle Parsons und die ganze Geschichte über Daddy Glen und Mama, wie er sie ein volles Jahr lang hofiert hatte, immer zum Mittagessen in das Lokal gekommen war, bis sie sich endlich einmal mit ihm verabredete. Die beste Geschichte war, wie Onkel Beau und Onkel Earle versucht hatten, sich während des Koreakriegs freiwillig als Soldaten zu melden, und wieder hochkant aus der Rekrutierungsstelle auf die schlammige Straße flogen, nachdem der Sergeant ihre Vorstrafenliste gesehen hatte. In ihrem Suff und ihrer Entschlossenheit hatten sie einen solchen Krach geschlagen, daß die Jungs von der Army den Bezirkssheriff holten, damit er sie einsperrte.

»Nu komm schon, mein Sohn«, soll Beau zu dem Sergeant gesagt haben, nachdem er den Hilfssheriff k. o. geschlagen und einem unschuldigen Irren, der den Fehler beging, helfen zu wollen, das Ohr zerbissen hatte. »Nirgends im County findste besseres Soldatenmaterial. Zum Teufel noch mal, du siehst doch, daß wir schon kämpfen können!«

Als sie die Geschichte erzählte, schnarrte und näselte Tante Ruth genau wie Onkel Beau, wenn er getrunken hatte; sie machte ihn so gut nach, daß ich kichern mußte.

»Wetten, daß sie in Wirklichkeit überhaupt nich zur Army wollten«, sagte ich zu ihr. »Wetten, daß sie da nur hin sin wegen 'ner Mutprobe oder irgend so was.«

»Na ja, sin alle zwei nich der Typ fürs Soldatspielen«, stimmte sie zu, »aber ihnen hat bestimmt die Aussicht gefallen, Fremde abzuschießen, Lastwagen zu fahren und an Maschinen rumzubasteln. Nich recht viel anders als das, was sie jetzt tun, bis auf die Uniform. Die Geschichte mögen sie aber, macht ihnen anscheinend gar nix aus, daß die Army ein solches Pack, das soviel Zeit im Gefängnis verbracht hat und nich mal ’n Schulabschluß hat, nich haben wollt.«

»Sie sin Säufer«, sagte ich, und Tante Ruth nickte nur.

»Irgendwie schon. Nich anders als Travis, nehm ich an. Aber sie denken nich drüber nach. Das is wie mit ’m Gefängnis. Sie glauben, daß es für ’n Mann, der arbeitet, ganz normal is, wenn er ab und zu im Gefängnis landet, genau wie sie glauben, daß es ihr gutes Recht is, vom Sonnenuntergang am Freitag bis zur Morgendämmerung am Montag besoffen zu sein. Beau behauptet ja selber steif und fest, daß es ihm gutging, bis er anfing, unter der Woche zu trinken.« Sie schüttelte den Kopf, strich mit zitternder Hand ihr dünnes Haar zurück. »Die lassen sich nix sagen.«

»Beau hat das Bier schon als kleiner Junge entdeckt«, erzählte uns Tante Ruth eines Samstag morgens. Sie saß auf ihrer Veranda, während ich das Geländer abkratzte und Earle das Getriebe der alten Wäscheschleuder, die sie verkaufen wollte, von der klebrigen Schmiere befreite.

»Er is immer mit Raylene zu dem Rasthaus drüben an der Stadtgrenze, wo’s nach Greer geht, gezogen, als sie von der Schule runter is und er grade dreizehn war. Sie haben sich ’n bißchen Geld verdient mit Fegen und Putzen und haben die Kühlschränke mit Bier und Cola aufgefüllt. ’n paar Flaschen haben sie sich immer als Belohnung mitgenommen. Raylene hat’s nie geschadet, aber ihr hat’s auch nich geschmeckt. Hat Cola lieber gehabt, Tatsache, und hat das Bier nur deswegen genommen, damit sie’s an Beau verkaufen konnt. Dem Jungen war das Bier lieber als die Muttermilch, und er hat auch sein Leben lang fast nix andres getrunken, egal was die Frau von ihm sagt. Mit Bier kannste genauso von innen raus verfaulen, Bier macht die Leber kaputt und verwandelt dein Hirn in gebleichten Haferschleim. Is Tatsache. Den weißen Schnaps, den sie drüben in dem Laden verkaufen, den hat er gar nich gebraucht.«

»So ein Mist!« Earle versetzte dem öligen Metall der Schleuder einen Schlag. Er hörte es nie gern, wenn jemand etwas Schlechtes über seinen Bruder Beau sagte. Er hörte es nicht einmal gern, wenn die Leute Dinge wiederholten, die er selbst gesagt hatte. »Beau hat in seinem Leben schon schlimmeres Zeug abgekriegt als Bier. Bier is nix. Bier und Saubohnen, das is die richtige Mischung. Wenn Beau mit dem Biertrinken aufhören würd, dann würd er wahrscheinlich anschwellen und explodieren.« Seine unsteten schwarzen Augen forderten Tante Ruth heraus, ihm zu widersprechen.

»Die Frau von ihm, diese Maggie, das is das Problem in Beaus Leben. 'n kleines, weißgesichtiges Ding, weiße Augen, weißer Kopf, hat 'n blauen Fleck, sobald der Wind mal schärfer weht. Die Frau macht Kinder, wie andre Kekse machen. Die ganze Zeit schwanger mit so 'm kleinen käsigen glupschäugigen Kind Gottes. Verdammte Scheiße, Beau könnt kein' Fuß aufn Boden kriegen, und wenn er alles aufgeben würd bis auf schwarzen Kaffee und harte Arbeit. Sieben Kinder! Schlimm genug, daß Alma so viele hat, aber sie kriegt ihre wenigstens satt und sauber. Diese kleine Maggie kann nich mal 'ne Windel wechseln, ohne daß ihr schlecht wird, weil se schon wieder 'n Braten in der Röhre hat. Die Frau hat Beau bei lebendigem Leib aufgefressen. Wie so 'n Vampir den ganzen Saft rausgesaugt. Du brauchst das Mädel bloß aufschneiden, dann siehste, wie ihr Herz mit Beaus Blut schlägt.«

»Magdaline is nich der Grund, daß Beau noch mal 'n

schlimmes Ende nehmen wird«, fuhr ihn Tante Ruth an. »Sie zwingt ihn nich, dieses Gift zu saufen.«

»Das tut sie nich?« Earle warf die Schleuder auf die Stoffetzen, die er zum Schutz über die Verandabretter gebreitet hatte. »Sag die Wahrheit, Ruth. Glaubst du nich, daß sie was damit zu tun haben könnt, daß Beau die ganze Zeit sturzbesoffen is?«

Tante Ruth drehte sich herum und schaute Earle direkt ins Gesicht. »Du klingst, als würdste glauben, daß genau das in deinem Leben schiefgelaufen is, Earle Boatwright. Deine Frau frißt dir das Herz aus dem Leib? Die Mutter von deinen Töchtern treibt dich dazu, daß du trinkst und Gelegenheitsjobs hast und am hellichten Tag auf meiner Veranda rumfluchst?«

Ich umfaßte meine Knie enger und beobachtete Earles Gesicht. Er stritt sich immer mit Tante Ruth, aber selten waren sie so gemein. Ich biß mir auf die Lippen und sah, wie er den Kopf hängen ließ. Als Earle aufschaute, war sein Gesicht rot, und seine Augen glänzten.

»Ja, Ruth«, flüsterte er. »Das Schlimme dran is, daß ich genau das glaub.«

Tante Ruth schnaubte einmal kräftig und stemmte sich dann aus ihrem Schaukelstuhl hoch, ging auf wackligen Beinen zu ihm und faßte ihn um den Hals. »Es tut mir leid, Kleiner.« Sie hatte selbst etwas wäßrige Augen. »Das war schäbig von mir. Ich weiß. Ich weiß, wie sehr dir deine Mädels fehlen. Weiß, wie sehr du dich nach dem sehnst, was nich mehr is. Darfst nich denken, daß es mir nich auch weh tut, Kleiner. Darfst nich denken, daß ich nich weiß, wie weh's dir tut.«

»Ach, Ruth!« Earle versuchte, sie abzuschütteln, aber Tante Ruth hielt ihn fest. Ich biß stärker zu, bemerkte den metallischen Blutgeschmack in meinem Mund, spürte, wie meine Augen sich mit heißen Tränen füllten, erstickte aber dabei fast an dem unbändigen Bedürfnis, laut zu lachen. Tante Ruth sah so komisch aus, wie sie, spindeldürr und zerbrechlich, an ihrem großen starken rotgesichtigen Bruder hing, sich so fest an ihn klammerte, daß sie ihn beinah erwürgte. Aber er war immer schon ihr Baby gewesen, wie Beau und Alma und Raylene und Mama. Ruth hatte sie zur Hälfte selber aufgezogen und benahm sich immer noch wie ihre Mutter, mehr, als Oma es je getan hatte. Ich beobachtete, wie sich Tante Ruths bläuliche Finger in Earles Arme krallten, während er sich bemühte, mit seinen schmierigen schwarzen Händen nicht an ihr gelbes Chenillekleid zu kommen.

»Ach, Ruth«, stöhnte er und gab es auf. Er umarmte sie, hob sie hoch. »Wein nich über mich. Wir wern noch beide krank, wenn du anfängst, mich vollzuheulen.« Er stolperte über die Veranda, berührte mit einem Knie den Boden, als er sie wieder in ihren Schaukelstuhl setzte. »Das is nich fair. Ich hab noch nie mit 'ner Frau streiten können, wenn sie zum Weinen anfängt.«

Ich lehnte am Geländer und beobachtete, wie sich die beiden ganz fest umarmten. Ich konnte mir nicht vorstellen, daß ich Reese so umarmte, ihr erzählte, wie ich mich wirklich fühlte, mit ihr weinte. Es machte mich eifersüchtig, weckte in mir den Wunsch, Teil dieser Umarmung zu sein, Teil dieser Generation, die genauso schnell brüllte und fluchte, wie sie weinte und sich wieder versöhnte. Daddy Glen sagte, ich sei eine hartherzige Hexe, und vielleicht war ich das auch. Vielleicht war ich das.

An dem Morgen, als Mama in Beaus Laster vorfuhr, war ich mit vier kleinen Tontöpfen und Tante Ruths großem Kübel mit Ampelkraut auf der Veranda. Am Tag zuvor war ihr die Idee gekommen, daß sie diese Töpfe gern an die Dachtraufe der Veranda hängen möchte, und sie hatte gemeint, ich könne die Hälfte im Blumenkübel lassen und den Rest des rot-blau-grünen Blättergewirrs auf die kleinen Töpfe verteilen.

»Was meinste, Schwester?« rief Tante Ruth Mama zu. »Wernse nich schön aussehn, da oben unter der Traufe? Das Zeug is so robust, das wächst noch aufs Dach rauf.«

»Könnt schon sein«, stimmte Mama zu und umarmte mich flüchtig. »Wächst auf jeden Fall ganz schön schnell.«

»Die Leute sagen ja, es is Unkraut, aber mir hat's immer schon gefallen, vor allem weil man sich überhaupt nich drum kümmern muß.« Tante Ruth klopfte auf den Sitz des Rohrstuhls neben ihrem Schaukelstuhl. »Komm, setz dich her zu mir. Hab dich ja schon wochenlang nich gesehn.« Sie beugte sich vor und schaute Mama direkt ins Gesicht, als sie sich hinsetzte. »Du schaust anders aus, beinah erholt. Was haste denn gemacht, viel geschlafen?«

Mama lachte und schüttelte den Kopf. »Schlaf nur besser, seit's kühler geworden is.« Sie deutete auf den Haufen aus nassem Moos und Lehm, den ich mit schwarzer Erde vermischte. »Alles schaut jetzt frischer aus, wo die schlimmste Hitze vorbei is. Ich könnt schwören, Finger, daß du in dem Monat mindestens drei Zentimeter gewachsen bist.«

Ich grinste nur und machte weiter, entwirrte sanft die fest ineinander verflochtenen Wurzeln der alten Pflanze. Tante Ruth hatte gemeint, ein paar würden sicher absterben, aber wenn ich aufpaßte, daß ich die feinen Härchen an den Wurzeln nicht verletzte, würde das meiste am Leben bleiben. Also mußte ich die langen, blassen Triebe behutsam voneinander lösen.

»O ja, Finger wird mal 'n langer Lulatsch.« Tante Ruth

nahm einen Schluck Tee und schüttelte das Glas. »Magste was zum Trinken, Anney? Finger hat mir heut morgen 'nen ganzen Krug voll gemacht mit haufenweise Zucker und Zitrone drin.«

»Gott, ja. Es is zwar vielleicht 'n bißchen kühler geworden, aber es is immer noch ganz schön heiß.« Ich sprang auf, schlug die Hände gegen die Jeans, um den Dreck abzuklopfen. »Aber tu nich zuviel Eis rein«, rief sie mir nach.

Das mußte sie mir nicht sagen. Ich wußte, wie Mama ihren Eistee haben wollte. Ich schnitt sechs hauchdünne Scheiben vom mittleren Teil einer Zitrone ab, gab sie in ein Glas und drückte die restliche Frucht darüber aus. Dazu drei Eiswürfel, dann füllte ich das Glas bis zum Rand mit süßem Tee. Ich probierte einen Schluck, als ich es auf die Veranda trug. Ich hörte sie schon, bevor ich durch die Tür trat.

»Glaubst du, das hält an?« Tante Ruths Stimme war leise, Mamas Antwort sogar noch leiser.

»Das hoff ich. Du weißt, wie sein Daddy is, aber Glen is 'n neuer Mensch, seit er mit dem Job angefangen hat. Daß sein Daddy ihn eingestellt hat und ihm seine eigene Tour gegeben hat, beweist, wieviel seinem Daddy an ihm liegt. Davon isser überzeugt. Scheint ihm sogar egal zu sein, daß er weniger Geld kriegt als die andern Ausfahrer, meint, das soll nur zeigen, daß er keine Sonderbehandlung kriegt.«

»Klingt schon nach 'ner Sonderbehandlung, wenn de mich fragst, klingt ziemlich gemein. Die ganze Bagage is mir zuwider.«

»Ach, Ruth. Ich weiß nich.«

Ich lehnte den Kopf gegen das Gitter und wartete.

»Glen hat soviel Ärger gehabt, hat so viele Jobs ausprobiert. Gibt nich viel Leute, die ihn jetzt überhaupt noch nehmen würden, und, weiß Gott, er gibt sich wirklich Mühe. Im Morgengrauen is er aus dem Haus, kommt erst nach Sonnenuntergang heim, geht am Wochenende rein, um seinen Laster zu warten. Er will gut sein, er will sich beweisen. Er is wie umgewandelt.«

»Na schön.« Tante Ruth klang nicht so überzeugt wie Mama. »Fragt er nach Finger?« Eine Pause entstand. Ich nagte am Rand von Mamas Glas.

»Er hat nich einmal über sie geredet, seit sie hier is.« Mamas Stimme war noch leiser geworden. Jetzt war es ein Flüstern. »Bei Reese is er der reinste Vorzeigevater. Aber es is so, als ob er sich an Finger nich mal erinnern würd, als wär sie davongejagt worden oder tot, jemand, über den wir gar nich reden dürfen. Ich sag dir, Ruth, manchmal weiß ich nich, was ich tun soll.«

»Klingt nich so, als hättste die große Auswahl, Süße.« Tante Ruths Stimme klang freundlich, aber entschlossen. »Als du zurückgegangen bist, haste gewußt, wo das Problem liegt. Ich kann nich sagen, ob er 'n guter oder 'n schlechter Mensch is. Ich weiß, daß du ihn liebst, genauso wie ich weiß, daß mir selber nich viel an ihm liegt . . .«

»Ruth . . .«

»Nein, hör mir zu. Ich werd dir nich sagen, daß du ihn verlassen sollst. Er is dein Mann, und jeder kann sehn, daß er denkt, mit deinem Lächeln geht die Sonne auf und unter. Ich bin mir nich sicher, ob er verrückt is vor Eifersucht auf Finger, wie Oma meint, oder ob's was andres is. Aber er wird nie normal sein bei ihr, und sie wird nie sicher sein bei ihm.«

»Er liebt sie. Ich weiß es.« Mamas Flüstern klang bestimmt.

»Vielleicht. Trotzdem, ich schau mir Glen an, und ich seh, daß er nie so geliebt worden is, wie er's gebraucht hätt. Aber der Junge is so verschlossen und unergründlich, da muß ich passen. Du bist diejenige, um die ich mir Sorgen mach. Ich weiß, zu was für 'ner Liebe du fähig bist. Ich weiß, was du für Glen empfindest. Du würdst dein Leben hergeben, um ihn zu retten, und vielleicht wär das das einzige, was hilft, vielleicht aber auch nich. Das muß Gott entscheiden. Nicht ich.«

»Ruth, denk doch mal drüber nach, was du über ihn gesagt hast. Jeder kann sehn, wie gebrochen Glen is, was sein Daddy ihm angetan hat. Ich hab noch nie 'nen Jungen gesehn, der die Liebe von seinem Daddy so sehr gebraucht hätt und so wenig davon gekriegt hat. Glen muß einfach nur wissen, daß er geliebt wird, dann kann er die Gemeinheit von seinem Daddy überwinden.«

Von dem kalten Eis in Mamas Glas taten mir die Zähne weh. Ich wußte, ich sollte hinausgehen, sie wissen lassen, daß ich sie hören konnte, aber ich blieb unbeweglich stehen, hörte Mama zu.

»Du hast ihn nie gesehn, wie er immer zum Lokal gekommen is und gewartet hat, bis ich mit der Arbeit fertig war. Damals hab ich angefangen, ihn zu lieben, als ich gesehn hab, wie er Finger und Reese anschaut – so offen und unverstellt, daß ich direkt in seine Seele reinschauen konnt. Du hast ganz genau sehn können, was für ein Mann er sein möcht. Wie wenn man 'nen kleinen Jungen anschaut, 'nen kleinen Jungen, der verzweifelt und verletzt is. Da hab ich gewußt, daß ich ihn liebe.«

»Ach, Anney.«

Ich stieß mit dem Fuß die Tür auf und trat hinaus. Sie drehten sich zu mir; Mama saß auf ihrem Stuhl nach vorn gebeugt, den Kopf nah an Ruths geneigtem Hals, Ruth sah blasser und abgehärmter aus als zuvor.

»Hast ganz schön lang gebraucht.« Tante Ruth sah mich durchdringend an.

»Ich hab die Zitrone so geschnitten, wie's Mama gern hat. Durch die Scheiben kannste durchschauen.« Mein Gesicht fühlte sich an wie erfroren. Ich gab Mama das Glas und ging wieder zu dem ausgeleerten Blumentopf und dem Durcheinander aus Wurzeln. Ich riß die Hälfte von dem Haufen los und warf sie in den großen Topf zurück, und genauso grob begann ich dann, vier gleichgroße Teile Wurzeln samt Pflanzen abzutrennen. Während der Arbeit hielt ich den Kopf gesenkt, den Blick auf das Ampelkraut gerichtet.

»Ich hab deiner Tante grad erzählt, daß Daddy Glen 'nen neuen Job hat, drüben bei der Sunshine-Molkerei. Er is wirklich froh, daß er für seinen Daddy arbeiten kann, und es schaut so aus, als ob sich der Job ganz gut anläßt.«

»Das is gut.« Ich schüttelte von einem Wurzelballen die getrocknete Erde ab und setzte ihn dann in die feuchte Mischung in dem Tontopf. »Soll ich die geflochtene Kordel da zum Aufhängen nehmen, Tante Ruth?«

»Ja, die braune Kordel, die Travis aus dem Kaufhaus mitgebracht hat. Die hält bestimmt gut.«

Ich nickte, ohne sie anzuschauen.

»Während du das fertig machst, Finger, können wir doch drüber reden, wann du wieder heimkommst. Reese vermißt dich sehr.«

»Ich hab gedacht, ich soll hierbleiben, bis die Schule wieder anfängt.« Ich versuchte, ganz normal zu klingen, hielt den Kopf weiterhin gesenkt. »Tante Ruth kommt doch ohne mich nich klar. Sie braucht mich.«

Nach einer langen Pause räusperte sich Tante Ruth. »Finger hat recht, Anney. Ich weiß nich, wie ich meinen jämmerlichen Arsch ausm Bett heben soll, wenn Finger mich nich aufweckt. Kaum steht sie auf, schon singt sie die Lieder im Radio mit. Klingt manchmal fast wie Kitty

Wells.« Sie wollte vielleicht lachen, aber heraus kam ein Husten.
Da schaute ich auf, vorsichtig, versuchte, mein Gesicht im Schatten zu halten. Mama war nach vorn, in die Sonne gebeugt, die Finger auf den Knien verschränkt, ihre Augen blinzelten gegen das Licht, waren aber fest auf mich gerichtet. Tante Ruth hatte sich in ihren Schaukelstuhl zurückgelehnt, die Hand erhoben, kurz vor ihrem Mund. Mama entflocht ihre Finger und ließ die Hände sinken, so daß sie ihre Knie umfaßten.
»Na schön, den Verlust wirste wahrscheinlich kaum verschmerzen können, das seh ich ein. Aber vielleicht bring ich einfach mal Reese samstags raus. Möcht nich, daß sie vergißt, wie ihre große Schwester ausschaut.«
Ich schaufelte lockere Erde in den kleinen Topf, spritzte den Dreck auf der Pflanze mit Wasser ab. Der Ableger ließ schon die Blätter hängen, bereitete sich darauf vor, die Hälfte davon abzuwerfen. Aber der Stamm war feucht und biegsam unter meinen Fingern. Stark. Eines Tages würde er wieder stark sein.

Im August wurde etwa eine halbe Meile von Tante Ruths Haus entfernt, auf der anderen Seite der White Horse Road, das Zelt der Erweckungsbewegung aufgestellt. An manchen Abenden, wenn Travis und Ruth leise redend beieinander saßen, ging ich allein dorthin, setzte mich davor und hörte zu. Der Prediger war ein Schreihals. Er wütete und drohte, und man hatte nicht den Eindruck, er würde je zur Anrufung kommen. Ich saß im Dunkeln, versuchte, an nichts zu denken, vor allem nicht an Daddy Glen oder Mama oder daran, daß ich mir immer mehr als Ausgestoßene vorkam. Ich glaubte ständig, meinen Onkel Earle bei den Männern zu sehen, die neben dem Highway standen und eine Flasche in einer Papiertüte herumreichten, schwarzhaarige Männer mit ausgedörrten, grobschlächtigen Gesichtern. War Haß oder war Kummer der Grund, warum sie so aussahen, warum ihr Hals so steif und ihre Augen so kalt waren?

Sah ich so aus?

Würde ich so aussehen, wenn ich erwachsen war?

Ich mußte daran denken, wie Tante Alma mir ihre großen Hände über die Ohren legte, mein Gesicht ins Licht drehte und sagte: »Schon gut, daß du schlau bist. Aus dir wird nie ’ne Schönheit.«

Wenigstens war ich nicht so häßlich wie Kusine Mary-Mary, hatte ich zu Reese gesagt und mich sofort geschämt. Mary-Mary war die bekannteste häßliche Frau von Greenville County; sie hatte ein breites, flaches Gesicht, eine krumme Nase, winzige Augen, fast keine Haare und nur noch drei Zähne im Mund. Trotzdem war sie freundlich, und im Halloween Horror House der Heilsarmee spielte sie immer freiwillig die Hexe. Ihr Gesicht hatte nicht ihre Seele häßlich werden lassen. Wenn ich mir weiterhin Sorgen machte, weil ich keine Schönheit war, würde ich mir noch alles verderben. Mama sagte immer, im Gesicht kann man die Seele sehen, kann sehen, wie abscheulich und wie selbstsüchtig jemand ist. Bei all der Abscheulichkeit, die ich zu verbergen versuchte, war es ein Wunder, daß ich nicht noch häßlicher war als eine Kröte während der Regenzeit.

Die Leute fingen an zu singen. Ich verlagerte mein Gewicht auf die Zehenballen, umschlang meine Knie und summte mit. Erweckungen sind lustig. Die Leute gehen ziemlich begeistert mit, aber manchmal vergessen sie, welche Hymne sie gerade singen. Ich grinste, als das unverständliche Gestammel erklang, und sah den Männern

neben der Straße zu, die sich freundschaftlich in die Seite boxten und sich dabei beschimpften.
Du Bastard.
Du Hurensohn.
Der Prediger sagte etwas, das ich nicht verstand. Es gab eine kurze Pause, und dann erhob sich ein reiner Tenor in den nächtlichen Himmel. In meinem Mund zog sich alles zusammen. Sie hatten einen richtigen Sänger da drinnen, einen richtigen Gospelchor.
Swing low, sweet chariot ... coming for to carry me home ... swing low, sweet chariot ... coming for to carry me home.
Die Nacht schien mich wie eine warme Decke einzuhüllen. Meine Eingeweide fühlten sich an, als wären sie geschmolzen, und ich schmeckte den Wind in meinem Mund. Die wunderbare Gospelmelodie, gesungen von der durchdringenden Stimme eines kleinen Jungen, durchströmte mich, und das Herz wurde mir schwer, so klar erkannte ich meine Boshaftigkeit, meine Eifersucht und meinen Haß. Tante Ruths Finger fielen mir ein, wie sie vogelgleich vor ihrem Gesicht flatterten, die geröteten Wangen und die glatten schwarzen Haare von Onkel Earle, als sie beide auf der Veranda weinten, Mamas spitzes, von Sorgen gezeichnetes Gesicht und Daddy Glens kalte, zornige Augen. Die Welt war zu groß für mich, die Musik zu stark. Ich wußte, ich wußte, ich war das widerwärtigste Geschöpf auf Erden. Ich verdiente es nicht, noch einen einzigen Tag länger zu leben. Ich fing an zu schlukken und zu weinen.
»Es tut mir leid. O Gott, es tut mir leid.«
Wie konnte ich mit mir selbst weiterleben? Wie konnte Gott mich ertragen? War das der Grund, warum Christus nicht zu meinem Herzen sprach? Die Musik überflutete mich ... *Softly and tenderly, Jesus is calling.* Die Musik war ein

Fluß, der mich reinwaschen wollte. Ich schluchzte und grub meine Fersen in den Dreck, trunken vor Kummer und dieser reinen, so reinen Stimme, die sich über den Chor emporschwang. Tante Alma behauptete, alle Gospelsänger seien Trinker, aber in dem Augenblick war mir das egal. Ob es Whiskey hinter der Bühne war oder ein Zungenkuß in der Garderobe, alles, was dieses Lebenselixier hervorbrachte, war notwendig, war gut. Ich trocknete mir die Augen und fluchte laut. Besorgt dem Jungen noch 'ne Flasche, hätte ich am liebsten geschrien. Sucht dem Mädel 'nen dickschädeligen Mann. Aber, Gott verdamm mich, macht, daß sie weitersingen. Herr, mach mich trunken vor Musik.
Ich schaukelte vor und zurück, bohrte die Fersen in die rote Erde, die Fäuste in meinen Bauch, schmachtete die dunkle Nacht an und den Widerschein der Lichter aus dem Zelt. Ich weinte, bis keine Tränen mehr in mir waren, und dann lachte ich. Ich legte den Kopf in den Nacken und lachte, bis ich heiser war und der feuchte Nebel die Lichter der Erweckungsversammlung schluckte. Wäre Tante Ruth damals zu mir gekommen, ich hätte mich für alles entschuldigt, dafür, daß ich lebte und sie nicht genug liebte, um sie vor dem Krebs, der sie bei lebendigem Leib auffraß, retten zu können. Oder so. Für irgend etwas, doch, bestimmt, irgend etwas gäbe es bestimmt, wofür ich mich entschuldigen müßte, dafür, daß ich jung und gesund war und, erfüllt von Musik, einfach dasaß. Genau das soll ein Gospel bewirken – daß man sich selbst gleichzeitig haßt und liebt, daß man sich schämt und verklärt. Bei mir funktionierte es. Bei mir funktionierte es perfekt.

10

Das Erweckungszelt war schon eine Offenbarung gewesen, aber die »Sunrise Gospel Hour« wurde zur Obsession. Jeden Morgen, noch bevor Tante Ruth und Onkel Travis auf waren, setzte ich mich ganz nahe vor das Radio im Wohnzimmer und hörte mir die »Sunrise Gospel Hour« an. In der Stille des Morgengrauens kroch ich fast in den Lautsprecher und setzte meinen heimlichen Wunsch in die Tat um, stützte das Kinn auf die Finger, neigte den Kopf leicht nach hinten und sang mit, flüsternd, damit mich niemand hören konnte. Leise sang ich alles mit, nicht nur die Kirchenlieder, auch die Country-Hits danach – Marty Robbins, Kitty Wells, Johnny Cash, Ruth Brown, Stonewall Jackson, June Carter, Johnny Horton. Ich sang so leise, daß ich meine eigene Stimme kaum hören konnte, aber in meiner Phantasie stieg mein Gesang kraftvoll und schön empor.

Tante Ruth lächelte immer, wenn sie sah, wie ich den Kopf ans Radio preßte. »Mach's doch lauter«, sagte sie. »Du bist nich die einzige, die Musik mag.« Manchmal fing sie sogar an, mitzusummen. An einem Wochenende überredete sie Earle, seinen Plattenspieler vorbeizubringen, und zwei Tage lang hörten wir uns ihre Lieblingslieder an. Es stellte sich heraus, daß Tante Ruth in einer Kiste unter ihrem Bett einen ganzen Stapel eigener Platten hatte, alle Originalaufnahmen der Carter Family, Patsy Montana und ihr »I Want to Be a Cowboy's Sweetheart«, den Clinch Mountain Clan und seine Version von Hank Williams' »Are You Walking and a-Talking for the Lord«, Roy Acuffs »Wabash Cannonball« und Roy Acuff selbst mit »The Wreck on the Highway«. Ihr absoluter Knüller war eine Scheibe von Al Dexter and the Troopers und ihrer »Pistol Packing Mama«. Jedesmal, wenn der Refrain kam, klopfte sie mit der Hand auf die Couch und sang laut mit, bedeutete mir winkend, ich solle mit einstimmen. Und wir brüllten aus vollem Hals: »Pistol packing mama, lay that pistol down«, bis wir Onkel Travis vertrieben, der sich mit einer Flasche Jack Daniel's auf die Stoßstange seines Autos setzte. Einmal kam er herein, um sich ein großes Stück Käse zu holen, und beschwerte sich. »Ihr verscheucht ja die Hunde. Macht doch mal Pause.«

»Laß uns in Ruh, alter Mann.« Tante Ruths Gesicht war rosa und glücklich. »Wir sin vom Geist erfüllt.«

»Aber ihr klingt furchtbar«, sagte er traurig. »Ihr könnt einfach nich singen.«

»Ach, zum Teufel, Travis, das wissen wir.« Tante Ruth sah so zufrieden aus, daß sie gar nicht beleidigt sein konnte, aber ich war schockiert. Ich glaubte, wir hätten ziemlich gut geklungen. »Wir wissen's, und es is uns egal. Es macht einfach Spaß. Warum machst du nich mit? Komm schon. Finger, leg die eine auf, die uns Earle geliehn hat. Du magst doch Stonewall Jackson, oder, Travis?«

»O nein. Mich kriegst du nich zum Singen. Ich mach mich doch nich zum Narren.« Er ging rückwärts durch die Tür hinaus, als hätte er Angst, von irgendwas angesprungen zu werden. Ich zuckte mit den Achseln und legte den Song von Jackson auf. Wenn ich das Kinn fest nach unten drückte, bekam ich Stonewalls tiefen, traurigen Ton beinah hin. Meine Stimme klang rauh und dunkel wie seine, wie ein Mann, der in einem Bergwerksschacht singt.

Tante Ruth strahlte über meinen Versuch, lachte, bis sie fast erstickte. »O Gott, Finger! Du meine Güte, du bist vielleicht eine. Du bist einfach zuviel für mich.« Geschwächt sank sie in die Couch zurück, die Finger tanzten immer noch im Takt zur Musik. »Heiliger Herrgott, das bist du. Einfach zuviel für mich. Heiliger Herrgott, spiel's noch mal.«

An dem Wochenende, bevor die Schule wieder anfangen sollte, sagte Mama, ich müsse heimkommen und die Pflege von Tante Ruth ihrer Tochter Deedee überlassen. Deedee hatte sich erst dann bereit erklärt, nach Hause zu kommen, als Travis versprach, ihren heißgeliebten Chevy Sedan abzuzahlen, und sie zögerte ihre Ankunft bis zu dem Abend hinaus, an dem ich fahren sollte, und als sie endlich auftauchte, war sie gereizt und beschwerte sich, daß sie überhaupt hatte kommen müssen. Sie benahm sich, als wäre die Krankheit ihrer Mama ein Kreuz für sie. Ich war entsetzt.

»Sie kann jeden Moment sterben«, sagte ich am nächsten Morgen zu Deedee. »Denkst du da nie dran?«

Wir waren draußen auf Tante Ruths Veranda und warteten darauf, daß Mama mich abholte; Deedee saß im Schaukelstuhl, ich lehnte am Geländer. Deedee machte nur ein verächtliches Gesicht, zündete sich noch eine der Chesterfields an, die Tante Ruth nicht ausstehen konnte, und warf mir das erloschene Streichholz vor die Füße. »Sie stirbt nich, auf jeden Fall nich jetzt, nich, bevor ich völlig durchdreh vor Langeweile und so weit bin, daß ich sie selber umbring. Du kennst das nich, du Schafskopf. Du hast keine Ahnung, wie lang Mama schon damit rumzieht. Mein ganzes Leben lang hab ich hinter ihr und hinter mein' lahmarschigen Brüdern hergeräumt. Und die Leute jammern mir ständig die Ohren voll, was für 'ne Tragödie das is, die Mama so krank, und wahrscheinlich stirbt sie bald. Ach ja, so isses, sag ich. Zuerst warn's Frauengeschichten, und sie hat nix heben können, dann war's die Lunge, und im ganzen Haus hat keiner rauchen dürfen. Hab nach Sonnenuntergang nie das Radio aufdrehn oder den kleinsten Krach machen dürfen, nur damit sie ihre heilige Ruhe hat. Kein Freund hat vorbeikommen und hupen dürfen und mich ausführen. Keine neuen Kleider, weil ihre Medizin soviel kostet. Nix wie Gestöhn und Gejammer und mich rumkommandiern.«

Deedees Gesicht sah widerwärtig aus, ihre Augen waren hart und stechend. Sie streckte den Arm aus und packte mich am Handgelenk, zog mich zu sich.

»Du hast keine Ahnung, wie das is, Finger. Aus eigener Kraft rauskommen und dann wieder heim müssen. Wart noch 'n paar Jahre, bis du 'n Schatz hast, 'n Job, wo du dein eigenes Geld verdienst, bis du machen kannst, was du willst, auch wenn's genau das is, was deine Mama für verrückt und verkommen hält.« Sie ließ mich los und gab dem Schaukelstuhl einen Schubs. »Mein Gott, so ungefähr alles, was mir auf dieser Welt Spaß macht, is verrückt oder verkommen. Verrückte, verkommene Deedee, so nennen sie mich. Und wenn schon, scheiß drauf, is mir egal. Ich hab mein Auto, und ich hab meine eigenen Pläne, und sobald das Auto abgezahlt is, bin ich wieder weg, da kannste deinen Arsch drauf wetten. Und wenn ich das nächstemal von hier wegkomm, dann bringt mich nich mal der Teufel selber wieder her.«

Mir sträubten sich die Haare. Ich wußte nicht, was ich sagen, was ich denken sollte. Letztes Wochenende hatte Earle die Veranda fertiggestrichen, und jetzt glänzten die weißen Bretter in der Sonne, warfen das Mittagslicht in

Deedees dunkle Augen. Ich erinnerte mich daran, wie Earle am Geländer lehnte und den Kopf schüttelte, wie er mit heiserer und trauriger Stimme sagte, er verstehe es einfach nicht, daß alles so schiefgehen könne. Die einfachsten Dinge, dachte ich. Ich ging die Treppe hinunter und hockte mich auf die unterste Stufe, die Finger über den Knien gefaltet, als betete ich. Deedee hörte sich an, als haßte sie ihre Mama, als wünschte sie ihr den Tod. Ich konnte das nicht verstehen, konnte es nicht ertragen, daran zu denken. Ich hielt Ausschau nach Mamas Wagen, und ununterbrochen ging mir eine Liedzeile im Kopf herum: »Sun's gonna shine, sun's gonna shine, in my back door, someday.« Singen war Beten, Beten war Singen. Gab es kein Lied, das Deedee oder mir zu Herzen ging, das uns beide trösten konnte?

Jeden Nachmittag nach der Schule sollte ich eigentlich mit Reese bei Tante Alma bleiben, aber immer öfter ging ich hinüber zum »West Greenville Café« am Eustis Highway. Die Jukebox hatte ebenso viele alte wie neue Songs – Loretta Lynn, Teresa Brewer, Patsy Cline und Mamas Liebling Kitty Wells. Die Lastwagenfahrer mochten diese Musik genauso gern wie ich. Ich setzte mich draußen unter die Fenster des Cafés und begleitete summend jene näselnden Mädchenstimmen, stellte mir vor, daß ich selbst hingebungsvoll jene rauhen und verzweifelten Töne sang. Jeder wußte, daß die Stars der Grand Old Opry, der Musikhalle in Nashville, als Gospelsänger anfingen. All jene Frauen, die in ihren Songs von ihren treulosen Männern erzählten, sangen zuerst über die Gewißheit der Liebe Gottes. In der Sonne dösend, eingelullt vom vertrauten Geruch des Bratfetts, machte ich Gott dann Versprechungen. Wenn Er mich nur Sängerin werden ließe! Ich wußte, daß ich, wie alle anderen, wahrscheinlich bei Whiskey und Rock ’n’ Roll enden würde, aber erst nach vielen Jahren, versprach ich. Erst nach vielen Jahren, Herr. Erst wenn ich Seinen Namen gepriesen und Mama einen gelben Cadillac und ein Haus in der Old Henderson Road gekauft hatte.

Mehr als alles auf der Welt, so beschloß ich, wollte ich eines der kleinen Mädchen in den weißen, mit silbernen und goldenen Kreuzen bestickten Fransenwesten sein – diejenigen, die bei der Gospeltour durch verschiedene Städte sangen und im Frühstücksfernsehen auftraten. Ich wollte, daß grauhaarige Ladies weinten, wenn sie meine rosigen Wangen sahen. Ich wollte, daß die Leute wegen dem Schluchzen in meiner Stimme stöhnten, wenn ich von dem Wunder in meinem Leben sang. Ich wollte ein Wunder in meinem Leben. Ich wollte eine Gospelsängerin sein und von der ganzen weiten Welt geliebt werden.

Herr Jesus Christus, mach mich zu einer Gospelsängerin, betete ich, während Teresa von jemandem sang, der Gott hätte sein können und dann auch wieder irgendein schwarzäugiger Mann. Aber Jesus muß mit Teresa beschäftigt gewesen sein, denn meine Stimme wurde jedesmal hoch und schrill, wenn ich mich hineinsteigerte, und rauh und heiser, wenn ich versuchte, leise und schmachtend zu singen. Der Prediger von der Baptistenkirche Bushy Creek erlaubte mir nicht einmal, mich neben den Chor zu stellen und die Seiten des Gesangbuchs umzublättern, und ohne eine Stimme wie die von Teresa oder June Carter konnte ich keine Gospels singen. Ich konnte nur zuhören und mir anschauen, wie die grauhaarigen Ladies weinten. Es war eine Ungerechtigkeit, die ich weder begreifen noch verzeihen konnte. Es mußte einen Weg geben, meine Stimme zu verbessern, damit ich so singen konnte, wie ich es mir erträumte. Ich betete und übte und hielt stur an meiner Hoffnung fest.

Auf der Fahrt von Greenville zum Sunshine-Parkplatz am Highway 85, vorbei am Kaufhaus Sears, Roebuck, am Luftwaffenstützpunkt, an der hügeligen, grün und lehmrot gescheckten Landschaft – ein Ausflug, den wir fast jede zweite Woche machten, seit Daddy Glen für seinen Vater arbeitete –, fingen wir manchmal zu singen an wie eine Gospelfamilie auf Reisen. *While I was sleeping somebody touched me, while I was sleeping, Oh! Somebody touched me … musta been the hand of the Lord …*

Unser Gesang, aus vollem Halse, ohne Skrupel, ließ das Auto erzittern und schockte den Gegenverkehr. Reese johlte und kreischte, Mamas Stimme war brüchig, als träumte sie ebenfalls von Teresa Brewer, und Daddy Glen gab Geräusche von sich, die sogar Kühe erschreckt hätten. Keinem machte es was aus, und ich versuchte, so zu tun, als ob ich gar nicht so schlecht wäre. Ich streckte meinen Kopf aus dem Fenster und heulte auf Teufel komm raus. Mein Mund war voll Wind, und die Tatsache, daß ich genauso schlecht sang wie alle anderen, ging im Dröhnen des Wagens unter.

Einmal war ich so hingerissen, daß ich, als wir nach Hause kamen, vor dem Ventilator weitersang. Meine Stimme vibrierte und zitterte wie eine Slide Guitar, ein Klang, den ich besonders mochte. Mama beklagte sich, sie bekomme Kopfschmerzen davon, und wenn ich nicht damit aufhörte, würde ich bald Ohrenschmerzen haben.

»Was, zum Teufel, macht sie da?« Daddy Glen benahm sich, als sänge ich nur, um ihn wütend zu machen. »Will sie, daß die Farbe von den Wänden runterbröckelt, oder soll nur die Milch sauer werden?« Mit einer seiner großen Hände griff er an dem Ventilator vorbei nach mir.

»Glen.« Mamas Stimme war sanft, aber er ließ die Hand sinken. Er schaute sie an, als hätte sie ihm eine Nadel ins Herz gestoßen.
»Du darfst ihr nich alles durchgehn lassen«, sagte er zu Mama. »Sie glaubt sonst noch, sie kann jeden verdammten Scheiß machen, der ihr einfällt, und wo bleiben dann wir? Sie treibt sich ja jetzt schon jeden Nachmittag im ganzen County rum.«
Mama legte Daddy Glen den Arm um die Hüften. »Ich weiß, daß du dir Sorgen machst, aber vertrau mir, Schatz. Ich weiß jede Minute, wo Finger is. Ich laß es doch nich zu, daß meinem kleinen Mädel was passiert.«
Unter Mamas Berührung entspannte sich Daddy Glen, lächelte beinah.
»Finger, hol deinem Daddy 'nen Eistee«, sagte sie zu mir. »Und tu noch 'n Löffel Zucker extra rein, so wie er ihn am liebsten mag.«
Ich holte den Tee und dann noch einen kalten Waschlappen, den Mama Daddy Glen auf den Nacken legte, während sie beieinander saßen. Die ganze Zeit schaute Mama mich kein einziges Mal an, aber Daddy Glen schon, sein Blick tastete mich ab, als wäre ich eine fremde Kreatur, als wäre ihm klargeworden, daß er herausfinden mußte, wie er diese Kreatur zähmen konnte. Es war lange her, daß er mich allein erwischt hatte, und manchmal konnte ich mir fast einreden, daß er mich nie an seine Hüften gepreßt, nie seine Hände unter meine Kleider gesteckt hatte. Ich tat so, als wäre alles nur ein böser Traum gewesen, der nie mehr wiederkehren würde, aber ich paßte auf, daß ich ihm nicht zu nahe kam.
Ich rannte davon, bevor Daddy Glen noch etwas von mir verlangen konnte, und nahm den Ventilator mit auf die hintere Veranda. Ich sang so leise, wie ich konnte, summte

in das Gerät hinein, dachte daran, daß Gospelsänger immer unterwegs waren. Selbst wenn ich kein Star wurde, könnte ich vielleicht als Backgroundsängerin in einer »Familie« landen – alle gleich angezogen, knatschblaue Fransenblusen mit silberner Stickerei, leben und reisen in einem großen Bus und aus verschiedenen Städten zu Hause anrufen. Aber besser wäre es, Solist zu sein und ständig Aufträge zu haben. Ich brauchte nur einmal die Chance, meine seelenvollen schwarzen Augen auf ein Zelt voll von Gläubigen zu richten, mit meiner traurigen Stimme das kleine Zwischensolo zu singen. Ich wußte, ich konnte sie dazu bringen, daß sie mich liebten. Es war ein Geheimnis dabei, aber ich würde es herausfinden. Wenn denen das bei mir gelang, dann würde ich einen Weg finden, es bei der ganzen Welt zu schaffen.

»Scheiße mit Apfelmus.« Oma lachte grausam, als ich ihr schließlich erzählte, daß ich jeden Morgen den Gospelsängern zuhörte und sein wollte wie sie. »Du machst doch Witze, Finger! Du kannst nich singen, Mädel. Du kannst überhaupt nich singen.«
»Jetz noch nich«, gab ich zähneknirschend zu. »Aber ich arbeit dran. Ich werd schon noch besser. Und stell's dir doch bloß mal vor, Oma. Stell dir vor, wie das wär.«
»O ja, ich weiß.« Omas Gesichtsausdruck wurde sanft, ihre Stimme behutsam. »Ich kenn die Macht der Gospelsänger. Manche christlichen Frauen glauben einfach alles, nur wegen so 'nem Gospelsänger.«
»Einfach alles.« Es gefiel mir, wie sie das sagte. Die »christlichen Frauen« kamen aus ihrem Mund wie frische Spucke an einem staubigen Morgen, rein und kostbar und zutiefst befriedigend.
»Einfach alles«, wiederholte ich, und sie schenkte mir ihr

zahnloses, schiefes Grinsen. Wir saßen nah beieinander auf Mamas Liegestühlen im Garten. Oma beschwerte sich zwar immer, weil Mama nicht in einem Haus mit Veranda und Schaukelstuhl wohnte, aber Mamas Liegestühle gefielen ihr. Jetzt legte sie mir die Hand in den Nacken, drückte zu und lachte.

»Manchmal schaust du wie dein Opa.« Sie zwickte mich und lachte wieder. »Der Bastard war noch hinterlistiger als ’ne Schlange, aber er hatte auch seine guten Seiten. Und hab ich die nich geliebt? Herr im Himmel!«

Sie lehnte sich zurück und schob den Tabak in ihrem Mund herum.

»Gibt nur zwei Sachen, die ich nich ausstehen konnt bei dem Mann. Der hätt nich mal gearbeitet, um sein Leben zu retten, und er is jedem Gospelsänger hinterhergelaufen. Is immer vorm Hintereingang der Erweckungszelte rumgestanden und hat ihnen den besten selbstgebrannten Whiskey von ganz Greenville County angeboten. Und mir hat er dann die Brühe aus den Zapfhähnen mitgebracht. Bastard!«

Sie richtete sich auf und schaute über die Schulter, ob uns Mama auch nicht hören konnte. Mama erlaubte niemandem, dieses Wort in ihrem Haus auszusprechen.

»Scheiß drauf.« Sie spuckte seitlich aus. »Du hast auch ’n bißchen was davon abgekriegt, was? ’n bißchen von der Verrücktheit, von dem Erweckungsquatsch?«

»Kusine Temple sagt, du bist ’n Heide.«

»Ach, Temple, pah. Temple is ’n Vollidiot.«

Ich sagte nichts. Oma wischte sich das Kinn ab.

»Geh bloß nich zu deiner Mama und erzähl ihr alles, was du hörst.«

»Nein, Ma’am.«

»Und nimm dieses Gospelzeugs nich so ernst. Ab und zu

isses ganz nett, räumt dich richtig durch, aber es is nich echt. Es is wie schlechter Whiskey. Läuft schnell durch, und danach tut dir alles weh.« Sie wischte sich wieder das Kinn ab und seufzte, wie sie es in letzter Zeit oft tat. Ich haßte dieses Seufzen. Ich mochte sie lieber, wenn sie gemein war. Wenn sie zu seufzen anfing, konnte es auch sein, daß sie zu weinen anfing. Dann zog sich ihr Gesicht auf eine Art zusammen, vor der ich mich fürchtete.
»Ich bin kein Idiot.« Ich schaukelte in meinem Stuhl vor und zurück, stieß mich mit meinen bloßen Füßen fest vom Boden ab. Omas Gesicht zuckte, und ich sah, wie das Licht in ihre Augen zurückkehrte.
»Du weißt, was deine Mama von dem Wort hält.« Es stimmte. Als ich zu Reese einmal »Idiot« gesagt hatte, hatte mich Mama, was sie selten tat, ausgeschimpft. Sie haßte das Wort fast ebensosehr wie »Bastard«.
»Bin kein Idiot und bin kein Bastard.« Ich schaukelte weiter, beobachtete Omas Gesicht.
Oma lachte und schaute nervös über die Schulter. »O Finger, du bist noch der Tod für deine Mutter, und was werd ich dann traurig sein.«
Sie sah nicht traurig aus. Sie sah besser aus. Ich sagte es noch einmal.
»Bin kein Idiot und bin kein Bastard.«
Oma mußte so heftig lachen, daß sie sich an ihrem Tabak verschluckte.
»Du bist beides, und du bist einfach verrückt nach der Musik, genau wie dein Opa.« Sie klang, als würde sie vor Lachen ersticken. »Und, gottverdammich, er war auch beides.«

Die Gospelgeschichte ging Mama nach einiger Zeit auf die Nerven, aber Tante Alma beruhigte sie. »Es is lästig, aber es is normal, Anney, und das weißt du. Früher oder später is noch jedes Mädel in unsrer Familie auf die Religion gekommen.« Mama nickte abwesend. Sie war sich nicht so sicher, ob die Sache so einfach war. Mama ging fast nie in die Kirche, aber Gott und die meisten Glaubensfragen nahm sie absolut ernst.

»O ja, Anney is 'ne christliche Frau«, sagte Onkel Earle zu Tante Alma am Morgen nach der Nacht, in der Mama ihn hinauswarf, weil er Schnaps auf ihren Küchentisch gekotzt hatte. »Aber es macht mich fertig, daß sie die ganze Zeit so eisern is. Man könnt meinen, sie hätt in ihrem ganzen Leben noch nie 'nen Schluck Whiskey getrunken oder 'nem feschen Mann schöne Augen gemacht.«

»Sie is so halsstarrig, wie's nur geht«, stimmte Kusine Deedee zu. Sie sollte bei Tante Ruth sein, aber es sah so aus, als wäre sie öfter bei Alma oder Raylene als zu Hause. »Weißte, Finger, deine Mama gehört überhaupt zu denen, die uns alle in Schwierigkeiten bringen. Wie so 'ne Figur aus den Geschichten, die sie in der Sonntagsschule erzählen und mit denen sie uns 'ne Lektion erteilen wollen.« Sie grinste mich an. »Bitte um nichts, vertrau in Gott. Handle recht. Recht so! Und er wird dir Bastarde und die Tollwut schicken, bevor er fertig ist. Ich schwör's dir«, sagte Deedee, »schon die Vorstellung von 'ner christlichen Frau und ihrem blankgeschrubbten, mageren, steifen und knochigen Hals is mir zuwider.«

»Sie is sich selber zuwider«, sagte Mama, als Reese wiederholte, was Deedee gesagt hatte. »Und ich wüßt nich, daß Gott damit irgendwas zu tun hätt.« Sie warf mir einen jener scharfen, beinah furchteinflößenden Blicke zu, die sie sich im Laufe des Sommers angeeignet zu haben schien. »Die Leute handeln nich deswegen recht, weil sie Gott fürchten oder lieben. Man handelt recht, weil die Welt sonst keinen Sinn hat.«

Ich nahm nicht mehr alles, was Mama sagte, als Evangelium, aber ich wußte, was sie meinte. Wenn man recht handelte, sollte das mit Neigung oder Liebe oder Güte oder Jesus Christus nichts zu tun haben, auch wenn die meisten Leute behaupteten, Jesus habe mit allem irgendwas zu tun. Ich wußte, daß Mama sehr wohl an Jesus glaubte, obwohl sie nicht darüber reden wollte, und ich sagte mir, daß sie im Grunde ihres Herzens genau verstand, was ich tat. Ich gab mich dem Geheimnis des Blutes unseres Herrn hin, las nach dem Abendessen am Küchentisch in der Bibel und ging zu den Mittwochabendgottesdiensten für junge Leute. Mama sagte nichts, Reese zog mich auf, und Daddy Glen feixte.

Tante Alma fand die Sache eher lustig. »Na ja, wenigstens schreibt sie nich seitenweise Bibeltexte ab und versteckt sie dann in deinen Schubladen wie meine Temple. Du mußt einfach abwarten, bis es vorbei is. Als meine Temple soweit war, hab ich sie bloß 'n bißchen aufgezogen, und das Mädel hat mir fast den Kopf abgerissen. Hätt nich viel gefehlt, und sie hätt den Prediger geholt – als ob ich nich 'n guter Baptist wär –, bloß weil ich nich eingesehn hab, daß ich jeden Sonntag meines Lebens in die Kirche gehn soll.«

»Aber du solltest in die Kirche gehn«, entgegnete ich ungerührt. Es machte mich wütend, daß sie so redete, als nähme ich meinen Glauben nicht ernst. »Du solltst deinen Glauben bekennen und Onkel Earle überreden, mitzugehn. Er hält große Stücke auf dich, und er würd dir zuhören, wenn du richtig mit ihm redest.«

»Wenn ich anfangen würd, mit Earle über Sonntagsgottesdienste und Glaubensbekenntnisse zu reden, dann würd er denken, ich hätt den Verstand verloren.« Alma lachte und kniff mich ins Kinn. »Du gehst für uns hin, Mädel. Du bekennst. Falls es wirklich morgen mit der Welt zu Ende geht, dann rett ich lieber dich als irgendeinen von deinen betrunkenen Onkeln. Und probier bloß nich, mit Earle über Jesus zu reden. Mit dem Mann kannste über Gott und Religion überhaupt nich reden.«

Ich verstand Tante Almas Warnung als Herausforderung und begann, mit Onkel Earle über Glauben und gute Taten zu reden. Ich spielte ihm Mamas rührseligste Gospel-Country-Musik vor und erzählte ihm die dramatischsten Seelenrettergeschichten aus den Heftchen, die die Christian Ladies' Aid Society herausgab. Earle hatte seinen Spaß daran, an meiner Ernsthaftigkeit, an den Bibelversen und den kaum verschleierten Drohungen ewiger Verdammnis. Aber am schönsten fand er das Streiten. Während ich ihm zu beweisen versuchte, daß Gott die Liebe war und Jesus der Retter, legte er mir dar, daß die Welt unrettbar verdorben und verloren war.

»Vergiß die neunundneunzig, reden wir lieber über das arme verlorene Schaf in diesem County«, begann Onkel Earle meistens. Ein Gläschen Whiskey und ein großes Glas Bier, und er war bereit, das Thema Jesus in Angriff zu nehmen, erinnerte mich dabei nur gelegentlich an seine Frau Teresa. Den Verlust Teresas lastete er natürlich Jesus an – Jesus, der die Katholiken erschuf, den Katholiken, die so eigen waren in bezug auf den außerehelichen Geschlechtsverkehr und es einem anständigen Baptisten so schwer machten, sich scheiden zu lassen. Er hatte eine komische Einstellung zu Katholiken, verfluchte sie, weil sie ihm das Leben so schwer machten, und bewunderte sie gleichzeitig.

»Katholiken«, sagte er zu mir, »sind wenigstens interessant, die haben das mit dem Aufstehen und Hinsetzen, Singen, Samtteppiche auf den Kirchenbänken und richtigen verwässerten Wein für die Kommunion. Und was, zum Teufel, haben die Baptisten? Traubensaftkommunion, blödsinnige Regeln gegen Tanzen und Kino, haufenweise Selbstgerechtigkeit, Vollidioten in glänzenden Anzügen als Prediger und beschränkte Gemeindemitglieder! Von den Katholiken könnten die Baptisten noch einiges lernen.«

Manchmal brachte Onkel Earle Teresa, die katholische Kirche und die County Marshals in seiner Argumentation etwas durcheinander. Mit genügend Whiskey intus ließ er sich darüber aus, wie sie sich alle verbündet hatten, um ihm das Leben zu vergällen. Wenn es einen Gott gäbe, dann stünde Er, davon war Earle überzeugt, auf der Seite von Teresa, den Katholiken und den Marshals. Aber es gab keinen Gott, sagte Earle zu mir, keinen Gott und keine Hoffnung durch irgendwelche Kirchen. Den Leuten würde es bessergehen, wenn sie lernten, sich auf sich selbst und aufeinander zu verlassen, anstatt herumzulaufen und um etwas zu beten, das sie nicht bekommen würden.

»Ich hab die Kirchen aufgegeben – alle Kirchen –, weil ich gesehn hab, was sie sind«, sagte er. »Schau dir bloß mal die Ölgemälde an, die in jeder Sonntagsschule in South Carolina an der Wand hängen. Jesus in den Bergen. Jesus in der Wüste. Jesus vor dem Nachthimmel. Jesus hält die verlorene Seele in den Armen. Jesus will dich, jeden einzelnen von euch. Er wird Berge erklimmen, den heißen Sand durchschreiten, den nächtlichen Winden trotzen, unter den vielen nach dem einen Verirrten suchen. Und nie bist du so wertvoll, als wenn du außerhalb der Herde stehst, der eine, den Gott will. Ach, wie gut ich das kenn! Kenn ich das nich? Sie wollen dich, o ja, sie wollen dich. Bis sie dich haben. 's gibt nix Nutzloseres auf der Welt, als 'nen schwer arbeitenden, gläubigen Idioten. 's is nich so, daß du die Religion hast. Die Religion hat dich, und dann saugt sie dich aus. Erlaubt dir nich den kleinsten Schluck Whiskey. Erlaubt dir nich, daß du fettärschige Mädels zum Grinsen und zum Kichern bringst. Erlaubt dir rein gar nix, du darfst nur arbeiten für das, was du im Jenseits kriegst. Ich leb hier und jetzt, und ich brauch meinen Schlaf am Sonntag in der Früh. Aber ich werd dir was sagen, Finger, es gefällt mir, daß sie mich wollen, die Katholiken und die Baptisten und die Zeugen Jehovas und die Methodisten und die Adventisten vom Siebenten Tag, wie sie alle gieren nach meiner dreckigen weißen Haut, nach meiner erbärmlichen menschlichen Seele. Der Teufel soll mich holen! Keiner von denen würd auch nur zwei Tropfen Pisse für mich hergeben, wenn ich schon Mitglied in ihrer Hängearschgemeinde wär.«

Onkel Earle trank und schob seine glänzenden schwarzen Haare zurück. Je mehr er trank, desto mehr redete er. Und perverserweise, je mehr er redete, desto mehr wollte ich hören, obwohl jedes Wort aus seinem Mund Blasphemie war. Was mir wirklich gefiel, war, wie er über Jesus redete. Er redete über Jesus auf eine Art, die ich verstand, auch wenn ich sie nicht mit allem, was er sagte, in Einklang bringen konnte. Er redete über Jesus wie ein Mann, der vor Sehnsucht nach ihm stirbt, aber zu stur ist, als daß er sich an den gedeckten Tisch setzen würde. Earle redete in der Sprache der Gospelmusik, mit ihrem Rhythmus und ihrer Intensität. Aus seinen verschliffenen Erklärungen hörte ich das gleiche heraus, wie wenn ich der Musik lauschte, der Verzweiflung, die harte, rauhe Stimmen anschwellen ließ, den rotgesichtigen Männern und den blassen, schwitzenden Frauen, die in den hinteren Bänken stöhnten. »Herr, Herr!« Stöhnten und warteten, warteten und beteten. »Erbarme dich unser, Lamm Gottes! Erlöse uns durch das Blut unsres Herrn.« Der Hunger, die Gier und die Sehnsucht waren greifbar. Ich verstand diesen Hunger besser als alles andere, obwohl ich nicht sagen konnte, ob das, wonach ich in Wahrheit hungerte, nun Gott oder Liebe oder Absolution war. Erlösung war eine komplizierte Sache.

Ich legte Earle die Hand auf den Arm und spürte verwirrt, wie angespannt und heiß seine Haut war, als würde sich jeder einzelne Muskel in seinem Körper gegen Gott wehren. Wenn ich nicht so sicher gewesen wäre, daß ihn Höllenfeuer und ewige Verdammnis erwarteten, hätte ich mir etwas darauf einbilden können, daß ich miterlebte, wie sehr Earle Gottes Geduld auf die Probe stellte. So aber konnte ich nur daran denken, wie wundervoll es wäre, wenn er endlich Gott durch mich sprechen hören und spüren würde, daß Jesus in sein Leben trat.

Ich tat, was ich konnte, um meine armen Onkel aus ihrer heidnischen Lebensart zu erretten, aber wenn ich versuchte, sie zum Sonntagsgottesdienst zu überreden, lachte Earle mich bloß aus, Nevil brummte und Onkel Beau steigerte sich in einen Hustenanfall hinein. »Ihr gottverdammten Weiber mit euerm gottverdammten Kirchengerenne«, brüllte Onkel Beau Oma an, als hätte sie mich auf die Idee gebracht. »'n Mann hat's nich nötig, daß Gott dauernd hinter seinem Arsch her is, damit er weiß, was er tun soll. 'n Mann hat's nich nötig, daß ihm 'ne Frau die ganze Zeit Predigten hält.«

»Hör auf, so rumzufluchen«, entgegnete Oma erstaunlich sanft. »Du bist der größte Idiot in ganz Greenville County, und nich die Frauen haben dich zu dem gemacht, was du bist. Seit deiner Geburt suchst du jemand, dem du die Schuld an deinem Leben geben kannst.« Sie spuckte Ta-

baksaft aus und befahl mir, aus dem Haus und in die Sonne zu gehen.
Ich stritt mich nicht mit ihr. Wenn ich störrisch war, mußte ich bloß wieder die Haut an ihrem Bein irgendwo zusammendrücken, damit sie sich ihre Insulinspritze geben konnte. Immer wenn sie böse auf mich war, mußte ich das tun, und das war Grund genug, sie nicht zu verärgern.
»Wenn Gott in 'ner Whiskeyflasche leben würd«, hörte ich Oma zu Onkel Beau sagen, während ich zur Tür hinausging, »hätt Er dich schon vor langer Zeit mit Seiner Liebe abgefüllt. Aber Er lebt nich in 'ner Whiskeyflasche, und du wirst nie erlöst werden, also behalt deine Bosheit für dich.«

Onkel Earle bekam Arbeit – er sollte einen Einstellplatz bauen – und besorgte Mama von einem Teil des Geldes einen kleinen Plattenspieler mit Netzanschluß und vier Schallplatten. »Mehr gibt's nich umsonst«, sagte er, während er auf eines ihrer Biscuits Bratensoße schaufelte. »Ich hab dir sogar einen von diesen alten June-Carter-Songs gekauft, die du so magst. Wie heißt der lustige noch? ›Nickelodeon‹, stimmt's?«
Er schaufelte und tunkte und schüttete süßen Tee hinunter, als wär's Whiskey. Mama sagte, inzwischen habe er schon so viele ihrer Biscuits gegessen, daß er ihr vorkomme wie eines ihrer eigenen Kinder.
»'n Mann gehört zu der Frau, die ihn ernährt.«
»Scheißdreck«, widersprach Tante Alma. »Es is genau andersrum, und das weißt du auch. Die Frau gehört zu denen, die sie ernährt.«
»Kann sein. Kann sein.«
Von diesen vier Platten gefiel Mama nur eine, und die spielte sie fast kaputt. »The Sign on the Highway« hieß

der Song, und nach einer Weile konnte ich ihn auswendig. *The sign on the highway, the scene of the crash ... the people pulled over to let the hearse pass ... their bodies were found 'neath the signboard that read – Beer, Wine and Whiskey for sale just ahead.*

Was mich überraschte, war, daß Mama, die nicht zur Kirche ging und nie auch nur Jesu Namen nannte, genauso auf diese Musik reagierte wie ich. Sie weinte jedesmal, wenn sie sie hörte, und sie wollte sie ständig hören. Es war ein Gospel, natürlich, eine Art Gospel. Mama spielte ihn immer wieder, und ich setzte mich zu ihr, während sie lauschte, sie mit einem Glas in einer Hand, die andere über den Augen, und ich so nah bei ihr, wie sie mich nur ließ, beide weinten wir leise vor uns hin und lächelten uns dann an und spielten die Platte noch einmal. Onkel Earle lachte uns aus, wenn er hereinkam.

»Ihr müßtet euch mal sehn, ihr zwei. Verrückter geht's nich mehr. So was. Heulen da wegen irgendwelchen Leuten, die gar nich wirklich gestorben sin. Das is bloß 'ne Slide Guitar und 'n paar bescheuerte Typen, die sich ihren Lebensunterhalt nich anders verdienen können, als damit, daß sie vor Leuten wie euch den Idioten spielen.«

Er stapfte durch die Fliegengittertür, während Mama sich das Gesicht abwischte und ich still dasaß. Beim Hinuntergehen verpaßte er jeder Stufe einen Extratritt.

»Diese Familie hat verflucht noch mal nur Scheiße im Hirn.«

Da ich mit der Errettung meiner Onkel nicht vorankam, griff ich auf das einzige Kapital zurück, das ich hatte – meine eigene Seele. Die Vorstellung, gerettet zu werden, faszinierte mich, nicht nur Jesus in meinem Herzen willkommen zu heißen, sondern die Ernsthaftigkeit des

Kampfes zwischen Erlösung und Verdammnis, zwischen Gut und Böse, Leben und Tod. Gott und der Teufel waren die höchsten Richter, und jeder wußte, worum gekämpft wurde. Es war genau so, wie Onkel Earle es mir erzählt hatte: Wenn man nicht gerettet, nicht ein Teil der Gemeinde war, dann war man der alleinige Grund für die Anrufung Gottes. Es hatte etwas Berauschendes und Aufregendes, der Gegenstand all dieser Aufmerksamkeit zu sein. Als würde man als Gospelsänger im Fernsehen auftreten, und das Publikum folgte jedem einzelnen Atemzug mit Spannung. Ich konnte nicht widerstehen.

Ungefähr vierzehnmal war ich nahe dran, gerettet zu werden – an vierzehn Sonntagen in vierzehn verschiedenen Baptistenkirchen. Meine Unschlüssigkeit, die tränenreiche Ergriffenheit und die tumbe Verwirrung, die mich jedesmal überfielen, wenn der Prediger seinen Blick auf mich richtete, waren nicht gespielt. Wie sein Gesicht aussah, wenn er all jene, die den »Ruf« in sich spürten, mit dröhnender Stimme aufforderte, nach vorn zu treten, das hatte schon etwas, und auch, wie die alten Frauen in den vorderen Reihen sich umdrehten und an den Gängen entlangschauten. Dann setzte die Musik ein, und der Chor fing an, »Softly and Tenderly, Jesus is Calling« halb zu summen, halb zu singen, und in meinen Schläfen begann das Blut zu pochen. In meinen Augenwinkeln sammelten sich Tränen, und in meinem Mund schien die Zunge anzuschwellen. Ich wollte, ich wollte, ich wollte etwas – Jesus oder Gott oder Orangenblütenduft oder bittersüße Furcht in meiner Kehle. Etwas tat mir weh, schmerzte in meinem Inneren. Ich konnte nicht sagen, ob es die Musik oder die Augen oder der Bohnerwachsgeruch der Holzfußböden waren, aber alles wirkte zusammen und zog mich den Gang entlang zur ersten Reihe, wo mir der

Prediger die Hand auf den Kopf legte und ein paar halsstarrige alte Frauen aufstanden, um mir die Hand zu drücken.

War ich einmal dort, dann weinte ich leise und setzte mich hin, während noch ein paar andere nach vorn kamen. Wir beteten gemeinsam. Ich hätte es nicht erklären können, aber was ich wollte, war in Wirklichkeit nicht der Baptismus oder die Aufnahme in die Gemeinde oder gar die atemlose Konzentration des Predigers. Es war der Augenblick, in dem ich auf der Trennlinie zwischen Erlösung und Verdammnis saß, während der Prediger und die alten Frauen leibhaftig an meiner armen, verfinsterten Seele zerrten. Ich wollte, daß dieser Augenblick ewig dauerte, wollte, daß der Chor immer weiter diese leise, langsame Melodie sang. Ich wollte, daß die Kirche voll war von allen Leuten, die ich kannte. Ich wollte, daß die Art, wie ich mich fühlte, etwas bedeutete und daß sich deswegen alles in meinem Leben veränderte.

Wenn die Musik aufhörte und der verschwitzte Prediger sich mit seinem kleinen Notizbuch zu mir setzte und zu reden anfing, wurde mein Gesicht starr, und meine Stimme sank zu einem beschämten und vor Angst nervösen Flüstern herab. Jedesmal war dieser Augenblick gleich. Der Geruch von Salmiakgeist vertrieb die Orangenblüten, und gleichgültig, welche alte Frau mich umarmte, jede hinterließ schmierige Make-up-Flecken auf meinen bloßen Armen. Ich fing an zu würgen und mußte in die Damentoilette im Keller rennen und mir das Gesicht waschen. Dann schaute ich in die Augen meines Spiegelbildes und wußte, ich war noch nicht bereit. Es war nicht richtig. Der Zauber, der mich eigentlich zusammen mit Jesu Blut überfluten sollte, war nicht da, der Augenblick kalt und leer. Ich stolperte schuldig, immer noch unerlöst, hinaus ins Sonnenlicht und ging am nächsten Sonntag in eine andere Kirche.

Ich hatte mir schon überlegt, die Zeugen Jehovas oder die Heilige Kirche der Schüler Jesu auszuprobieren, als Mama einschritt. Sie nahm mich in Tante Ruths Kirche Bushy Creek mit und ließ mich unter dem Bild von Jesus am Jordan taufen. Als mein Kopf untertauchte, schnürte sich mir die Kehle zu, und meine Ohren wurden taub. Trübes Wasser durchnäßte mein Kleid, die Augen hatte ich zu, und ich konnte weder den Chor hören, noch den harten Griff des Predigers spüren. Egal welchen Zauber Jesu Gnade verhieß, ich spürte ihn nicht. Ich schnellte wieder hoch, heraus aus diesem dreckigen Wasser, zitternd, mir brach der Schweiß aus, und ich spürte, wie meine Temperatur anstieg.

Ich nieste und hustete eine gute Woche lang, lag schlaff in meinem Bett und weinte bei jedem Gospel, der im Radio kam. Es war, als trauerte ich über den Verlust von etwas, das ich nie wirklich gehabt hatte. Ich sang die Lieder mit und betete auf Teufel komm raus. Jesu Blut und Country-Musik – es mußte noch etwas anderes geben, es mußte mehr geben, auf das man hoffen konnte. Ich biß mir auf die Lippen und las wieder in der Offenbarung des Johannes, fand Trost in der Hoffnung auf die Apokalypse, Gottes Strafe für die Gottlosen. Mir gefielen die Offenbarungen, ich liebte die Hure Babylon und die verheißenen Ströme aus Blut und Feuer. Es faszinierte mich wie Gospelmusik, es verhieß Rache.

11

Am ersten Montag des neuen Schuljahrs erkannte ich Shannon Pearl sofort wieder. Ich hatte sie mit ihrer Familie im Erweckungszelt gesehen. Ihr Daddy heuerte Sänger für die Gospeltournee an, und ihre Mama führte die christliche Buchhandlung, ein Laden für religiöses Zubehör im Zentrum, südlich der Main Street, ein Ort, an dem man geprägte Bibeln bekommen konnte, Lesezeichen mit dem 23. Psalm als blaues Relief, Warmhalteplatten mit dem Bild von der Bergpredigt und Jesus und dieses verdammte Lamm auf allem, was man sich nur vorstellen kann – auf Schonbezügen, Tischdecken, sogar auf Plastikhöschen, die über Babywindeln getragen werden.

Shannon stieg zwei Haltestellen nach Reese und mir in den Bus und ging gleichgültig an einer Horde johlender Jungs und einer Horde tuschelnder und aufgeregter Mädchen vorbei. Während sie sich den Gang entlangkämpfte, sah ich, daß jeder Junge zum äußeren Rand der Sitzbank rutschte, damit sie sich nicht neben ihn setzen konnte, und daß jedes Mädchen zurückzuckte, als hätte sie irgendwas Ansteckendes. Auf dem Sitz vor uns beugte sich Danny Yarboro weit in den Gang hinaus und begann zu würgen.

»Seuche im Anmarsch! Seuche im Anmarsch!« plärrte jemand, als der Bus mit einem Ruck anfuhr und Shannon noch keinen Sitzplatz gefunden hatte.

Ich beobachtete ihr Gesicht – unbewegt, arrogant und

stur; sie erinnerte mich an mich selbst oder zumindest daran, wie ich mich selbst inzwischen sah. Auf ihrem Kleid zeigten sich Schweißspuren, aber in ihrem Gesicht zeigte sich nichts, außer in den Augen. Feuer lag in jenen rosaroten Augen, ein abgründiges Feuer, das ich wiedererkannte, eingedämmt und lodernd. Bevor ich wußte, was ich tat, war ich auf den Beinen und beugte mich vor, um sie am Arm zu packen. Ich zog sie auf unsere Bank, ohne ein Wort zu sagen. Reese starrte mich an, als wäre ich verrückt geworden, aber Shannon machte es sich bequem und begann ihre dicken Brillengläser zu putzen, als wäre überhaupt nichts vorgefallen.

Ich funkelte Danny Yarboro und seinen offenstehenden Mund an, bis er sich wieder nach vorn drehte. Reese nahm eine Strähne ihres dünnen blonden Haars in den Mund und tat so, als säße sie allein in der Bank. Einer nach dem andern wandten die Jungs in unserer Nähe sich ab und begannen leise miteinander zu reden. Einmal zischte jemand kurz »verseuchte Hexe« in meine Richtung, aber niemand sagte etwas laut. Keiner wußte so recht, warum ich an Shannon Gefallen gefunden hatte, aber Reese und ich waren wieder in der Grundschule von Greenville, und jeder dort kannte mich und meine Familie – vor allem meine Cousins Grey und Garvey, die jeden, der eine von uns beleidigte, gegen die Wand schmeißen würden.

Shannon Pearl putzte gute fünf Minuten lang ihre Brille, und die restliche Fahrt zur Schule saß sie schweigend da. Instinktiv begriff ich, daß sie nichts sagen würde, daß sie sogar großzügigerweise so tun würde, als wäre sie zufällig auf unsere Bank geraten. Ich saß neben ihr und beobachtete die verkniffenen Gesichter meiner Klassenkameraden, die sich immer wieder nach uns umdrehten. Schon die Art ihrer Blicke ließ mich all meine erneuerten Vorsätze vergessen, mich wie eine gute Christin zu benehmen; ihre verächtlichen, zornigen Gesichter weckten in mir den Wunsch, mit Shannon ein Gespräch anzufangen und sie alle zu schocken. Ich mußte fast grinsen, als ich mir vorstellte, wie Shannon und ich all unsere gemeinsamen Feinde durchhechelten, während der halbe Bus die Ohren spitzte. Aber ich brachte es nicht über mich, mir fiel nicht einmal ein, was ich zu ihr hätte sagen können. Erst als der Bus über die Bahngleise an der südlichen Ecke der Grundschule fuhr, schaffte ich es, den Mund so weit aufzumachen, daß ich meinen und Reese' Namen sagen konnte.

Sie nickte unbefangen und flüsterte »Shannon Pearl«, bevor sie ihre Brille abnahm, um sie noch einmal rundherum zu putzen. Wenn sie die Brille nicht aufhatte, schloß sie die Augen halb und zog die Schultern hoch. Viel später erst sollte ich entdecken, daß sie immer dann ihre Brille putzte, wenn sie einen Augenblick Ruhe brauchte, um ihre Fassung wiederzuerlangen oder, was noch öfter der Fall war, sich ihrer Umgebung ein Stück weit zu entziehen. Ohne Brille wurde die Welt zu einem weichen, verschwommenen Fleck, aber sie benahm sich auch so, als wäre es ihr nur mit Brille möglich, irgend etwas zu hören. Tumult oder Beleidigungen schienen überhaupt nicht zu zählen, wenn sie ihre Brille putzte. Ein Trick von unschätzbarem Wert, wenn man Gegenstand von soviel Spott war wie sie.

Knapp zwanzig Zentimeter kleiner als ich, hatte Shannon die weiße Haut, das weiße Haar und die blaßrosa Augen eines Albinos, obwohl ihre Mama darauf bestand, Shannon sei nichts dergleichen. »Mein kostbarer kleiner Engel ist einfach nur ein Wunderkind«, erklärte Mrs. Pearl. »Zu früh geboren, das ist alles. Du meine Güte, bei ihrer Geburt war sie so zart, daß wir nie gedacht hätten, der Herr würde sie bei uns lassen. Und schau sie dir jetzt an. Bei meiner Shannon kannst du richtig sehen, wie Gott Seine Hand über uns alle hält.«

Shannons dünne blaue Blutgefäße leuchteten vor dem Elfenbein ihres Schädels. Blaue Fäden im Leinen, sagte ihre Mama immer. Manchmal kam mir Shannon auf seltsame Art schön vor, wie sie es zweifelsohne für ihre Mutter war. Manchmal, aber nicht oft. Überhaupt nicht oft. Bei jeder sich nur bietenden Gelegenheit nahm Mrs. Pearl ihre Tochter auf die Knie und brach in Entzücken aus über dieses hauchdünne Haar und diese aufgedunsene blasse Haut. »Mein kleiner Engel«, gurrte sie dann, und mir drehte sich fast der Magen um.

Es war eine Lektion über die Macht der Liebe. Wenn sie von den Knien ihrer Mutter auf mich herabschaute, war Shannon ganz und gar scheußlich, eine schwankende, zusammengekrümmte Kreatur, glänzend vor Schweiß und Selbstgefälligkeit. Irgend etwas konnte nicht stimmen mit mir, da war ich mir sicher, so wie ich zwischen Ehrfurcht und Ekel hin und her schwankte, wenn es um Shannon ging. Saß Shannon auf den Knien ihrer Mama oder kaute sie Lakritzstangen, die ihr ihr Daddy hinhielt, dann haßte ich sie bloß. Aber kaum schauten andere Leute sie verächtlich an oder nannten sie die Jungs vom Lee Highway »Schweinsauge«, schon verspürte ich eine heftige und fürsorgliche Liebe zu ihr, als wäre sie mehr meine Schwester als Reese. Es kam mir vor, als gehörte ich auf eine komische Art zu ihr, als stünde ich wegen ihres »Gebrechens« tief in ihrer Schuld. Es war ein Geheimnis, sagte ich mir, ein Zeichen der Gnade, von dem Tante Maybelle dauernd redete. Hexerei.

Gehorchte ich christlicher Nächstenliebe, das wußte ich, dann würde ich Shannon zwar anlächeln, sie aber meiden wie alle anderen. Es war nicht christliche Nächstenliebe, was mich dazu brachte, ihr einen Platz im Bus anzubieten, mein Foto der fünften Klasse gegen ihres einzutauschen, an ihrem Küchentisch zu sitzen, während ihre Mama wieder einmal ein Experiment mit ihren fedrigen Haaren unternahm – »Ei und Maismehl, das wird helfen. Wir kriegen Locken in diese Haare rein, Liebling, oder ich heiße nicht mehr Roseanne Pearl« –, oder ihr in den Laden am Bushy Creek Highway zu folgen und mir das blaue Eis am Stiel mit ihr zu teilen, das sie für uns beide kaufte. Die Faszination, die ich empfand, war am ehesten mit der nervösen Unruhe zu vergleichen, mit der ich die Krätze an meinen Knöcheln betrachtete. So widerlich es auch sein mochte, ich konnte das Bedürfnis, meine Knöchel zu kratzen, genausowenig unterdrücken wie das Bedürfnis, bei, wie Oma sagte, »diesem komischen und häßlichen Kind« herumzuhängen.

Andere Leute stürzte Shannon nicht in solche Verwirrung. Außer ihrer Mutter und mir konnte sie niemand ausstehen. Kein noch so hoher Anteil an Jesu Gnade würde sie auch nur ansatzweise erträglich machen, und es soll schon Leute gegeben haben, denen plötzlich das Mittagessen wieder hochkam angesichts des feuchtkalten Glanzes ihrer Haut, des blau-weißen Schädels, der sich durch das dünne, farblose Haar abzeichnete, und jener wäßrigen rosa Augen, die ständig hin und her flackerten, immer wieder die Richtung verloren.

»Guter Gott! Das Kind is aber häßlich!«

»Das is 'ne Last, weiß Gott, 'ne Last für die armen Eltern.«

»Sie sollten sie daheim lassen.«

»Aber, aber, Schatz. So kenn ich dich gar nich. Denk dran, der Herr liebt die Barmherzigen.«
»Is mir doch egal. Der Herr wollte bestimmt nich, daß mir mitten im Sonntagsgottesdienst schlecht wird. Das Kind is 'n Schock für die Verdauung.«

*

Ich hatte die Vorstellung, weil sie äußerlich so häßlich war, wäre es nur recht und billig, wenn Shannon sich, kannte man sie erst einmal näher, als heiligmäßig entpuppen würde. So wäre es zumindest in jedem Buch gewesen, das ich beim kirchlichen Frauenbund ausleihen durfte. Ich dachte an *Little Women, The Bobbsey Twins* und all die Romane über arme englische Familien zur Weihnachtszeit. Du lieber Himmel, Tiny Tim zum Beispiel! Shannon, da war ich mir sicher, würde genauso sein. Hinter diesen blassen, verschwitzten Gesichtszügen mußte eine geduldige und sanfte Seele versteckt sein. Sie würde großzügig sein, einsichtig, verständnisvoll und über ihre Jahre hinaus weise. Sie würde die Freundin sein, die ich immer gebraucht hatte.
Daß sie nichts davon war, war etwas, das ich nie so recht akzeptieren konnte. Hatte sie erst einmal mir gegenüber ihre Scheu aufgegeben, erzählte Shannon ausnahmslos schaurige Geschichten, von denen die meisten den grauenhaften Tod unschuldiger Kinder zum Thema hatten.
»... Und dann setzte der Traktor zurück und fuhr über ihn drüber, schnitt seinen Körper in drei Teile, aber niemand hat's gesehn und gehört, klar, wegen dem Lärm, den die Dreschmaschine machte. Und dann kam also seine Mama mit dem Eistee für alle raus. Und sie steigt mit ihrem Fuß genau mittenrein in seinen kleinen aufgerissenen Bauch. Und, o Herr, weißt du nicht ...«

Ich konnte nicht anders. Immer wieder ging ich zu Shannon rüber, um mich zu ihr zu setzen und zuzuhören, fasziniert, mit offenem Mund, während dieses helle Wesen sich in einem fort über Enthauptungen, Zerstückelungen, Massaker und Mord ausließ. Ihre Geschichten waren bemerkenswert, es waren keine Phantasiegebilde, so wie ich sie erfand. Shannons Geschichten hatten die Aura des Realen – Zeitungsschlagzeilen und Autopsieberichte –, und am liebsten waren ihr kleine Kinder, die großen Maschinen in die Quere kamen. Das war eine Sache, von der kein Erwachsener auch nur das geringste wußte, obwohl ich hin und wieder eine viel kürzere, viel zahmere Version einer der Geschichten Shannons von ihrer Mutter hörte. In solchen Momenten grinste Shannon mich selbstzufrieden und stolz an. Kann ich das nicht besser erzählen? schien sie zu sagen. Nach und nach gestand ich mir ein, was sich hinter Shannons unbewegten rosa-weißen Gesichtszügen verbarg. Shannon Pearl haßte schlicht und einfach jeden, der sie jemals verletzt hatte, und verbrachte die meiste Zeit damit, über Strafen nachzugrübeln, mit denen entweder sie oder Gott die Übeltäter heimsuchen würden. Das Feuer, das in ihren Augen loderte, war das Feuer der Empörung. Wäre sie kräftiger oder klüger gewesen, dann hätte Shannon Pearl eine Gefahr sein können. Aber halbblind, kränklich und geächtet stellte sie für niemanden eine sonderliche Bedrohung dar.

Mr. und Mrs. Pearl waren genauso klein wie Shannon und fast genauso blaß. Keiner von ihnen setzte seinen zarten Teint dem grellen Licht der Sonne aus. Mr. Pearl trug stets einen dunklen Webfilzhut und einen dazu passenden Anzug. Mrs. Pearl hielt sich fern von der Sonne im Laden auf und trug, falls sie ihn doch verließ, sowohl Hut als auch Handschuhe. Sie sahen immer verschlossen und zugeknöpft aus, den strengen Mund fest zusammengepreßt. Es war unmöglich, sie sich nackt vorzustellen, wie sie aus der Badewanne stiegen oder, wenn sie sich ins Schlafzimmer zurückgezogen hatten, ihre schwammigen Körper aneinanderdrückten. Sie sahen aus wie Kinder in den Kleidern ihrer Eltern, und ihre diversen Unternehmungen schienen mir in keinster Weise das zu sein, womit erwachsene Leute ihren Lebensunterhalt verdienen. Mrs. Pearl gab zu, daß es nie ganz reichte für Shannons Medikamente, und so veranstalteten sie Sammlungen in mitfühlenden Gemeinden.

Ich konnte mir zwar nicht vorstellen, Fremde zu bitten, meine Rechnungen zu bezahlen, aber ich sagte nichts. Ich ging so vorsichtig mit den Pearls um, war so still und zurückhaltend und aufmerksam, daß ich eine Verwandte von ihnen hätte sein können. Und das, was ich dafür bekam, daß ich spielte, eine der Ihren zu sein, war es mir wert. Mit Shannon und ihrer Familie traf ich endlich all die Leute, von denen ich geträumt hatte – die Blue Ridge Mountain Boys, die Tuckerton Family, die Carter Family, Little Pammie Gleason (von Gott gesegnet), die Smoky Mountain Boys und ab und zu – jedesmal, wenn er gerettet wurde – Johnny Cash. Sonntagmorgen, Sonntagabend, Mittwochsandacht, Erweckungswochen, und Mr. Pearl mietete einen Saal, eine Kirche oder einen lokalen Fernsehsender. Da ich Shannons Freundin war, durfte ich mit auf die Reise, traf die Stars sowohl der Country-and-Western- als auch der Gospel-Tourneen. Das genügte, um meine Sorgen über die Faszination, die Shannon auf mich ausübte, zu vertreiben. Ich konnte das ganze Unternehmen einfach meinem merkwürdigen, aber akzeptablen Verlangen nach Gospelmusik zuschreiben.

Shannon kannte von jedem Lied im Gesangbuch der

Baptisten den Text, und jede Gospelgruppe, die die Opry-Tournee machte, war ihr vertraut. Gospel war ihrer Familie Leben, und sie wußte alles, was es darüber zu wissen gab, obwohl die Musik sie nicht so unmittelbar zu packen schien wie mich. Shannon machte sich über Prediger und Chorsänger lustig, und ihre wüstesten Witze riß sie über die »Halleluja-Springer«, die sich völlig vergaßen, wenn sie sangen und auf den Zehenballen zu hüpfen begannen und die Arme kreisen ließen. Nie hätte ich ihr von meinem geheimen Ehrgeiz erzählen können, nie erzählen können, daß ich weinte, wenn ich spätabends im Radio den Erweckungsversammlungen lauschte.

»Mit deinen Augen könntst du sogar Gott das Herz brechen«, sagte Mrs. Pearl zu mir, während sie mir heftig über meine schwarzen Haare strich. Ich blinzelte und versuchte, sie für sie noch weiter aufzureißen. »Die Wimpern, ach! Bob, schau dir nur die Wimpern von diesem Kind an. Wenn du groß bist, kannst du Maybelline-Werbung im Fernsehen machen, Schätzchen. 'türlich wirst du das gar nicht wollen. Laß dir bloß von niemand einreden, daß du dir das Zeug ins Gesicht schmieren sollst. Deine Augen sind ein Geschenk Gottes!« Sie rückte näher und legte mir eine Hand auf den Kopf, drehte mich zu sich herum, so daß ich ihr direkt in die Augen schaute. Ihre karamelbraunen Augen waren riesige flache Spiegel, die nichts reflektierten; ihre Stimme war honigsüß und ernst. Ich konnte nicht sagen, ob sie sich über mich lustig machte oder ob es aufrichtig gemeint war.

»Mama hat soviel verschiedene Arten, ›Gott‹ und ›Jesus‹ zu sagen, da kannste jeden Prediger daneben vergessen.« Shannon blinzelte mich mit ihren rosa Augenlidern an. »Sie hat echt 'n Talent dafür. Einmal redet sie sanft und

leise, sagt ›Gout‹, und du kannst ihn richtig vor dir sehn wie so 'n alten Onkel, ganz ruhig und höflich wie 'n alter Mann. Sie kann es aber auch langgedehnt und laut aussprechen – ›Gaaaaatt‹ – und dich zu Tode erschrecken. Wenn sie richtig auf Touren kommt, dann hat sie so 'n hohl klingendes Stöhnen, das haut dich glatt vom Hocker. Ihr ›Jesus‹ is sogar noch besser. Bei uns sagt jeder so oft ›Jesus‹, daß man manchmal vergißt, wer er eigentlich war, aber Mama rationiert ihre Jesusse. Wenn du hörst, wie sie ›Jesus‹ sagt, dann weißte mit Sicherheit, daß Jesus 'n echter Mensch war, dieser kleine Junge, der immer die Tauben ins Leben zurückgeholt hat, dieser stille junge Mann, der angeblich nie geflucht oder Unzucht getrieben hat. Du kannst ihn richtig vor dir sehn – 'n Mann, vielleicht wie dein Daddy, gealtert durch die Sünden der Welt, ein Leben, das für dich persönlich geopfert wurde.«
Shannon ließ ihr rauhes, gackerndes Lachen ertönen. »Ich sag dir was. Als ich klein war, hab ich's nich ausstehn können, aber als ich älter wurde, hab ich mich dran gewöhnt. Und jetzt lieb ich's, wie die Leute ganz nervös und blaß werden, wenn Mama anfängt, über ›Gaaaaatt‹ zu reden.«

Mit der Buchhandlung verdienten sie kein Geld. Das Rückgrat des Familienunterhalts waren Mrs. Pearls Spezialnäharbeiten. Wie man leicht erahnen kann, war sie berühmt für goldgestickte Bilder auf den maßgeschneiderten Ärmeln und Jacken der Gospelsänger. Bald konnte ich ohne weiteres in der »Sunrise Gospel Hour« im Fernsehen die Kreationen von Mrs. Pearl ausmachen. Immer stickte sie neben den Sockel des Kreuzes kleine Schnörkel, die Gras andeuten sollten, aber für jeden, der sie kannte, war das die Signatur der Künstlerin.

Es gab keinen Zweifel, daß Mrs. Pearl ihre Arbeit liebte. »Ich hab das Gefühl, daß mein ganzes Leben eine Freude für den Herrn ist«, sagte sie eines Tages zu mir, umgeben von ihren Nähmaschinen und Regalen voll mit Stickgarn. Sie knüpfte gerade Quasten an eine rote Seidenbluse für eines der jüngeren Carter-Mädchen. »Meine Näherei, Mr. Pearls Arbeit, der Laden, meine schöne Tochter.«
Sie warf Shannon einen Blick zu wie Maria dem Jesuskind in dem großen Porträt auf dem *Illustrierten Neuen Testament,* das unten im Laden immer im Angebot war.
»Alles, was uns widerfährt, ist ein Segen oder eine Prüfung. Das ist alles, was du in diesem Leben wissen mußt ... einfach die Gewißheit, daß Gott Sein Auge auf dir ruhen läßt, daß Er weiß, woraus du gemacht bist, was du fürs Leben brauchst. Ja, zweifeln ist 'ne Sünde, und es ist sinnlos. Er wird dir deinen Weg schon zeigen, und zwar dann, wenn Er's für richtig hält. Und solang ich das nicht vergeß, geht's mir gut. Es ist wie in dem Lied, das Mr. Pearl so gut gefällt – ›Jesus ist der Maschinist, trau Seiner Hand am Hebel ...‹«
Shannon kicherte und winkte mich auf die Veranda hinaus. »Manchmal braucht Mama 'ne kleine Hand an ihrem Hebel. Weißt du, was ich mein?« Sie lachte und verdrehte ihre Augen wie eine kaputte Babypuppe. »Daddy muß sie auf 'ne menschliche Ebene runterdrosseln, sonst hebt sie ab wie 'n Heliumengel.«
Ich konnte nicht anders, ich lachte auch, mußte aber dabei daran denken, was Tante Raylene über Mrs. Pearl gesagt hatte – »Wenn sie nur einmal richtig gevögelt worden wär, hätt sie nie dieses merkwürdige Kind geboren.« Ich puffte Shannon in einen ihrer schwabbligen Arme, nur für den Fall, daß sie in meinen Augen lesen konnte.
»Deine Mama is ein Ennn-gel«, flüsterte ich krächzend,

ahmte dabei Mrs. Pearls Redeweise nach. »Ein Ennn-gel von Gaaaaatt.«

»Gaaaaattverdammt richtig«, flüsterte Shannon zurück, und ich sah, wie ihr Haß rosa und heiß in diesen Augen loderte. Es beängstigte und faszinierte mich. War es möglich, daß sie das gleiche in meinen Augen sah? Hatte ich soviel Haß in mir? Ich schaute zu Mrs. Pearl hinein, die mit den Nadeln im Mund vor sich hinsummte. Ein Schauer überlief mich. Haßte ich Mrs. Pearl? Ich betrachtete die Veranda, die Körbe und die beiden Schaukelstühle mit handgestickten Kissen, alles eingehüllt von süßlichem Babygeruch. Shannons Zähne reflektierten das Sonnenlicht, blendeten mich.

»Du schaust aus, als würd grad der Teufel über dein Grab gehen.«

Ich schüttelte mich und spuckte dann aus wie Oma. »Das Grab, in dem ich mal lieg, is noch nich ausgehoben.« Das hatte ich Oma mal sagen hören. Shannon packte mich am Arm.

»Sag das nich. Es bringt Unglück, wenn man über sein eigenes Grab redet. Es heißt, meine Großmutter McCray hat am Ostermorgen über ihre Grabstätte gewitzelt, und beim Abendgottesdienst is sie tot umgefallen.« Sie zerrte heftig an meinem Arm. »Denk schnell an was andres.« Ich betrachtete ihre Hand auf meinem Arm, weiße Wurstfinger, die mein dünnes braunes Handgelenk umklammerten.

»Das Kind verwest schnell, wenn's mal hin is«, hatte Tante Raylene einmal gesagt. Mir war übel.

»Ich muß heim.« Ich holte, so tief ich konnte, Luft. »Mama will, daß ich ihr heut nachmittag beim Wäscheaufhängen helf.«

»Deine Mama schafft dir dauernd Arbeit an.«

Und deine nie, dachte ich.
»Ich mag deine Familie«, sagte Shannon manchmal, aber ich wußte, das war eine höfliche Lüge. »Deine Mama is 'ne feine Frau«, stimmte Roseanne Pearl dann zu, während sie mein zu enges, zerlumptes Kleid beäugte. Sie erinnerte mich an die Art, wie James Waddell uns anschaute, an die selbstzufriedenen, überheblichen Gesichter seiner Töchter, die über die lockeren Zähne meiner Mama lachten und über Reese' auf Papierfetzen gewickelte Locken. Daddy Glen arbeitete immer noch für die Sunshine-Molkerei und fuhr mit uns alle paar Wochen zu seinem Vater oder einem seiner Brüder, obwohl ihre Freude, uns zu sehen, nie recht viel größer wurde. Ihre Verachtung hatte meine Haut dünn werden lassen, und ich konnte sie nicht ertragen. Sobald die Pearls über meine Leute redeten, machte ich mich aus dem Staub und kam wochenlang nicht wieder zu Besuch.
Ich holte noch einmal tief Luft, versuchte, meinen Magen zu beruhigen. Manchmal konnte ich Shannon wirklich nicht ausstehen.
»Wir gehn heut abend zum Essen ins Lokal. Da gibt's zur Zeit Pfirsichpastete.«
»Mein Daddy macht heut abend frisches Eis.« Shannons Lächeln war purer Stolz auf die Stellung ihrer Familie. »Und dazu gibt's schwarze Walnüsse.«
Ich sagte nichts. Ja. Sie würde sehr schnell verwesen.

Die Gospeltournee führte von North Carolina nach South Carolina, Tennessee, Georgia, Alabama. Die Sänger reisten hin und her, eine Flut von goldbestickten Fransenjacken, parallel und quer zur Country-and-Western-Tournee. Manchmal erkannte man keinen Unterschied, und da die Zeiten schwerer wurden, machte auch Mr. Pearl mit

Sicherheit keinen Unterschied mehr und buchte jede Nummer, mit der er beim Publikum ein bißchen Kasse machen konnte. Immer häufiger schickte Mama mich mit den Pearls in ihrem alten gelben DeSoto weg, den Kofferraum vollgestopft mit religiösem Zubehör in diversen Kisten und Mrs. Pearls Nähmaschine, den Rücksitz vollgepackt mit Shannon und mir und stapelweise Nähzeug. Wir liefen immer nachmittags in den kleinen Städten ein, damit Mr. Pearl den Aufbau überwachen und Mrs. Pearl Risse flicken und durchgescheuerte Stickereien ausbessern konnte, während Shannon und ich allein loszogen und ein Picknick mit kaltem Hühnchen und Mixed Pickles machten. Mrs. Pearl hatte immer einen Steinkrug mit Tee dabei, aber Shannon rieb sich so lange die Augen und klagte über Kopfschmerzen, bis ihre Mama nachgab und uns Royal Cola kaufte.

Die meisten Sänger kamen zu spät.

Es kam mir vor wie ein Wunder, daß Mr. und Mrs. Pearl die Wahrheit nie zur Kenntnis nahmen. Gleichgültig, wer alles über die Schachteln hinter der Bühne stolperte, sie bekamen nie mit, daß die gesamte Tuckerton Family zu den Mikrophonen dirigiert werden mußte oder daß Little Pammie Gleason – »Herr im Himmel, erst dreizehn!« – die Ärmel ihrer Rüschenbluse nicht hochkrempeln konnte, weil ihre Arme von oben bis unten voller blauer Flecken waren von dem rothaarigen Jungen, den ihr Vater sie nicht heiraten ließ. All die »Jungs«, die hinter der Bühne Bourbon in Pappbechern herumreichten, oder auch daß ihre Engelstochter um »bloß 'nen Schluck« bettelte, schienen sie nie zu sehen. Vielleicht hielt Gott ihnen die Augen zu, genauso wie er den alten Schadrach, Meschach und Abed Nego im brennenden Feuerofen beschützte. Auf jeden Fall kamen sie nicht so wie Shannon und ich mit der

Sünde in Berührung. Beide hatten wir gelernt, uns hinter der Bühne vorsichtig zu bewegen wegen all der Hände, die uns über die Schenkel strichen und in die Brustwarzen kniffen, die wir noch kaum hatten.

»Verspielte Jungs«, sagte Mrs. Pearl nur lachend und nähte die Ärmel wieder an ihre Jacken an, flickte die Risse in ihren Hosen. Ich war erstaunt, daß sie den Whiskeyatem, der sich in ihrer feinen Stickerei festgesetzt hatte, nicht roch, aber ich würde auf keinen Fall die Sünde begehen, ihr etwas zu sagen, was Gott sie mit Sicherheit nicht wissen lassen wollte.

»Manchmal könnt man meinen, Mama is beschränkt«, sagte Shannon eines Nachts und kicherte merkwürdig. Ich wünschte, sie würde den Mund halten, und die Musik finge endlich an. Ich hatte immer noch Hunger. Mrs. Pearl hatte weniger zu essen mitgenommen als sonst, und Mama hatte mir gesagt, ich müsse immer etwas auf dem Teller liegenlassen, wenn ich bei Shannon aß. Ich sollte die Pearls nicht auf den Gedanken bringen, sie müßten mich durchfüttern. Nicht daß die Taktik funktionierte. Ich ließ ein halbes Biscuit liegen, und verflucht soll ich sein, wenn es nicht augenblicklich in Shannons Mund verschwand.

»Vielleicht isses nur das ganze Gezerre an ihrem Hebel.« Shannon kicherte wieder, und da wußte ich, daß irgend jemand ihr endlich einen Schluck aus einem Pappbecher gegeben hatte. Jetzt, dachte ich, jetzt wird ihre Mama die Augen aufmachen müssen. Aber als Shannon über ihre Nähmaschine stolperte, brachte Mrs. Pearl sie lediglich mit einem nassen Lappen auf der Stirn zu Bett.

»Das ist das Wetter«, flüsterte sie mir über Shannons nasse Augenbrauen hinweg zu. Es war so heiß, daß Jesus und das Lamm von den Papierfächern, die das Begräbnisinstitut vor Ort zur Verfügung gestellt hatte, abfärbten. Aber ich wußte, wenn bis zu den Radkappen hoch Schnee gelegen hätte, dann hätte Mrs. Pearl gesagt, es sei die kalte Luft. Eine Stunde später verschüttete einer der Tuckertons einen Pappbecher auf Mrs. Pearls Ärmel, und ich sah, wie sie tief und schmerzlich einatmete. Als sie meinen Blick auffing, sagte sie nur: »Man kann von dieser zarten Seele nicht erwarten, daß sie ohne ein bißchen Unterstützung zurechtkommt.«

Ich sagte ihr nicht, daß ich den Eindruck hatte, all diese »Jungs« und »Mädels« würden verteufelt viel »Unterstützung« bekommen. Ich murmelte nur ein kaum hörbares »Jaja« und verschloß meine sündigen Augen vor ihnen allen. Wenn sie mich singen ließen, würde ich mich nie so schamlos benehmen.

»Wir könnten uns unter die Bühne setzen«, schlug Shannon vor. »Is echt nett dort.«

Es war nett, eng und dunkel und voll von den Stampfgeräuschen der Leute auf der Bühne. Ich legte den Kopf zurück und ließ mir den Staub aufs Gesicht rieseln, genoß das Gefühl, versteckt und geborgen zu sein, fern von der großen Menge. Die Musik schien in meinen Knochen zu vibrieren. *Taking your measure, taking your measure, Jesus and the Holy Ghost are taking your measure . . .*

Die neue Musik, die sie sangen, gefiel mir nicht. Sie war ein bißchen zu verspielt. *Two cups, three cups, a teaspoon of righteous. How will you measure when they call out your name?* Shannon fing zu lachen an. Sie nahm mich in die Arme und schaukelte mit dem Kopf vor und zurück. Die Musik war zu laut, und überall um uns herum roch es nach Whiskey. Auf einmal tat mir der Kopf fürchterlich weh; der Geruch von Shannons Haaren drehte mir den Magen um.

»Äh-äh-äh.« Verzweifelt schubste ich Shannon weg und

kroch, so schnell ich konnte, würgend, zu einer Seite der Bühne. Luft, ich brauchte Luft.
»Äh-äh-äh.« Ich rollte unter der Bühne hervor und stieß gegen die Zeltwand. Bereits kotzend, riß ich die Plane auf und schlängelte mich hindurch. Draußen in der feuchten Abendluft ließ ich den Kopf nach unten hängen und übergab mich, die Hände unter dem Schwall gespreizt. Hinter mir keuchte und kicherte Shannon.
»Dir is schlecht, arme Kleine.« Ich spürte, wie sie mir tröstend den Rücken tätschelte.
»Gütiger Herr im Himmel!«
Ich schaute hoch. Ein sehr großer Mann in einem purpurroten Hemd stand vor mir. Ich ließ den Kopf sinken und kotzte weiter. Er hatte silberne Stiefel mit gerissenen Absätzen an. Ich sah, wie er außer Reichweite trat.
»Gütiger Herr im Himmel!«
»Alles in Ordnung.« Shannon rappelte sich neben mir hoch, die Hand immer noch auf meinem Rücken. »Ihr is nur ein bißchen schlecht.« Sie hielt inne. »Wenn Sie ihr 'ne Co-Cola holen, beruhigt sich ihr Magen vielleicht wieder.«
Ich wischte mir den Mund ab, wischte dann die Hand am Gras ab. Ich schaute noch einmal hoch. Shannon stand ruhig da, der Schweiß rann ihr in die Augen, und sie mußte blinzeln. Mir war klar, daß sie auf zwei Colas hoffte. Der Mann stand noch immer da, mit offenem Mund, sichtlich geschockt.
»Gütiger Herr im Himmel«, sagte er noch einmal, und noch bevor er weiterredete, wußte ich, was er sagen würde. Nicht ich hatte ihn verblüfft. »Kind, du bist das Häßlichste, was ich je gesehn hab.«
Shannon erstarrte. Ihre Kinnlade fiel herab, und während ich sie beobachtete, schien sich ihr Gesicht nach innen zu kehren. Ihre Augen schrumpften zu kleinen Punkten zu-

sammen, und ihr Mund wurde zu einem Kelch des Leides. Ich gab mir einen Ruck.

»Du Bastard!« Ich taumelte nach vorn, und er wich zurück, wippte auf seinen kleinen silbernen Absätzen. »Du verdammter Hurensohn, du feiger!« Sein Blick huschte ständig zwischen meinem Gesicht und Shannons immer kleiner werdender Gestalt hin und her. »Glaubst du, du bist so schön? Du häßlicher Sack Scheiße! Du arschgesichtiger, scheißefressender –«

»Shannon Pearl!«

Mrs. Pearl kam ums Zelt herum.

»Mädels ...« Sie schlang die Arme um Shannon. »Wo wart ihr?« Der Mann wich noch weiter zurück. Ich atmete durch den Mund, obwohl mir gar nicht mehr so schlecht war. Ich fühlte mich wütend und hilflos, und ich bemühte mich sehr, nicht zu weinen. Mrs. Pearl schnalzte mit der Zunge und strich über Shannons dünne Haare. »Was habt ihr denn gemacht?«

Shannon stöhnte und vergrub ihr Gesicht im Kleid ihrer Mama. Mrs. Pearl wandte sich an mich. »Was hast du gesagt?« Ihre Augen glitzerten im Licht der Bogenlampen vor dem Zelt.

Ich wischte mir noch einmal den Mund ab und sagte nichts. Mrs. Pearl sah zu dem Mann in dem purpurroten Hemd hinüber. Die Verwirrung in ihrem Gesicht verflüchtigte sich, wich schnell einer Mischung aus Aufregung und Interesse.

»Ich hoffe, sie haben Sie nicht belästigt«, sagte sie zu ihm. »Sind Sie nicht der nächste?«

»Äh, jaja.« Er sah aus, als wäre er sich nicht sicher. Er konnte den Blick nicht von Shannon abwenden. Er schüttelte sich. »Sie sind Mrs. Pearl?«

»Aber ja, das ist richtig.« Mrs. Pearls Gesicht glühte.

»Hab schon von Ihnen gehört. Ich hab nur Ihre Tochter noch nie vorher gesehen.«

Mrs. Pearl fing am ganzen Leib zu zittern an, faßte sich dann wieder. Shannon, an den Bauch ihrer Mama gedrückt, fing an zu heulen.

»Shannon, was ist denn bloß los mit dir?« Sie schob ihre Tochter von sich, zog ein blaues besticktes Taschentuch heraus und wischte ihr das Gesicht ab.

»Ich glaub, wir haben uns alle irgendwie gegenseitig überrascht.« Der Mann trat einen Schritt nach vorn und lächelte Mrs. Pearl zaghaft an, aber sein Blick kehrte immer wieder zu Shannon zurück. Ich wischte mir noch einmal den Mund ab und unterdrückte das Verlangen, auszuspucken. Mrs. Pearl hörte nicht auf, ihrer Tochter übers Gesicht zu streichen, aber sie schaute dabei zu dem Mann hoch.

»Ich liebe Ihren Gesang«, sagte sie und kicherte fast. Shannon machte sich von ihr los und starrte zu den beiden hoch. Der Haß in ihrem Gesicht war fürchterlich. Einen Augenblick lang liebte ich sie aus ganzem Herzen.

»Tja«, sagte der Mann. Er wippte auf seinen Stiefeln auf und ab. »Also dann ...«

Ich streckte die Hand nach Shannon aus. Sie schlug sie weg. Ihr Gesicht loderte. Mir war, als würde ein riesiges Feuer neben mir brennen, das den ganzen Sauerstoff verzehrte, so daß ich keuchend Luft holen mußte. Ich verschränkte die Finger ineinander und legte den Kopf in den Nacken, schaute zu den Sternen hinauf. Wenn es einen Gott gab, dann gab es auch Gerechtigkeit. Wenn es Gerechtigkeit gab, dann würden Shannon und ich sie alle brennen lassen. Wir gingen vom Zelt zu Mrs. Pearls zerbeultem DeSoto.

»Eines Tages«, flüsterte Shannon.

»Ja«, flüsterte ich zurück. »Eines Tages.«

Mit Mr. Pearl auf Erkundungstour ins Hinterland zu fahren hieß, kleine ländliche Kirchen, die einen Gospelchor hatten, zu besuchen, schäbige Zelte mit ein oder zwei Solisten und gelegentlich eine Gebetsversammlung in einem Wohnzimmer, wo eventuell ein außerordentlicher junger Sänger im verborgenen blühte. Mr. Pearls Tips nachzugehen war eine langwierige, anstrengende Arbeit, die große Geduld und ebensolches Taktgefühl erforderte. Allzu viele Sänger konnten überhaupt nicht singen, und ihr Gehör war nicht so gut, daß sie es merkten, wenn sie den Ton nicht trafen. Einige waren so enthusiastisch, daß Mr. Pearl sie behutsam ermutigte, es bei einer der vorhandenen Gospelgruppen zu versuchen. Aber meistens fand er nur einen Abklatsch des einzig Wahren, einen wäßrigen Verschnitt aus harmonischen Tönen und Atemtechnik.

»Isses nich traurig?« Shannon klang ganz wie die Tochter ihres Vaters. »Diese arme alte organische Musik kann's mit 'ner Slide Guitar einfach nich aufnehmen.«

Ich nickte widerstrebend. Ich hielt mich immer noch an dem Glauben fest, daß der göttliche Geist, Entschlossenheit und harte Arbeit selbst die prosaischste Stimme in die dünne Atmosphäre innigster Gospelmusik erheben konnte.

Es war nicht vorhersehbar, wen die Hand Gottes berühren, wo das Clairon erschallen würde. Manchmal stach eine reine Stimme heraus, ein einzelnes kleines Mädchen, eine Gruppe von Brüdern, die beim Singen hochschauten. Das waren die, bei denen man am liebsten dumpf aufbegehrt hätte gegen all die Dunkelheit auf der Welt. »Die isses«, flüsterte Shannon dann selbstgefällig, aber sie brauchte es mir gar nicht zu sagen. Ich wußte immer, wen Mr. Pearl zur Seite nehmen und zur Erweckungswoche nach Gaston einladen würde.

»Kind!« sagte er. »Das ist ein Geschenk Gottes, was du da hast.«

Äh-häm, ja.

Manchmal konnte ich es nicht aushalten. Ich konnte nicht in noch eine Kirche gehen, nicht noch einen Chor hören. Pfeif auf die Liebe zur Musik – warum hatte Gott mir keine Stimme gegeben? Um dicke Wimpern hatte ich Ihn nicht gebeten. Um Gospel hatte ich gebeten, ja gebettelt. War es Gott denn, verdammt noch mal, scheißegal, was ich wollte? Wenn Er schon angeblich Bastarde in den Himmel aufnahm, warum konnte Er mich dann nicht nach vorn holen zu den heißen Scheinwerfern und allem, was dazugehört? Gospelsänger hatten stets Geld in der Tasche und eine zweite Flasche unterm Sitz. Gospelsänger hatten Liebe und Geborgenheit und die ganze weite Welt, in die sie sich zurückfallen lassen konnten – Frauen und die Kirche und roten, festen Lehm unter den Füßen. Alles, was ich wollte, flüsterte ich, alles, was ich wollte, war ein Stück, ein Stück, ein kleines Stück davon.

Shannon hörte mich und warf mir einen mitfühlenden Blick zu.

Sie weiß es, dachte ich, sie weiß, wie es ist, etwas zu wollen, was man nie bekommen wird. Ich habe sie unterschätzt.

In jenem Juli fuhren wir auf die andere Seite von Lake Greenwood, in einen Teil des County, den ich kannte, weil wir hier einen Verwandten besucht hatten, der am Luftwaffenstützpunkt arbeitete. Wir machten an einer Raststätte abseits vom Highway halt, damit Mrs. Pearl sich etwas von der Hitze erholen konnte.

»Habt ihr je dran gedacht, daß Gott vielleicht was dagegen haben könnte, daß wir Sonntag nachmittags fahren? Ich könnte schwören, es ist immer heißer als am Samstag oder Freitag.«

Mrs. Pearl setzte sich in den Schatten, während Mr. Pearl wegging, um sich den Mann, der die Rhythm Ranch vermietete, zur Brust zu nehmen. Shannon und ich zogen allein los, überquerten ein Feld und schauten uns die Grabsteine neben einer Pappelgruppe an. Wir liebten es, die Inschriften zu lesen, und die guten merkten wir uns, damit Mrs. Pearl sie auf Tücher sticken und im Laden verkaufen konnte. Mir waren die abartigen am liebsten, so wie »Jetzt weiß er Bescheid« oder »Zu rein«. Shannon gefielen am besten die Steine von kleinen Kindern, kleine lockenköpfige Puppen mit Engelsflügeln und herzzerreißenden Sprüchen wie »Wieder mit Mama vereint« oder »Heimgekehrt«.

»Blödsinn.« Ich trat gegen Tonscherben, die überall herumlagen. Shannon drehte sich zu mir um, und ich sah Tränen auf ihren Wangen.

»Nein, nein, es wühlt mich einfach auf. Stell dir das doch mal vor, deine eigene kleine Tochter zu verlieren, deinen kleinen Engel. Ach, ich halt's nich aus. Ich halt's einfach nich aus.« Sie schluchzte heftig und zufrieden und wischte sich die Hände an den Taschen ihres blauen Ginganrocks ab.

»Am liebsten würd ich einen davon mit nach Hause nehmen. Hättst du nich gern einen, den du bei dir aufstellen kannst? Du könntst den Babys Geschichten erzählen.«

»Verrücktes Huhn.«

Shannon schniefte. »Du kannst das einfach nich verstehn. Mama sagt, ich bin sehr zartfühlend.«

»Mhm.« Ich ging weg. Es war zu heiß für einen Streit. Es war auf jeden Fall zu heiß zum Weinen. Ich trat gegen ein paar Plastikblumen und ein ramponiertes grünes Pappkreuz. Das war einer der langweiligsten Ausflüge, die ich jemals mit den Pearls unternommen hatte. Ich versuchte, mich daran zu erinnern, warum ich überhaupt mitkommen wollte. Zu Hause würde Mama frischen Eistee machen, dazu Zuckerwasser aufkochen. Reese würde Pfirsiche aufschneiden. Daddy Glen wäre uns nicht im Weg, würde den Rasen mähen. Ich schlug nach den Mücken und hoffte, daß ich keinen Sonnenbrand im Gesicht bekam. Ich hatte Shannon satt, hatte die endlosen albernen Liebesbezeugungen ihrer Mama satt, hatte die blasierte Verachtung ihres Daddys satt, und am sattesten hatte ich meine eigene Eifersucht.

Ich blieb stehen. Die Musik, die von den Pappeln her kam, war Gospelmusik.

Gewaltige, kraftvolle Stimmen von tief unten aus dem Bauch strichen schwer durch das trockene Laub und die heiße Luft. Das war das einzig Wahre. Ich spürte den Whiskey, den Kummer und das Aufbegehren, die nachtschwarze Angst und Entschlossenheit echter Gospelmusik.

»Mein Gott«, hauchte ich, und es war das beste »Mein Gott«, das ich jemals hervorgebracht hatte, ein gedehntes, erschrockenes Flüstern, das bedeutete, ich könnte glatt noch daran glauben, daß Er sich in Palmenwäldern versteckt.

Es stand eine Kirche dort, mit Schindeln verkleidete Wände auf verputzten Sockeln und keine bunten Pseudokirchenfenster. Nur gelbes Glas, das das Sonnenlicht reflektierte, alle Fenster geöffnet, damit die leichte Brise hinein- und diese Musik herauswehen konnte.

Amazing grace ... how sweet the sound ... that saved a wretch like me ... Eine Frauenstimme erhob sich über die tieferen Männerstimmen, stieg empor, laut und gewaltig, so gewaltig, daß die Blätter an den Pappeln wegen ihr zu zittern schienen.

Amen.
Lord.
»Heiliger Jesus, die kann singen.«
Shannon pflückte weiter Blumen und beachtete mich nicht.
»Hast du das gehört? Wir müssen's deinem Daddy erzählen.«
Shannon drehte sich um und schaute mich merkwürdig wütend an. »Er macht keine Geschäfte mit Farbigen. Springt kein Geld dabei raus.«
Da wurde mir schlagartig bewußt, daß eine solche Kirche neben einer solchen unbefestigten Straße genau das sein mußte – eine Kirche für Farbige. Und ich wußte, was das bedeutete. Natürlich. Trotzdem hörte ich, wie ich flüsterte: »Das is nich nur 'ne einzige gute Stimme. Das is 'ne ganze Kirche voll.«
»Es sind Farbige. Es sind Nigger.« Shannons Stimme war so laut wie noch nie, schrill vor Empörung. »Mein Daddy macht keine Geschäfte mit Niggern.« Sie warf die Blumen nach mir und stampfte mit dem Fuß auf. »Und du bist schuld, daß ich das gesagt hab. Mama sagt, ein guter Christ nimmt das Wort ›Nigger‹ nich in den Mund. Jesus sei mein Zeuge, ich hätt's nich gesagt, wenn du mich nich dazu gebracht hättst.«
»Du spinnst. Du bist einfach total verrückt.« Meine Stimme zitterte. Der Tonfall, in dem Shannon »Nigger« sagte, traf mich tief; es war genau der gleiche wie in Tante Madelines ewig in mir nachhallendem »Dreckspack«, höhnisch hingeworfen, wenn sie dachte, ich könnte sie nicht hören. Ich fragte mich, was Shannon aus meiner Stimme herausgehört hatte, das sie so wütend machte, wie ich es selbst war. Vielleicht war es die Hitze, vielleicht war es die Scham, die wir beide empfanden, oder vielleicht war

es einfach so, daß Shannon Pearl und ich einander regelrecht satt hatten.

Shannon warf noch eine Handvoll Blumen nach mir. »Ich spinne? Ich? Was glaubst du denn, wer du bist? Du und deine Mama und deine ganze Familie. Jeder weiß doch, daß ihr alle miteinander ein Haufen Säufer und Diebe und Bastarde seid. Jeder weiß, daß du bloß deswegen zu uns kommst, damit du dir bei meiner Mama den Bauch vollschlagen und dir die Reste erbetteln kannst, die von uns keiner mehr will. Jeder weiß, was für eine du bist ...«

Ich konnte mich nicht zurückhalten. Meine Hände klatschten direkt vor ihrem Gesicht aufeinander – ein Versuch in letzter Minute, sie nicht zu treffen. »Du Sau, du weißärschige Sau.«

Ich hielt krampfhaft meine Hände fest, damit ich ihr nicht in ihr teigiges Gesicht schlug. »Schlag ja niemand ins Gesicht«, sagte Mama immer.

»Verpiß dich, du jämmerlicher Scheißhaufen.« Die Worte kamen mir genauso geschmeidig und schnell von der Zunge wie meinen Onkeln. Shannons Kinnlade klappte herunter. »Verpiß dich bloß!« Ich trat gegen die rote Erde, daß es bis zu ihrem Ginganrock hochstaubte.

In Shannons Gesicht zuckte es. »Du wirst nie wieder mit uns zu irgendeiner Gospelshow fahren! Ich sag meiner Mama, was du mir für Schimpfnamen gegeben hast, und sie wird dafür sorgen, daß du nie wieder auch nur in meine Nähe kommst.«

»Deine Mama, deine Mama. Du würdst in 'ne Colaflasche pissen, wenn's deine Mama von dir verlangt.«

»Schon wie du redest. Du ... du Dreck. Du bist nix wie Dreck. Deine Mama is Dreck und deine Oma und deine ganze dreckige Familie ...«

Da holte ich aus, mit flacher Hand, zielte direkt auf ihr

Gesicht, aber ich war zu wütend. Ich war blind vor Wut, und ich stolperte, fiel auf die rote Erde, die gespreizten Hände voran. Meine rechte Hand kam auf einem zerbrochenen Tontopf auf, und es tat so weh, daß ich Shannons schweißnasse, gerötete Wangen kaum mehr wahrnahm.
»Oh ... Scheiße. Du ... Scheißhaufen.« Wenn ich hätte hochspringen und sie erwischen können, dann hätte ich ihr ein paar Büschel von ihren Zuckerwattehaaren ausgerissen. Shannon stand reglos da und schaute zu, wie ich mich aufrappelte und mir die rechte Hand mit der linken hielt. Ich merkte, daß ich weinte, die Tränen rannen mir übers Gesicht, während der Chor hinter uns immer noch sang. Wie zuvor dröhnte die Stimme der Frau durch die Pappeln. *Was blind but now I see ...*
»Du bist häßlich.« Ich schluckte die Tränen herunter und zwang mich, ganz ruhig zu sprechen. »Du bist das häßliche Kind Gottes, und du wirst 'ne häßliche Frau sein. 'ne einsame, häßliche alte Frau.«
Shannons Lippen begannen zu zittern, schmollend vorgeschoben, so daß sie häßlicher war, als ich sie jemals gesehen hatte, eine Puppe aus kaltem Fett, das in der Hitze schmolz.
»Du häßliches Ding«, fuhr ich fort. »Du Ungeheuer, du fettiges, schielendes, stinkendes, schweißtropfendes häßliches Ding!« Ich zeigte mit allen Fingern auf sie und spuckte auf ihre Lackschuhe. »Du bist so häßlich, daß dich nich mal deine eigene Mama liebt.«
Shannon wich vor mir zurück, drehte sich um und fing an zu laufen.
»Mamaaaaa!« heulte sie noch im Laufen. Ich schrie ihr nach, nicht so sehr, um sie zu verletzen, sondern um nicht selbst zu weinen.
»Häßlich ... häßlich ... häßlich.«

12

Nichts auf Gottes grüner Erde hätte mich dazu bringen können, je wieder mit Shannon Pearl zu reden. Ich wollte nicht einmal mehr in die Kirche gehen. »Bushy Creek is sowieso blöd«, sagte ich zu Reese. »Keiner von den Idioten da kann richtig singen, und der Prediger is so was von eingebildet, daß er die ganze Luft selber braucht – was noch davon übrigbleibt, wenn diese alten, aufdringlichen Weiber ihren Puder und ihr Parfüm rausgeschwitzt haben.«

»Hör dir das an!« Reese schlug mit den Knöcheln gegen meine Gürtelschnalle und schnappte sich dann die Flasche mit dem kleinen Rest Cola hinter mir, die ich gerade abgestellt hatte. »Klingt, als hättste glatt deinen Glauben verloren.«

Reese und ich hatten uns über Nacht von absoluten Verbündeten in Rivalen verwandelt, stritten die ganze Zeit und über alles, angefangen bei der Frage, wer den Hühnermagen bekam, bis zu der, welche von uns die Stärkere war. Nach Jahren der Korkenzieherlocken und Rüschenkleidchen war Reese auf einmal zu einem Wildfang geworden, raufte und fluchte mit den Jungs und weigerte sich, die Sachen anzuziehen, die Mama ihr kaufte. Sie hatte Deedee ein paar von Butchs alten Overalls abgebettelt und trug sie ununterbrochen, aber was sie eigentlich wollte, war eine Bluejeans wie die, die ich mir von meinem Tellerwäschergeld gekauft hatte. Zutiefst neidisch war sie auch auf den geflochtenen Ledergürtel, den Onkel Earle mir geschickt hatte, mit seiner hellglänzenden Schnalle in Form eines Hufeisens, und ständig versuchte sie, ihn in die Finger zu bekommen. Ich mußte höllisch aufpassen, sonst hätte sie ihn sich bei der nächsten Gelegenheit »geborgt«.

»Du brauchst grad reden«, fuhr ich sie an. Ich wünschte mir, sie würde einfach weggehen und mich in Ruhe lassen. »Du gehst doch bloß in die Kirche, damit du nach der Sonntagsschule Limo und Kekse kriegst.«

»Da schäm ich mich gar nich. Ich hab noch nie gesehn, daß du zu irgendwas nein sagst, was du umsonst kriegen kannst. Außerdem bist du bloß eifersüchtig, weil in der Sonntagsschule jeder nur von mir was will, und früher warst du im Mittelpunkt.«

Ich schnaubte verächtlich, sagte aber nichts. Mit Reese konnte man nicht streiten, sie genoß es zu sehr. Ich hakte die Daumen hinter der Gürtelschnalle ein, lehnte mich zurück und starrte sie an, verweigerte eine Antwort. Schweigen war die einzige Möglichkeit, Reese fertigzumachen. Sie hielt es nicht aus, wenn man nicht mit ihr redete.

»Oh, fang bloß nich damit an, du gemeine alte Ratte.« Reese stampfte mit dem bloßen Fuß auf dem Boden auf und zeigte mit der Colaflasche auf mich. »Ich kenn dich, Finger. Ich kenn deine ganzen Tricks, und ich werd nie mehr mit dir spielen. Setz dich doch drauf auf deinen verdammten alten Gürtel. Hoffentlich erstickste dran. Wenn's soweit is, komm ich und schau zu.«

Um diese Zeit herum entdeckte ich, daß Reese fast genauso oft masturbierte wie ich. Mitten in der Nacht wachte ich auf, weil das Bett leicht wackelte. Statt ausgestreckt, Arme und Beine weit gespreizt, am Ende des Bettes zu liegen wie sonst, war Reese auf der anderen Seite der Matratze, den Körper gekrümmt und von mir abgewandt. Ich hörte, wie sie atmete, schnell und flach. Ich wußte sofort, was sie machte. Ich blieb still liegen, mein eigener Atem ging ruhig und regelmäßig. Nach einiger Zeit hielt sie den Atem an, und dann hörte das Wackeln auf. Ganz leise ließ ich dann meine rechte Hand zwischen die Schenkel gleiten und hielt mich fest. Ich wollte es auch machen, aber ich ertrug den Gedanken nicht, daß sie es hören könnte. Und was, wenn sie es wirklich hörte? Ich spürte, wie Reese sich entspannte und wieder Arme und Beine von sich streckte. Ich hielt den Atem an, ich bewegte meine Hand, ich brachte das Bett fast überhaupt nicht zum Wackeln.

Jeden Tag, wenn wir von der Schule heimkamen, ging Reese allein in unser Schlafzimmer. Wenn sie herauskam, ging ich hinein. Manchmal bildete ich mir sogar ein, ich könnte riechen, was sie getan hatte, aber das konnte nicht sein. Sie war ein kleines Mädchen und roch wie ein kleines Mädchen. Keiner von uns roch wie Mama, jener reife, fleischige Geruch einer erwachsenen Frau. Ich zog die Shorts aus und überzeugte mich davon, wusch mich jedesmal, wenn ich das tat, wovon ich wußte, daß meine Schwester es auch tat, gewissenhaft mit warmem Wasser und Seife.

Eines Nachmittags ging ich hinaus und lauschte, welche Geräusche Reese allein im Schlafzimmer machte. Sie war leise, sehr leise, aber ich konnte hören, wie der Rhythmus ihres Atems allmählich schneller wurde, und ich hörte auch das leichte Stöhnen, bevor er wieder langsamer wurde. Das Stöhnen gefiel mir. Wenn sie es mitten in der Nacht machte, gab sie überhaupt keinen Ton von sich. Aber schließlich war ich selbst genauso vorsichtig, sogar wenn ich allein und sicher war. Ich überlegte, ob Reese es tagsüber anders machte. Ich überlegte, ob sie sich auf den Rücken legte, die Beine gespreizt, so wie ich es gern machte, wenn ich allein war, anstatt auf den Bauch, beide Hände darunter, so wie sie es nachts machte. Es gab keine Chance, sie auszuspionieren, keine Chance, es herauszufinden. Aber ich stellte mir manchmal Reese vor, wenn ich es selbst machte, sah sie ausgestreckt auf unserem großen Doppelbett liegen, nur leicht schaukelnd, und nichts außer ihrem Atem verriet, daß sie eine Sünde beging.

Ich überraschte Reese eines Nachmittags, als sie mit einer von Mamas Unterhosen auf dem Gesicht im Bett lag. Ihre Gesichtszüge zeichneten sich durch den hauchdünnen Stoff deutlich ab, aber über den Lippen hatte die Seide eine kleine Wölbung. Hektisch riß sie sich die Unterhose vom Gesicht und stopfte sie unter ihren Rücken. Ich nahm ein Buch, das ich gerade las, von der Kommode und tat so, als hätte ich nichts gesehen.

Im Wald hinterm Haus spielte Reese ihre eigenen Geschichten. Ich beobachtete sie eines Nachmittags von dem Baum aus, an dem Mama ihr Vogelhäuschen aufhängte. Sie hatte mich nicht hinaufklettern sehen und wußte nicht, daß ich deutlich sehen konnte, wie sie herumrannte, ein altes Leintuch wie ein Cape um den Hals gebunden. Sie schien sich gegen irgendwelche Angreifer zu wehren. Dann fiel sie zu Boden und tat so, als würde sie mit jemandem ringen. Sie rollte im Gras und im nassen Laub herum und schrie immer wieder: »Nein! Nein!« Ihr hochmütiger Gesichtsausdruck wich gespielter Furcht, während sie den Kopf heftig hin- und herwarf wie die Heldin in einem Abenteuerfilm.

Ich klammerte mich fest an den Baum und stieß leicht mit den Hüften gegen den gleichgültigen Stamm. Ich stellte mir vor, ich wäre an die Äste über und unter mir gefesselt. Irgendwer hätte mich mit trockenen Zweigen geschlagen und die Hände unter meine Kleider geschoben. Irgendwer, irgendwer, träumte ich. Irgendwer hatte mich hoch oben an den Baum gefesselt, mich geknebelt und alleingelassen, damit ich hier verhungerte, während die Amseln an meinen Ohren pickten. Ich schaukelte vor und zurück, drückte die Schenkel gegen die rauhe Rinde. Unter mir drückte Reese die Hüften ins Laub und stöhnte. Irgendwer, irgendwer, träumte sie, machte schrecklich aufregende Sachen mit ihr.

Reese und ich redeten nie über unsere geheimen Spiele, die jeweiligen Stunden allein im Schlafzimmer. In jenen Tagen redeten wir kaum miteinander. Aber wir sorgten dafür, daß kein anderer ins Schlafzimmer ging, wenn eine von uns allein dort war.

Es war die schlechteste Zeit zum Streiten für Reese und mich. Keine hätte je ohne die andere nachmittags zu Hause sein sollen, aber ich konnte nicht vorhersagen, wann sie von mir genug haben und anderswohin rennen würde. Daddy Glens Ausfahrrouten waren geändert worden, und er war nicht mehr den ganzen Tag beschäftigt. Er kam nachmittags oft nach Hause und sah wieder die ganze Zeit verdrossen aus. An einem Tag brüllte er mich an, ich sei zu groß, um in einem T-Shirt ohne BH herumzurennen, und am nächsten beschuldigte er mich, ich tue so, als wäre ich schon erwachsen. Mama sagte, er habe Streit mit seinem Daddy, und wir sollten ihm aus dem Weg gehen, bis sich die Lage wieder beruhigt habe. Aber Tante Alma und Onkel Wade hatten auch Streit, also konnte ich nicht zu ihnen gehen, und Tante Ruth war inzwischen wirklich krank.

»Du gehst zu Tante Raylene raus«, sagte Mama schließlich.

»Du hast mich noch nie zu Tante Raylene geschickt«, protestierte ich. »Ich hab gedacht, du willst nich, daß ich zu ihr rausgeh.« Ich hoffte, sie würde mich wieder in das Lokal mitkommen und in der Küche arbeiten lassen. Es gefiel mir dort. Es machte mir Spaß, wie die Kellnerinnen herumalberten und die Lastwagenfahrer mit Mama flirteten, als wäre sie immer noch die hübscheste Frau im ganzen County.

»Das hab ich nie gesagt. Ich hab zu dir nie was über Raylene gesagt.« Ich wußte, daß Mama wütend war, wenn sie eine so hohe Stimme bekam. »Hat irgend jemand was zu dir gesagt wegen Raylene?«

»Nein, Mama.«

»Sicher?« Mama umklammerte mein Handgelenk so fest, daß meine Haut brannte. »Bist du sicher?«

»Was kann denn irgendwer über Raylene sagen?«

Mama ließ meinen Arm los.

»Ich hab nur gefragt. Erfind du bloß keine Geschichten, Kleine. Du bist noch nich zu groß für 'ne Tracht Prügel.«

»Tut mir leid. Aber du hast mich noch nie zu Raylene rausgeschickt.«

»Na ja, vielleicht hab ich gedacht, du bist noch nich alt genug, daß du beim Fluß draußen bleiben kannst.« Mama war aufgebracht und ungeduldig. Sie strich sich mit beiden Händen die Haare aus dem Gesicht und wischte sich über die Lippen. »Garvey hilft zur Zeit nach der Schule bei Mr. Berdforth in der Werkstatt aus. Er kann dich mitnehmen, und ich will hoffen, ich kann mich drauf verlassen, daß du keine Schwierigkeiten machst, während du da draußen bist.«

Garvey war hocherfreut, daß er mich zu Raylenes Haus fahren durfte, besonders nachdem Mama ihm einen Dollar Benzingeld gegeben hatte. »Ich verdien fast kein Geld, wenn ich bei Mr. Berdforth saubermach«, erzählte er. »Der Typ is so geizig wie nur was. Aber wenigstens lern ich was dabei. Daddy sagt, 'n Mechaniker findet immer 'n Job.«

»Jaja.«

Ich war unruhig, und Garveys Probleme interessierten mich nicht. Tante Alma witzelte immer, die Zwillinge seien so faul, daß sie nicht mal aus eigenem Antrieb furzten, und manchmal dachte ich, sie hatte recht. Doof genug waren sie jedenfalls. Keiner von den beiden las je ein Buch oder redete über irgend etwas anderes als darüber, wie reich sie »eines Tages« sein würden. Mama sagte, daran, wie beschränkt sie geworden waren, konnte man erkennen, daß sie allmählich erwachsen wurden, weil Teenager immer erst dumm und dann schlau werden. Ich fragte mich, ob mit mir zur Zeit das gleiche geschah, ob ich bereits dumm wurde und es nur nicht merkte. Nicht daß das etwas ausmachte. Dumm oder schlau, was mit mir oder Grey oder Garvey oder irgendeinem von uns passieren würde, da gab es keine große Auswahl. Erwachsenwerden war, wie in ein Loch zu fallen. Die Jungs würden von der Schule runtergehen und früher oder später wegen irgendeiner Dummheit im Gefängnis landen. Ich hörte vielleicht nicht mit der Schule auf, nicht solange Mama bei der Sache irgend etwas mitzureden hatte, aber was machte das für einen Unterschied? Was würde ich in fünf Jahren machen? In der Spinnerei arbeiten? Zusammen mit Mama im Lokal? Für mich sah alles trostlos aus. Kein Wunder, daß die Leute durchdrehen, wenn sie erwachsen werden.

Gleichgültig, was Mama sagte, ich wußte, daß ich nicht nur deswegen selten bei Tante Raylene gewesen war, weil sie so weit draußen wohnte. Obwohl sie eine echte Boatwright war, hatte es immer Züge an ihr gegeben, die sie von ihren Schwestern unterschieden. Sie war ruhiger, zurückgezogener, lebte allein mit ihren Hunden und Angelschnüren und war offensichtlich glücklich dabei. Sie hatte immer außerhalb der Stadtgrenze gewohnt, und ihr Haus war dasjenige, wohin die älteren Cousins gern gingen. Bei Raylene draußen konnten sie rauchen und fluchen und Radau machen, ohne daß sich jemand einmischte. Kinder konnten bei ihr so ziemlich alles machen, was sie wollten. Da sie selbst keine hatte, war Raylene davon überzeugt, der beste Weg, Kinder großzuziehen, sei der, ihnen ihren Kopf zu lassen.

»Sie sin nich von sich aus böse«, sagte sie immer. »Sie sin genau wie junge Hunde. Ab und zu müssen sie sich einfach austoben.«

Raylenes Haus war über den Eustis Highway leicht zu erreichen, aber es stand allein auf einer kleinen Anhöhe. Der Greenville River machte eine Biegung um den Gesteinsaufschluß, auf dem ihr verwittertes altes Holzhaus stand, und von der Veranda aus, die um drei Seiten führte, konnte man den Fluß und den dahinter entlanglaufenden Highway sehen. Raylenes Bäume und Sträucher wurden regelmäßig gestutzt. »Ich mag keine Überraschungen«, sagte sie immer. »Ich mag sehn, wer zu mir rauskommt.«

Als Raylene jung war, so erzählte es mir Onkel Earle, war sie ziemlich wild. Mit siebzehn rannte sie mit einem Kerl davon, der zum Jahrmarkt ging, aber sie hat ihn nie geheiratet. Zwei Jahre später kam sie wieder nach Hause, fand Arbeit in der Spinnerei und mietete das Haus, in dem sie jetzt noch wohnte. Bevor Butch nach Oklahoma ging, erzählte er mir, daß Raylene beim Jahrmarkt wie ein Mann gearbeitet hat, sich die Haare abschnitt und Overalls anzog. Sie nannte sich Ray, und wenn ich sie mir vorstellte, mit ihrer kleinen, stämmigen Figur, den breiten Schultern und kleinen Brüsten, konnte ich gut verstehen, warum niemand Verdacht schöpfte. Die Idee, einfach so davonzulaufen, war beeindruckend, und ich hing ihr oft mit wehmütigem Verlangen nach. Grey oder Garvey redeten immer über ihre Pläne, wohin sie reisen würden, wenn sie erst einmal die Schule hinter sich hätten, aber für ein Mädchen war das Herumziehen nicht so einfach. Raylene hatte es trotzdem gemacht, und ich stellte mir gern vor, wie ich es ihr gleichtat. Wenn ich mir die Haare richtig kurz schneiden, das Rauchen und derbe Reden angewöhnen würde, könnte ich es vielleicht schaffen. Tante Raylene hatte aber auch ein paar häßliche Narben hinter einem Ohr, über die sie nicht reden wollte, und manchmal einen so traurigen und nachdenklichen Blick, daß ich zu dem Schluß kam, ihre Reisen seien womöglich gar nicht diese romantischen Abenteuer gewesen, die sich die Jungs ausmalten. Wenn ich ihrem Beispiel folgte, kam ich vielleicht mit noch schlimmeren Narben zurück; oder überhaupt nicht.

Sie war heimgekehrt, um ihr Leben allein zu leben, hörte nach zwanzig Jahren in der Spinnerei auf, schnitt die grauen Haare immer noch kurz und trug genausooft Hosen wie Röcke. Sie hatte nur wenige Freunde, alles ebenso ruhige, zurückgezogene Menschen. Ihre einzige gesellschaftliche Aktivität war das wöchentliche Kartenspiel mit dem verwitweten Chorleiter und zwei Lehrern der hiesigen Schule. Deedee hatte sie einmal eine einsame alte Frau genannt, aber Ruth war ihr über den Mund gefahren, hatte gesagt, eine Frau sei nur einsam, wenn sie mit sich allein nicht glücklich sei, und Raylene sei wahrscheinlich die einzige uns jetzt und in Zukunft bekannte Person, die mit ihrer eigenen Gesellschaft absolut zufrieden sei. Nicht daß irgend jemand sie allein ließ. Die Onkel schauten ständig um die Mittagszeit herum vorbei, und Grey und Garvey waren bestimmt genausooft dort draußen wie zu Hause.

Es hieß, Raylene sei der beste Koch in der Familie und verdiene sich ein festes Zubrot durch den Verkauf von selbsteingemachtem Gemüse und Obst. »Die Frau macht die besten Mixed Pickles im ganzen Bundesstaat«, prahlte Onkel Beau gern. »Und den zweitbesten Selbstgebrannten.« Ihren Whiskey hatte ich nie probiert, aber von ihren Mixed Pickles nahm Mama so viel, wie Raylene ihr nur gab. Sie hatten einen ganz eigentümlichen rauchigen, pfeffrigen Geschmack, süß und würzig zugleich. Als ich die ersten Male zu ihr rausfuhr, hatte ich vor, Mama eine Freude zu machen und Raylene ein paar Gläser mehr abzuschwatzen. Nie hätte ich gedacht, ich würde da draußen am Fluß plötzlich feststellen, daß ich genauso fasziniert von meiner einsiedlerischen alten Tante war wie zuvor nur von der Gospelmusik.

»Dreck steigt nach oben«, sagte Tante Raylene grinsend am ersten Nachmittag, den ich bei ihr verbrachte. »Hier draußen, wo niemand dazwischenpfuschen kann, steigt der Dreck ununterbrochen.« Sie lachte laut und begeistert und spuckte zur Seite aus, wie ich es bei einer erwachsenen Frau bisher noch nie gesehen hatte.

In den Sommernächten zündete Raylene alte Lastwagenreifen vom Müllabladeplatz des County an und ließ sie im Garten vor sich hinschwelen, um die Mücken zu vertreiben. Der Rauch stieg als dicker, stinkender brauner Nebel hoch, trieb zum Fluß, wo die Männer in der Abendkühle angelten und wo Tante Raylene den Wildwuchs immer wieder stutzte, um Ungeziefer fernzuhalten und eine klare Sicht auf die Ufer zu haben.

»Ich schau gern zu, wie die Sachen vorbeigehn«, sagte sie in ihrem trägen schnurrenden Singsang. »Zeit und Männer und der Dreck draußen im Fluß. Ich schau einfach gern zu, wie alles wegtreibt.« Sie redete leise, roch leicht nach Alkohol und Pfeffer, Mixed Pickles und Selbstgebranntem und nach dem scharfen Beigeschmack von rauchendem Holz, der ständig an ihrer Haut haftete. Ich beobachtete, wie sie in ihrem Overall die Hüften bewegte. Sie war rundherum genauso dick wie Tante Alma, bewegte sich jedoch leicht und anmutig wie ein Junge, hockte sich zum Unkrautjäten auf die Fersen und schlenkerte mit den Armen, wenn sie in ihrem Garten herumging. Onkel Earle hatte gesagt, sie habe leidenschaftlich gern getanzt, als sie jung war, und sie sah aus, als könnte sie es noch immer.

Tante Raylenes Haus war sauber geputzt, aber an den Wänden standen lauter Regale voll mit Krimskrams, alte Werkzeuge und Vogelnester, seltenes Geschirr und absonderlich geformte Steine. Eine regelrechte Kuriositätenschau sammelte sich am Flußufer unterhalb ihres Hauses an. Die Leute von Greenville warfen ihren Müll ein paar Meilen flußaufwärts vom Highway hinunter. Dort versank er im Schlamm und bahnte sich allmählich seinen Weg zu Tante Raylenes Haus, wo der Fluß eine Biegung machte, stieg dann hoch und fing sich in den Wurzeln der großen Bäume am Ufer. Tante Raylene sagte, der Müll ziehe die Fische an, und es stimmte, daß bei ihr der beste Angelplatz im ganzen County war. Die Onkel fingen bei Tante Raylene Karpfen und Welse und große braune namenlose Fische mit angefaulten Augen und schon ganz gelben

Flossen, die sich die Leute nicht zu essen trauten. Onkel Earle und Onkel Beau steckten ihre Holzstangen in den Boden, kleine Glocken an der Schnur, und standen im Reifenrauch herum, tranken Whiskey und erzählten sich schmutzige Geschichten. Ab und zu klingelten die Glöckchen, aber nicht immer gingen die Männer sofort los, um sich ihren Fang zu holen. Manchmal waren der Whiskey und die Geschichten zu gut.

Als ich auftauchte, gab mir Raylene ein Glas Zitronentee und schickte mich dann schnell an die Arbeit. Ich sollte das reife Gemüse in ihrem Garten neben dem Haus ernten, damit sie sich nicht soviel bücken mußte. »In dieser verdammten Spinnerei hab ich mir den Rücken ziemlich kaputtgemacht«, sagte sie, grinste und seufzte dazu. »Dauernd nach vorn beugen und zupacken. Jetz lauf ich lieber, als daß ich mich bück. Paß bloß auf deinen Rücken auf, Finger, sonst isser verflucht steif, wenn du alt wirst.« Sie sagte mir, ich solle zum Fluß hinuntergehen und alles an Müll raufholen, was sich zwischen den Baumwurzeln angesammelt hatte. Ich kam nach Hause mit frischen Tomaten, Gumboschoten, zwei Gläsern Mixed Pickles und dem Kopf einer Betsy-Wetsy-Puppe, der mit der dämlichen Plastiklocke auf der Stirn. Raylene sagte zu Mama, ich gehörte zu der Sorte Mädchen, die sie mochte, ruhig und tüchtig, und sie würde in Naturalien zahlen, wenn ich ihr ein paar Tage in der Woche half. Und so verbrachte ich bald die ganze Zeit bei Raylene, während Reese nachmittags in die Bibelschule in der Jesus Love Academy ging.

Jeden Tag zerrte ich die verschiedensten Sachen vom Fluß hoch – Kinderwagenbezüge, Dreiradreifen, Schuhe, Plastikgeschirr, Springseilgriffe, zerlumpte Kleider und einmal den Scheinwerfer einer Harley Davidson.

»Das sin gute Sachen«, sagte Tante Raylene meistens. »Du

hast 'n Auge dafür, Mädel. Die Kleider da kann ich waschen und flicken. Das Geschirr tauchen wir in Bleiche und den Rest schrubben wir ab. Am Samstag in der Früh legen wir Decken raus und verkaufen's neben der Straße. Du überredest deine Mama, daß sie dich am Wochenende rüberschickt, und ich geb dir 'n Zehntel von allem, was wir verdienen.«

Ich genoß ihr Lob mehr als das Geld, genoß es, in irgendeiner Sache gut zu sein, genoß es zu hören, wie Tante Raylene Onkel Beau erzählte, was für ein Arbeitstier ich sei. Manchmal kam sie zum Fluß herunter und schaute zu, wie ich auf den Baumwurzeln herumkletterte. »Du hast 'nen ziemlich sicheren Stand«, sagte sie. »Schaut aus, als hättste gar keine Angst, daß de reinfällst.«

»Warum auch?« Ich schaute zu, wie sie sich eine Zigarette anzündete, genau wie Onkel Earle, indem sie das Zündholz am Daumennagel anriß. »'n bißchen Flußwasser tut mir nich weh.«

»Nee, das tut es nich. Bestimmt nich. Aber du wärst überrascht, wenn du sehn könntst, wie sich manche Leut aufführen nur bei der Vorstellung, daß sie da reinfallen könnten oder sich die Hosen naßmachen oder sich an 'nem alten Flußfelsen stoßen. Almas Mädel Temple war einmal hier, nachdem sie von der Schule runter is, und es hat sich rausgestellt, daß sie Angst hat vor bissigen Schildkröten. Das Mädel war überzeugt, daß sie da unter der Wasseroberfläche auf sie warten, drauf warten, daß sie ihr die kleinen Zehen abbeißen und sie auffressen können! Kannste dir das vorstellen?«

Sie zog an ihrer Zigarette, hielt sie in der hohlen Hand wegen der frischen Brise am Fluß.

»Ach, Gott.« Sie krümmte den Rücken und ging dann auf der Uferböschung in die Hocke; ihr schwarzer Sergerock bauschte sich unter ihren Schenkeln. »Ich hab die Leut so satt, die dauernd jammern, was ihnen alles passieren könnt, die nie was riskieren oder irgendwas Neues machen. Ich bin froh, daß du mal nich so sein wirst, Finger. Ich bau drauf, daß du hier rauskommst und was machst, Mädel. Die Leut nervös und deine alte Tante froh machst.«

Sie schlang die Arme um ihre Knie und schaute den Fluß entlang. Ich sah sie oft so, wie sie dort draußen saß und in die Ferne starrte. Sie schien sich stets absolut wohl zu fühlen, die Ellbogen um die Knie gehakt, eine Hand erhoben, um zu rauchen. Manchmal summte sie dabei leise, keine Melodie, die ich je gehört hatte. Tante Raylene verabscheute fast alles, was im Radio gespielt wurde, ihre größte Verachtung galt den Country-Balladen, die über den treulosen Geliebten wehklagten und in deren Refrain immer ein kurzer gesprochener Teil enthalten war. »Gräßlich gefühlsduseliger Mist«, war ihr Kommentar. »Dir gefällt das nich, oder, Finger?«

Ich versicherte, nein, es gefalle mir nicht, natürlich nicht, und ich erwähnte nicht, daß es mir zuvor gefallen hatte. Ich wollte auf keinen Fall, daß sie glaubte, ich sei nicht ganz bei Sinnen. Zu meinem eigenen Schutz redete ich mit ihr nie über Gospelmusik. Ich hätte es nicht ertragen, wenn Raylene über die Musik, die ich in meinen Träumen sang, gelacht hätte.

Tante Almas Mädchen Patsy Ruth kam zu Tante Raylene raus, um nicht dauernd auf Kaulquappe aufpassen zu müssen. Man hatte endgültig ein Herzleiden bei der Kleinen festgestellt, obwohl sie nicht krank aussah, nur sehr klein und leicht bläulich. Mit vier Jahren paßte sie immer noch in Tante Almas Wäschekorb und mußte die ganze Zeit im Auge behalten werden. »Kaulquappe schläft ein, und es schaut aus, als würd sie nich mehr atmen. Mama dreht total durch, glaubt, sie is tot oder was, und schüttelt sie, bis sie plärrt. Es geht mir auf die Nerven«, beschwerte sich Patsy Ruth. »Lieber jät ich jeden Tag bei Tante Raylene Unkraut.«

Patsy Ruth wollte mir helfen, die Sachen aus dem Fluß zu ziehen, sich selbst dabei aber auf keinen Fall dreckig machen. Sie blieb auf den freiliegenden Baumwurzeln stehen und holte selten etwas heraus, das den Aufwand wert war. Trotzdem war sie diejenige, die die Haken sah – zwei Stück, mit einer rostigen Kette zusammengebunden, große vierzackige Dinger, an denen noch kurze Seilreste hingen.

»Schau doch, da glänzt was!« schrie sie, rutschte dabei fast in den Schlamm hinunter. »Schau doch, da. Da is irgendwas, wetten? Irgendwas.«

Ich kletterte auf einer der Wurzeln hinaus, bis ich mit der Hand die geschwungene Metallspitze erreichen konnte, die aus dem braunen Wasser ragte. Es war schwer, die Haken von dem schmierigen Abfall und Dreck zu lösen. Als ich sie endlich freibekommen hatte, war ich heruntergerutscht und stand mit einem Bein bis zum Schenkel im Schlamm.

»Beweg deinen Arsch runter und hilf mir«, schrie ich zu Patsy Ruth hoch, aber sie dachte nicht daran, sich in den Fluß zu wagen. Immerhin rannte sie zurück und holte Grey und Garvey.

»Mein lieber Gott, die sin ganz schön riesig.« Grey nahm mir die Haken aus der Hand, noch bevor ich sie die Uferböschung hochziehen konnte. »Der Scheißdreck is länger als mein Arm.«

»Was isses denn?«

»'n Haken, 'n Satz Haken.«

»Jeder Trottel kann das sehn. Wofür sin die gut?« Garvey war auch mitgekommen, und er war genauso gierig darauf, die Haken in die Finger zu bekommen, wie Grey. Er stritt sich ständig mit seinem Bruder, stellte ständig alles in Frage, was Grey sagte.

»Bergsteigen, die sin zum Bergsteigen«, erklärte Grey.

Ich glaubte das ebensowenig wie Garvey, aber Grey beharrte so fest darauf, daß wir nichts weiter sagten, nur die Finger über die rostigen Zinken gleiten ließen.

»Schaut euch bloß mal die Spitzen an den Zinken da an. Die bohren sich ohne jede Schwierigkeit in jeden Felsen.«

»Für die Berge hier in der Gegend brauchste gar nix in der Richtung.« Garvey zog an der herunterbaumelnden Kette. »Da brauchste gar nix.«

»Mein Gott, na und, wahrscheinlich hat sie irgend'n Yankee mitgebracht, hat nich gewußt, wie unsre Berge sin.« Grey war stur. Er würde keine Ruhe geben, bis wir ihm zustimmten, daß die Haken zum Klettern da seien, gleichgültig, wie dumm die Vorstellung war, Yankees würden hier herunterkommen und mit diesen Haken auf unsere Berge steigen. Aber Garvey gab nicht so leicht auf.

»Du hast nich mal mehr den Verstand, mit dem du geboren worden bist«, fauchte er. »Nich mal Yankees sin so blöd.«

»Du sagst, ich bin dumm?«

»Mein Gott, reg dich ab.«

Ich schnappte mir die Haken, bevor sie jemandem in den Leib gerammt werden konnten. Sie waren schwer, aber nicht so schwer, daß ich nicht einen davon im Kreis schwingen und werfen konnte, wenn ich mußte. In einer Sache hatte Grey recht. Diese Spitzen unter der Rostschicht waren scharf, und nicht nur an den Enden, sondern die ganze Länge der U-förmig gebogenen Zinken. Graugrüne

Algen verbargen größtenteils den metallischen Glanz, aber sie ließen sich leicht abkratzen. Der Rost war härter, aber auch der ging ab, als ich mit meinem Taschenmesser an den Zacken auf und ab fuhr. In der Mitte jedes Hakens, wo die vier Zinken zusammenliefen, befand sich eine zähe Masse aus klebrigem Flußschlamm, Gräsern und Fischteilen. Ich setzte mich hin, um alles abzukratzen, und machte die Jungs so neugierig, daß sie eine Zeitlang zu streiten aufhörten. Mit einem Brecheisen sprengten sie die Kette und lösten die beiden Haken voneinander, jeder nahm einen, als hätten sie vor, sie zu behalten.

»Wenn sie erst mal sauber sin, dann zeig ich euch, was die Bergsteiger damit machen.« Grey wollte uns immer noch unbedingt davon überzeugen, daß er wußte, was es mit den Haken auf sich hatte.

Garvey lachte ihn aus. »Wenn du das Scheißteil in 'nen Baum raufschmeißt, stichste noch jemand 'n Aug aus; braucht sich bloß die Kette in 'nem Zweig verfangen.«

»Ich schmeiß das Ding doch nich in 'nen Baum rauf.« Grey schaute ihn verächtlich an. »Ich zieh mich damit senkrecht an der Hauswand hoch. Ich werd euch vom Dach aus winken, und dann könnt ihr mir sagen, daß ich verrückt bin.«

Und er tat es auch, band ein starkes langes Seil an die Kette, die von seinem Haken herunterbaumelte, und schwang ihn im Kreis herum, bis er hoch genug war, und schleuderte ihn auf das Haus. Die Zinken gruben sich in das Holz direkt unter der Dachkante und steckten auch tief genug, daß sie Greys Gewicht tragen konnten, aber als er dann hinaufgeklettert war, konnte er trotzdem nicht genügend Schwung holen, um ein Bein über die Dachrinne zu hieven. Garvey versuchte es als nächster, der Streit war vergessen, doch er hatte das gleiche Problem. Er schaffte es zumindest, sich am Firstbalken festzuhalten, während er den Haken herauszog und hinunterwarf. Dann rutschte er hinterher, brach sich wie durch ein Wunder keinen einzigen Knochen. Keiner sah, wie ich mir Garveys herumliegenden Haken schnappte und mich schrittweise zur anderen Seite des Hauses stehlen wollte.

»Diesmal zielen wir aufs Dach«, sagte Garvey. »Werfen ihn direkt aufs Dach. Dann können wir ganz raufklettern, brauchen uns nur am Seil hochziehn.«

»Das wirst du nich tun!« Tante Raylene war hinter mir aufgetaucht, während wir alle Garvey zugeschaut hatten. Sie entriß mir den einen Haken und Grey den anderen. »Willste unbedingt eins von den Kindern umbringen?« Dann schaute sie hoch und entdeckte die Löcher, die der Haken in ihre Wand gebohrt hatte.

»O mein Gott!« Ihre linke Hand schoß vor und versetzte erst Grey, dann Garvey eine Ohrfeige. »Ihr durchlöchert mein Haus! Ihr habt wohl vor, einfach abzuhaun und alles zu lassen, wie's is. Egal, ob's reinregnet und meine Wand verfault.« Die von einer Faust herunterbaumelnde Kette schlug gegen den Rock des gemusterten Kleides, das sie für einen Stadtbesuch angezogen hatte. »Es wundert mich, daß ihr euch nich schon gegenseitig umgebracht habt. Nein.« Sie schüttelte den Kopf und spuckte seitlich Tabaksaft aus. »Nein. Was einen wundert, is, daß ich euch nich schon umgebracht hab.«

»So tief sin die Löcher nich«, versuchte Grey einzulenken. »Da kommt kein Regen rein.«

Tante Raylenes Gesicht verfärbte sich, und ihre Augen wurden glasig. Ich mußte kurz daran denken, wie Onkel Beau erzählt hatte, daß Tante Raylene an den Fluß gezogen war, nachdem sie beim Jahrmarkt in Schwierigkeiten geraten war und einen Mann aufgeschlitzt hatte, weil er versucht hatte, sich mit ihr anzulegen. Jetzt sah sie aus, als würde sie einen von diesen Haken Grey in den Bauch schleudern. Die anderen Kindern rannten davon, und Grey stolperte rückwärts außer Reichweite.

»Tante Raylene«, flehte er, und der Schweiß brach ihm aus, »Tante Raylene, komm. Tante Raylene, warte ...«

»Du irrer kleiner Bastard«, fauchte sie ihn an. Sie packte seinen Arm mit einer Hand und schüttelte ihn hin und her wie einen Fisch an der Angel. »Ihr alle. Wißt ihr denn nich, was das is?« Sie fuchtelte mit den Zacken dicht vor Greys Gesicht herum. »Glaubst du vielleicht, das is 'n großer alter Angelhaken? Da haste dich aber getäuscht. Das is 'n Schleppanker, 'n Suchanker. Geh du mal im Fluß unter, dann nehmen sie so was her, um dich in Einzelteilen wieder rauszuziehn. Ziehn dich raus aus dem ganzen Abfall in diesem tiefen Schlamm. Ziehn dich in kleinen Stücken raus, hörst du mich? Widerliche Brocken von dir, mein Kleiner, über denen deine Mama dann weinen kann.«

Tante Raylenes Geschichte machte uns nicht wirklich angst. Wenn ich versuchte, mir meinen Körper zerstückelt vorzustellen, war es wie ein Comic, absolut unrealistisch, aber nachts schwebten fürchterliche zerfranste Fleischbrocken durch meine Träume. Auch die Haken gingen in meine Träume ein, triefend von Blut und Flußschlamm. Vielleicht waren das, was ich da abgeschabt hatte, gar keine Fischreste gewesen. Es konnte alles mögliche gewesen sein. Ich dachte mir Geschichten aus, woher diese Haken gekommen waren, wer sie verloren hatte, bis Patsy Ruth Alpträume bekam. Sie träumte, sie sei im Fluß ertrunken und die Leichenbestatter müßten Stücke von ihr wieder zusammennähen, damit sie wie ein Mensch aussah. Nur daß sie die Stücke von verschiedenen Leuten zusammennähten, weil sie zumindest einen einigermaßen vollständigen Körper brauchten, um ihn vor dem Begräbnis ihrer Mama zu zeigen. Als sie es Tante Alma erzählte, befahl mir Alma, damit aufzuhören, solch grauenhafte Geschichten zu erfinden.

Tante Raylene brachte an ihrer Kellertür ein Schloß an, damit keiner von uns an die Haken herankam, und sie schienen in Vergessenheit zu geraten. Aber ein paar Wochen später fing ich wieder an, von ihnen zu träumen. Diesmal pfiffen ihre messerscharfen Spitzen, wenn der Wind hindurchblies, und die Stahlkanten spiegelten Licht wider, wo keines war. Aus diesen Träumen erwachte ich mit schmerzenden Zähnen, in meinen Ohren pochte es, als stünde ich direkt im Wind, einem stinkenden, kalten und beständigen Wind. Ich wollte einen von diesen Haken haben, wollte ihn für mich allein, jenes kalte scharfe Metall an einem Ort, wo ich die Hand ausstrecken und es jederzeit berühren konnte.

Bald ging ich bei jeder sich bietenden Gelegenheit zu Tante Raylene, trieb mich dort herum und half. Ich jätete Unkraut und pflückte Tomaten, Mais und Paprika. Als es mit dem Einmachen losging, war ich da und kochte die Tonkrüge aus und schmolz das Wachs, während Raylene an ihrem Küchentisch schnitt und hackte. Ich holte die Einweckgläser aus dem Keller. Ich holte das Wachs, die Gummiringe und die Metallklammern herauf, und als Tante Raylene nach draußen ging, um ihren Hals unter die alte Wasserpumpe auf der anderen Seite des Hauses zu halten, holte ich einen der Haken herauf. Ich versteckte ihn unter der Veranda, bevor irgend jemand etwas sah, lachte, weil es so einfach war, aber als ich wieder in die Küche kam, stand Mama vor den sprudelnden Kesseln.

»Willste, daß die Pfirsiche überkochen?« fragte sie mich. »Bei dem Zeug mußte dabeibleiben. Du kannst nich einfach auf und davon und im Garten rumrennen, wenn die Töpfe aufm Feuer stehen.« Sie drückte mich auf einen Stuhl neben dem Herd. »Da setzte dich hin und hältst die Augen offen, Kleine.«

Tante Raylene kam lachend herein und drückte mir die Schulter. »Ach, Anney, Finger ist das Beste, was du je gekriegt hast, arbeitet wie ein Vieh, jawohl, genau wie du und ich.« Ich ließ die Schultern hängen und starrte in den Topf mit den köchelnden Pfirsichen.

Drei Tage hintereinander saß ich dann neben diesem Herd, während Tante Raylene und Mama tratschten und kochten.

»Wie geht's Glen?« Raylenes Stimme klang höflich, als wäre es ihr relativ egal, ob Mama antwortete oder nicht.

»Ach, dem geht's gut. Seine Milchtouren haben sich anscheinend nich so entwickelt, wie er's gehofft hat, und ich glaub, er und sein Daddy haben sich 'ne Zeitlang deswegen gestritten. Aber seit kurzem schafft er mehr in der Verarbeitungsfabrik selber. Er redet nich drüber. Will, glaub ich, nich, daß ich mitkrieg, wie er sich über seinen Daddy beklagt, aber wenigstens isses wieder 'n Ganztagsjob. Nur Geld könnt er mehr kriegen.«

»Ich kenn das.«

»Du kennst es wirklich, ja. Als du am Anfang in der Spinnerei gearbeitet hast, da haste nich mal genug Geld gehabt zum Draufspucken.«

»Ach, die wollten nie, daß ich das mach, was ich am besten kann. Wollten lieber, daß ich am Fließband arbeit statt ihre Maschinen reparier. Wollten es nie wahrhaben, daß ich als Mechaniker besser bin wie als Fabrikarbeiter. Nach 'ner Zeit hab ich dann einfach aufgegeben, mich mit ihnen deswegen rumzustreiten. Hab es nich mehr ausgehalten, so arm zu sein, besonders weil meine Gläubiger es kaum noch aushalten wollten, für meine ganzen Schulden gradezustehn.« Raylene grinste verschlagen. Sie schenkte sich heißen Kaffee ein und beugte sich näher zu Mama hinüber.

»Weißte noch, wie Alma sich aufgeführt hat, als der Sheriff ihre Möbel abholen wollt?« fragte sie. »Wie sie nach den Nachbarn geschrien und behauptet hat, daß sie ausgeraubt wird?«

»Gott, ja.« Mama lachte. »Und der Sheriff hat sich fast in die Hose gemacht, als er gesehn hat, wie sie die Kleider ausm Fenster wirft und brüllt: ›Nimm gleich alles mit, warum denn nich? Nimm die Kinder auch noch, nimm alles mit.‹ Oh, du lieber Gott, ja.«

»Wade sagt immer, sie hat ihm ihre Kittelschürze ins Gesicht geschmissen und stand dann in der Unterwäsche da, und danach hat er sich nich mehr in ihre Nähe getraut.«

»O nein, Schätzchen. Das sagen bloß die Leute. In Wirklichkeit hat sie das nich gemacht. Sie hat nur gedroht damit.«

»So isses jedenfalls 'ne bessere Geschichte, und deswegen heißt's wahrscheinlich auch, sie hätt sich bis auf die Unterhose ausgezogen, was?«

»Paßt aber auch zu ihr. Weder Hölle noch Hochwasser können Alma Angst einjagen.«

»Ganz anders wie ihre Mädels.«

»Stimmt.«

Mama schaute zu mir herüber. »Gib dem Kessel mal 'nen Ruck«, sagte sie. »Das Zeug in den Gläsern darf sich nich so stark setzen.« Sie reckte den Hals, um etwas zu sehen, ohne aufstehen zu müssen. »Ich glaub nich, daß die Gläser tief genug im Wasser stehn.«

Tante Raylene schenkte Mama Eistee nach. »Ach, Anney. Finger macht das schon richtig. Wenn sie mal groß is, weiß sie übers Einmachen und Kochen und Tratschen in der Küche alles, was sie wissen muß.«

Mama schüttete noch einen kleinen Extralöffel Zucker in ihren Tee. »Raylene, du verwöhnst sie. Du hättst selber 'n paar haben sollen, dann würdste 'n bißchen genauer hinschaun.«

»Also, ich hab zwar keine geboren, aber ich hab auf jeden Fall das Gefühl, als hätt ich 'ne ganze Schule großgezogen. Mir is, als hätt ich jetz seit Jahren die Kinder von andern Leuten zwischen den Beinen. Mit seinen Kindern is in unsrer Familie noch nie jemand geizig gewesen. Menschenskind, ich bin schon oft in der Früh aufgestanden, und die ganze Veranda war voll von den Kleinen, die in der Nacht jemand dort abgesetzt hat.«

»Meistens die von Alma.«

»Ach komm, hack nich dauernd auf Alma rum. Sie hat 'n gutes Herz, trotz ihrem Temperament und vielleicht sogar deswegen. Und, verdammt noch mal, sie hat wirklich 'ne schwere Zeit gehabt, vor allem mit ihren Mädels. Wundert mich nich, daß dieses kranke Baby von ihr 'n Mädel is. Mit ihren Mädels hat sie kein Glück gehabt. Seit Temple von zu Hause weg is, is sie sauer geworden wie schlechter Whiskey.«

»Jeder sagt, Temple kommt nach Alma, aber ich find das nich«, sagte Mama. »Ich könnt schwören, das Mädel hat sich noch nie in ihrem Leben gehenlassen. Der war immer schon nix und niemand was wert, bis auf ihren Stolz.«

Tante Raylene hatte schon ihr Teeglas angesetzt, fing aber dann zu kichern an. »Weißt du, daß sie grad im Garten war, als damals der Sheriff kam und die Brüllerei anfing? Steht da draußen und tut so, als wär nix los, kein Sheriff im Garten mit 'ner Beschlagnahmungsurkunde, kein Hämmern an der Tür, keiner, der Kleider ausm Fenster wirft. Das Mädel is absolut einmalig.«

»Was hat sie denn gemacht, hat sie ihm 'n Glas Wasser angeboten?«

»Ach, Quatsch, sie hat versucht, Alma aus dem Haus zu kriegen, damit sie in Ruhe die Möbel rausgeben konnt. War ihr egal, was passiert, war ihr egal, daß der Möbelverkäufer wirklich vorgehabt hat, ihre Mama übers Ohr zu hauen, wollt nur nich, daß die Nachbarn glauben, sie könnten die Raten nich mehr bezahlen.«

»Als ob das nich schon jeder gewußt hätt. So was kann man nich geheimhalten.«

»Tja, du und ich, wir probieren's nich mal. Und Alma mit Sicherheit auch nich. Sie weiß, wer sie is. Aber für die Kinder is das anders. Schaut so aus, als würden sie dauernd genau das haben wollen, was sie nich kriegen können, und so 'n komischen Stolz haben sie auch noch.«

»Überhaupt keinen Stolz oder zuviel davon, manchmal kann ich's gar nich sagen.«

»Anders wie wir, vielleicht isses nur das.« Tante Raylenes Gesicht wurde ernst, und ihre Stimme senkte sich. »Schau dir doch bloß mal deine Mädels an, Anney. In denen steckt's auch drin. Nich wie bei Temple. Nein. Aber irgendwas. Irgendwas Hartes und Wütendes, das nur ab und zu zum Vorschein kommt.«

Sie wurden still und schauten zu mir herüber. Ich bemühte mich, so zu tun, als hätte ich nicht zugehört, konzentrierte mich darauf, den Dampf wegzuwedeln, damit ich in den Topf hineinschauen konnte. Aber wenn ich den Blick zur Seite gleiten ließ, konnte ich sie immer noch deutlich sehen. Durch den Dampf hindurch sahen beide älter aus

– zwei abgehärmte, müde Frauen, die sich ständig dieselben alten Geschichten erzählten und versuchten, sich nicht zu sehr über Dinge aufzuregen, die sie sowieso nicht ändern konnten. Und da fiel mir auf, daß sie viel jünger waren, als sie aussahen, keine von ihnen war so alt wie Madeline, Mama noch keine sechsundzwanzig und Tante Raylene knapp zehn Jahre älter. Trotzdem waren sie so ganz anders als ich, fast so, als kämen sie aus einem anderen Jahrhundert. Damals wünschte ich mir, ich wäre mehr wie sie, ungezwungener und nicht dauernd so wütend. Zuviel Stolz oder zuwenig? Was stimmt nicht mit mir? Das fragte ich mich.

*

Nachdem alle Pfirsiche eingemacht waren, die Tomaten und die Brechbohnen, verarbeitete Tante Raylene die restlichen Früchte, Pflaumen und Äpfel und Brombeeren. Die Tage waren voller Schweiß und Dampf und brodelnden Töpfen. Jede Minute, die ich nicht in der Schule war, verbrachte ich auf einem Stuhl in ihrer Küche, schälte oder putzte oder behielt die Töpfe im Auge, während mir Tante Raylene Geschichten erzählte und ich vor lauter Unruhe fast einen steifen Hals bekam. Ich hatte Angst, jemand würde meinen Haken unter der Veranda entdecken, aber ich konnte ihn nicht hervorholen, bevor wir mit dem Einmachen fertig waren. Falls einer der Onkel den Haken fand, konnte sich Tante Raylene sicherlich denken, daß ich diejenige gewesen war, die ihn aus dem Keller heraufgeholt hatte.

Eines Nachmittags, als wir fast damit fertig waren, das eingemachte Obst in die Regale einzuräumen, kam Grey in die Küche mit einem Strahlen im Gesicht, das mir sofort in die Augen stach. Er grinste so breit, daß ich ihm einen Schubs gab, bevor Tante Raylene es bemerkte.

»Du hast ihn gefunden!« zischte ich.

Er starrte mich einen endlosen Augenblick lang an und grinste dann noch breiter. »Du, was, Finger? Du bist diejenige, die die ganze Zeit im Keller ein und aus geht, was? Raffiniert, Kleine, raffiniert.«

»Halt bloß den Mund, sonst versteckt ihn Tante Raylene so, daß wir ihn nie mehr finden.«

»Ich sag's keinem.«

»Wenn du weiter so schaust, merkt sie, daß irgendwas los is.«

Grey lachte und ließ einen Finger in einem Brombeersaftfleck kreisen, den ich noch nicht weggewischt hatte. »Red noch 'n bißchen lauter, und sie wird's von dir selber hören.«

Ich schaute durch die Diele in das Zimmer am anderen Ende. Tante Raylene legte Handtücher zusammen und summte vor sich hin. Ich drängte Grey auf die Veranda hinaus und schlang den Arm um seinen Hals. Ich wußte, wenn ich ihn herumkommandierte, würde er einfach mit dem Haken abhauen und ich würde ihn nie mehr zu Gesicht bekommen. Ich überlegte mir, wie Mama Daddy Glen immer um den Bart ging, und bewußt redete ich langsam und mit weicher Stimme.

»Ich hab 'ne Idee«, flüsterte ich Grey ins Ohr. »'nen Plan, für was man den Haken hernehmen könnt, wo keiner sonst drauf kommen würd.«

Grey grinste mich an, als wäre mir ein zweites Gebiß gewachsen. »Was Gutes, hm?«

»Was ganz Tolles, und ich möcht, daß du mir dabei hilfst.«

Ich versuchte, über seinen Nacken zu streichen, aber er schüttelte meine Hand ab.

»Erzähl.«
Ich zögerte, schaute zur Tür zurück, in der jede Minute Tante Raylene auftauchen konnte. Greys Gesicht war ausdruckslos, ließ nichts erkennen außer Geduld. Er war ganz anders als sein Bruder. Von den beiden war er derjenige, der etwas machte, der selten Geheimnisse verriet, selbst wenn er jemanden beeindrucken wollte. Ich knirschte mit den Zähnen und schüttelte dann den Kopf. Ich konnte es ihm genausogut erzählen und mir anhören, was er tun würde. Ich trat einen Schritt zurück und stopfte die Hände in die Taschen meiner Shorts.
»Ich will in der Nacht aufs Dach vom Woolworth rauf. Ich hab 'ne Idee, wie man da reinkommt, ohne daß es jemand merkt.«
Jetzt drehte Grey den Kopf, schaute zur Tür zurück. »Es is dir ernst damit, was?« flüsterte er. Es war keine Frage. Ich rührte mich nicht, wartete ab. »Mensch, o Mannomann, Finger! Du hast Tante Raylene und ihr Mißtrauen ausgetrickst, aber 'n richtiger Diebstahl is was andres. Wieso glaubst du, daß du damit durchkommst?«
Ich wippte auf meinen bloßen Füßen nach hinten und versuchte, zuversichtlich zu wirken. »Ich hab Sachen gemacht, von denen du nich das geringste weißt, Grey. Sachen, von denen ich dir nie was erzählen werd. Genau wie ich nie jemand erzählen werd, was du und ich vorhaben.« Ich versuchte, meine Augen zu Schlitzen zu verengen, wie Onkel Earle es machte, wenn er Poker spielte.
Grey spitzte die Lippen, pfiff und lehnte sich über das Verandageländer. »In Ordnung, Finger, in Ordnung. Aber wenn wir erwischt werden, sag ich, daß es deine Idee war. Besser, wenn du's gleich weißt.«
Ich konnte nicht anders. Ich lachte laut. Grey grinste, sah nur ein kleines bißchen verwirrt aus. »Keine Angst, Grey«,

sagte ich, »falls wir erwischt werden, sag ich's selber. Versprochen.« Ich erwähnte nicht, daß uns diese Geschichte mit hundertprozentiger Sicherheit kein Mensch glauben würde – Grey war älter als ich und noch dazu ein Junge. Falls wir wirklich erwischt wurden, steckte ich in Schwierigkeiten, er noch mehr, aber ich hatte nicht die Absicht, mich erwischen zu lassen. Ich erlaubte ihm, den Haken kurz unter der Veranda hervorzuholen, während ich in der Küche blieb und Tante Raylene beschäftigte.

»Erzähl ja niemand was davon«, forderte ich noch einmal.

»Keiner Menschenseele, Finger«, versprach er. »Keiner Menschenseele.« Er grinste so breit, daß ich ihm glauben mußte.

In jener Nacht schlief ich bei Tante Raylene. Nachdem sie eingeschlafen war, stahl ich mich hinaus, um den Haken zu holen. Ich trug ihn in mein Zimmer, hakte die Kette aus und putzte und polierte sie. Als sie glatt und glänzend war, stieg ich ins Bett und legte sie mir zwischen die Beine, zog sie hin und her. Ich zitterte und gleichzeitig wurde mir heiß. In einem der Taschenbücher, die Daddy Glen in der Garage versteckte, hatte ich gelesen, daß es Frauen gab, die Sachen in sich hineinsteckten. Ich hielt die Kette in der Hand und dachte darüber nach, strich mir damit über die Haut und summte vor mich hin. Ich war nicht so wie die Frauen in diesen Büchern, aber es war ein gutes Gefühl, dieses Metall in der Hand zu halten, diese Glieder hin und her gleiten zu lassen, bis sie glitschig waren. Ich nahm das Schloß, das ich am Flußufer gefunden hatte, und befestigte damit die Kette um meine Hüften. Sie war warm von der Sonne und prickelte auf meiner Haut, glänzte wie der Schweiß auf Onkel Earles sommersprossigen Schultern, war so erregend wie das flammende Licht

hinter meinen Augen. Sie gehörte mir. Sie war geborgen. Jedes Glied an dieser Kette hatte in meiner Hand magische Kräfte.
Ich legte den Kopf zurück und lächelte. Die Kette bewegte sich unter der Decke. Ich war eingesperrt und geborgen. Was ich wirklich war, konnte keiner berühren. Was ich wirklich wollte, davon gab es noch keine Vorstellung. Irgendwo in weiter Ferne schrie ein Kind, aber in diesem Augenblick war es nicht ich.

13

Mit den letzten Zucchini und Gurken aus Tante Raylenes Garten trug ich meinen Haken in einem Rupfensack nach Hause. Ich hatte nicht genügend Vertrauen zu Reese, daß ich riskieren wollte, ihn mit hineinzunehmen, und so versteckte ich ihn in einer von Mamas Umzugskisten, die auf den Dachsparren über der Waschmaschine gestapelt waren. Da oben war er sicher und gut versteckt, ein Talisman gegen die Dunkelheit und alles, was in der Dunkelheit wartete. Schon das Wissen, daß er da war, machte mich größer, gab mir das Gefühl, ich wäre plötzlich auf wundersame Weise älter, stärker, ja fast gefährlich geworden. Ich schaute jedesmal hinauf, wenn ich Mama bei der Wäsche half, schaute hoch, als wäre ich in Gedanken versunken oder träumte von der Zukunft.

»Du hast dich verändert, Finger.« Mama zog Handtücher und Bettlaken aus der Waschmaschine und ließ sie in den Korb fallen, den ich hielt.

»Nein, Ma'am, eigentlich nich.« Ich senkte den Kopf.

»Doch. Ich würd sagen, du bist sogar 'n bißchen größer geworden. Du hältst öfter den Kopf hoch. Ich kann sogar ab und zu deine Augen sehen.« Mama grinste mich an und ließ die letzten Handtücher in meinen Korb fallen. Sie mußte sich über die Waschmaschine beugen, um zu der Tasche mit den Wäscheklammern zu kommen, ein altes T-Shirt, das sie unten zugenäht und auf einen Kleiderbügel gehängt hatte. Während ihr Gesicht abgewandt war, schaute ich nach oben und versicherte mich, daß meine Schachtel immer noch an ihrem Platz war.

»Hat Reese dir erzählt, daß Shannon Pearl angerufen hat?«

Ich war schon auf dem Weg zur Wäscheleine im Garten, aber bei Mamas Worten blieb ich stehen. »Echt?«

»Mhm. Ich hab nich mit ihr geredet, aber Reese sagt, sie hat nur gefragt, ob du da bist. Überleg's dir doch, ob du sie nich zurückrufen willst.«

»Ich weiß nich, Mama. Ich weiß nich, ob ich das machen soll.«

»Also, ich werd dir nich sagen, daß du's tun mußt, aber du sollst drüber nachdenken, Finger. Hat kein' Sinn, so hartherzig zu sein, und es wird dich nich gleich umbringen, wenn du mit ihr redest. Vielleicht will sie sich ja entschuldigen.«

»Ja, Ma'am.« Ich nahm ein Laken und schüttelte es aus, hängte es dann auf die Leine. Ich wollte nicht, daß Mama mein Gesicht sah. Ich dachte nicht im Traum daran, Shannon Pearl anzurufen.

Mama fragte nie, warum Shannon Pearl und ich uns zerstritten hatten. Nur ein einziges Mal erwähnte sie es, und zwar, als sie Tante Raylene zustimmte, daß es wahrscheinlich besser war, sich aus den Zankereien zwischen Kindern herauszuhalten. Ich platzte mitten im Gespräch herein und wußte sofort, worum es ging, also machte ich auf dem Absatz kehrt und ging wieder hinaus. Mama war wütend geworden, als Mrs. Pearl anrief und ihr erzählte, daß ich mich für den Schwinger, den ich Shannon versetzt hatte, nie entschuldigt hatte, aber nicht, weil sie fand, ich hätte mich entschuldigen müssen. Ihre Wut richtete sich gegen meine unvorsichtige Dummheit.

»Weißte nich, daß du jemand am Aug verletzen kannst, wenn du ihn ins Gesicht schlägst?«

»Doch, Mama.«

»Gibt sowieso kein' Grund, andre Leut zu schlagen.«

»Nein, Ma'am.«

»Tja ...« Sie sah mich prüfend an. Ich wußte, sie wartete darauf, daß ich irgend etwas sagte, aber ich hielt den Blick auf den Tisch gerichtet. »Ich kenn die Pearls nich. Sie hätten dich gleich heimbringen sollen, anstatt dich im Auto sitzenzulassen, während sie überall hinrennen.« Sie kramte in ihrer Handtasche nach den Zigaretten. »Und ich hab keine Ahnung, warum sie jetzt wieder anruft, wo alles lang vorbei is.«

»Nein, Ma'am.« Ich wollte nicht über Shannon Pearl reden. Inzwischen, da war ich mir sicher, sehnte sie sich nach jemandem, mit dem sie reden konnte, und hatte ihre Mama dazu gebracht, bei uns anzurufen.

Mama seufzte müde. »Also, paß einfach auf, daß du nich in irgendwelche Schwierigkeiten kommst. Ich hab keine Lust, andern Leuten dauernd dein Benehmen zu erklären.«

»Nein, Ma'am.«

Es war kurz vor Thanksgiving, als Shannon Pearl bei uns anrief und ich ans Telefon ging. »Ich entschuldige mich nicht«, sagte sie gleich, als wäre überhaupt keine Zeit seitdem vergangen. Ihre Stimme klang seltsam, nachdem ich sie so lange nicht gehört hatte.

»Is mir egal, was du machst«, sagte ich. Ich klemmte den Hörer unters Ohr und zupfte an meiner Nagelhaut herum.

»Hör auf damit«, sagte Mama, als sie auf dem Weg in die Küche an mir vorbeiging.

»Ja, Ma'am«, sagte ich automatisch.
»Was is los?« Shannon klang hoffnungsfroh.
»Ich hab mit meiner Mama geredet. Warum rufst du an?«
Ein Seufzen, und dann räusperte sich Shannon ein paarmal. »Also, ich hab gedacht, ich sollt's tun. Is doch sinnlos, daß wir uns streiten, noch dazu wegen so 'nem Blödsinn. Ich wette, du kannst dich nich mal mehr erinnern, worum's ging.«
»Ich erinner mich schon«, sagte ich, und meine Stimme klang sogar in meinen eigenen Ohren kalt. Einen Augenblick lang schämte ich mich, dann wurde ich wütend. Warum sollte es mir etwas ausmachen, wenn ich ihre Gefühle verletzte? Was bedeutete sie mir?
»Meine Mama hat gesagt, ich darf dich anrufen«, flüsterte Shannon. »Sie hat gesagt, ich könnt dich fragen, ob du diesen Sonntag rüberkommst. Wir machen ein Grillfest für ein paar von Daddys Leuten aus Mississippi. Sie bringen uns Pfirsiche aus Georgia mit und Pekannüsse, die mit den dünnen Schalen.«
Ich biß auf meinem Daumennagel herum und sagte nichts.
»Du könntst deine Mama fragen, ob du kommen darfst.« Shannon klang atemlos und verzweifelt, sie piepste beinah. »Wenn du willst«, fügte sie hinzu. Ich fragte mich, was sie ihrer Mama erzählt hatte, damit diese einverstanden war, daß ich vorbeikam. Draußen auf der Veranda hatte Reese begonnen, Patsy Ruth anzuschreien.
»Du weißt ja nich mal, wie das Spiel geht!«
Warum sollte ich zu den Pearls gehen und zuschauen, wie sich ihre fetten Verwandten vollstopften, bis ihnen schlecht wurde?
»Mama hat mir 'nen Plattenspieler geschenkt«, sagte Shannon plötzlich. »Ich hab 'n ganzen Stapel Platten.«

»Echt?«
»Massenhaft.« Ich hörte, wie im Hintergrund ihre Mutter etwas sagte. »Ich muß weg. Kommst du?«
»Vielleicht. Ich weiß nich. Ich überleg's mir.« Ich legte den Hörer auf und sah, daß mich Mama von der Küche aus beobachtete. »Shannon will, daß ich am Sonntag zu ihnen komm. Sie machen ein Grillfest.«
»Willst du hin?«
»Vielleicht. Ich weiß nich.«
Mama nickte und drückte mir ein Geschirrtuch in die Hand. »Komm, hilf mir. Und überleg's dir und sag mir noch vorm Sonntag Bescheid, ob du hingehst. Am Sonntagmorgen will ich keine Überraschungen haben. Könnt gut sein, daß ich den ganzen Tag im Bett bleiben will, wer weiß?« Sie lächelte, und ich umarmte sie. Ich liebte es, wenn sie so aussah. Man fühlte sich dann im ganzen Haus warm und geborgen.
»Vielleicht mach ich auch 'nen Ausflug.« Mama gab mir einen Klaps auf den Hintern. »Aber bevor wir nich mit dem Geschirr fertig sin, geh ich nirgendwohin, und du bist dran mit Abtrocknen.«
»Ja, Ma'am.«

Ich hatte nicht vor, hinzugehen. Wirklich nicht. Ich rief Shannon auf jeden Fall nicht zurück, und ich sagte auch nichts zu Mama. Aber am Sonntag nachmittag ging ich zu Shannons Haus, Reese' Blechkübel am Arm, als wäre ich auf der Suche nach späten Muskatellertrauben. Unterwegs schüttelte ich die verwelkten graugrünen Reben, die, sobald der erste richtige Frost kam, absterben würden. Im Film schwangen die Leute sich immer an solchen Reben durch die Gegend, aber jedesmal, wenn Reese oder ich es ausprobierten, landeten wir auf dem

Hintern. Vielleicht hatten sie in den Wäldern, wo die Filme gemacht wurden, eine andere Sorte Reben, aber wahrscheinlich wuchsen dort auch keine Muskatellertrauben.
Ich summte beim Gehen Bruchstücke aus Mamas und meinen Lieblingsgospeln, abwechselnd aus »Somebody Touched Me« und »Oh Sinner Man«. Reese sang immer »Au, Sinner Man«, worauf Onkel Earle immer in sein Eselsgeschreilachen ausbrach. Ich vermißte Earle. Wir würden ihn erst im Frühling wieder sehen. Man hatte ihn in die Bezirksstrafanstalt gesteckt, nachdem er einem Mann das Kinn zerschmettert und unten beim »Cracker Blue Café« ein Fenster kaputtgemacht hatte. Tante Alma sagte, in der Strafanstalt habe er sich auch schon wieder geprügelt, und ein Haufen Männer habe ihn festgehalten und ihm die schwarzen Haare vollkommen abrasiert. Ich versuchte, ihn mir kahlköpfig vorzustellen.
»Das wird ihm seine Schürzenjägerei fürs erste austreiben.« Tante Alma hatte richtig zufrieden geklungen.
»Wassis Schürzenjägerei?« Reese hatte noch nicht begriffen, daß man nur nach draußen geschoben wurde, wenn man Fragen stellte, während die Tanten redeten. Ich versuchte, ihr zu erklären, daß sie nur dann jemals etwas lernen würde, wenn sie den Mund hielt und zuhörte und sich erst später einen Reim darauf machte.
»Was soll denn das, sich die Geschichten von andern Leuten anhören?« Mama war richtig wütend geworden. »Raus mit euch, alle miteinander.«
»Das haste jetzt davon.« Ich war rechtschaffen empört. Ich war es nicht gewohnt, mit den kleinen Kindern hinausgeschickt zu werden. »Jetz werden wir nie erfahren, warum sie ihm den Kopf rasiert haben.«

»Ach, das weiß ich eh schon.« Reese grinste überheblich und legte den Arm um Patsy Ruth. »Oma sagt, er wollte irgend'nem Kerl den Schwanz abschneiden.«

Ich war noch nie von der Rückseite her zum Haus der Pearls gegangen. Normalerweise kam ich von Sears' Reifenhandel die Straße lang, aber an jenem Sonntag durchquerte ich die Gärten der großen Häuser am Tyson Circle und den Parkplatz vor der Drive-In-Milchbar von den Roberts. Die ganze Länge des Gartens war mit Magnolien und Blumen bepflanzt, damit man den Parkplatz nicht sah, und ich mußte mich an den Chrysanthemen vorbeischlängeln, die nah am Zaun wuchsen.

Eine Menge Leute war da, und alle sahen sie aus wie die Pearls. Kleine, aufgedunsene, zu elegant gekleidete Männer standen herum, schwere Teegläser in der Hand, und grinsten dürre, blasse Frauen mit rosarotem Lippenstift und flatternden Haaren an. Kleine Kinder rannten in der Nähe der Auffahrt herum, wo sich ein paar größere Jungs an der Kurbel einer Eismaschine abwechselten. Zusätzlich zu dem großen Rotholzpicknicktisch, auf dessen Erwerb Mrs. Pearl letztes Jahr so stolz gewesen war, hatte man zwei Kartentische aufgestellt. Es sah so aus, als hätten sie bereits gegessen, aber die Holzkohle im Grill glühte noch, und daneben stand Shannon Pearl und sah aus wie das erbärmlichste menschliche Wesen auf Erden.

Ich blieb stehen und beobachtete sie. Sie mühte sich mit einer langstieligen Gabel ab, schaute hin und wieder zu den anderen Kindern. Ihr Gesicht war rosarot und schweißnaß, und in ihrem orange-weißen Spitzenkleid sah sie aufgebläht aus. Mir fiel ein, daß Mama gesagt hatte, Mrs. Pearl wisse einfach nicht, wie sie ihre Tochter anzuziehen habe.

»Sie sollt sie nicht ständig in diese aufwendigen Stoffe stecken. So fett, wie das Kind is, schaut's damit nur noch dicker aus.«

Ich mußte ihr zustimmen. Shannon sah aus wie eine Wurst, die man in eine zu enge Haut gestopft hatte. Sie sah außerdem so aus, als hätte sie geweint. Neben den Tischen saß Mrs. Pearl mit einem halben Dutzend dünner schmächtiger Frauen, von denen zwei Babys im Arm hielten.

»Goldschatz, Goldschatz«, hörte ich eine schrille Stimme rufen.

»Du fette alte Sau.« Einer von Shannons Cousins rannte zu ihr hin; sein Bühnenflüstern war deutlich zu verstehen. »Du hast bestimmt seit deiner Geburt noch nie was anderes gefressen als Schweinefleisch. Deswegen biste auch so 'ne Mastsau geworden.« Er lachte und rannte weiter. Shannon nahm die Brille ab und putzte sie mit ihrem Rock.

»Heilige Scheiße«, murmelte ich.

Ich hatte immer schon vermutet, daß ich für Shannon Pearl die einzige Freundin auf der ganzen Welt war. Zum Teil war ich mir deswegen in ihrer Nähe so gemein und böse vorgekommen; es war mir bewußt, daß ich mir viel mehr aus ihr hätte machen müssen, wenn ich wirklich ihre beste Freundin gewesen wäre. Aber als ich ihren Cousin so mit ihr reden hörte, fiel mir wieder ein, wie ich sie das erstemal getroffen hatte, wie ich ihren eigensinnigen Stolz geliebt hatte, den selbstgerechten Zorn, mit dem sie ihre Peiniger bedachte. In diesem Augenblick sah sie nicht selbstgerecht aus. Sie sah müde und verletzt und beschämt aus. Bei ihrem Gesichtsausdruck empfand ich Ekel und Wut und dasselbe absolute Schuldgefühl ihr gegenüber wie früher.

Ich stieß ein paarmal mit dem Fuß gegen den niedrigen

Lattenzaun und schwang dann ein Bein darüber, um auf die andere Seite zu klettern. Gut und schön, sie war ein kleines Ungeheuer, aber sie war meine Freundin und außerdem die Art Ungeheuer, die ich verstehen konnte. Ein paar Meter von mir entfernt zog Shannon die Nase hoch und griff nach der Spiritusflasche neben dem Grill. Sie hatte mich nicht einmal gesehen.

Danach fragten mich die Leute ständig, was passiert war. »Wo warst du«, sagte Sheriff Cole zum dritten- oder viertenmal. »Und was genau hast du gesehen?« Er ließ mir keine Chance zu antworten. Vielleicht weil es schwierig war, etwas zu hören – außer dem Geschrei von Mrs. Pearl. »Ähm, also, wo warst du?« Er schaute immer wieder über die Schulter zum Grill, wo das Fett im Feuer zischte.

Ich wußte, er hatte kein Wort von dem gehört, was ich gesagt hatte. Aber Mrs. Pearl. Sie hatte mich klar und deutlich gehört, und sie drosch auf die Leute ein, die sie festhielten, versuchte, mich in ihre Finger zu bekommen. Immer wieder schrie sie: *»Du!«,* als hätte ich etwas getan, aber ich hatte nichts getan, außer zuzuschauen. Da war ich mir sicher. Ich war nicht weiter gekommen als zwei Schritte vom Zaun weg.

Shannon hatte die Brille wieder aufgesetzt. Sie hielt die Spiritusflasche in einer Hand, und mit der anderen griff sie nach der langstieligen Gabel. Sie stocherte mit der Gabel in der Holzkohle herum und spritzte den Spiritus darüber. Jedesmal, wenn sie die Plastikflasche drückte, gab es einen dumpfen Knall. Es sah so aus, als wollte sie mehr Kohlen zum Brennen bringen. Oder vielleicht gefiel es ihr einfach, wie die Flammen hochschossen. Sie spritzte und spritzte, trat einen Schritt zurück und spritzte wieder.

Shannon schüttelte die Hand mit der Flasche. Ich hörte, wie der Spiritus herausspritzte und die Flasche sich dann mit Luft füllte. Ich sah, wie die Flamme genau bis zur Düse tanzte und ausging. Dann kam sie mit einem lauten Donnern wieder. Die Flasche explodierte, und ein riesiger Feuerball loderte auf.

Shannon schrie nicht einmal. Ihr Mund stand weit offen, und sie atmete einfach die Flammen ein. Ihre Brille wurde trüb, ihre Augen verschwanden, und rings um ihren Schädel standen die Haare ab wie ein brennender Heiligenschein. Ihr Kleid knisterte und blähte sich und wurde zu orangegelben rauchenden Flammen. Ich sah die Gabel fallen, den brennenden Holzgriff. Ich sah, wie Mrs. Pearl aufstand und auf ihre Tochter zurannte. Ich sah, wie alle Männer ihre Eisteegläser abstellten. Ich sah Shannon taumeln und hin und her stolpern, dann in sich zusammenfallen. Ihr Kleid war nicht mehr da. Ich sah den Rauch schwarz und ölig werden. Ich sah, wie Shannon Pearl vom Erdboden verschwand.

Das Begräbnis fand in der Baptistenkirche Bushy Creek statt. Mrs. Pearl bestand darauf, eine reichbestickte Babydecke auf den Sarg zu legen. Ich warf einen kurzen Blick darauf und hielt dann den Kopf gesenkt. Mrs. Pearl hatte einen Engel mit rosa Wangen und gelbem Haar an die Stelle gestickt, die wahrscheinlich Shannons schwarzverfärbte Gesichtszüge bedeckte. Ich ließ Mamas Hand nicht los und preßte meine Lippen fest zusammen. Reese hatte mitkommen wollen, aber Mama hatte es nicht erlaubt und sie zu Raylene geschickt, wo sie den ganzen Tag bleiben sollte. Mama war auch nicht allzu glücklich darüber, daß ich zu dem Begräbnis gehen wollte, aber nachdem ich zu weinen anfing, hatte sie sich bereit erklärt, mich zu begleiten. Daddy Glen war wütend geworden, weil Mama meinem »Schwachsinn«, wie er es nannte, nachgab, und war mit Beau und Nevil angeln gegangen. In den letzten Monaten hatte er zu trinken angefangen, hielt bei Familientreffen Bier um Bier mit ihnen Schritt und schlief dann zu Hause auf der Couch ein.

»Der Junge kann nich saufen«, sagte Beau grinsend; er amüsierte sich königlich, wenn Glen nach ein paar Schnäpsen einen hochroten Kopf bekam und abdriftete. »Hat einfach nich die richtige Verfassung dafür.«

»Den Bauch«, korrigierte Onkel Nevil.

»Stimmt, den Bauch.« Darüber lachten sie alle. Daß Glen plötzlich zu trinken angefangen hatte, schien ihnen merkwürdigerweise irgendwie zu gefallen.

»Verdammte Idioten«, hatte Raylene sich beschwert.

»Macht nix«, hatte Mama zu ihr gesagt. »Glen wird nie 'n Säufer, und wenn er sich noch so anstrengt.« Es stimmte. Konnten Beau und Nevil stundenlang trinken und wurden dabei nur laut und gemein, so schlief Daddy Glen unweigerlich ein, während die anderen immer noch die Gläser hoben. Er wachte mit Kopfschmerzen und einem sauren Magen auf, wenn Beau und Nevil schon Kaffee tranken, um sich für einen arbeitsreichen Tag vorzubereiten, beide noch halb betrunken von der Nacht davor, aber das hatte sie noch nie gestört. Das Ganze machte mich nervös, aber wie Mama fiel mir nichts ein, was man dagegen hätte tun können.

»Haben Sie sie mal gesehen?« sagte Mrs. Pearl zu dem Prediger, den sie von ihrer alten Kirche in Mississippi hergeholt hatten. »Sie war wie ein Engel des Herrn.«

Der Prediger nickte und umfaßte die Hände von Mrs. Pearl, die einen riesigen Strauß gelber Chrysanthemen an sich preßte. Hinter ihnen stand der Chorleiter, eine Hand an Mr. Pearls Ellbogen. Mr. Pearl war grau wie ein Toter. Mit gesenkten Wimpern beobachtete ich, wie der Chorleiter Mr. Pearl einen Pappbecher in die Hand drückte und ihm etwas ins Ohr flüsterte. Mr. Pearl nickte und trank in kleinen Schlucken. Immer wieder schaute er zu seiner Frau und den Blumen hinüber, die sie so fest umklammerte.

»Sie hat Babys geliebt, wissen Sie. Sie ist immer ein Freund der weniger Begnadeten gewesen. Alle ihre kleinen Freunde sind heute da. Und singen konnte sie! Ach! Sie hätten sie singen hören sollen.«

Ich dachte an Shannons krächzende, wacklige Stimme, wenn sie auf dem Rücksitz des Autos von ihrem Vater vor sich hinsummte, nachdem sie mir eine besonders grausige Geschichte erzählt hatte. War es denn möglich, daß Mrs. Pearl ihre Tochter nie singen gehört hatte? Ich schaute zu Mr. Pearl und sah, wie sein Kopf wieder nach unten sank. Wenn ich in diesem Feuerball gestanden hätte, wären sie dann auch zu meinem Begräbnis gekommen?

Mrs. Pearl hob das Gesicht aus den Blumen. Mit ihren wäßrigen, flackernden Augen suchte sie die Bänke ab. Sie begreift gar nichts, dachte ich. Mrs. Pearls Blick streifte mich, aber sie sah mich nicht, ihre Hände quetschten die Blumen zusammen. Plötzlich stöhnte sie, leise, tonlos, wie ein Vogel, der sich in einem Brombeerstrauch verfangen hat, und der Prediger drückte sie behutsam auf einen Sitz in der ersten Reihe. Die Frau des Chorleiters lief zu Mrs. Pearl und legte ihr den Arm um die Schultern, während der Chorleiter dem Chor verzweifelt bedeutete, anzufangen. Weich erhoben sich die Stimmen, aber Mrs. Pearls Stöhnen hörte nicht auf, stieg empor in die stickige, schweißige Luft, ein Lied ohne Takt, ohne Rhythmus –

aber Gospel war es, der reinste Gospel, ein Lied vollkommen hoffnungsloser Trauer.
Ich wandte mich ab und versteckte mein Gesicht in Mamas Kleid. Meine hartherzige Wut war verflogen. Als verstünde sie alles, strich mir Mama über den Hals und den Rücken, während sie ganz, ganz leise ihr eigenes Lied sang – stumm, tonlos, ein Summen, das ich kenne, seit ich lebe.

14

Shannons Tod verfolgte mich. Plötzlich fühlte ich mich nicht mehr so erwachsen. Ich versuchte, mich mit Reese auszusöhnen, aber sie hatte beschlossen, daß Patsy Ruth der einzige Mensch auf der Welt war, dem sie vertrauen konnte, und ließ sie die ganze Zeit bei sich schlafen. Die beiden steckten dauernd die Köpfe zusammen, kicherten und zeigten auf mich und rannten dann davon. Sogar Mama war böse auf mich. Der Anstrengung müde, mir fünf Tage in der Woche etwas Neues zum Anziehen einfallen zu lassen, ging ich eines Tages mit Jeans in die Schule und wurde mit einer Ermahnung heimgeschickt.

»Deine Sachen sin sauber. Du brauchst dich über nix schämen«, hatte Mama geblafft. Zu jeder anderen Zeit hätte sie wahrscheinlich mit mir gefühlt, weil die Mädchen in der Schule mich wegen meiner wenigen, immer gleich aussehenden, ausgestellten Röcke und Hemdblusenkleider auslachten, aber es war kein Geld da für neue Kleider und niemand, der uns etwas leihen konnte. Onkel Earle war immer noch in der Strafanstalt, Tante Alma war aus ihrem Halbtagsjob in der Wäscherei gefeuert worden, und Tante Ruth war so krank, daß Travis eine Krankenschwester bezahlte, damit sie Deedee bei der Pflege half. Jeder hatte Sorgen und war gereizt.

Meine Kehle war ständig wie zugeschnürt. Der Haken in der Waschküche draußen sang kein Lied mehr für mich.

Beim Gedanken an seine scharfen spitzen Zacken wünschte ich mir, ihn wieder zu berühren, aber ich konnte mich nicht überwinden, hinaufzuklettern und ihn herunterzuholen. Sogar der Fluß bei Raylene draußen machte mich ängstlich und traurig, das träge dahinfließende dreckige Wasser erinnerte mich an den regennassen Schlamm bei Shannons Begräbnis. Ich mußte immer wieder daran denken, wie sie mit gesenktem Kopf dagestanden hatte, das ganze Leben noch vor sich, daran, was geschehen, was aus ihr hätte werden können. Ich dachte nicht an das Feuer, sondern an den dumpfen Knall, mit dem ihr Leben endete, alles aufhörte.

In meinem Leben war alles genauso ungewiß. Auch ich könnte irgendwo herumstehen und auf einmal merken, daß ich gegen die Wand meines eigenes Todes rannte. Ich begann zu zittern, sobald Daddy Glen seine dunkelblauen Augen auf mich richtete, ein Beben, das tief in mir verborgen war und von dem ich hoffte, er konnte es nicht sehen. Nein, flüsterte ich in der Nacht. Nein, ich werde nicht sterben. Nein. Ich biß die Zähne zusammen. Nein.

Ich betrachtete mich häufiger im Spiegel, um zu sehen, was die anderen sahen, um herauszufinden, woran sie erkannten, wer ich wirklich war. Was sah Daddy Glen? Tante Raylene? Onkel Earle? Meine Haare waren heller geworden, bekamen statt des blauen einen roten Glanz, doch meine Augen waren immer noch schwarz wie die Nacht. Im Badezimmerspiegel betrachtete ich meine Wangenknochen. Anders als Reese' weiche, sanfte Züge, waren meine Wangenknochen hoch und ausgeprägt. Vielleicht häßlich. Wahrscheinlich häßlich. Ich drehte den Kopf. Meine Zähne waren weiß und hart, scharf und strahlend. Ich war durch und durch stark. Verwandelte Sonnenschein in Muskeln, behauptete Mama. Sie war stolz darauf,

wie robust ich war, was ich alles heben und wie schnell ich laufen konnte, aber ich war plötzlich unsicher und linkisch. Im letzten Jahr war ich in die Höhe geschossen, so stark, daß mir die ganze Zeit die Knochen weh taten.
»Wachstumsschmerzen«, sagte Tante Raylene. »Mach so weiter, und du wirst mal richtig groß sein, Mädel.«
Ich wollte nicht groß sein. Ich wollte schön sein. Wenn ich allein war, schaute ich an meinem widerspenstigen Körper hinunter, lange Beine, keine Hüften und nur die allerkleinste Wölbung, wo Deedee und Temple große runde Brüste hatten. Es gab nichts an mir, worauf ich stolz sein konnte, und ich haßte es, wenn Tante Raylene darüber witzelte, daß wir alle von Bauern abstammten, Nachfahren von Frauen seien, die ihre Kinder auf dem Feld bekommen hätten und gleich danach wieder an die Arbeit gestolpert seien. Bäurisch, stark, häßlich – warum konnte ich nicht hübsch sein? Ich wollte lieber so aussehen wie die Mädchen in den Märchenbüchern, Prinzessinnen mit blasser Haut und sanftem Herz. Ich haßte meine kurzen Finger, das breite Gesicht, die knochigen Knie, haßte es, so ganz anders zu sein als die hübschen Mädchen mit ihren feinen Gesichtszügen und ihrer schmalen, schutzbedürftigen Figur. Ich sah störrisch aus, unauffällig, eben wie ein Brett und so dunkel wie Walnußrinde. Dieser Körper war wie die Körper meiner Tanten dazu geschaffen, sich zu Tode zu schuften, aufgebraucht und weggeworfen zu werden. In meinen Büchern hatte ich solche Sachen zwar schon gelesen, aber nicht wahrhaben wollen. Diejenigen, die auf diese Weise starben, zu Tode geschuftet oder von sinnlosen Unfällen ausgelöscht, waren fast nie die Heldinnen. Tante Alma hatte mir *Vom Winde verweht* gegeben, ein dickes Taschenbuch mit Farbbildern aus dem Film, und gesagt, ich würde es lieben. Zuerst war es

auch so, aber eines Abends sah ich von Vivien Leighs rosaroten Wangen hoch, weil Mama von der Arbeit heimkam, die Haare dunkel von Schweiß und das Arbeitskleid voller Flecken. Es durchfuhr mich wie ein Blitz. Emma Slattery, dachte ich. Das werde ich sein, das sind wir. Nicht Scarlett mit ihren Backpulverwangen. Ich gehörte zu dem Pack unten in den Hütten voll Schlamm und Dreck, das sich mit den Negern herumstritt und undankbarerweise seine Herren bestahl, dumm, unflätig, zu Schande und Tod geboren. Ich bebte vor Angst und Empörung.

»Was, zum Teufel, macht das Mädel so lang im Bad?« Daddy Glen war so gereizt, wie es nur ein Mann sein konnte, der die Nacht davor getrunken hatte. Ich sperrte vor seiner Nase zu und versuchte, nicht auf das zu hören, was er hinter der Tür brüllte.

»Finger, du kommst jetzt da raus und hilfst mir bei den Kartoffeln.« Ich wusch mir das Gesicht und ging zu Mama, die immer noch ihr Servierkleid und die flachen weißen Schuhe anhatte. Sie lächelte und reichte mir einen Topf. »Schneid die Augen raus, aber laß die Schale dran. Wir machen Kartoffelbrei, wie ihn dein Daddy besonders mag.«

Aus dem Wohnzimmer ertönte Daddy Glens Gebrummel, und dann hörte man, wie sich die Hintertür öffnete und schloß. Mama legte mir die Hände auf die Schultern und zog mich an sich. »Ich will, daß du für ein paar Tage nach der Schule zu Alma gehst. Ich hol dich und Reese ab, wenn ich fertig bin. Ich will, daß du für Alma auf die Kinder aufpaßt, damit sie 'n bißchen Zeit hat und zu Ruth gehn kann.«

Mama machte eine Pause, und als sie weiterredete, war ihre Stimme ruhiger.

»Daddy Glen macht sich Sorgen wegen Weihnachten und

wegen dem Geld. Er möcht was Besonderes machen. Gestern abend hat er wieder gesagt, daß wir die ganzen Jahre noch nie seine Brüder zum Essen eingeladen haben.«

Ich schaute in den Topf mit den Kartoffeln hinunter, dachte an das letzte Mal, als wir bei den Waddells waren, daran, wie Daddy Glen jedesmal stotterte, wenn sein Vater etwas zu ihm sagte. Der alte Mann war fürchterlich, und für ihn zu arbeiten mußte die Hölle sein, das wußte sogar ich. Mama beugte sich vor, so daß ihr Mund fast meine Wange berührte.

»Ich weiß es nich. Ich kapier einfach nich, warum sein Daddy ihn so schlecht behandelt. Glen tut, was er kann, damit er zufrieden is, und der alte Mann nützt jede Gelegenheit, um Glen als Idiot hinzustellen. Das frißt Glen einfach auf, es frißt ihn auf.« Sie seufzte. »Wir sollten 'ne Zeitlang vorsichtig sein, Finger. Sei ganz vorsichtig, Baby.«

Sie zögerte, als wollte sie noch mehr sagen, aber dann drückte sie mir nur noch einmal die Schultern und ging sich umziehen. Ich schaute ihr nach, sah, wie sie den Kopf hängen ließ. Wie lange war es her, daß ich Mama anders erlebt hatte als müde, traurig, verängstigt? Eine Ewigkeit. Es kam mir vor wie eine Ewigkeit.

Ich gab die Suche nach etwas Besonderem in mir, etwas Einmaligem, nicht auf. Schließlich wurde ich allmählich erwachsen. Aber das einzige, was sich an mir veränderte, war meine Wut, dieser unbändige Zorn, der tief in meinem Innern kochte. Vielleicht ein Erbe der Cherokee, die Wut der wilden Indianer, wie Shannons Wut, bodenlos und grauenhaft. Ich fletschte die Zähne. Auch wenn bei jeder dritten Familie in Greenville ein Cherokee mitgemischt hatte, immerhin war ich mit einem ganzen Schopf schwarzer Haare geboren worden. Ich hab das Blut meines Ururopas in den Adern, sagte ich mir. Ich bin die Tochter der Nacht, das kriegerische Kind meines Ururgroßvaters. Ich hielt mir die Haare hoch und suchte in meinen Pupillen nach den roten Glanzlichtern, die in der Tiefe funkelten, ein leuchtendes Dunkelrot wie von Rubinen oder frischem Blut. Gefährlich, sagte ich mir. Ich kann gefährlich werden, o ja, ich kann gefährlich werden. Daddy Glen kann Mama ruhig weiter anbrüllen, ihr weh tun, mir weh tun, nur zu. Aber er sollte lieber vorsichtig sein. Er hat keine Ahnung, wozu ich fähig bin. Wenn ich ein Rasiermesser hätte, würde ich ihm mit Sicherheit mitten in der Nacht die Kehle durchschneiden, dann davonlaufen und nackt und allein in den westlichen Hügeln leben wie eine Figur aus einem Roman von Zane Grey. Ich mußte nur noch ein bißchen wachsen, in mich selbst hineinwachsen.

Beim Abendessen brüllte Daddy Glen mich an. »Das Bad ist ein einziger Saustall. Wenn deine Mama schon arbeiten gehn muß, kannst du wenigstens ab und zu saubermachen, im Haus ’n bißchen mithelfen.« Mama seufzte und schob ihren Teller zur Seite. Reese aß mit gesenktem Kopf, und ich sagte nichts. Mama hatte gesagt, ich sollte vorsichtig sein. Vorsichtig hielt ich den Kopf abgewandt, beobachtete, wie sich die Lichter vom Highway in den Küchenvorhängen spiegelten, schaute Daddy Glen nicht an.

Nach dem Abendessen schrubbte ich die Badewanne und nahm ein langes, heißes Bad. Ich suchte in meinem Nabel nach schwarzen Haaren und nach einem Flaum zwischen meinen Beinen. Ich war glatt und sauber. Ich nahm Mamas Handspiegel und steckte ihn mir schräg zwischen die Beine. Mein Kinn war rosarot und picklig, der Hals darunter blaß, so daß ich die blauen Adern sehen konnte, die zu den Ohren hochliefen. Ich legte mir die Hände flach auf die Wangen und machte mir dann Schlitzaugen. Mein Gesicht blieb ausdruckslos, meine Augen waren leer und silbrig wie zuvor. Mein Gesicht ließ nichts erkennen. Es war unheimlich, finster und nichtssagend. Ich bog den Kopf zurück, schaute auf meine rötlichbraunen Brustwarzen hinunter, meinen runzligen Bauchnabel, die langen Schenkel und die verschorften Knie. Der Hals tat mir weh, die Zähne, das Steißbein und der Arsch. Alles an mir war häßlich, käsig und gefühllos – nicht zu vergleichen mit Onkel James' Mädchen mit ihren weißen Nylonunterröcken und blauen Satinhaarbändern. Das war die Sorte kleiner Mädchen, die die Leute eigentlich haben wollten. Kein einziger Teil von mir gehörte jenem anbetungswürdigen, verträumt dreinblickenden, kindlichen Mädchen aus dem Märchen an, kein einziger Teil von mir war schön. Ich begriff, warum Daddy Glen ekelhaft zu mir war. Beim Abendessen, als Mama ins Schlafzimmer gegangen war, um ihren Pullover zu holen, hatte er darauf bestanden, mir zu erklären, daß ich keinerlei Grund hatte, so stolz zu sein.

»Du glaubst, du bist so was Besonderes«, hatte er höhnisch gesagt. »Tust, als würdste Rosenwasser und Honig pissen. Glaubst, du bist zu gut dafür, daß man dich zurechtbiegt. Deine Mama hat dich verzogen. Sie weiß nich, was für 'n faules, dickköpfiges Gör du bist, aber ich schon. Ich kenn dich. Ich kenn dich, und ich laß nich zu, daß du so wirst wie deine nichtsnutzigen Cousins und Cousinen, nicht, solang du unter meinem Dach bist.«

»Ekelhafter Mann«, flüsterte ich. »Is mir egal, ob sein Daddy ihn schlecht behandelt. Is mir egal, warum er so gemein is. Er is ekelhaft.«

Ich rollte auf den Bauch und tauchte das Gesicht ins Wasser. Ich war kein Cherokee. Ich war kein Krieger. Ich war nichts Besonderes. Ich war nur ein Mädchen, ängstlich und wütend. Wenn ich mich in Daddy Glens Augen sah, wollte ich sterben. Nein, ich wollte schon tot sein, kalt und steif. Alles war dann hoffnungslos. Er schaute mich an, und ich schämte mich. Es war, als glitte ich in ein abgrundtiefes Loch hinunter, sähe mich selbst da unten liegen, dreckig, zerlumpt, arm, dumm. Aber ganz unten, am dunkelsten Punkt kam dann meine Wut, und ich wußte, daß er keine Ahnung hatte, wer ich war, daß er in mir nie das Mädchen sah, das bei Tante Raylene schwer arbeitete, das gute Noten bekam, gleichgültig, wie oft ich die Schule wechselte, das Besorgungen für Mama erledigte und gut auf Reese aufpaßte. Ich war nicht dreckig, nicht dumm, und wenn ich arm war, wessen Schuld war das denn?

Ich wurde so wütend auf Daddy Glen, daß ich mit den Zähnen knirschte. Ich träumte davon, ihm das Herz herauszuschneiden, dieses böse, jähzornige, pechschwarze Herz. Im Traum war es ein gutes Gefühl, ihn zu hassen. Aber das Schreckliche war, wie ich mich fühlte, wenn ich wach war und nicht vor Wut kochte. Das schlimmste auf der Welt war das Gefühl, das ich hatte, wenn ich mir wünschte, wir wären wie die Familien in den Büchern aus der Leihbibliothek, wenn ich mir nur wünschte, Daddy Glen würde mich so lieben wie der Vater in *Robinson Crusoe.* So ähnlich mußte er sich fühlen, wenn er vor dem Haus seines Daddys stand und den Kopf hängen ließ.

Die Liebe würde mich schön machen; die Liebe eines Vaters würde mein Herz läutern, meine bittere Seele süß und meine Cherokee-Augen heller machen. Wenn er mich lieben würde, wenn er mich nur liebte. Warum liebte er mich nicht? Ich hämmerte mit den Fäusten gegen die Porzellanwände der Badewanne, schüttelte den Kopf und heulte unter Wasser, kam hoch, um Luft zu holen, und tauchte wieder unter, um zu flennen. Falls jemand hereingekommen wäre, hätte er nicht gemerkt, daß ich weinte, und ich war mir sicher, daß nicht einmal Gott mich fluchen hörte.

Während der Weihnachtsferien bei Tante Alma vertrieb ich mir die Zeit, indem ich mit meinen Cousins und Cousinen komplizierte Geschichten einstudierte, die Hälfte davon aus Fernsehsendungen übernommen. Solange jeder machte, was ich sagte, war ich der beste Babysitter, den Tante Alma je zu Gesicht bekommen hatte.

»Du darfst Francis Marion sein«, sagte ich zu Klein-Earle. »Reese und ich sind Cherokee-Krieger, Patsy Ruth kann den britischen Kommandant spielen, Garvey ist der feige Siedler, und Grey darf der Siedler sein, der auf unserer Seite is.«

»Nasser Fuchs, nasser Fuchs, wo bist du gewesen?« fing Klein-Earle zu singen an, aber Patsy Ruth fiel ihm ins Wort.

»Warum muß ich den britischen Kommandant spielen? Warum kannst nich du der Böse sein und mich 'nen Cherokee spielen lassen?«

»Weil du auf keinen Baum klettern kannst, der größer is als 'n Haufen Hühnerkacke. Jeder weiß, daß Indianer auf Bäume klettern können.«

»Dann darf ich aber auf 'm Pferd reiten, und ich will Greys Fahrrad haben, nicht das alte von Klein-Earle.«

»Wenn sie mein Fahrrad kriegt, dann will ich deine Kappe aufsetzen.«

»In dem hier brauchen wir meine Kappe nich. Wir nehmen meine Kappe nur her, wenn wir Johnny Yuma spielen.« Ich verlor die Geduld, und auf keinen Fall wollte ich die Rebellenkappe hergeben, die Onkel Earle mir aus dem Gemischtwarenladen in Fort Sumter mitgebracht hatte. Sie war wunderschön – grau, weich, mit herabhängendem Schild, und mit gelbem Faden waren die Stars and Bars eingestickt, die erste amerikanische Flagge.

»Johnny Yoo-ma«, fing Klein-Earle wieder zu singen an; er bemühte sich redlich, Johnny Cashs tiefe Stimme nachzumachen. »Er streifte durch den Westen ... *Johnny Yoo-ma, der Rebell* ... er zog allein umher ...«

»Du hast sie dauernd auf.« Grey klopfte Klein-Earle auf den Hintern und sah mich dann freundlich, aber bestimmt an. »Egal, ob wir Frankensteins Monster oder sonst was spielen, und du weißt genau, daß in dem Frankenstein-Film keiner mit so 'ner Kappe rumläuft.«

»Das is ja zum Aus-der-Haut-Fahren!« Ich überließ Grey meine Kappe, aber ich verlor das Interesse am Nassen Fuchs. Wer hatte denn je von ihm gehört, bevor er bei Walt Disney auftauchte?

Grey und Garvey spielten nicht dauernd mit uns. Sie hatten zu rauchen angefangen und übten fleißig Penny-Werfen. Wenn die Schule wieder losging, wollten sie das Essensgeld der halben Abschlußklasse einstreichen. Bis dahin blieben sie auf Distanz, außer wenn ich eine Geschichte vorschlug, die sie wirklich mochten.

»Spielen wir doch noch mal die Dalton Boys«, schlug Grey immer wieder vor. Er hatte den Trick, sich totzustellen und dann von seinem Fahrrad herunterzuhechten, perfektioniert und gab gern damit an.

»Es heißt Dalton *Girls*«, beharrte ich jedesmal. Reese und ich hatten den Film gesehen und allen in solcher Ausführlichkeit die Handlung erzählt, daß sie, obwohl sie ihn gar nicht gesehen hatten, darüber stritten, was nun passierte oder nicht passierte. Wir Mädchen waren ganz vernarrt in die Vorstellung, daß eine Bande von Schwestern Banken ausraubte und ihre toten Brüder rächte, aber die Jungs spielten lieber Jesse James oder die Younger Gang.

»In dem Film vielleicht, aber jeder kennt die richtigen Dalton *Boys.*« Garvey hatte den Film auch gesehen und noch nicht verwunden, daß die Dalton-Brüder in der ersten Szene umgebracht wurden, damit die Frauen lernen konnten, wie man mit Gewehren umging und Banken ausraubte. »Ich glaub sowieso nich, daß der Film echt war. Ich wett, die Schwestern von denen haben nie 'ne Bank ausgeraubt.«

»Was willste wetten?« forderte ihn Reese heraus. Sie war vernarrt in diesen Film. »Glaubste, 'n Mädel kann dich nich fertigmachen? Glaubste, ich kann dich nich fertigmachen?« Sie riß Grey meine Kappe vom Kopf.

»Du könntst nich mal 'n Küken von 'nem Nest mit Mokassinschlangen verscheuchen!« Grey versuchte, sich die Kappe zurückzuholen, aber Reese hüpfte und rannte ihm immer wieder davon, während sie über die Schulter nach hinten schrie.

»Du bist derjenige, der Angst vor Mokassinschlangen hat. Tante Alma sagt, du hast dir in die Hose geschifft, wie sie dich zum Brombeerpflücken mitgenommen hat, nur weil du neben 'ne kleine grüne Schlange getreten bist und geglaubt hast, es wär 'ne olle Mokassinschlange.«

»Halt bloß dein doofes Maul.« Grey schnappte sich die Kappe.

»Halt doch du deins!« Reese trat ihm gegen das Schienbein.

»Girls!«

»Boys!«

»Gib mir meine Kappe wieder.« Ich entriß sie Grey, während er versuchte, Reese' harten kleinen Füßen auszuweichen. Ich hoffte, daß sie ihm gehörig weh tat, aber da kam Tante Alma und beendete den Streit. Sie schickte die

Jungs zum Spielen in den Garten und befahl uns Mädchen, vor dem Haus zu bleiben.

»Wenn ihr nich zusammen spielen könnt, dann trenn ich euch eben.«

»Ich will sowieso nich mit den blöden Jungs zusammensein.« Reese spuckte Grey hinterher. Manchmal konnte ich jedes Wort aus dem Mund meiner kleinen Schwester unterschreiben.

»Aber was spielen wir jetzt?« quengelte Patsy Ruth. »Vorm Haus können wir nich radfahren. Vorm Haus können wir so gut wie gar nix machen.«

Ich drehte meine Rebellenkappe in den Fäusten, und plötzlich hatte ich eine Idee.

»Wir spielen böse Schwestern.«

»Was?« Patsy Ruth wischte sich Rotz von der Oberlippe. Mama behauptete, Patsy Ruth laufe seit ihrer Geburt die Nase. »Sie wird sich den Rotz abwischen, wenn sie heiratet, und sie wird sich den Rotz abwischen, wenn sie stirbt.« Ich gab Patsy Ruth das Taschentuch, das ich zur Verwendung als Halstuch aus Daddy Glens Schublade stibitzt hatte.

»Wir spielen böse Schwestern«, wiederholte ich, und vor meinem inneren Auge sah ich Shannon Pearls verzerrtes böses Gesicht. »Zuerst spielen wir Johnny Yumas böse Schwestern, dann Francis Marions böse Schwestern, dann die von Bat Masterson. Dann überlegen wir uns noch andere.«

Reese sah verwirrt aus. »Was machen denn böse Schwestern?«

»Alles, was ihre Brüder auch machen. Nur schneller und böser.«

Reese sah immer noch verwirrt aus, aber Patsy Ruth juchzte. »Au ja! Ich will die böse Schwester von Rifleman sein!« Patsy Ruth rannte los, um sich Greys altes kaputtes Plastikgewehr zu holen. Den ganzen Nachmittag gab sie vor, es wäre eine abgesägte Schrotflinte wie die in *Wanted Dead or Alive*. Reese kam schließlich auch auf den Geschmack und spielte, sie würde auf der Veranda erschossen und herunterfallen. Ich nahm mir Tante Almas Fleischmesser und verkündete, ich sei Jim Bowies böse Schwester, und es solle sich bloß keiner mit mir anlegen.

Ich übte Messerwerfen auf der Veranda und hörte zu, wie die Jungs im Garten fluchten. Ich war böse, beschloß ich. Ich war böse und hinterhältig, und am liebsten hätte ich dieses Messer auf Daddy Glen geworfen.

Am Abend amüsierten sich Alma und Wade über Patsy Ruth, die auf und ab rannte und dabei »Roger, Roger« schrie, bis sie Tante Almas Glas umstieß.

»Was, um Gottes willen, soll denn das werden, Kind?«

»Ich war Broderick Crawfords böse Schwester«, heulte Patsy Ruth und wischte sich die Nase.

»Seine was?« Onkel Wade lachte in sein Glas hinein. »Seine was?« Er schwang seinen Rohrschaukelstuhl nach hinten und drückte die Zigarette auf der Veranda aus. Tante Alma schüttelte den Kopf und schaute Patsy Ruth an, als wäre sie verrückt geworden.

»Broderick Crawfords böse Schwester! Mein Gott, auf was die alles kommen.«

Patsy Ruth war gedemütigt und wütend. Sie zeigte auf mich. »Sie hat's gesagt. Sie hat gesagt, ich kann das spielen.«

Wade holte aus und schlug mir auf den Hintern. »Mädel, vor deiner Phantasie kann man Angst kriegen.« Er versetzte mir noch einen Klaps, aber einen leichten, und er hörte dabei nicht auf zu grinsen. »Broderick Crawfords böse Schwester.«

Es war mir egal. Ich spielte auf Teufel komm raus böse Schwestern.

15

Mama erlaubte, daß Tante Raylene Reese und mich mitnahm, als sie Onkel Earle in der Strafanstalt besuchte. Tante Raylene sagte, er würde noch drei Monate dort bleiben, und er habe Sehnsucht nach seinen Nichten und Neffen.

»Warum nimmst du nich Grey und Garvey mit?« fragte Mama. »Zeig ihnen, was mit ihnen passiert, wenn sie weiter Telefonzellen aufbrechen.«

»Ach, zum Teufel damit.«

Tante Raylene war empfindlich wegen Grey und Garvey, weil sie genau in der Nacht beim Drag Racing in Onkel Beaus Laster von der Highway-Streife aufgegriffen worden waren, in der sie bei ihr hätten bleiben sollen. Alma hatte sich aufgeregt, weil Raylene nicht besser auf sie aufgepaßt hatte, und Raylene hatte Garvey beinahe eine Ohrfeige gegeben, als er prahlte, sie seien die jüngsten in der Familie, die jemals verhaftet worden waren. Jetzt legte Tante Raylene saubere Unterwäsche von Onkel Earle zusammen und steckte sie in eine Papiertüte, während ihr Gesicht rot wurde vor Wut.

»Wenn die beiden noch mehr anstellen, braucht das Gesetz sie gar nich wegschicken. Ich bring sie so weit weg, daß sie nich mehr heimfinden.«

»Eine Scheiße wirste tun.« Oma ließ einen Korb mit Essen auf Tante Raylenes Küchentisch krachen. »Du wirst se jeden Monat besuchen und ihn' süßes Maisbrot mitbringen, genau wie Earle.«

»Wirst schon sehn, was ich tu.«
»Hab ich schon gesehn.«
Ich wartete darauf, daß sie richtig zu streiten anfingen. Statt dessen beugte Oma sich vor und küßte Tante Raylene direkt auf den Mund, drückte ihre Lippen mit einem lauten Schmatz auf die von Raylene. Tante Raylene schnappte überrascht nach Luft, und Oma lachte, bis ihr die Tränen kamen.
»Oh, oh, oh! Du müßtest dich sehn. Raylene, jetzt hab ich's dir endlich mal gezeigt. O Gott! Herrlich.« Sie ließ sich auf einen Küchenstuhl fallen und wischte sich die Augen. »Ach, vergiß es, sag Earle einfach, daß ich ihn liebhab. Und dann sagste ihm, wenn ich ihm öfter den Arsch versohlt hätt, als er noch 'n Junge war, dann wär er nich da, wo er jetzt is.«
»Du hättst machen können, was de willst, Earle wär trotzdem 'n Schläger geworden.« Raylene versuchte sich von dem Schock von Omas Kuß zu erholen. »Earle is schon mit 'nem bösen Charakter geboren worden.« Ich beobachtete, wie Tante Raylene ihre grauen Haarsträhnen wieder unter die Haarnadeln zurückschob. Hatte ich einen bösen Charakter? fragte ich mich. Es kam mir so vor. Seit Wochen kam es mir so vor. Vielleicht war ich nicht damit geboren worden, aber er war mir zugeflogen, wie Oma sagen würde. Er war mir früh genug zugeflogen.

Earle war ein bißchen dünner und um die Augen herum ein bißchen grauer. Seine Haare waren schon etwas nachgewachsen, eine kurze schwarze Bürste, die am ganzen Kopf senkrecht in die Höhe stand. Er strich sich immer wieder mit den Händen über den Schädel, als könnte er nicht glauben, daß seine dicken schwarzen Haare nicht mehr da waren. Aber als wir uns zu unserem Picknick ins

Gras setzten, hatte er für jeden ein Geschenk – Schlüsselanhänger und Gürtel für alle Jungs und Geldbörsen und Haarspangen für die Mädchen, alles selbstgemacht und reich verziert. Tante Raylene bekam eine Handtasche, so groß wie ihr Essenskorb. Für Mama hatte er eine Lederbrieftasche mit aufgesetzten Rosenranken.

»Gib ihr das, und sag ihr, ich denk die ganze Zeit an sie.« Er lachte sein schwarzes Lachen. »Ich denk an ihre Biscuits. Die Köche hier machen Biscuits, die kann kein Mensch fressen.«

Ich spielte mit der Brieftasche und beobachtete die anderen Familien im Gras. Alle Frauen hatten Lederhandtaschen mit aufgesetzten Rosen. Kleine, aus Leder gearbeitete Ranken schlangen sich um die Schulterriemen, die Ecken der Brieftaschen. Ich strich mit den Fingern über Mamas Brieftasche und fragte mich, wie das gemacht wurde.

Wie bearbeiteten sie das Leder?

Ich öffnete Mamas Brieftasche und strich über das unbehandelte Leder. Um uns herum stillten Frauen ihre Kinder und saßen nahe bei ihren Ehemännern. Der glühendheiße Garten roch nach verdorbenem Essen, Schweiß und sauren Babywindeln. Ich schaute zu Onkel Earle hoch und sah, daß er die Frauen beobachtete, Schweiß rann ihm über die Stirn in die Augen.

»Wie hast'n das gemacht?« fragte ich ihn und hob die Brieftasche, damit er herschaute. »Mußte das nich alles ausschneiden?«

Er nahm mir die Brieftasche aus der Hand und fuhr mit den Fingern über die Lederrosen, die eingravierten Ranken. »Wir haben Stanzeisen. Da hauste mit 'nem Holzhammer drauf, stanzt ein Muster nach dem andern aus, stundenlang. Genau richtig für Männer im Gefängnis. Sie

haben was zu tun und gehn sich nich gegenseitig an den Kragen.« Er grinste.
Ich starrte ihn an, wußte nicht so recht, wie ich ihn fragen sollte.
Da lachte er, hatte mich auch so verstanden.
»Sie zählen alles nach – die Stanzen, die Rasierklingen. Wenn die Zahl am Abend nich stimmt, müssen wir in der Zelle essen. Natürlich verzählen sie sich manchmal, und manchmal gehn die Rasierklingen kaputt.« Er wischte sich den Schweiß an der Jeans ab und streckte die Hand dann aus, Handfläche nach oben. Eine dünne Stahlklinge blitzte im Sonnenlicht auf. Er lachte wieder, jenes tiefe grollende Lachen, während ich mit offenem Mund dastand.
»Die glauben, sie sin so schlau.«
Er spuckte Richtung Zaun. Ohne seine langen schwarzen Haare sah er anders aus, härter und älter. Nur seine Augen waren gleich geblieben, dunkel und voll Schmerz. Jetzt funkelten diese Augen zu den Wachen hinüber, die auf der anderen Seite des Zauns hin- und hermarschierten.
»Die glauben, sie sin so verdammt schlau.«
Mir ging das Herz über. Seine Hand strich wieder über die Jeans, und ich wußte, die Klinge war weg. Er war mein Onkel. Ich war seiner Lieblingsschwester Lieblingskind. Mir war absolut klar, daß ich zu ihm gehörte und er zu mir, und plötzlich war ich wahnsinnig stolz auf ihn und auf mich auch.
»Ich liebe dich«, flüsterte ich.
»Klar tust du das, Sonnenschein.« Er lachte. »Klar tust du das.«
Onkel Earle hob mich hoch und umschlang mich fest mit beiden Armen. Ich schaute über seine Schulter zum Zaun und kniff die Augen zusammen. Wir sind schlau, dachte ich. Wir sind schlauer, als ihr denkt. Ich fühlte mich böse

und mächtig und war so stolz auf uns alle, all die Boatwrights, die jemals im Gefängnis waren, sich wehrten, obwohl sie keine Chance hatten, und trotzdem ihren Stolz nicht verloren. Als Tante Raylene nach mir rief, ging ich sehr langsam zum Auto zurück.

»Warum muß er nur so stur sein?« Raylene beugte sich vor, die Hände auf dem Lenkrad des Pontiac. »Warum muß dieser Mann ständig Ärger suchen?«

»Er sucht kein' Ärger.« Ich war noch ganz erfüllt vom Zauber der versteckten Klinge. »Er weiß nur, wie er damit umgehn muß, wenn der Ärger ihn findet.«

»Soso.« Tante Raylene drehte sich zu mir um. »Wenn er weiß, wie er damit umgehn muß, wie hat er dann sein' Arsch ins Gefängnis reingekriegt? Wieso kann er mit sich selber nich so gut umgehn, daß er ausm Gefängnis draußenbleibt? Wieso kann er mit seinem Temperament nich so gut umgehn, daß er dem besten Freund, den er im ganzen County hat, nich gleich den Kiefer bricht?«

Sie schüttelte den Kopf und stopfte ihre neue Handtasche unter den Sitz.

»Ihr Kinder denkt alle, eure Onkel wärn so schlau. Wenn sie so schlau sin, warum sin sie dann so verdammt arm, hä? Sag mir das mal.«

Als wir von der Strafanstalt zurückkamen, suchte ich Grey und sagte zu ihm, es sei an der Zeit, den Haken zum Einsatz kommen zu lassen. Ein langsames, zufriedenes Grinsen war die Antwort und das Versprechen, sich »jederzeit, an jedem Ort« mit mir zu treffen. Sein Blick war der gleiche wie der, den ich in Earles Augen gesehen hatte, der gleiche, wie ich ihn mir in meinen Augen vorstellte. Erregung begann in mir zu schlagen wie eine kleine Trommel, und der Rhythmus wurde nur noch schneller, als ich den Haken herunterholte. Ich gab ihn Grey, als er in jener Nacht vorbeikam, auch wenn es mir schwerfiel. Er konnte ihn eher zum Woolworth transportieren, ohne Aufsehen zu erregen. Ein Junge mit einem Sack über der Schulter konnte vollkommen unschuldig aussehen, während ich bestimmt gefragt werden würde, was ich da schleppte. Ich knirschte verärgert mit den Zähnen, tröstete mich aber mit dem Gedanken, daß ich ihn bald wieder zurückbekommen würde. Wir wollten uns Freitag nacht beim Woolworth treffen, wenn Mama Tante Ruth besuchte und ich bei Alma schlafen sollte.

Grey und Garvey stritten sich in diesen Tagen besonders oft, boxten und rauften so beiläufig, wie andere Leute spuckten, und mir war klar, daß Greys Erregung über unser Vorhaben zum Teil daher rührte, daß sein Bruder davon ausgeschlossen war. Sie waren keine eineiigen Zwillinge – in der ganzen Familie gab es keine eineiigen Zwillinge –, aber Almas Jungs sahen sich ähnlicher als Tante Carrs Mädchen. Sie waren beide groß und schlaksig, wurden schnell braun und bekamen in der Sonne rotbraune Haare. Garvey sah besser aus, hatte kristallklare blaue Augen und ein tiefes kleines Grübchen im Kinn, das merkwürdig liebenswert war. Grey hatte irgendwie eine böse Ausstrahlung. Er kniff zu schnell die Augen zusammen und runzelte die ganze Zeit die Stirn, auch nachdem Alma ihm eine Nickelbrille besorgt hatte. Er haßte diese Gläser und trug sie nur, wenn einer der Onkel in der Nähe war und er dafür, daß er das Geld seiner Mama verschwendete, geschlagen werden konnte.

»Der Grey entwickelt schlechte Gewohnheiten«, sagte Onkel Beau einmal zu Reese und mir. Wir sagten nichts, weil wir beide Grey lieber hatten. Er sah vielleicht böser aus, aber er hatte eine liebenswerte Art, die Garvey fehlte. Er hatte uns immer gestohlene Bonbons geschenkt und uns nie wie Garvey herumgeschubst. Aber im Gegensatz zu seinem Bruder hatte Grey einfach kein Glück. Als er dreizehn wurde, wuchs ihm auf einmal auf Brust und Armen ein dicker Pelz rotbrauner Haare. Er versuchte ihn mit dem Rasiermesser seines Vaters abzuschaben, aber dadurch wurde er nur noch dichter. Garvey machte sich darüber lustig, und zur Verteidigung behauptete Grey stur, er sei stolz auf seinen »männlichen Haarwuchs«, darauf, wie er sich »in einen Bär verwandelte«. Und er sah dadurch auch anders aus als Garvey – sowieso ein lebenslanger Ehrgeiz. Das Problem war nur, die Haare wuchsen nicht überall gleich dicht, sondern unregelmäßig nach, und sie juckten ihn. So wie er immer dastand und die rötlichbraunen Haare auf seinen Unterarmen und Handrücken kratzte, war das Bild des zähen Burschen ruiniert. Manchmal schien er in eine Art Trance zu fallen, schaute dann in die Ferne, runzelte die Stirn und kratzte sich.

So fand ich ihn auch Freitag nacht hinter dem Woolworth. Es war spät – schon nach Mitternacht –, und ich hatte Schwierigkeiten, mich leise genug aus Almas Haus zu schleichen, um Reese nicht aufzuwecken, und so war ich selbst nervös und gereizt. Grey machte mir angst, wie er da mitten auf dem Parkplatz stand, alles hell erleuchtet vom Schein des Texaco-Schildes auf der anderen Straßenseite. Ein Schatten fiel auf den Kartoffelsack zwischen seinen Füßen, und einen Augenblick lang glaubte ich, er hätte meinen Haken vergessen.

»Krieg dich wieder ein«, sagte er lachend, als ich nach dem Haken fragte. »Da isser doch.« Er ging in die Hocke

und öffnete den Sack, zog einen vierzackigen geschwärzten Gegenstand an einer Kette heraus.
»Du hast ihn kaputtgemacht!« fauchte ich.
»Ich hab ihn hergerichtet!« brüllte er geradezu, schaute dann über die Schulter und suchte den Parkplatz ab. »Mit der Farbe sieht man ihn nich, wenn wir ihn an der Wand hochwerfen.«
Ich schnitt eine Grimasse und fuhr mit der Hand über einen farbverschmierten Zinken. Er war immer noch scharf, aber das beängstigende Stahlklingengefühl stellte sich nicht mehr ein. Ich schluckte hart. Diesen Glanz hatte ich richtig geliebt.
»Die Dinger haben so geglänzt, das wär zu riskant gewesen.« Es klang, als wäre er stolz auf sich, weil er daran gedacht hatte. »Vor allem, nachdem ich die Spitzen noch 'n bißchen gewetzt hab.« Er ließ eine Schulter hängen und beugte sich nah zu mir. »Ich hab nur die Seite matt gemacht, die's Licht einfängt. Is immer noch scharf. Das schwierige war, die Kette anzumalen. Hab jedes Glied einzeln gemacht, damit nich alles verklebt und steif wird. Das is echt 'ne Schwermetallkette. Geschweißt, glaub ich.« Er grinste und kratzte sich glücklich die Hände.
Ich wußte, er versuchte sich nur wichtig zu machen, er, der Mann und so weiter, aber es fiel mir schwer, meine Wut hinunterzuschlucken und ihm zuzunicken. »Schon in Ordnung«, brachte ich schließlich heraus. Er sah sauer aus, also strich ich über die Kette und nickte noch einmal. »Gute Arbeit.«
»Allerdings, verdammt noch mal!«
Scheißkerl, dachte ich, sagte aber nichts mehr. Es war egal, was er zu tun glaubte. In Wirklichkeit ging es bei der ganzen Sache darum, was ich tat. Es war mein Plan, und wichtiger als der Haken war es, in das Kaufhaus hineinzu-

kommen, und ich wußte etwas, was er nicht wußte. Der Weg hinein führte über das Dach und durch den Lüftungsschacht. Es gab nicht die geringste Chance, daß mein großer, behaarter, mannesstolzer Cousin durch den Schlitz paßte. Er würde seinen Stolz zügeln und unten darauf warten müssen, daß ich ihm die Tür öffnete. Und wenn er mich allzu wütend machte, konnte er die ganze Nacht herumstehen und seine Hände kratzen.

Als es soweit war, dachte ich einen Augenblick lang, ich würde es nicht schaffen. Grey hatte keine Mühe damit, den Haken hoch genug zu schleudern, daß er sich in das rückwärtige Dach des Woolworth-Gebäudes bohrte, und es fiel mir nicht allzu schwer, das Seil hochzuklettern, die Füße gegen die Mauer gestemmt. Oben, wo sie Glasscherben an der Dachkante angebracht hatten, wahrscheinlich, um Leute mit ähnlichen Ideen wie mich abzuschrecken, war es ein bißchen komplizierter. Aber das Seil hielt, und den Sprung über die Scherben schaffte ich recht locker. Ich bildete mir etwas darauf ein, fühlte mich gut. Da oben auf dem Dach war es still und kühl und klar. Im Osten von mir breitete sich Greenville aus, Richtung Flughafen und Highway wurden die Gebäude immer höher. Ich sah zwei Blocks entfernt Leute unter einer Straßenlampe stehen, und auf der Überführung über der Texaco-Tankstelle und dem Rangierbahnhof sah ich Autos fahren. Ich spuckte vom Dach hinunter und hörte Grey unter mir fluchen.
»Alles okay?« rief er mit verhaltener Stimme.
»Bestens. Jetzt sei still, sonst bringste uns noch in Schwierigkeiten.« Ich ging auf loser knirschender Teerpappe zum Lüftungsgehäuse hinüber. Irgendwann hatten sie das Gebläse mit feinmaschigem Draht und einem Gitterfenster aus Holzleisten verkleidet. Der Draht war verrostet

und ließ sich ziemlich schnell lösen. Ich trat gegen die Holzleisten, bis zwei davon auseinanderbrachen.
Nur die Ventilatorflügel machten mir Sorgen. Ich konnte an ihnen vorbeischlüpfen, das schon, aber der Motorblock war groß und ölverschmiert. Das würde der kritische Punkt sein. Ich hockte mich einen Augenblick lang hin und schaute mich um. Ich fühlte mich seltsam und stark, als hätte ich von Onkel Earles Whiskey genippt oder an einer von Onkel Beaus selbstgeschnitzten Pfeifen gezogen. Das Dach funkelte und glänzte im Licht der Straßenlaternen.
Die Idee war mir gekommen, als ich das Gebläse bei den Kriegsveteranen gesehen hatte. Es hatte weder Holzleisten noch einen Drahtzaun, und der Motor war klein. Ich hatte gesehen, wie Onkel Beaus Mädchen am Wochenende, als die Baptistenmission ihr Fischfest machte, hindurchkletterten. Myer Johnson hatte die Mädchen weggescheucht und sich beklagt, daß er ständig Arbeit mit diesen Ventilatoren habe – die einzigen, um die er sich nie kümmern müsse, seien die auf dem Woolworth-Gebäude. Ich wußte, daß Myer sich vor meiner Kusine Deedee wichtig machen wollte, und hörte nicht richtig zu. Aber später fiel es mir wieder ein, und zwar so unvermittelt, daß ich plötzlich, mitten beim Abendessen, zu zittern anfing und Mamas Blick auffing.
»Alles in Ordnung mit dir, Süße?« Ich nickte und ging allein ins Badezimmer. Während ich dastand, mir den Hals naßmachte und im Spiegel in die Augen schaute, dachte ich mir den Plan aus. Ich war tatsächlich seit Jahren nicht mehr in den Woolworth hineingegangen, seit Mama mich beim Stehlen der Tootsie Rolls erwischt hatte, aber ich hatte alles glasklar im Gedächtnis – die langen Reihen der Theken und die trägen Ventilatoren, die sich hoch

oben an der Decke drehten, das große Abzugsloch hinten über der Kurzwarenabteilung. Die Sommer in Greenville waren heiß und stickig, und das Woolworth-Gebäude mit seinen hohen Decken und Ventilatoren war entsprechend entworfen worden. Der Lüftungsschacht hatte eine Abdichtung, die sie im Winter ein- und Ende April wieder ausbauten, aber ich erinnerte mich, daß ich einmal gesehen hatte, wie sie herausfiel. Es war nur ein locker sitzender Rahmen mit Baumwollisolierung oben drauf. Die Isolierung mußte ziemlich oft ersetzt werden, da die Lüftung undicht wurde, wenn es stärker regnete.

Dieser Schacht würde sich mit einem kräftigen Stoß öffnen lassen. Ich sah es genauso klar vor mir wie das Gesicht des Mannes, der den Laden immer noch führte – Tyler Highgarden. Ich kannte seine nervösen, mageren Kinder aus der Grundschule. Wenn sie nicht solch traurige, erbärmliche Kreaturen gewesen wären, hätte ich meine Cousins schon dazu überredet, sie für die Sünden ihres Vaters zu verprügeln, aber sie waren den Aufwand gar nicht wert. Trotzdem hatten mich Tyler Highgarden und die Demütigung im Woolworth jahrelang gepiesackt, waren immer in meinem Hinterkopf. Die Erkenntnis, daß ich etwas dagegen tun konnte, war viel zu erregend, um sie nicht in die Tat umzusetzen.

Die Ventilatorenflügel waren nicht scharfkantig, nur schmierig und voller Staub. Ich nahm vorsichtig Maß und ging dann zum Wasserturm zurück und zog meinen Haken heraus. Ich rollte das Seil auf und band es an den Zacken fest. Ich würde ihn vor mir in die Dunkelheit stoßen. Ich glaubte nicht, daß er irgendwo hängenblieb, ebensowenig wie ich selbst. Nicht einmal als Waffe sah ich ihn. Alles, was ich wußte, während ich zwischen den dreckigen Flügeln hindurchkletterte und mich an dem Motorblock vorbeizwängte, war, daß ich diese scharfen Spitzen bei mir haben wollte. Ich war ein bißchen ängstlich und fast davon überzeugt, daß man mich erwischen würde, aber diese Spitzen waren hart und verläßlich und spürbar gefährlich, so wie ich auch sein wollte. Ich konnte sie nicht zurücklassen.

Das Lüftungsrohr wurde auf der anderen Seite des Ventilators breiter, und an einem Filter aus stachligem Material zerkratzte ich mir die Finger. Ich löste ihn auf meiner Seite von der Wand, krabbelte durch den Schlitz, drückte ihn hinter mir wieder fest und schob den Haken vor mir her ins Dunkel. Ich war überhaupt nicht vorgewarnt, als der Haken plötzlich gegen eine scharfe Biegung des Rohrs knallte und mir aus der Hand glitt. Ich fiel hinterher, schlug mit der Schulter auf einem dicken Kissen aus Baumwollwatte und einer Ecke des Rahmens auf, der die Isolierung hielt und den Lüftungsschacht verschloß. Der Rahmen ächzte und verrutschte, löste sich auf einer Seite aus der Verankerung und klappte nach unten auf. Der Haken fiel vor mir hinunter, mit einem lauten Scheppern. Ich erwischte gerade noch die Kante der Lüftungsabdeckung, hielt mich einen Augenblick lang fest und folgte dann dem Haken. Unterm Fallen biß ich mir auf die Zunge, und es war ein Wunder, daß ich nicht schrie. Ich schrammte an dem Regal entlang, auf dem Schnittmusterbücher ausgestellt waren, und krachte auf eine Glastheke, die mit einem dumpfen Knakken unter mir zersprang. Ich schnappte nach Luft und registrierte im selben Augenblick, daß die Zinken des Hakens aus einem anderen Glasgestell herausragten, nur Zentimeter von meinem Hintern entfernt.

»O mein Gott«, flüsterte ich. »Heiliger Heiland.« Meine Hüfte tat weh an der Stelle, wo ich aufgeschlagen war, aber ich schien mir nichts gebrochen zu haben.

Plötzlich war ich schweißnaß und zitterte. Ich rollte von

der Theke herunter, zerbrach mit den Turnschuhen noch mehr Glas, während ich versuchte, auf die Füße zu kommen. Als ich endlich im Gang stand, sah ich, daß meine Hände mit einem feinen Staub überzogen waren, der in dem Dämmerlicht wie Diamanten glitzerte. Ich atmete tief durch und schaute mich um. Über mir hing die Lüftungsabdeckung herunter, am Rahmen klebte noch die Baumwollisolierung. In der Nähe des Eingangs glaubte ich, die Bewegung eines Schattens zu erkennen. Das war wahrscheinlich Grey, der darauf wartete, daß ich ihn hereinließ, aber im Laden selbst war alles vollkommen still, die Luft abgestanden, und es roch nach süßem Parfüm und billiger Kleiderstärke.
Ich zog meinen Haken aus dem Glasgestell heraus und machte mich auf den Weg zu den Eingangstüren. Glassplitter von der Kurzwarentheke knirschten unter meinen Füßen. Ich blieb stehen und sah zu Boden. Plastikfingerhüte, Garnrollen und Nähnadeln waren um mich herum verstreut. Ein halbes Dutzend Taschenspiegel lag in einer ordentlichen Reihe da, einer auf dem anderen. Ein Lichtreflex fing meinen Blick ein. Ich lächelte und trabte los. Der Süßigkeitenstand war näher an den Eingang gestellt worden. Ich erkannte die beiden übereinandergestapelten Kästen mit Nüssen direkt neben der Popcornmaschine. Ich schwenkte den Haken in meiner Hand vor und zurück, während ich darauf zuging, spürte, wie sich das Grinsen in meinem Gesicht ausbreitete und mein ganzer Körper vom Rückgrat aus lockerer wurde. Wie lange war es her, seit ich hier gewesen war? Wie lange, seit ich vor der Süßigkeitentheke gestanden und den speziellen Woolworth-Geruch nach Staub und billigen Waren eingeatmet hatte? Ich schwenkte den Haken vor und zurück, vor und zurück, ließ das lose Ende des Seils durch die Finger

gleiten, vor und zurück – und ließ los, direkt in die Kästen mit den Nüssen hinein. Das Glas splitterte, und die Nüsse rieselten. Ich spürte, wie ein elektrischer Stoß durch meinen Arm schoß, bis zur Schulter hoch; ein Fluß aus Nüssen ergoß sich aus den Kästen, eine Flutwelle aus Nüssen, eine Lawine. Ich fing an zu kichern, ein hohes, gepreßtes Lachen. Als das Geräusch aufhörte, sah ich, daß die Kästen ein Schwindel waren. Nicht mehr als fünf Zentimeter Nüsse waren in jedem drin, gegen die gläserne Vorderscheibe gedrückt, der Rest war mit Pappe gefüllt.
»Billige Schleimscheißer«, sagte ich laut. Eine dünne Lage Nüsse bedeckte den Boden, manche rollten noch ein Stück. »Verdammt billig.«
Ich hörte, wie Grey gegen die Doppeltüren am Eingang hämmerte, und rannte zu ihm. Er war so ungeduldig, daß ich befürchtete, er würde das Glas durchschlagen. »Hör auf«, brüllte ich und rannte zum Schaufenster, in dem ein Wagenheber ausgestellt war. Aber während ich das Werkzeug zur Tür schleppte, bearbeitete Grey weiter die Glasscheiben. »Blöder Trottel«, fauchte ich ihn an, doch er grinste nur. Ich zwängte die Fußstütze und den Hebel jeweils in den Spalt zwischen der Mittelstrebe und den beiden Türen. Zwei Kurbeldrehungen, ein Knacksen, und die Türen gingen auf. Grey schoß an mir vorbei wie ein Hund, dem der Schwanz brennt, während ich den Wagenheber aus dem Weg räumte. Am liebsten wäre ich zu dem Lüftungsschacht hochgeklettert und hätte die Klappe wieder geschlossen, aber es gab keine Möglichkeit, hinaufzukommen. Ich hatte mir vorgestellt, daß Tyler Highgarden den Kopf schüttelte und sich fragte, wie wir ihm das angetan hatten. Wenn natürlich wie jetzt die Isolierung herunterhing, würde jeder wissen, wie wir in den Laden gekommen waren.

»O Mannomann!« krähte Grey, und ich hörte erneut Glas splittern. Er hatte die Scheibe der Messertruhe zertrümmert und stopfte sich glücklich die Taschen mit Klappmessern aller Größenordnungen voll. Ich schlang die Arme um mich, umfaßte meine Schultern und zuckte nur mit den Achseln. Eine Brise wehte durch die offenen Türen herein und wirbelte den Staub auf dem Boden auf. Ich ließ den Blick über Grey hinweg auf all die ausgestellten *Sachen* schweifen. Überall Schrott: Schuhe, die im Regen zu Papier wurden, Kleider, die an den Nähten aufplatzten, fade Süßigkeiten, Make-up, von dem man Pickel bekam. Was gab es hier, das ich brauchen konnte? Ich erinnerte mich an die Gläserreihen mit eingemachtem Gemüse und Obst in Tante Raylenes Haus – Reihen mit Tomaten und Gumboschoten, Pfirsichen und grünen Bohnen, Brombeeren und Pflaumen, die sich Regal um Regal in ihrem Keller ausbreiteten. Das war schon etwas wert. Das ganze Zeug hier kam mir geschmacklos und nutzlos vor. Ich biß mir auf die Lippen und ging meinen Haken holen.

Grey rannte die Gänge auf und ab, griff nach irgendwelchen Sachen und ließ sie wieder fallen. »O Mannomann, wir sin ein Team«, flüsterte er mir zu, schüttelte den Kopf und lachte. Er schnappte sich in der Bettwäscheabteilung einen Kissenüberzug, lief damit zum Eingang vor und füllte ihn mit Zigaretten.

»Ja«, flüsterte ich. Ich trat gegen das Gestell vor mir. Es war voll mit Bilderrahmen – Holz, Plastik und glänzendes Metall. Die großen sahen genauso aus wie die, in denen James und Madeline ihre Familienfotos aufbewahrten. Einen Augenblick lang verspürte ich den Wunsch, sie zu zertrümmern, aber es waren ja nicht ihre, auch wenn es die gleiche billige Marke war, die sie nie zugeben würden gekauft zu haben. Ich schwenkte meinen Haken vor und zurück, versuchte mir zu überlegen, was ich wirklich wollte, wen ich wirklich verletzen wollte. Die Augen taten mir weh, und meine Handflächen waren aufgerieben und brannten. Ich fühlte mich, als würde ich gleich zu weinen anfangen. Grey juchzte noch einmal »O Mannomann«, und ich spürte, wie sich in meiner Kehle etwas Hartes und Böses nach oben schob.

Ich drückte den Haken fest gegen meinen Bauch und rannte wieder zur Tür, rief unterwegs nach Grey. Er nahm immer noch Sachen in die Hand und warf sie wieder weg, der Kissenbezug war an den Gürtel seiner Jeans geknotet. Es dauerte zwanzig Minuten, bis er endlich zu mir kam. Er zitterte, sein braungebranntes Gesicht war gestreift von Schweiß und Staub. Sein Mund bewegte sich, öffnete und schloß sich, aber es kam kein Ton heraus. Er hatte sich die Hemdzipfel eng um die Taille gebunden, um das Zeug, das er nicht tragen konnte, verstauen zu können. Ich legte ihm die Hand auf den Arm.

»Komm jetzt. Wir können die Tür nich zusperren.« Ich drückte seinen Arm und spürte an dem harten Muskelstrang unter meinen Fingern, wie aufgeregt er war. »Und du kannst eh nix mehr tragen.«

Er zwinkerte mir zu, kam mit dem Gesicht nah an meins heran. »Das werd ich nie vergessen, Finger«, sagte er. »Nie im Leben.« Ich nickte feierlich, und auf seinem Gesicht breitete sich ein Lächeln aus. »O Mannomann!« flüsterte er noch einmal, als er hinausging, und diesmal klang er wie ein glückliches Kind.

Ich schob die Doppeltüren zusammen, so daß sie geschlossen aussahen, und rannte Greys Schatten nach. In der State Street direkt vor der Texaco-Tankstelle kamen wir an einer kleinen Gruppe graugesichtiger Männer vorbei, die alle meinen Onkeln so sehr glichen, daß mir der Hals eng

wurde. Ich schrie ihnen im Vorbeilaufen zu: »Die Türen von dem verdammten Woolworth stehn offen. Es is offen. Der ganze Laden is weit offen.«
Sie schauten uns an, mich mit dem Haken fest gegen den Bauch gedrückt, Grey, der unter dem Gewicht seiner Tüten stolperte und dem die Sachen aus dem Hemd quollen. Ich sah, wie sich einer umdrehte und die State Street hoch zum Woolworth-Gebäude blickte. Ein anderer ließ seine Zigarette fallen und fing zu laufen an. Ich wußte, am Morgen würde es nicht einen Schaukasten geben, der nicht geöffnet war, nicht eine Theke, die nicht abgeräumt war. Das war es, was mich glücklich machte, der Klang dieser Stiefel auf der Straße und der Gedanke daran, was diese Männer alles nach Hause tragen würden. Meine alte Empörung über Tyler Highgarden kam mir im Vergleich dazu dumm vor.
Unter meinen verschwitzten Fingern spürte ich, daß die schwarze Farbe von der Eisenspitze eines Zinkens dieses Hakens abblätterte. Den Rest konnte ich sicher abkratzen. Meine Wut pochte in mir. Vielleicht würde ich, wenn das Metall wieder sauber und rein und glänzend war, eine Nacht auf den Kopf stellen. Vielleicht würde ich den ganzen Weg zu Onkel James' Haus zu Fuß gehen und meiner Mama ein oder zwei Rosensträucher ausgraben.

16

Am nächsten Tag war ich schläfrig; und nervös. Das Hochgefühl war verflogen. Ich wartete ständig darauf, daß etwas passierte, daß jemand hereinkam und mich mit dem, was Grey und ich getan hatten, konfrontierte. Es war so leicht gewesen, zu Tante Alma und zu Reese ins Bett zurückzukehren, ohne daß irgend jemand etwas merkte – zu leicht. Die ganze Nacht schreckte ich immer wieder hoch, bis schließlich das Zimmer von Tageslicht überflutet war. Reese lag nahe der Bettkante noch in tiefem Schlaf, aber nebenan hörte ich Temple reden. Ich stand auf und zog mich an, bemühte mich, so auszusehen, als hätte ich all den Schlaf, den ich brauchte, gehabt.

Tante Alma war mit Mama bei Tante Ruth geblieben. Patsy Ruth beschwerte sich, weil sie ganz allein gewesen war und es nicht einmal gewußt hatte. Garvey und Klein-Earle war es egal. Sie stritten heftig darüber, ob Klein-Earle in Garveys neue Mundharmonika gespuckt hatte oder nicht. Ich schaute immer wieder in Greys strahlendes Gesicht und wunderte mich, warum niemand sonst bemerkte, wie selbstzufrieden er grinste, aber es herrschte zu große Verwirrung. Sie schauten ihn nicht einmal an.

Temple war vorbeigekommen, damit wir alle etwas zum Frühstück bekamen; an ihrem dicken Bauch konnte man sehen, wie bald sie schon ihr erstes Kind haben würde. Sie richtete sich immer wieder auf und stemmte die Hände hinter die Hüften, als hätte sie Schmerzen. Jeder bekam von ihr eine Schüssel Hafergrütze mit Käse, und in die Mitte stellte sie eine Platte mit gebratenem Rückenspeck.

»Patsy Ruth und Klein-Earle.« Sie sprach die Namen aus, als wären die beiden streunende Hunde. »Ich hab Mama versprochen, daß ich dafür sorg, daß ihr rechtzeitig in der Schule seid, also beeilt euch 'n bißchen.« Sie wischte Fettspritzer vom Rand der Platte ab und stellte eine Schüssel mit Butter daneben. »Finger, deine Mama hat gesagt, ihr sollt dableiben, bis sie euch abholt. Aber vielleicht wird es Nachmittag, bis sie herkommen kann, also laß Reese so lang schlafen, wie sie will.«

»Warum müssen wir in die Schule und Finger und Reese nich?« Klein-Earle war beleidigt.

»Ich weiß es nich, und es is mir auch egal.« Temple hörte sich an, als wäre sie schon seit zwanzig Jahren verheiratet. »Ich weiß nur, daß ihr hingeht. Wenn ihr wissen wollt, warum, dann könnt ihr Mama fragen, wenn sie heut abend heimkommt. Und jetz muß ich mich um Kaulquappe kümmern, die kommt heut mit zu mir.«

Ich steckte mir ein Stück Rückenspeck in den Mund und ging mit dem Buch, das ich von Tante Raylene bekommen hatte, *The Lion, the Witch and the Wardrobe* von C. S. Lewis, ins Wohnzimmer. Ich liebte die Geschichte, aber ich war so müde, daß ich einschlief und erst wieder aufwachte, als mir Mama die Hand auf die Schulter legte.

»Wo is Reese, Finger?« Ihre Stimme klang merkwürdig.

»Ich glaub, sie schläft noch, Mama.« Ich stand von der Couch auf und folgte ihr in Almas Küche. Sie warf die Handtasche auf den Küchentisch und ließ sich schwer auf einen der Metallstühle fallen. Sie hatte gerötete Augen, die Wimperntusche war verschmiert. Still saß sie da und schaute mich an. Ich konnte ihren Gesichtsausdruck nicht deuten.

»Mama, hab ich irgendwas falsch gemacht?«
»Nein. Nein, Kleine.« Sie schüttelte den Kopf, schaute mir einen kurzen Moment lang in die Augen und dann wieder weg. »Du hast nix damit zu tun.« Sie öffnete die Handtasche, nahm ihre Pall Mall heraus, zündete sich eine an und fuhr sich mit der anderen Hand durch die Haare. Ich holte ihr einen Aschenbecher.
»Soll ich Kaffee machen?«
»Nein, Kleine.«
Ich setzte mich an den Tisch. »Is Alma noch bei Ruth?«
Sie nickte, hielt inne und schaute mich direkt an. »Finger, deine Tante Ruth is heute früh gestorben.« Ihre Augen glitzerten. Ich wartete darauf, daß sie zu weinen anfing, aber sie weinte nicht. Sie saß nur da und rauchte. Ich schaute meine Hände an. Ich konnte nicht glauben, was sie gesagt hatte. Tante Ruth war tot? Nein. Mama räusperte sich.
»Alma is noch bei Travis und Raylene. Ich bin nur gekommen, um dich und Reese zu holen. Es gibt 'nen Haufen zu tun. So viel, daß ich noch gar nich klar denken kann.«
»Es tut mir leid, Mama.« Meine Stimme brach. Ich schluckte schwer, wollte weinen, aber es kamen keine Tränen. Sogar nach all dieser Zeit hatte ich nicht erwartet, daß Tante Ruth wirklich starb. Jeder hatte gesagt, sie würde es durchstehen, so wie bisher auch. Mama hatte so geredet, als wäre diese Krankheit etwas, das man einfach nur abwarten mußte, als bräuchte Ruth einfach nur Zeit und Ruhe, um wieder gesund zu werden. Jeder hatte so geredet. Dann erinnerte ich mich daran, wie dünn sie gewesen war, als ich bei ihr wohnte, wie gebrechlich und schwach, wie es sie geschüttelt hatte, wenn sie lachte, wie sie mich angeschaut hatte, als sie mich fragte, ob sie sterben würde. Ich hatte es gewußt, natürlich hatte ich es gewußt. Der Tod war es gewesen, woran

Tante Ruth die ganze Zeit gedacht hatte. Der Tod war der Grund gewesen, warum sie soviel geredet hatte, so intensiv, und das Feuer, das sie von innen her verbrannte, auch das war der Tod gewesen. Bei jedem Atemzug und jedem Lachen und jeder weggewischten Träne war sie ein Stück gestorben. Ich hatte es gewußt, aber trotzdem hatte ich mir vorgestellt, Tante Ruth würde immer so weitermachen, ihr Sterben ewig vor sich haben. Das Märchen erhielt dadurch Nahrung, daß ich sie, anders als im Sommer, nicht jeden Tag sah. All diese Monate hatte ich gewußt, was da drüben in jenem Haus vor sich ging, es gewußt und geleugnet, weil ich nichts anderes tun konnte.

»Ruth war nie hübsch, weißte.« Mamas Stimme überraschte mich. Ich schaute auf die Küchenuhr, aber das Licht über dem Herd war nicht an. Im Aschenbecher lag ein halbes Dutzend Kippen, und Mamas Wimperntusche war noch schlimmer verlaufen. Ich fuhr mir mit der Zunge über die Lippen.

»Tante Alma sagt, sie war was Besonderes.«

»Ach.« Mama zuckte mit den Achseln. Sie wischte sich über die Wangen, schmierte die Wimperntusche wieder zu den Schläfen hoch. »Das sagen sie immer, wenn 'n Mädel 'n auffälliges Gesicht hat und nich häßlich, aber auch nich hübsch is. Als wir noch klein warn, da hätt Ruth, glaub ich, so ungefähr alles dafür hergegeben, nur damit sie hübsch is. Wenn sie gedacht hat, daß sie keiner sieht, is sie immer vor dem Garderobenspiegel von Oma gestanden und hat sich angeschaut, aber ich hab sie nie damit aufgezogen. Das haben schon zur Genüge die Jungs besorgt.« Mama drückte ihre Zigarette aus. »Die Wahrheit is die, eigentlich hat sie mich großgezogen. Daddy war damals schon weg, und Oma lief ständig hinter den Jungs oder deiner Tante Alma her, die ständig in irgendwelche

Schwierigkeiten kam. Ruth war diejenige, die für mich da war, mit der ich reden konnt. Einmal hat sie mir erzählt, daß sie gern so getan hat, als wär ich ihr Kind. Ich war das Baby, hatte gerade mit der Schule angefangen, als sie Travis geheiratet hat und 'n Stück weiter die Straße runtergezogen is. Sie war fast genausooft bei uns wie zu Hause, hat für Oma gekocht und hinter uns hergeräumt. Travis is immer wütend geworden und hat gegen die Tür gehämmert und gebrüllt, sie soll ihren Arsch bewegen und zu ihm heimkommen.«

Mama zog die Lippen zwischen die Zähne und biß sich leicht auf die Unterlippe. Das hatte ich oft bei Tante Ruth gesehen, auch ich machte es, wenn ich nervös war. Jetzt brachte es mich fast zum Weinen. Ich wischte mir über die Augen, beobachtete, wie Mama sich mit dem Handrücken über ihre Augen wischte.

»Aus irgendeinem Grund hat Ruth geglaubt, daß sie keine Kinder kriegen könnt. Sie war so glücklich, als sie schwanger geworden is. Ich hab nie verstanden, warum sie unbedingt Kinder haben wollt. Jede andre hat nur geheult und gejammert, wenn's soweit war, aber Ruth hat ein Riesentheater drum gemacht, gelacht und gesungen und Babykleider genäht. Dann hab ich sie mal gefragt, warum sie so glücklich drüber is, und sie starrt mich an, als wär ich völlig übergeschnappt. Sagt zu mir, das is der Beweis. Die Schwangerschaft is der Beweis, daß irgend'n Mann dich irgendwann mal für hübsch gehalten hat, und je mehr Kinder sie kriegt, desto eher weiß sie, daß sie was wert is. Ich hab fast geflennt, und gleichzeitig hätt ich ihr am liebsten eine gescheuert, weil sie so daherredet, so redet, als wär sie selber gar nix wert. So redet, als hätt meine Liebe gar nix damit zu tun, ob sie was wert is oder nich!«

Ich mußte daran denken, wie oft ich in den Badezimmerspiegel starrte und erkannte, daß ich nicht hübsch war; wie ich dieses Gefühl haßte. Ein kalter Schauer lief mir über den Rücken, als hätte Tante Ruth gerade mein Rückgrat berührt. Mama schüttelte den Kopf, öffnete ihre Tasche, wühlte darin herum und zog eine Serviette heraus. Vorsichtig tupfte sie sich damit die Wimperntusche ab. »Geh und hol mir die Hautcreme, Finger. Ich muß die Schmiere wieder wegkriegen.«

Ich lief ins Badezimmer und schnappte mir die Dose mit Noxzema. Reese stand im Bad, die Haare ganz verstrubbelt und die Augen verklebt von zuviel Schlaf. »Warum haste mich nich aufgeweckt?« jammerte sie. »Wo sinse denn alle?«

»Alle sin weg, aber Mama is da. Wasch dich und komm in die Küche.« Ich eilte davon. Mama würde es ihr sagen müssen. Ich konnte es nicht.

Als ich zurückkam, saß Mama noch genauso da wie zuvor, die Hand mit der Serviette vor den Augen, aber jetzt weinte sie wirklich. Große Tränen quollen hervor und rollten über ihr Gesicht. Ich rannte zu ihr hin und schlang die Arme um ihre Schultern. Einen Augenblick lang hielten wir uns umklammert, und dann, ganz verlegen, befreite sie sich und schob mich ein Stück von sich weg.

»Du hast sie auch lieb gehabt, Finger, oder?« Sie schaute mir fest in die Augen, als könnte sie in mich hineinsehen. »Weißte, wie lieb sie dich gehabt hat?«

Ich nickte. Ich konnte nichts sagen. Mama drückte mich an sich, wiegte mich an ihrer Brust. Sie drückte meine Schultern und schüttelte mich ein bißchen.

»Ach, mein kleines Mädel«, flüsterte Mama. »Ich würd so gern sagen können, daß Ruth gewußt hat, wie schön sie war.«

17

Reese war zuvor noch nie auf einer Beerdigung gewesen, und ich wußte nicht genau, wie wir uns benehmen sollten. Aber Reese zerbrach sich nur den Kopf darüber, was wir anziehen würden. »Müssen wir uns nich schwarze Kleider kaufen?« fragte sie immer wieder. »Mama, wann kriegen wir unsre schwarzen Kleider?« Es klang, als stellte sie sich bereits vor, wie sie am Tag nach der Beerdigung in ihrem neuen schwarzen Kleid in die Schule ging. Es war noch nicht so lange her, da hätte ich das gleiche gedacht. Jetzt konnte ich nur an Tante Ruth denken und daran, wie sie den ganzen letzten Sommer über mit mir geredet hatte. Wenn Mama Reese beschwichtigte und ihr sagte, sie könne doch einfach ihren dunkelblauen Rock und eine weiße Bluse anziehen, ging ich hinaus und setzte mich auf die Verandastufen, zog die Knie hoch bis zur Brust.

In meinem Inneren war eine harte, schmerzhafte Stelle, die mich drückte, nicht mein Herz, aber genau über dem Herzen. Ich erinnerte mich an den Blick von Tante Ruth, wenn sie mich anlächelte, wie dünn sie gewesen war mit ihren Vogelfingern und den fiebrigen Augen. Aber am besten erinnerte ich mich daran, wie sie mit Earle gelacht und dann all jene langen Stunden an den heißen Nachmittagen in die Ferne gestarrt hatte.

»Können wir miteinander reden oder nich?« hatte sie mich gefragt. Ich hatte es versucht, aber am Ende log ich.

Ich sagte ihr nicht, daß sie sterben würde, sagte ihr nicht die Wahrheit über meine Angst vor Daddy Glen. Ich sagte ihr nicht, daß ich wußte, was er dachte, wenn er mich anschaute, daß ich in seinen Augen nicht nur Verwirrung und Wut erkennen konnte, sondern etwas noch Heißeres und Böseres. Ich sagte ihr nichts davon, wie er mich berührt hatte. Ich schämte mich zu sehr. Mama glaubte, die Antwort darauf sei, mich aus dem Haus zu schaffen und von Daddy Glen fernzuhalten, glaubte, mit der Zeit würde alles gut werden, wenn wir nur Geduld hatten, ihn liebten und ihm das Gefühl gaben, stark und wichtig zu sein. Aber es änderte sich nichts, und nichts wurde wirklich gut, es wurde nur alles aufgeschoben. Jedesmal, wenn sein Daddy etwas Grobes zu ihm sagte, jedesmal, wenn er die Rechnungen nicht bezahlen konnte, jedesmal, wenn Mama zu müde war, um seine Launen durch Schmeicheleien oder Neckereien zu vertreiben, wandten sich Daddy Glens Augen mir zu, und mein Blut erstarrte zu Eis. Das hatte ich Tante Ruth nie erzählt, keinem hatte ich das je erzählt. Ich wußte nicht, wie.

Mein Kopf tat so weh, daß ich Daddy Glen gar nicht schreien hörte. Ich saß immer noch zusammengekauert auf der Veranda, als er durch die Vordertür herauskam.

»Ich hab dich gerufen, Mädel.« Er packte mich bei den Schultern. Er hatte noch keine Zeit gehabt zum Duschen, und sein Gesicht war schweißnaß, seine Arbeitskleidung roch nach Milch. Ich schaute haßerfüllt zu ihm hoch und bemerkte, wie seine Pupillen klein und hart wurden.

»Ich hab dich nich gehört«, sagte ich schlicht, kühl.

»Und ob du mich gehört hast.« Er zog mich auf die Füße hoch.

»Hab ich nich«, brüllte ich ihn an. Das Blut pochte in meinem Kopf. »Ich hab dich nich gehört. Du hast nich das

Recht, mich ’nen Lügner zu nennen.« Durch die offene Tür hindurch konnte ich sehen, wie Mama aus der Küche kam, sich dabei die Hände an einem Geschirrtuch abwischte.

»Glen«, rief sie. »Glen.«

»Glaubste, nur weil deine Tante gestorben is, kannste mir patzige Antworten geben?« Daddy Glen spuckte fast vor Zorn. »Du glaubst wahrscheinlich, du kannst jeden verdammten Scheiß erzählen, der dir einfällt! Zeit, daß du auf andre Gedanken kommst.«

Er zerrte mich ins Haus. Reese sprang von der Couch hoch und rannte ins Schlafzimmer. »Glen«, rief Mama noch einmal, kam hinter uns her, aber er ließ sich nicht aufhalten. Meine Schulter knallte gegen die Türklinke, als er mich vor sich her ins Badezimmer stieß. Ich stolperte und wäre auf den Boden gefallen, wenn er nicht immer noch meinen Arm festgehalten hätte. Die Tür krachte hinter uns zu.

»Glen! Tu das nich, Glen!« Mama hämmerte gegen die Badezimmertür.

Ich stand da und schaute zu Daddy Glen hoch, den Rükken gerade und die Hände neben meinen Oberschenkeln zu Fäusten geballt. Sein Gesichtsausdruck war starr, sein Hals leuchtend rot. Er hielt mich mit einer Hand fest, und mit der anderen zog er seinen Gürtel aus den Hosenschlaufen. »Untersteh dich und sag noch ein Wort«, zischte er. »Wag es ja nich.«

Nein, dachte ich. Bestimmt nicht. Kein Wort, kein Schrei, nichts diesmal.

Er schob mich mit der Hüfte gegen das Waschbecken, hob mich ein Stück hoch und drückte meinen Oberkörper nach unten. Ich streckte die Hände aus und bekam den Porzellanrand zu fassen, paßte auf, daß ich nicht Daddy

Glen erwischte, ihn nicht berührte. Nein. Nein. Nein. Er raste, schäumte, die Schläge trafen genausooft die Wand wie mich. Hinter der Tür schrie Mama. Daddy Glen grunzte. Ich haßte ihn. Ich haßte ihn. Der Gürtel sauste auf und ab. Feuer an meinen Schenkeln. Schmerz. Hatte Tante Ruth einen Schmerz wie diesen gespürt? Hatte sie geschrien? Ich würde nicht schreien. Ich würde nicht, würde nicht, würde nicht schreien.

Danach war es so still, daß ich mein eigenes Herzklopfen hören konnte. Die Geräusche kehrten langsam wieder. Auf dem Waschlappen waren Blutflecken, als Mama ihn ausspülte. Ich schaute zu, dumpf und leer. Ich lag an ihrer Hüfte, auf dem Ehebett. Das Haus war kalt. Aus dem Radio ertönte leise die Stimme von Conway Twitty. Sie sang: »But it's on-ly ma-ke be-lieve.«
»Warum, Süße? Warum haste dich so aufführen müssen? Morgen is die Beerdigung, Raylene erwartet, daß wir mit ihr zusammen bei Ruth saubermachen, bevor alle eintrudeln, Almas Baby is krank, und jetz ...« Sie legte mir den kühlen Waschlappen auf den Nacken. »Finger. Isses wegen Ruth? Haste Glen deswegen auf einmal angebrüllt? Süße, du weißt doch, daß du das nich machen kannst.«
Ihre Haut war so blaß, die Schatten unter ihren Augen so dunkel. Sie hatte sich den Lippenstift abgewischt, aber auf ihrem Kinn war noch ein kleiner Farbtupfer. Ihre Lippen bebten. Sie zündete sich mit zitternden Fingern eine Zigarette an, ließ dabei eine Hand auf meiner Schulter liegen. Ich spürte die Knochen in dieser Hand. Ich hörte, wie sie flüsterte, als redete sie mit sich selbst: »Ich weiß einfach nich, was ich tun soll.« Ich schloß die Augen. Es gab nur eine Sache, die zählte. Ich hatte nicht geschrien.

Die Nacht vor der Beerdigung verbrachte ich mit Tante Raylene im Haus von Tante Ruth, half ihr, alles ein bißchen herzurichten und eine Schinkenkeule und zwei Aufläufe zuzubereiten, einen mit Nudeln und Käse und eine große Kasserolle mit verschiedenen Gemüsesorten im Teigmantel. Deedee hatte sich den ganzen Abend lang in ihrem Schlafzimmer eingesperrt und Radio gehört, und Travis war immer noch in der Leichenhalle, als Tante Raylene mich ins Bett schickte. Ich wachte spät auf und mußte mich beeilen, um noch baden zu können, während Tante Raylene das Frühstück aus Biscuits und gebratenem Schinken machte. Am Abend davor hatte ich darauf geachtet, daß Raylene die Striemen auf meinen Beinen nicht sah, als sie mich in Butchs altem Zimmer ins Bett brachte. Sie war so abgelenkt gewesen, daß sie nichts bemerkt hatte. An diesem Morgen hatte ich keinen Appetit, aß aber gehorsam ein Schinkenbiscuit und trank den Rest von Tante Raylenes Kaffee aus, während sie sich fertig anzog. Dann ging ich auf die Veranda hinaus und wartete auf sie. Im Radio lief »Get a Job« von den Silhouettes, der Refrain klang abgehackt und gehetzt, hallte laut wider in der Morgenluft. Deedee saß im Nachthemd auf dem Schaukelstuhl, ihre Haare waren noch mit Klammern in Wellen gelegt.

»Ich hasse diese verdammte Hillbilly-Musik, schon immer«, sagte sie, als wollte sie ein ganz normales Gespräch mit mir anfangen. Ich starrte sie an.

»Du mußt dich anziehn. Tante Raylene is gleich fertig.« Ich schaute mich suchend um, aber Onkel Travis' Laster war immer noch nicht aufgetaucht, und sonst war niemand da. Deedee sah aus, als hätte sie überhaupt nicht geschlafen. Sie rauchte eine Chesterfield ohne Filter, ihre Hand zitterte leicht, als sie gierig daran sog, und ihre

Augen waren blutunterlaufen und gegen das Sonnenlicht zusammengekniffen.

»Aber das is die einzige Musik, die Mama hören wollt.« Sie fuhr fort, als hätte ich kein Wort gesagt. »Ein einziges Geheul, Gejohle, Geplärr, absoluter Schund. Is jedesmal wütend geworden, wenn ich meinen Sender eingestellt hab, hat es Niggermusik genannt. Hat gesagt, die Musik würd mich verderben. Als hätt sie mir nich schon vorher ständig gesagt, wie verdorben ich bin.« Deedee hatte ein Bein angezogen, ein Arm lag auf dem Knie, so daß die Zigarette genau vor ihrem Mund plaziert war. In der anderen Hand hielt sie eine fast leere Schachtel, und auf dem Boden lag eine Streichholzschachtel neben einer Untertasse voller Asche.

Im Radio gab es eine Pause, ein Knistern, und dann kam andere Musik. »Elvis Presley und die Jordanaires«, verkündete der Discjockey, »auf dem Festplatz in Spartanburg kommenden Sonntag nachmittag. Ich werde dort sein, da könnt ihr drauf wetten. Und hier ist der Mann selbst.« Die Musik, die leise im Hintergrund gespielt hatte, wurde jetzt lauter. »I got a woman mean as she can be ...«

»Ich hab Elvis jetzt schon dreimal gesehn. Was hältst du davon, Schafskopf? Magst du Elvis?« Deedee schaute mich geradezu haßerfüllt an.

Ich zuckte mit den Achseln. »Geht schon. Ich hab ihn noch nie gesehn.«

»Du hast noch nie was gesehn.«

»Nein.«

Deedee warf die Kippe über das Verandageländer und funkelte mich an. »Sie hat dich nämlich geliebt, verdammt viel mehr als mich.«

Ich sagte nichts. Tante Raylene kam heraus, zog sich gerade die Handschuhe an. »Deedee, du frisierst dich jetzt besser und ziehst dich an. Du hättst schon vor ’ner halben Stunde fertig sein sollen. Travis is schon bei der Leichenhalle unten.«

»Der is die ganze Nacht dort gewesen.« Deedee zog beide Füße hoch auf den Schaukelstuhl und legte sich eine Hand über die Augen. »Ich hab Grey mit seinem guten Anzug rübergeschickt, als mir klar war, daß er nich heimkommt.«

»Tja, das hätt ich mir eigentlich denken können.« Tante Raylene strich Deedee leicht über die Wange, und zum erstenmal bemerkte ich den schwachen Glanz von Tränen. »War gut, daß du dafür gesorgt hast, daß er seinen Anzug hat. Jetzt komm, Mädel. Steh auf und zieh dich an. Wir haben keine Zeit dafür, daß du hier auf der Veranda Trübsal blasen kannst.«

Deedee ließ die Hand in den Schoß sinken und schüttelte heftig den Kopf. »Ich geh nich hin.« Sie fuhr sich mit der Zunge über die Lippen und räusperte sich. »Hörst du, Raylene, ich mach das nich. Da hingehn und mich von jedem anjammern lassen. Mama wär’s egal, und ich kann genausogut hier weinen.«

»Deedee, steh auf.« Tante Raylene gab dem Schaukelstuhl einen Schubs, so daß Deedee das Gleichgewicht verlor und die Füße auf den Boden stellen mußte, um nicht herunterzufallen. »Ich laß mir von dir nich auf der Nase rumtanzen. Du hast fünf Minuten zum Anziehen. Die Haarnadeln kannste im Auto rausnehmen.«

»Ich hab dir gesagt, daß ich nich hingeh. Und ich geh auch nich!«

Die Ohrfeige kam für mich genauso überraschend wie für Deedee. Sie legte eine Hand auf ihre Wange, während Raylene zum zweitenmal ausholte. »Ich hab gesagt, steh auf.« Tante Raylenes Stimme war leise, aber absolut deutlich. »Damit kommst du bei mir nich durch. Heut abend oder morgen werd ich mit dir über deine Mama reden. Dann kannste nach Herzenslust flennen und meckern, fluchen und schreien, kannst machen, was du willst. Aber jetzt, verdammt noch mal, jetzt gehst du zu ihrer Beerdigung, so wie sie's wollen würd. Wenn du das nich machst, dann wirste dich in zehn Jahren selber hassen dafür, und das werd ich verdammt noch mal garantiert nich zulassen. Also beweg deinen Arsch von dem Stuhl da hoch und wasch dir das Gesicht, bevor ich dich dumm und blöd schlag.«

Deedee zögerte, die Kinnlade war ihr heruntergefallen, und Raylene ließ die Hand sinken. Augenblicklich war Deedee auf den Beinen und im Haus. Wir hörten kurz das Wasser laufen und dann ihre Schritte auf der Treppe. Tante Raylene seufzte und schob ein paar vorwitzige Haare wieder hinter die Ohren. Sie schaute mich aufmerksam an. »Geh und setz dich ins Auto«, sagte sie. »Wir haben keine Zeit für noch mehr Quatsch.«

*

Sie hatten Earle früher aus dem Gefängnis entlassen, damit er zu Tante Ruths Beerdigung gehen konnte. Betrunken erschien er vor der Leichenhalle, hatte zu seinen alten Arbeitsstiefeln einen brandneuen dunklen Anzug an und klammerte sich an den Arm eines lächerlich jungen und knochigen Mädchens, das noch keiner zuvor gesehen hatte. Ich stand mit Raylene und Alma vor dem Eingang, als wir ihn die Treppe heraufkommen sahen. Er nickte mir kurz zu, aber seine Aufmerksamkeit galt seinen Schwestern. Als Raylene nur wütend schnaubte, sagte er zu dem Mädchen, es solle in seinem Laster auf ihn warten.

»Sei nich gemein, Raylene«, sagte er, als das Mädchen wegging. »Die Kleine is das einzige, was mich am Leben hält.«

»Und was tust du für sie?«

»Alles, was ich kann, Schwester, alles, was sie will.«

»Du heiratest sie also?« Tante Alma schaute müde und ungehalten aus.

»Ich werd's tun. Zum Teufel, ja. Bestimmt, ich werd's bestimmt tun.«

»Gottverdammich, Earle, du Narr. Irgendwann wird dich eine deiner Frauen ins Gefängnis stecken lassen.«

»Keine Frau läßt mich jemals ins Gefängnis stecken.« Earle schwankte ein bißchen. »Keine Frau würd das wagen.«

»Ach je, Earle.« Raylene schüttelte den Kopf und zuckte dann mit den Achseln. Sie schlang ihre dicken Arme um seine Schultern und zog ihn an die Brust. »Ich bin einfach froh, daß du da bist.« Als sie ihn losließ, lächelte sie zum erstenmal seit Ruths Tod. »Hat dir den Anzug die Kleine gekauft?«

»Warum? Gefällt er dir nich?« Earle fuhr mit beiden Händen über sein Jackett. Er war so dünn, daß der dunkle Stoff wie Krähenflügel flatterte, als er die Arme abwinkelte. Seine Haare waren immer noch kurz wie Borsten, aber wieder dunkel, als hätte er sie gefärbt. Nur wenn er verlegen grinste, sah er aus wie der alte. »Findste nich, daß sie mir 'n gutes Stück ausgesucht hat?«

»Doch, doch, aber das Beste dran is, daß du's nich selber hast zahlen müssen.«

Beau trug seinen besten dunklen Anzug, aber er paßte ihm nicht besonders gut. Er hob ständig die eine und dann die andere Schulter, versuchte, es sich darin bequemer zu machen. Obwohl er nach Whiskey roch, hatte er seit Jahren nicht mehr so nüchtern ausgesehen – nüchtern, gereizt und so nervös, daß er auf der Unterlippe herumkaute. »Warum, zum Teufel, stehen wir alle hier rum?« Er wandte sich an Raylene, als wäre sie dafür verantwortlich. »Diese Beerdigung hätt schon vor zwei Tagen sein sollen, und jetzt stehn wir da auf der Treppe rum, als ob wir Ruth nie unter die Erde bringen würden.«

»Beau!« Alma sah angewidert aus. »Red nich so. Die Kinder können dich hören.«

Raylenes Stimme klang weich und abwesend. »Wir warten, weil Travis uns drum gebeten hat. Er hofft, daß Tommy Lee, Dwight und D. W. noch kommen und mit uns zum Grab gehen.«

»O Mann! Die Jungs kommen doch nie. Tommy Lee hat seit zwei Jahren keiner mehr gesehn, und das letzte, was ich von D. W. gehört hab, is, daß er nach Kalifornien unterwegs is.« Beau räusperte sich und spuckte aus. »Travis kann anscheinend nich mehr klar denken.«

»Nein, das kann er nich«, fuhr Raylene im selben flachen Tonfall fort. »Und du könntst es auch nich, wenn du an seiner Stelle wärst. Ruth wollte, daß alle ihre Kinder heimkommen, und Travis hat nur versucht, alles so zu machen, wie sie es wollte. Gib ihm noch ein paar Minuten, und dann wird eh der Bestattungsunternehmer eingreifen. Ich will nich, daß du irgendwas zu Travis sagst.«

»Ich sag schon nix.« Beau sah aufgebracht aus. »Bin doch kein Idiot.«

»Komm schon, Beau.« Earle legte Beau die Hand auf die Schulter. »Geh mit mir kurz zum Laster rüber.«

»O Gott!« Alma hörte sich an, als würde sie gleich zu brüllen anfangen. »Jetz sin se gleich alle zwei besoffen.«

»Mir is das egal.« Raylene nahm ihr Taschentuch aus der Handtasche und wischte sich damit den Mund ab. »Wenn Beau was trinkt, weiß ich, wie er sich benimmt. Ich kenn den Mann nüchtern überhaupt nich. Wüßt nich, was er dann tut. Aber wenn Earle ihm was zu trinken gibt, kann er vielleicht sogar weinen. Sollen sich die zwei ruhig umeinander kümmern.«

Beim Grab sah ich Butch; in dem dunklen Anzug, der ihm zu groß war, wirkte er linkisch. Später erzählte er mir, daß er drei Stunden davor gekommen war und den Totengräbern dabei zugeschaut hatte, wie sie über den großen Treibhaussträußen und den mit Bändern verzierten Kränzen einen Baldachin aufgestellt und ihn mit Pflöcken gegen den Wind gesichert hatten. Es war kalt und grau, nichts deutete auf Regen hin, nur ein beständiger rauher Wind wehte und drückte die Blumen nieder. Auf einem Ständer lag ein herzförmiges Gesteck, auf dem in kursiver Schrift *Mutter* zu lesen war. Er stand daneben, die Hände vor dem Bauch ineinander verkrallt.

»Finger«, flüsterte er, als ich mich neben ihn stellte. »Besorg dir lieber 'nen Sitzplatz.«

»Ich will mich nich hinsetzen.« Der Wind schaukelte das Herzgesteck, und wir streckten beide die Hände aus, um es festzuhalten.

»Ich hab gehört, du warst den Sommer über bei ihr.«

»Ja.«

»Ich bin nur einmal zurückgekommen, um sie zu besuchen, kurz vor Thanksgiving. War nur 'n paar Tage da. Bin leider nich dazugekommen, dich zu besuchen.« Seine Stimme war leise. Wir sahen zu, wie alle herkamen und ihre Plätze einnahmen. Mama, Raylene, Alma und Carr versammelten sich um Oma. Ich hatte Oma schon lange nicht mehr gesehen. Ihr Gesicht war grau, ihr Blick leer, ihr Kinn schlaff.

»Sie schaut aus, wie wenn ihr der Doktor was gegeben hätt«, flüsterte ich.

»Schaut schlimm aus«, stimmte Butch zu. Er straffte die Schultern und wandte sich einen Moment lang ab, betrachtete das weite Feld niedriger Grabsteine. Als er sich wieder umdrehte, sah ich, daß sein Mund zusammengekniffen und seine Augen gerötet waren.

Nevil, Earle und Beau blieben in einiger Entfernung stehen, schauten zu, bis der Leichenwagen heranrollte und sich die Männer versammelten, um den Sarg zum Grab zu tragen. Ich sah, daß Dwight und D. W. dabei waren, aber von Tommy Lee keine Spur.

Der Wind war heftig. Beim Tragen des Sarges mußten die Männer aufpassen, daß die Blumen auf dem Deckel nicht davonflogen. Der Prediger ließ seine Papiere fallen, und Klein-Earle rannte ihnen hinterher. Patsy Ruth und Mollie saßen neben Reese, Grey und Garvey dahinter. Temple saß bei ihrem Mann, direkt hinter Mama. Die restlichen Plätze waren fast alle von den Frauen aus Bushy Creek besetzt. Als der Prediger mit »Brüder und Schwestern« begann, nickten alle gleichzeitig.

»Verdammt«, hörte ich Butch murmeln. »Verdammt.«

»Verdammt«, wiederholte ich.

»Sie hätten Musik machen sollen«, sagte ich zu Butch, als wir wieder bei Tante Ruth waren. Er saß neben mir auf den Rohrstühlen, die Onkel Travis in den Garten gestellt hatte, griff in seine Tasche und nahm verstohlen einen Schluck aus einer fast leeren Flasche Ancient-Age-Whiskey. Unter seinem Stuhl stand auch noch eine Flasche Pabst Blue Ribbon, Nevils Lieblingsbier, das er in eine blecherne

Kaffeetasse goß und in aller Offenheit trank. Ich weiß nicht, wieviel er schon getrunken hatte, aber er wirkte trotz der Kälte gelöst und zufrieden, trug einen von Onkel Travis' alten Armeemänteln und um den Hals einen karierten Wollschal. Ich hatte mir Onkel Nevils Schaffelljacke und Lederhandschuhe ausgeliehen und fror selbst auch nicht allzusehr, aber es war kein Wunder, daß sonst niemand bei uns saß.

»Was?« murmelte Butch in meine Richtung. »'n bißchen Gejaule von der Carter Family? Vielleicht das mit dem Haus für den Herrn?« Er zog die Nase hoch und sang kurz und falsch den Refrain von »Will the Circle Be Unbroken«. Sein Atem stieg in hellen kleinen Wolken hoch.

»Du kannst nich singen«, sagte ich.

»Scheiß drauf, keiner von uns kann singen.« Er reichte mir die Whiskeyflasche. »Magst 'nen Schluck? Macht dir vielleicht warm.«

Ich sagte nichts, nahm nur einen großen Schluck. Der Whiskey schmeckte mir. Er war stark, ein bißchen bitter, aber er machte warm.

Butch lachte leise, leerte die Flasche aus und schenkte seine Tasse wieder mit Pabst voll. »Sag bloß nix deiner Mama. Sie reißt mir den Kopf ab.«

»Gib her.« Ich nahm ihm die Tasse weg, bevor er etwas dagegen einwenden konnte, und schüttete mir so viel Bier in den Mund, wie hineinpaßte. Nach dem Whiskey schmeckte es mild, aber das Schlucken tat weh, entweder weil es so kalt war oder weil ich soviel davon in mich hineingeschüttet hatte, ich hätte es nicht sagen können. Soviel ich wußte, mußte Bier beim Schlucken weh tun.

Butch musterte mich scharf. »Willste dich besaufen?«

»Glaubste, ich kann's?«

»Oh, ziemlich sicher. Aber wenn du dir richtig einen

ansaufen willst, muß ich vielleicht noch 'n paar Flaschen holen.«
»Earle is auch da drin. Von ihm oder von Beau können wir bestimmt noch 'n Whiskey besorgen.«
»Wow, Finger! Mädel, du bist ja richtig erwachsen geworden, während ich weg war! Trinkst Bier und klaust Whiskey?«
Ich leerte seine Tasse aus und gab sie ihm zurück. »Sie hätten trotzdem Musik machen sollen. Tante Ruth hat Musik geliebt.«
»Ja.« Butch klopfte sich mit der Tasse gegen die Fingerknöchel, ein dumpfer, hohler Klang. »Ja. Das hat sie. Hat immer diese verkratzten alten Platten gespielt. Hat sie aufgehoben, obwohl D. W. ihren Plattenspieler kaputtgemacht hat. Wollt ihr immer 'nen neuen kaufen, aber irgendwie hab ich nie genug Geld übrig gehabt. 'n paarmal hab ich den von Earle für sie ausgeliehen, damit sie sich die Platten mal wieder anhören konnt.«
»Earle hat ihn ihr geliehen, als ich letzten Sommer da war. Wir haben 'n Haufen von dem Zeug gespielt.«
Butch lächelte. »Laß mich raten. ›Gospel Train‹, stimmt's? 'n bißchen Hank Williams, die Monroe Brothers, Hazel Cole und – wie hieß er noch? –, ach ja, Blind Alfred Reed, stimmt's? Bestimmt hat sie auch noch ›Wabash Cannonball‹ rausgekramt und ›Where the Soul of Man Never Dies‹.«
»›Pistol Packin' Mama‹.« Ich holte die Pabst-Flasche unter Butchs Stuhl hervor und trank sie leer. Er starrte mich ungläubig an. »Das hat sie am meisten geliebt. Wir haben's mal 'nen ganzen Nachmittag lang miteinander gesungen.« Ich stellte die leere Flasche wieder unter seinen Stuhl.
Sein Gesicht fiel langsam in sich zusammen. »Verdammt«,

flüsterte er. »Das hab ich vergessen. Scheiße.« Er ließ den Kopf sinken und bedeckte sein Gesicht mit den Händen. Ich sah, wie er die Schultern anspannte, fühlte mich weit weg und ein bißchen betäubt, mein ganzes Nervensystem war vom Alkohol wie in Watte gepackt.

»Herrgott noch mal«, fluchte Butch und stand auf. »Das darf nich wahr sein.« Er stieß den Stuhl um, trat noch mal dagegen, so daß er ein Stück wegrutschte, ging ihm nach und versetzte ihm noch einen Tritt. »Ich hab nich geglaubt, daß es mir so nahgeht. Als ich mit Deedee geredet hab, haben wir uns beide geschworen, wir würden uns nich so verhalten, und prompt liegt sie jetzt in Mamas Schlafzimmer oben, heult, als hätt's ihr das Herz gebrochen, als hätt sie den einzigen Freund auf der ganzen Welt verloren. Und, zum Teufel noch mal« – er schrie fast, als er sich mir wieder zuwandte –, »sie und Mama haben sich kaum ausstehn können.«

Ich nickte. »Ergibt keinen Sinn, was? Ich hab immer gedacht, Deedee haßt Tante Ruth, sie hat so schlecht über sie geredet. Aber heut früh ...« Ich hielt inne und wischte mir übers Gesicht. »Es hat ganz anders ausgesehn.«

»Verdammt, du bist betrunken.« Butch kam zu mir her, bog meinen Kopf nach hinten und näherte sein Gesicht dem meinen. Seine Lippen preßten sich auf meine Lippen, seine Zunge schlüpfte in meinen Mund und stieß gegen meine Zunge, ich zog überrascht den Kopf weg.

»Wie alt bist du jetz, Finger?« fragte er.

»Im Mai werd ich dreizehn«, sagte ich.

»Dreizehn.« Butch nickte. »Ich hab dich schon immer gern gehabt«, flüsterte er. »Auch jetzt noch. Du bist kein so verdammter Idiot wie alle andern.« Er richtete sich wieder auf. »Also mach nich mehr draus, als es is.«

Ich stand vorsichtig auf. Der Rock klebte hinten an meinen Beinen. Ich zog ihn mit einer Hand weg und spürte, wie von einem der Striemen der Schorf mitging. Ich zuckte zusammen, aber Butch hatte sich nach der Bierflasche gebückt und merkte nichts. Ich ging ins Haus zurück, langsam, setzte sehr bewußt einen Fuß vor den anderen. Irgendwie war es interessant, betrunken zu sein. Der betäubte Teil daran gefiel mir.

In dem überheizten Haus schien kein bißchen frische Luft mehr zu sein. Die Küche war voller Frauen, die alle herumstanden und redeten und den Herd überwachten. Mama und Alma saßen am Tisch, Alma an Mamas Schulter gelehnt. Carr stand an der Anrichte, schnitt den Schinken auf und legte ihn auf eine Platte. Temple und Mollie waren neben ihr, richteten noch andere Sachen zum Essen her. Raylene sah ich nirgends. Ich schaute im Wohnzimmer nach, aber das war voll von Rauch, dem Geruch nach Whiskey und Männern, die gedämpft miteinander redeten. Travis saß auf der Couch, den Kopf nach hinten gelehnt, die Wangen ganz rot, die Adern auf seiner Nase bläulich-purpurfarben.

Ich ging durch den Flur, ließ die Hände an den Wänden entlanggleiten. Das war überhaupt nicht schwer. Solange ich mich langsam bewegte und den Kopf geradehielt, gab es keine Probleme. Ich ging ins Badezimmer und schaute in den Spiegel. Mein Gesicht war verschwitzt, gerötet. Ich sah tatsächlich betrunken aus. Ich grinste. Es war zu heiß. Das Fenster über der Toilette sah aus, als wäre es seit dem letzten Anstrich noch nicht geöffnet worden. Ich kletterte auf die Toilette, klopfte gegen den Fensterrahmen, bis ich es knacken hörte, und öffnete es. Kühle Luft strich über mein Gesicht. Ich bückte mich, zog mir umständlich die Unterhose aus, hob den Rock und ließ mich, ohne mich herumzudrehen, rückwärts auf die Klobrille plumpsen.

Pissen war noch nie zuvor so ein herrliches Gefühl gewesen. Ich legte meine Wange gegen den kühlen Klodeckel und genoß die Erleichterung.
Die Tür hinter mir ging auf. Ich fuhr erschrocken hoch und rutschte aus, fiel auf den Klositz zurück, diesmal richtig herum. Wieder versuchte ich aufzustehen, aber ein heftiger Schluckauf beförderte mich erneut auf die Brille zurück. Raylene lachte.
»Wer hat dir heimlich was zu trinken gegeben, Finger?« Sie klang gar nicht verärgert. Sie drückte die Tür hinter sich zu und hielt mich mit einer Hand fest. »Du bist sturzbesoffen.«
»Nein, bin ich nich. Ich hab nich viel getrunken.«
»Aha. Ja, alles klar.« Sie lachte, riß Klopapier von der Rolle ab und gab es mir. »Komm. Jetzt stellen wir dich erst mal auf die Beine.« Ihre Hand war unter meinem rechten Ellbogen, stützte mich. Ich versuchte, mich an die Toilette zu lehnen, aber sie hielt mich fest.
»Tante Raylene.« Ich schaute zu ihr hoch, entschlossen, sie davon zu überzeugen, daß ich nicht wirklich betrunken war. Ihr Gesichtsausdruck hielt mich zurück. Sie betrachtete meine Unterhose, die um meinen linken Schuh gewickelt war, die braunen Flecken im Schritt deutlich sichtbar im hellen Licht. Sie schob mich etwas zur Seite und hob mit der linken Hand meinen Rock hoch. Ich versuchte, ihn mit meinen tauben Fingern wieder herunterzuziehen, aber sie hielt ihn fest.
»Heiliger Heiland!«
Wie ein Schock durchfuhr es mich. Plötzlich bekam ich Furcht, unbegründete, entsetzliche Furcht.
»Nein«, bettelte ich. »Bitte nich.« Aber die Tür war offen. Sie zerrte mich hinaus. Ich sträubte mich, doch sie ließ sich nicht aufhalten. Sie schob mich in Deedees Schlafzimmer.

»Earle.« Tante Raylene brüllte. »Earle, komm her. Du und Beau, ihr kommt beide her.«
»Nein.« Ich sagte es noch einmal. »Bitte, bitte.«
»Ganz ruhig, Finger. Niemand wird dir weh tun. Ich schwör dir, niemand wird dir jemals wieder weh tun.«
Earle zwängte sich durch die Tür. »Raylene, was brüllst'n so rum? Die Kinder schlafen oben, und du brüllst so laut, daß die Leut im nächsten County noch Angst kriegen.«
Raylene wirbelte zu ihm herum. »Halt den Mund und schau dir das an.«
Sie drehte mich herum und schlug meinen Rock hoch. Ich begann zu stammeln: »Nein, nein.«
»Verdammt.« Earles Stimme war sanft – und furchteinflößender, als ich es mir jemals hätte vorstellen können. Ich verschlang die Finger im Nacken, ließ den Kopf sinken und zitterte am ganzen Körper.
»Laßt mich in Ruh«, bettelte ich. Meine Unterhose hing immer noch an meinem linken Schuh.
»Still, still.« Tante Raylenes Arm umfing mich wie eine Decke. Sie setzte sich aufs Bett und zog mich auf ihren Schoß. »Still.«
Earle war weg. Die Tür ging wieder auf, und Nevil und Beau waren da.
»Isses wahr?« wollte Beau wissen. »Dieser Hurensohn hat sie so geschlagen, daß sie blutet?«
»Wie 'nen Hund«, sagte Raylene. »Das Kind hat Striemen bis runter zu den Knien.« Sie zog die Unterhose von meinem Schuh herunter und warf sie ihnen zu. »Ich könnt ihn umbringen.« Sie sagte das in einem sehr sachlichen Ton, und ich glaubte ihr.
»Nein«, stöhnte ich.
»Scheiße!« Nevils Stimme war kaum wiederzuerkennen. Vom anderen Ende des Flurs kam ein Schrei, ein lautes

Krachen und Earles Stimme. »Ich bring dich um, du Hurensohn!« schrie er. Nevil und Beau drehten sich gleichzeitig um.

»Nein«, flehte ich. »Tante Raylene, bitte!« Aber sie hielt mich nur fest. Ich wand mich, fing an, sie zu boxen, versuchte, mich zu befreien. Mamas Arme umfingen mich so plötzlich, daß ich beinahe zu atmen aufhörte.

»Mama! Es tut mir leid. Es tut mir leid.«

»Still, Finger.« Ihre Stimme klang genauso wie Raylenes zuvor. »Ganz still, Baby. Es is alles gut.« Ich klammerte mich an sie, immer noch voller Furcht. Poltern und Krachen drang bis zu uns her. Sie waren auf die Veranda gegangen. Raylene stand mit dem Rücken an der Schlafzimmertür, die Arme über der Brust verschränkt, als erwartete sie, daß wir versuchen würden, an ihr vorbei nach draußen zu kommen. Mama hielt mich nur fest und flüsterte wieder: »Es is alles gut.«

Nach ein paar Minuten kam Raylene her und setzte sich neben uns. »Anney.« Ihre Stimme war belegt. »Anney, hat er dich auch geschlagen? Sag's mir, hat er dir weh getan?«

»Glen würd mir nie weh tun, Raylene. Das weißt du.« Mama drückte ihren Mund auf meinen Scheitel. »Er würd nie die Hand gegen mich erheben.« Sie seufzte und ließ den Kopf hängen.

»Ach, Anney.« Raylene griff nach Mamas Hand, aber Mama zog sie weg.

»Faß mich nich an.« Mama spuckte beinah. Sie zog mich enger an sich. Ich zitterte in ihren Armen, und auch sie zitterte. »O Gott, Raylene. Ich schäm mich so. Ich konnt ihn nich zurückhalten, und dann ... Ich weiß auch nich.« Ihr Kopf wackelte hin und her. Als sie weiterredete, klang ihre Stimme drängend, verzweifelt. »Er liebt sie. Wirklich. Er liebt uns alle. Ich weiß es nich. Ich weiß es nich. O Gott.

Raylene, ich liebe ihn. Ich weiß, daß du mich dafür hassen wirst. Manchmal haß ich mich selber, aber ich liebe ihn. Ich liebe ihn.«

Ich schaute hoch. Mamas Augen waren tief und glänzend. Ihr Mund stand offen, die Zähne waren entblößt, die Lippen gespannt, die Halsmuskeln traten hart hervor. Ihr Kinn bewegte sich auf und ab, als wollte sie weinen, könnte aber nicht. »Ich hab doch nur gewollt, daß alles wieder gut wird«, flüsterte sie. »So lang schon. Ich hab immer nur gehofft und gebetet, geträumt und so getan, als ob. Ich hab abgewartet, einfach abgewartet.«

»Mama«, jammerte ich und versuchte, mich aufzurichten. »Ich hab ihn wütend gemacht. Ich war's.«

»Finger.« Raylene streckte die Arme nach mir aus.

»Nein!« Ich zuckte zurück und drückte mein Gesicht an Mamas Arm.

»Still. Still«, hauchte Mama. Ich bewegte mich nicht und hörte, wie Raylene die Hände in den Schoß sinken ließ. Wir lauschten den Geräuschen von der Veranda. Dieses dumpfe Krachen war Daddy Glen, wenn er gegen die Wand fiel. Die grunzenden Laute kamen von ihm. Die Flüche kamen von meinen Onkeln. Ich steckte mir die Finger in den Mund und biß zu. Ich schaute hoch. Über mir berührten sich Mamas und Raylenes Gesichter fast, beide zitterten sie und hielten sich aneinander fest, als hinge ihrer beider Leben voneinander ab.

18

Was durch Lügen zusammengehalten wird, geht sehr leicht in die Brüche. So war es auch mit Mama und Daddy Glen. Tante Raylene bot uns an, daß wir alle bei ihr wohnen könnten, aber Mama wollte davon nichts hören. An dem einen Tag, den Daddy Glen im Krankenhaus verbrachte, zog sie mit uns in ein Apartment über dem Fischmarkt, nur ein paar Blocks von den mit Brettern vernagelten Fenstern des Woolworth-Gebäudes entfernt. Jeden Morgen mußte ich an diesen Fenstern vorbei zu der Kreuzung gehen, wo uns der Schulbus abholte. Ich sah, wie die Arbeiter die zersplitterten Schaufensterscheiben durch neue Glasplatten ersetzten, und eines Tages sah ich, wie ein sehr gequält dreinblickender Tyler Highgarden die Aufsicht führte, während Kiste um Kiste mit Billigwaren durch die reparierten Türen hineingeschafft wurden. Er schaute nie in meine Richtung, aber trotzdem spürte ich, wie sich mir die Nackenhaare aufstellten. Wenn nicht alles so drunter und drüber gegangen wäre, hätte ich Mama vielleicht erzählt, was ich getan hatte. Aber Mama und ich redeten überhaupt nicht miteinander.

Es war eine Zweizimmerwohnung, ein Schlafzimmer und ein größerer Raum, der für alles andere da war. Die Küche war ein Herd, ein Kühlschrank und eine Spüle in einer kleinen Nische neben der Schlafzimmertür. Das Bad roch nach Feuchtigkeit, Schimmel und Fisch, letzteres kam von dem Laden unter uns hoch. Die Wohnung war dunkel und hatte dreckige Fenster, die wir mehrmals schrubben mußten, damit sie sauber wurden. Das einzig Fröhliche darin war die blaugeblümte Tapete, die die Kochnische vom Rest des vorderen Zimmers abhob. Wenn ich über meinen Hausaufgaben am Tisch saß, setzte ich mich immer mit dem Gesicht zu dieser Tapete. Ich wollte nicht Reese anschauen, die samt Malbüchern und finsteren Blicken im Schlafzimmer untergebracht war, und auch nicht Mama, die wortlos auf der Couch saß, rauchte, sich über die Augen wischte und Radio hörte.

Mama hatte den Fernseher zurückgelassen, die Waschmaschine, den größten Teil ihres Mobiliars und Geschirrs, den ganzen persönlichen Schnickschnack und das Familiensilber. Sie hatte die Nähmaschine mitgenommen, das Bügelbrett, unsere Kleider und fast alle von ihr. Da wir beim Packen nicht dabeigewesen waren, konnten wir uns kaum vorstellen, wie sie beschlossen hatte, was sie mitnehmen und was sie zurücklassen würde, und da sie ganz offensichtlich nicht reden wollte, war es auch unmöglich, sie zu fragen. Reese jammerte wegen dem Fernseher und ihrem Rad, aber Mama sagte nur, sie würde uns irgendwann neue besorgen. Ich fragte sie nicht aus, beklagte mich nicht, sagte kaum etwas.

Es war meine Schuld, alles, Mamas Schweigen und Reese' Zorn. Wenn ich mich ins Bett legte, verknäulte ich die Hände unterm Kinn und zog die Knie hoch bis zur Brust. Immer wieder mußte ich an die letzten paar Tage denken wie an einen gehetzten, verwirrten Traum, nicht daran, wie Daddy Glen mich geschlagen hatte, sondern an den Morgen, an dem mir Mama das mit Tante Ruth gesagt hatte, nicht an den Einbruch im Woolworth, sondern an das Gespräch mit Butch, und nicht an den Lärm und den Aufruhr, als Benny, Tante Fay und Tante Carr mit Daddy

Glen ins Krankenhaus fuhren, sondern an jene kurzen, schrecklichen Augenblicke, als Tante Raylene Onkel Earle meine Schenkel zeigte. Immer wieder versuchte ich, mir vorzustellen, wie ich das alles hätte verhindern können, dieses Bier nicht trinken, nicht jeden alles sehen lassen, zu Mama gehen und sie hätte überzeugen können, daß ich diese Schläge verdient hatte – wie ich alles schön hätte vertuschen können.

In jener Nacht in Ruths Haus hatte Tante Raylene gesagt, ich solle mir keine Gedanken machen, Mama würde Zeit brauchen, sich selbst zu verzeihen. Was? fragte ich mich. Mama hatte nichts falsch gemacht. Ich war diejenige, die Daddy Glen in Wut gebracht hatte. Ich war diejenige, die jeden verrückt machte. Nein, sagte Tante Raylene. Ich dürfe nicht so denken. Mit rauher, gepreßter Stimme hatte sie mir zugeflüstert, daß Mama mich liebte, daß sie mich liebte, daß Earle und meine Onkel mich liebten. Sie redete mit Nachdruck, hielt mich eng umschlungen, aber ich hörte ihr nicht zu. Ich biß die Zähne zusammen und drückte die Zunge so fest gegen den Gaumen, daß mir die Kehle weh tat. Mama war aschgrau und still und schaute mich nicht an. Es war meine Schuld, alles meine Schuld. Ich hatte alles kaputtgemacht.

Daddy Glen tauchte im Lokal auf, um mit Mama zu reden, aber sie ballte ihre Schürze zusammen und versteckte sich im Waschraum, bis der Geschäftsführer ihn hinauswarf. Sie kam heim und setzte sich auf die Couch, rauchte eine Schachtel Zigaretten und starrte ins Leere. Als Reese mit ihr zu reden versuchte, schickte sie uns beide früh zu Bett. Am nächsten Morgen, als Mama sich für eine Stelle bei JC Stevens bewarb, mußte ich dauernd daran denken, wie oft sie uns erzählt hatte, wie sehr sie die Fabrikarbeit haßte. Als Reese und ich von der Schule heimkamen, fanden wir auf dem Geschirrtrockner einen Zettel von Mama, auf dem stand, daß sie bis halb acht arbeiten würde und wir uns zum Mittagessen eine Dose Fleisch mit Bohnen aufmachen sollten. Reese aß ihre Portion zwischen zwei Scheiben Brot als Sandwich und weigerte sich, mit mir zu reden. Ich ging hinunter, hinter den Fischmarkt, wo große, flache, salzverkrustete Körbe aufeinandergestapelt und leere Waschbottiche zum Trocknen und Auslüften zur Seite gedreht waren. Ich setzte mich auf einen umgedrehten Waschbottich zwischen die schiefen Stapel und weinte in meine Armbeuge, damit niemand mich hören konnte.

»Es wird alles wieder gut«, sagte Mama ständig zu Reese und mir, aber sie erklärte nicht, wie. Als Reese weinte und sagte, sie wolle heim, nahm Mama sie in die Arme und versprach ihr, daß sie diesen Sommer bei Patsy Ruth wohnen dürfe. Ich saß am Tisch und beobachtete sie, erinnerte mich an das letztemal, als Mama Daddy Glen davongelaufen war. Es hatte nur ein paar Tage gedauert. Jetzt war es schon über eine Woche her. Wie lange würde sie es noch aushalten? Eine Woche? Einen Monat? Ich grub meine Nägel in die weiche Haut meiner Armbeuge und schaukelte ein wenig auf dem Stuhl hin und her. Ich würde nicht weinen, nicht wenn Mama mich sehen konnte. Ich würde nicht weinen.

Für Reese war die ganze Sache ein Abenteuer gewesen, bis Mama ihr nicht erlaubte, zu Onkel Wade zu gehen und ihren Namen auf seinen Gips zu schreiben. Drei Tage nach der Beerdigung hatte sich Onkel Wade selbst in den rechten Fuß geschossen und mußte nun daheim herumhumpeln, das Bein in einem dicken Gipsverband, den die Jungs über und über mit Öl- und Benzinplaketten von der Tankstelle beklebt hatten. Wir erfuhren die ganze Geschichte in der Schule von Klein-Earle, aber Mama ignorierte Reese' Bitten und Betteln und brachte uns statt dessen ein paar Nummernbilder mit nach Hause.

»Ich will nich, daß ihr irgendwo hingeht, wo ich euch nich im Auge behalten kann«, sagte sie zu Reese. Als Tante Raylene vorbeikam, bat Mama sie nicht einmal herein, redete mit ihr nur durch die Tür.

»Laß uns in Ruh, Raylene. Laß mich einfach 'ne Zeitlang in Ruh. Ich brauch Zeit zum Nachdenken.«

»Anney, du kannst nich einfach untertauchen, als ob du 'n Verbrecher wärst.« Tante Raylenes Stimme klang ungehalten. »Du bist doch nich der, der was falsch gemacht hat. Du hast doch keine Schuld.«

»Is mir doch egal, wer Schuld hat«, brüllte Mama. »Ich muß einfach mal allein sein!«

Tante Raylene rief noch zweimal sanft Mamas Namen, ging aber dann schließlich langsam die Treppe hinunter und fuhr davon.

Wir teilten uns zu dritt ein großes Bett, aber in den meisten Nächten schlief Mama auf der Couch ein, einen Arm über die Augen gelegt. In jener Nacht lag Mama auch auf der Couch und weinte so leise, daß ich sie durch die geschlossene Tür hindurch nur schwach hören konnte. Ich rollte mich am Rand des Betts zusammen und lauschte ihren gedämpften Schluchzern, bis ich einschlief und träumte, daß die Wände unserer Wohnung eingestürzt waren und man bis zu dem Haus sehen konnte, wo Daddy Glen saß und durch die offenen Fenster hinausschaute und darauf wartete, daß wir zurückkamen. Als ich frühmorgens aufwachte, ging ich hinüber, um nach Mama zu sehen. Ich versuchte, leise zu sein, aber sie war wach, lag da und schaute zu der schmutziggrauen Decke hoch.

»Finger«, flüsterte sie. »Es is noch viel zu früh. Warum biste denn schon auf?«

Ich zögerte. Ich wollte ihre Arme um mich spüren, aber ich stand stocksteif da, den Mund fest zusammengepreßt, die Augen trocken.

»O Finger«, seufzte Mama. Sie setzte sich auf und zog mich neben sich, so daß mein Kopf an ihrer Schulter zu liegen kam. Harte, scheußliche Schluchzer schüttelten mich, eine seltsame Art Weinen ohne Tränen. Mamas Hand bewegte sich automatisch, streichelte meinen Kopf, als wäre ich ein verwundeter Hund. Von der Art her, wie sie mich berührte, wußte ich, wenn ich nicht zu ihr gekommen wäre, mich ihr nicht aufgedrängt hätte, dann hätte sie mich nie in die Arme genommen. Ich erschauerte unter dieser gefühllosen Hand, schlug sie weg und rannte ins Schlafzimmer. Ich kroch neben Reese und zog mir die Decke über den Kopf. Reese wachte auf und beschwerte sich, und als Mama hereinkam, knäulte ich mich nur noch fester zusammen, antwortete nicht, als sie meinen Namen rief.

»Finger, mach nich so was«, sagte sie. Ihre Stimme war zornig und ungeduldig. Ich vergrub mich tiefer in die Laken. Nach einer Zeitlang sagte Mama: »Das reicht«, und nahm Reese mit hinaus. Mein Kopf pochte vor Hitze.

Allein in dem großen Bett dachte ich an Daddy Glen und daran, wie er immer hinter mir auftauchte, mich in die Arme schloß und eng an seinen Körper zog. Während die Erinnerung in mir hochstieg, verschränkte ich meine Hände zwischen den Beinen und spannte jeden Muskel meines Körpers an. Als ich so hart und steif war, wie es nur ging, versuchte ich mich zu erinnern, wie es angefangen hatte. Was genau hatte ich getan? Warum hatte er mich stets gehaßt? Vielleicht war ich ein schlechtes Mädchen, böse, unanständig, eigensinnig, dumm, häßlich – alles,

was er sagte. Vielleicht war ich es, aber es war egal. Ich haßte ihn, und in jenen Tagen haßte ich sogar Reese und Mama. Ich war bis oben hin voll Haß, zäh und schwarz und brodelnd wie kochender Teer.
So stolz war ich gewesen, daß ich bei jenem letzten Mal nicht geweint hatte, so sicher, daß das ganz wichtig war. Warum? Ob ich schrie oder mich wehrte oder stillhielt, es änderte nichts. Ich rollte mich noch enger zusammen und dachte darüber nach, darüber, wie er mich schlug, wie ich an seinen Körper gepreßt wurde und dagegen ankämpfen wollte, seinen Geruch und sein Geschlecht an meinem Bauch. Er hatte mich über seinen Oberschenkel gelegt und mich dort festgehalten, wenn er mich schlug. War es ihm dabei gekommen? Hatte er mich geschlagen, bis es ihm in der Hose kam? Bei der Vorstellung mußte ich würgen. Ich drückte meine Handgelenke immer fester gegen mein eigenes Geschlecht, bis es weh tat. Ich konnte mich an seinen Geruch erinnern, seinen Atem über mir, den heißen Schweiß, der von seinem Gesicht auf meine Haut tropfte, an seine grunzenden Laute und daran, wie er mich geschüttelt hatte. Nein, es war nicht wichtig, ob ich geschrien hatte oder nicht. Alles war genau so gewesen, wie er es wollte. Es hatte nichts mit mir zu tun oder mit irgend etwas, das ich getan hatte. Es war etwas Viehisches, er benutzte mich nur. Ich rollte mich auf den Bauch und biß ins Kissen. Ich versank in Scham wie ein Selbstmörder, der sich in einen Fluß stürzt.
Nach einiger Zeit weinte ich mich in den Schlaf. Ich träumte, daß ich wieder ein Kind war, fünf oder jünger, an Mamas Hüfte lehnte, ihre Hände auf meinen Schultern. Sie redete, ihre Stimme über mir wie Sternengeflüster. Alles war weich und klar. Alles war warm und ruhig. Sie hielt mich fest, und ich fühlte mich geliebt. Sie hielt mich

fest, und ich wußte, wer ich war. Wenn ich die Hand zwischen meine Beine steckte, war es keine Sünde. Es war wie ihr Gemurmel, wie Musik, wie ein Gebet im Dunkeln. Es sollte so sein, und es war etwas Gutes. Ich wachte auf, das Gesicht naß von Tränen, die ich nicht wissentlich geweint hatte, die Hände immer noch zwischen meine Beine gedrückt.

»Mama«, flüsterte ich, aber sie war schon zur Arbeit gegangen. Ich war allein in dem stillen Schlafzimmer. Es war lange her, daß ich so aufgewacht war, mit diesem guten, süßen Gefühl zwischen den Beinen, fast schmerzhaft, aber auch tröstend.

Ich streckte die Hände hoch und betrachtete sie, spreizte die Finger und schaute in das Licht, das durch die schmuddligen Rollos drang. Ich rollte mich auf den Rükken und lockerte langsam die Muskeln in meinem Oberkörper und in meinen Beinen, die Hände immer noch vorm Gesicht. Das Licht bewegte sich, wenn die Rollos im Wind schaukelten. Ich dachte an Feuer, ein läuterndes, wütendes Feuer, das über Greenville hinwegfegte und die Erde reinwusch. Ich ließ die Hände sinken und schloß die Augen.

»Feuer«, flüsterte ich. »Du mußt alles verbrennen.« Ich rollte mich auf den Bauch, die Hände unter mir. Ich biß die Zähne zusammen und schaukelte auf meiner Hand auf und ab, sah im Geiste die lodernden Flammen, brennende Heuschober und kein Fluchtweg, die Leute bleiben hinter mir zurück und die Flammen kommen näher, mein eigener Körper wie festgenagelt am Boden, und das Brüllen des Feuers wird lauter.

»Ja«, sagte ich. Ja. Ich schaukelte und schaukelte und hatte einen Orgasmus beim Traum von Feuer.

Als ich aufwachte, war es Nachmittag, und die Wohnung war still und warm. Ich stieg vorsichtig aus dem Bett. Auf dem Herd stand kalter Kaffee, und auf einem Teller, eingewickelt in ein Geschirrtuch, lagen Biscuits. Ich trank Kaffee und kaute auf einem Biscuit mit einer Scheibe Käse herum. Auf dem Tisch lag ein Zettel mit Mamas Handschrift. »Geh nirgends hin«, stand darauf. »Bevor's dunkel wird, komm ich heim, und dann reden wir.«

Mir schnürte sich die Kehle zu. Ich wollte nicht mit ihr reden. Ich wußte nicht, was ich alles sagen würde. Ich zog mir schnell Jeans und ein warmes Baumwollhemd an. Als ich ging, sperrte ich die Tür hinter mir zu. Auf der Straße unten fiel mir ein, daß Reese Mama in der Arbeit anrufen konnte, wenn sie die Wohnung nach der Schule leer vorfand. Sie würden sich aufregen. Wütend fing ich zu laufen an. Es war mir nicht mehr wichtig, wer böse auf mich war, was passierte. Vielleicht wurde ich draußen auf dem Highway umgebracht.

Fay war es gewesen, Nevils Frau, die Daddy Glen ins Krankenhaus gefahren hatte, nachdem sie ihm vom Rasen hochgeholfen und ihn wieder auf die Beine gestellt hatte. »Er stirbt zwar nich dran«, hatte sie gesagt, »aber er sollt sich trotzdem von 'nem Doktor anschauen lassen. Der Riß über dem Aug da könnt's Nähen vertragen.«

Tante Carr und Benny fuhren mit. »Man sollte 'nem Mann immer 'ne Chance geben«, sagte sie, bevor sie ins Auto stieg. Davor war sie die einzige gewesen, die versuchte, die Schlägerei zu beenden, und hatte dafür eins übergezogen bekommen.

»Meine Frau fährt tatsächlich los, was, und das mit meinem Auto.« Nevils Stimme klang lakonisch und sanft. »Das würd sie nich machen, wenn ich dem Scheißkerl nich noch 'ne Chance geben würd.« Er trank schwarzen Kaffee aus einem Suppenteller, seine Knöchel waren geschwollen und voller Blut wie die von Earle und Beau auch. Beau hatte es geschafft, sich in den Mund treten zu lassen, und hatte einen Zahn verloren. Er hing erschöpft in einem Stuhl und drohte, Glen alle Zähne auszuschlagen, sobald er wieder stehen und ihn verprügeln konnte.

Die ganze Zeit über sagte Daddy Glen nichts. Sein Gesicht war blutüberströmt und sah übel zugerichtet aus, und er konnte sich kaum auf den Beinen halten, aber er gab keinen Ton von sich, als Benny ihm ins Auto half. Er legte nur eine Hand über die Augen und lehnte sich in den Sitz zurück. Tante Carr holte seinen Mantel. »Ihr solltet euch schämen«, fauchte sie Earle an, als sie durch Tante Ruths Wohnzimmer ging.

»Also, ich nich.« Earle trank in kleinen Schlucken aus einer Flasche Jack Daniel's und reichte sie zwischendurch Beau. »Ich schäm mich nich, weil ich dieses Arschloch verprügelt hab. Ich schäm mich nich, weil ich da sitz und sauf. Ich schäm mich überhaupt nich, verdammt.« Er saß mit Beau und Nevil am Tisch, alle drei verschwitzt und übel zugerichtet, betrunken und aufgebracht. Keiner schaute mich an, als ich mit Mama und Raylene an ihnen vorbeiging, aber Earle stand schwankend auf und nahm zuerst Mama, dann mich in die Arme. Er roch wie Blut, ein Geschmack nach Kupfer und Eisen, der den Whiskey abrundete. Ich versuchte ihn wegzustoßen, mich zu befreien, aber er schien es nicht zu bemerken, ließ mich erst los, als Mama mich seinen Armen entriß.

»Wir gehn«, sagte sie zu ihm.

Raylene und Nevil folgten uns bis zum Pontiac, wobei Raylene mehrmals wiederholte: »Komm doch mit zu mir«, und Mama bis zum Schluß nicht stehenblieb, um auf den Vorschlag einzugehen. Es war dunkel und kalt, und Reese zitterte.

Tante Alma kam mit zwei Decken heraus. »Wir müssen drüber reden, Anney«, sagte sie. »Du wirst Hilfe brauchen, Anney, und es is nich gut, wenn du allein in das Haus zurückgehst.« Nevil nickte.

Raylene sagte: »Anney, jetz hör uns doch mal zu.« Aber Mama wickelte in die eine Decke Reese ein und gab die andere mir. Jedesmal, wenn ihr eine ihrer Schwestern zu nahe kam, hob sie die Hand, Handfläche nach vorn. »Nein«, sagte sie einmal. »Haltet mich nich auf. Ich weiß, was ich zu tun hab.«

In dieser Nacht schliefen wir im Auto, während Mama im ganzen Haus herumwühlte, die Sachen zusammenpackte, die sie mitnehmen wollte, und sie im Kofferraum verstaute. Sie stellte Kisten hinter die Vordersitze und legte mehrere Laken und Decken darüber, so daß aus dem Rücksitz ein großes Bett wurde. Vor der Morgendämmerung fuhr sie mit uns zum Bahnhof und parkte das Auto unter einer der großen Bogenlaternen. Sie schlief auf dem Vordersitz, in Kissen und Wolldecken gepackt. Als der Tag anbrach, fuhr sie uns zu einem Eßlokal in der Stadt und bestellte ein Frühstück, das wir allein aßen, während sie die Wohnung mietete, die sie bereits aus dem Anzeigenteil in der Zeitung ausgesucht hatte. Es war alles so schnell gegangen, so fließend, daß es nicht möglich war, mit ihr zu reden, sie zu fragen, was los war. Aber ich hätte sie sowieso nicht fragen können. Ich wußte es.

Ich brauchte fast den ganzen Tag, bis ich bei Tante Raylene ankam. Ich ging im gleichen Tempo, mit der gleichen entschlossenen Energie, wie ich sie seit Tante Ruths Beerdigung an Mama gesehen hatte. Ich sang beim Gehen, manchmal laut. Ruth Browns »Mama, He Treats Your Daughter Mean«. Patsy Clines »Walking After Midnight«. Bei der Kreuzung White Horse Road und Eustis Highway fing ich sogar mit Elvis Presley an. Das Singen hielt mich vom Weinen ab. Das Singen hielt mich am Laufen. Die Kraft des Bösen, die in mir aufgestiegen war, brach sich in Gesang und Bewegung Bahn. Ich fühlte mich abscheulich, aber stark, böse, mächtig.

Tante Raylene wirkte nicht allzu überrascht, als ich die Stufen zur Haustür hochstieg. Sie war auf der Seitenveranda, wo sie flache Kisten aufgestellt hatte, um Sämlinge zu ziehen. Ihre Hände waren voller Erde, die Haare mit einem Schal zurückgebunden, und auf einer Wange hatte sie einen dunklen Streifen. »Finger«, sagte sie flüchtig und vermischte weiter schwarze Erde und Pottasche. »Lange nich gesehn.«

Ich wischte mir übers Gesicht. Der Schweiß lief mir den Hals herunter. Die Füße taten mir weh. Ich ließ mich auf einen Stuhl fallen. »Hol dir aus der Küche irgendwas zum Trinken«, sagte Tante Raylene, aber ich rührte mich nicht. Nach einiger Zeit war das trockene enge Gefühl in meiner Kehle nicht mehr so schlimm. Ich schaute zu, wie sie die Erde in den Kisten verteilte und den Dünger dazugab. Sie mischte und mischte, wühlte in der Erde herum und schaute mich nicht an dabei.

»Der Frühling kommt«, sagte sie schließlich.

Ich nickte.

»Dein Onkel Earle wohnt jetz hier.« Sie wischte sich die Hände an einem Lumpen ab und holte eine Zigarette aus ihrem Overall, lehnte sich an den Tisch mit den Kisten und zündete sich die Zigarette an. »Er hat sich in der Stadt ’n Zimmer genommen, mit dem kleinen Mädel zusammen, das er zur Beerdigung mitgebracht hat, aber's schaut aus, als wär das eine seiner kürzeren Liebschaften, sie is nämlich immer noch in der Stadt. Der Mann lebt aus zwei Koffern und schläft auf der Couch. Will nich in mein freies Zimmer ziehn, sagt ständig, so lang bleibt er nich hier.«

Ich knöpfte meine Jacke auf. Als ich zu reden anfing, war meine Stimme genauso ausdruckslos und gleichgültig wie ihre. »Mama hat immer gesagt, Earle lebt von einer Frau zur andern. Hat Daddy Glen erzählt, daß Earle 'n richtiger Kinderschänder geworden is, daß er in seinem Leben keinen Halt mehr hat außer Whiskey und Familie.« Ich verstummte, war überrascht, daß ich Daddy Glen erwähnt hatte. Plötzlich war es heiß auf der Veranda.

»Also, ich hab ihm gesagt, er soll sich nächstesmal 'ne Witwe suchen, 'n fettes altes Ding, das ihm seine Hemden bügelt und den Rücken schrubbt. Aber Earle sin die jungen lieber, die einfach gestrickten, denen er was vormachen kann. Ich glaub, er is wie alle Männer, mag am liebsten die anhänglichen Frauen und am allerliebsten eine, bei der er gar nix tun muß, damit sie beeindruckt is. Und die Mädels, die er aufgabelt – Herr im Himmel, es tut mir fast in der Seele weh, diese kleinen Streuner, die er daherbringt. Earle braucht nur was Freundliches sagen, und schon fallen sie ihm um den Hals. Die sin wie Obst in der Sonne, schwer und reif, warten nur drauf, daß sie jemand pflückt.«

Ich rutschte ein wenig auf meinem Stuhl hin und her. »Onkel Earle hat mir erzählt, er glaubt, es gibt keine Frau, die jemals bereut hat, daß sie sich ihm hingegeben hat.«

»Heiliger Herr Jesus Christus, du liebst ihn ja genauso wie eine von denen, was?« Tante Raylene runzelte die Stirn. »Findste nich, daß es grausam is, wie er mit diesen Kindern umgeht? Von keiner einzigen hat er sich scheiden lassen, bei keiner einzigen is er länger als ’n paar Monate geblieben. Weiß Gott, wie viele Babys er schon in die Welt gesetzt hat.«

»Keins.« Ich biß mir auf die Lippe.

»Du weißt das natürlich, was?«

»Er hat mir erzählt, er hat dafür gesorgt, daß er keine Kinder mehr machen kann, hat gesagt, er glaubt nich, daß er das Recht hat, noch mehr Babys zu machen.«

»Na, is das aber anständig von ihm!« Tante Raylene drückte die Zigarette an der Wand einer der Kisten aus. Sie ging an mir vorbei und hob eine der Fensterscheiben hoch, die an der Mauer lehnten, trug sie zum Tisch hinüber und setzte sie ab, so daß sie zwei ihrer Kisten bedeckte. Noch zwei weitere Fenster, und die Arbeit war beendet, die Erddüngermischung konnte sich in der Sonne aufheizen. Sie schaute mich nicht an, und ihre Lippen bildeten eine dünne gerade Linie. Ich wußte, was das bedeutete: Sie war böse auf mich.

»Er heiratet sie nur, weil sie's unbedingt wollen.« Meine Augen brannten, als ob sich die Tränen, die ich auf dem langen Weg hierher nicht hatte vergießen wollen, jetzt an mir rächen würden. Meine Hände ballten sich zu Fäusten. »Er liebt sie«, brüllte ich. »Er liebt sie viel mehr, als sie's verdienen.«

»Finger.« Tante Raylene drehte sich zu mir um und schüttelte den Kopf. »Mädel, du hast wirklich seltsame Vorstellungen von der Liebe. Sehr seltsame.«

»Ach?« schleuderte ich ihr sarkastisch entgegen und sprang auf. »Und wer ist dran schuld? Häh? Wie soll ich denn überhaupt irgendeine Ahnung haben von der Liebe? Wie soll ich denn von irgendwas irgendeine Ahnung haben? Ich bin doch bloß noch so ’ne dumme Boatwright.

Noch so 'n Stück Dreck, das nich mal genau weiß, wie man sich den Arsch ausputzt oder gegen den Wind spuckt. Genau wie du und Mama und Alma und alle.« Ich spuckte entschlossen zur Seite aus. »Scheißdreck«, sagte ich ihr leise ins Gesicht. »Verdammter Scheißdreck. Wir sin anders als alle andern auf der Welt.«

Ihr dunklen Augen funkelten mich an, aber ich hatte keine Angst. Ich kochte innerlich, und meine Haut brannte. Mein Haß und meine Wut waren so heiß, daß ich das Gefühl hatte, ich könnte Feuer spucken. Als sie mir die Hand auf den Arm legte, spürte ich, wie sich mir die Haare aufstellten. Wie ein elektrischer Schlag fuhr es mir kalt bis in den Nacken hoch.

»Die Leute sin alle gleich«, sagte sie im Flüsterton. »Es macht einfach jeder, was er kann.«

Ich holte tief Luft und stieß sie mit einem Schwall harter Worte wieder aus. »Andre Leute schlagen sich nich dauernd gegenseitig zusammen«, sagte ich. »Bei andern Leuten gibt's das nich, daß sich die Männer besaufen, bis sie umfallen, daß sie aufeinander schießen und dann drüber lachen. Oder daß die Frau mitten in der Nacht ihre Sachen zusammenpackt und ihren Mann verläßt und dann nie erklärt, warum. Oder daß eine allein an den Stadtrand zieht, ohne Mann oder Kinder, nich mal mit 'nem guten Freund, die ganze Zeit im Overall rumrennt und am Straßenrand Abfall verkauft!«

Tante Raylene verschränkte die Arme vor der Brust und schaute mich an. »Ich mag's nich, wenn man mich anbrüllt, noch nie hat mir das gefallen.« So fest umklammerte sie ihre Oberarme, daß ich sah, wie ihre Finger zitterten. »Und ich weiß nich, wie's bei andern Leuten is, aber ich hab immer geglaubt, daß jeder in seinem Leben das macht, was er machen muß.« Sie hielt inne und fuhr dann fort. »Wenn du dreißig bist und deine eigenen Kinder ernähren mußt und alles tust, was du kannst, und dabei nicht weißt, woher du den nächsten Dollar kriegen sollst, dann kannste mich anbrüllen. Vielleicht.«

Sie schüttelte den Kopf und wandte sich ab, klopfte sich die Erde von den Oberschenkeln.

»Es is gleich Abendbrotzeit«, sagte sie. »Und du bist drekkig. Du machst dich jetzt sauber, und ich überleg mir, ob ich Lust hab, dir was zum Essen zu geben oder nich.«

»Du brauchst mir nix zum Essen geben.« Ich konnte sie nicht anschauen, während ich das sagte. Ich ließ den Kopf sinken und wischte mir die Nase am Ärmel ab.

»Ich weiß schon, was ich tun muß und was nich. Und wenn du 'n bißchen drüber nachdenkst, dann weißte auch, daß der Hauptgrund, warum ich so leb, wie ich leb, der is, daß ich hier draußen so ungefähr alles machen kann, was ich verdammt noch mal will.«

Ich schaute zögernd zu ihr hoch. Tante Raylenes Gesicht war rot wie rote Rüben, und sie hatte den Blick nicht auf mich gerichtet. Sie schaute Richtung Highway. Es sah so aus, als hätte sie fast genauso stark wie ich den Wunsch zu weinen, wollte sich jedoch, genau wie ich, auf keinen Fall gehenlassen.

»Ich hab gesagt, geh dich waschen.«

Ich ging.

Die Geschichten, die ich mir ausdachte, veränderten sich. Im Halbschlaf, bevor ich wirklich einschlief, begann ich mir den Highway vorzustellen, der nach Norden führte. Nicht wie eine richtige Straße, sondern gesäumt von hohem Gras und uralten Bäumen war dieser Highway. Das Laub hing tief herunter, und winzige Vögel mit graublauen Flügeln schossen vom Straßenrand zu den Bäumen hoch. Die Autos fuhren mit Getöse vorbei, hielten aber nicht an, und der Polarstern leuchtete über ihren Scheinwerfern wie ein Signalfeuer. Ich ging allein auf dieser Straße entlang, mühelos schritten meine Beine aus, Meile um Meile. Keiner hielt an. Keiner sagte etwas zu mir. Nur der Stern leitete mich, und ich war mir nicht sicher, wohin.

Drei Tage lang blieb ich bei Raylene, und dann rief Mama an und sagte, entweder müsse ich zurückkommen oder da draußen in die Schule gehen. Vor Jahren hatte mir Garvey von der Dorfschule erzählt, und ich wußte, daß es mir dort nicht gefallen würde. Da gab es nicht einmal eine Bibliothek. Widerstrebend kehrte ich in die Wohnung über dem Fischmarkt zurück. Mama kaufte mir ein neues Paar Turnschuhe, weil ich meine durchgelaufen hatte, sagte aber nichts dazu, daß ich überhaupt weggerannt war. Einige Male ertappte ich sie, wie sie mich mit einem gequälten, konzentrierten Gesichtsausdruck beobachtete, aber ich fragte sie nicht, was sie dabei dachte. Reese erzählte mir, daß sie wie eine Verrückte getobt hatte, als ihr klar wurde, daß ich weg war, und schon bei der Polizei anrufen wollte, als Tante Raylene anrief.

»Sie haben lang über dich geredet«, sagte sie. »Tante Raylene hat zu Mama gesagt, sie soll dir Zeit lassen, damit du das Ganze verdauen kannst, und Mama hat zu Tante Raylene gesagt, sie soll sich um ihre eigenen Angelegenheiten kümmern. Ich hab schon geglaubt, sie würden sich anbrüllen wie sonst auch immer, aber Mama hat einfach nachgegeben. Sie hat gesagt, sie weiß nich, was sie mit dir machen soll, weiß überhaupt nich, was sie mit irgend jemand machen soll, und Raylene kann dich behalten, wenn du bei ihr bleiben willst.«

Reese grinste mich fast liebevoll an.

»Ich hab nich geglaubt, daß du noch mal zurückkommst. Ich hab mich schon drauf eingestellt, daß ich deine Bettseite ganz übernehmen kann.« Reese' größter Kummer war, daß sie in der Mitte lag und Mama und ich beide einen unruhigen Schlaf hatten. »Ich möcht nich, daß Mama auf mich so böse is, wie sie's auf dich war«, fügte sie hinzu. »Ich versteh nich, wie du das aushalten kannst.«
Ich verstand es auch nicht.

Es war, als fiele die Welt in Zeitlupe auseinander. Zwei Tage nach meiner Rückkehr starb Tante Almas kleines Mädchen; wie es jeder seit dem Tag, an dem es geboren wurde, erwartet hatte, blieb sein Herz stehen. Fay erzählte es Mama am Telefon, und Raylene blieb bei Reese und mir, während Mama zu Alma ging. »Du bist ihr immer am nächsten gestanden«, sagte Raylene zu Mama, »und sie steckt das überhaupt nich gut weg. Dabei haben wir doch alle gewußt, daß es so kommen wird.«
»Du weißt, wie sehr Alma Annie geliebt hat«, sagte Mama. »Vielleicht hat sie gewußt, daß Annie sterben wird, vielleicht auch nich, aber sie hat sich gewünscht, daß ihr kleines Mädel am Leben bleibt.« Ich konnte sie in der Wohnung hören, obwohl sie schon auf der Treppe stand, die außen am Haus nach unten führte. Ihre Stimme war leise, aber die Worte klangen so eindringlich, daß ich zur Tür ging.
Ich schaute Mama nach, wie sie die Treppe hinunterging, während Reese Raylene hineinzog, um ihr zu zeigen, wie schön ihr nach Zahlen gemaltes Clownsgesicht geworden war. Einmal hatte mir Oma erzählt, wie Mama mich bald nach meiner Geburt zum Standesamt getragen und mit dem Beamten dort über die Ausfertigung meiner Geburtsurkunde gestritten hatte. Bei dieser Geschichte hatten

Omas Augen gefunkelt, und ihr Mund hatte sich zu einem grimmigen Lächeln verzogen. »Du weißt gar nich, wie sehr dich deine Mama liebt«, hatte sie gesagt. »Du kannst es dir nich mal vorstellen.«
So wie Alma Annie liebte, vielleicht, so wie Ruth D. W. und Dwight und Tommy Lee liebte, so sehr, daß Travis ihr schwören mußte, sie erst dann zu begraben, wenn ihre Söhne heimgekehrt wären. Ich kaute auf einem Fingernagel herum und schaute Mama nach, fragte mich, ob sie mich immer noch liebte und was ich tun würde, wenn wir wieder zu Daddy Glen zogen.

Raylene hatte eingemachte Brombeeren mitgebracht. Sie und Reese kochten eine Fruchtpastete, so wie Raylene es in ihrer Zeit auf dem Jahrmarkt gelernt hatte. Auf dem Boden der Kasserolle verteilte sie viele kleine Butterstückchen, streute braunen Zucker darüber, schüttete dann die Brombeeren hinein, wieder Butter und eine Handvoll weißen Zucker. Die obere Kruste war aus ungesüßtem Mürbteig, und nach einer halben Stunde war die Pastete fertig. Sie schmeckte zwar nicht so gut wie Tante Fays Kuchen, aber Reese verschlang sie gierig, aß fast die halbe Kasserolle allein. Danach lümmelte sie sich träge auf den Tisch, schlief beinah ein, die blauverfärbten Lippen leicht geöffnet.
Tante Raylene schaute sich die Zeichnungen an und nahm das Bild mit den japanischen Bergen in die Hand, das ich nicht fertiggemalt hatte. Sie wedelte damit vor meiner Nase herum. »Reese sagt, du willst ihr das nich geben, obwohl du's gar nich mehr fertig machen willst.«
»Es is meins. Vielleicht mal ich's irgendwann fertig.«
»Aha.« Raylene legte den Karton wieder zu den anderen Zeichnungen. Ich wartete darauf, daß sie noch etwas sagte,

aber sie wandte sich ab und begann die Küche aufzuräumen.
Es war noch früh am Abend. Ich ging hinaus auf die Außentreppe und schaute zu, wie die Autos vorbeifuhren, Leute aus der nahegelegenen Wohnsiedlung auf dem Weg in den neuen Supermarkt, ein paar Lastwagen mit Männern, die spät von der Arbeit heimkamen, ein Bus von der Bushy-Creek-Baptistenkirche mit flach gegen die Fenster gedrückten Kindergesichtern, die mich haßerfüllt anstarrten. Ich gab den Blick zurück. Die Wut war wie ein steter Tropfen Gift auf meine Seele, lehrte mich, die zu hassen, die mich haßten. Was glauben die denn, wer sie sind? flüsterte ich mir selbst zu. Daß sie Honig pissen? Rosenblüten scheißen? Jeden Sonntagmorgen auf der Veranda sitzen und verächtlich auf die Welt herunterschauen?
»Ich hasse sie«, sagte ich zu Tante Raylene, als sie hinter mich trat und dem vorbeifahrenden Bus zuwinkte. »Die schaun uns an, als wärn wir was Ekliges.«
Tante Raylene stocherte sich Brombeerreste aus den Zähnen, den Blick in die Ferne gerichtet, und ich war überrascht, als sie mir auf die Schulter klopfte. »Die schaun dich genauso an, wie du sie anschaust«, sagte sie barsch. »Du weißt doch gar nich, wer diese Kinder sin. Vielleicht sin sie bös und dumm und eklig. Vielleicht auch nich. Du weißt nich, was mit ihnen passiert, wenn sie heimkommen. Du kennst ihren Daddy oder ihre Mama nich, weißt nich, wie ihre Familie is, warum sie irgendwas machen oder wovor sie Angst haben. Du glaubst, weil sie andere Sachen anhaben wie du und weil sie so schnell vorbeifahren, sin sie reich und grausam und denken schlecht von dir. Könnt doch auch sein, daß sie sehn, wie du hier oben sitzt und Brombeeren ißt und

sie anschaust, als wärn sie nix wie Spucke auf 'ner heißen Ofenplatte – könnt doch auch sein, daß sie neidisch auf dich sin, daß sie gern das haben möchten, was du hast, daß sie Angst davor haben, was du tun würdst, wenn sie auch nur 'n Fuß in den Hof setzen.«

Sie zog ihren Tabakbeutel aus der Tasche und fing an, sich eine Zigarette zu drehen.

»Du denkst dir Geschichten über diese Leute aus. Denk dir doch mal 'ne Geschichte aus, wo du in ihrem Haus leben mußt, zur Familie gehörst und auf dieser Straße vorbeifährst. Schau's dir mal 'ne Zeitlang von der andern Seite an. Vielleicht hörste dann auf, die Leute so wütend anzustarren.«

Ich schaute mürrisch zu ihr hoch. »Die Leute sagen, du bist mit 'nem Mann davongelaufen und zum Rummel gegangen, aber du erzählst nie was von ihm. Wieso hat er dich nich geheiratet?«

Das Papier in Tante Raylenes Händen zitterte. »Die Leute sagen das? Die Leute sagen alles mögliche. Ich bin davongelaufen und zum Rummel gegangen, das ja, aber nich wegen 'nem Mann. Wegen mir selber. Und ich hab nie jemand heiraten wollen. Ich mag mein Leben, so wie's is, Kleine. Ich hab mir mein Leben selber gemacht, und so wie's ausschaut, wird's dir genauso gehn – mit Stolz und Dickköpfigkeit und zuviel Wut. Überleg dir lieber ganz genau, Ruth Anne, was du willst und auf wen du wütend bist. Überleg's dir ganz genau.«

Sie schleckte das Zigarettenpapier ab und klebte es zu. Sie zündete die Zigarette an und steckte das erloschene Streichholz in die Tasche. Sie rauchte bedächtig, schaute mich an, als erwarte sie eine Widerrede von mir, aber ich blieb still. Als sie schließlich wieder etwas sagte, zitterte ihre Stimme ein wenig.

»Es is nich so kalt heut nacht, nich so kalt. Der Frühling liegt in der Luft.«
Ich wandte das Gesicht ab und sagte nichts. Nach einer Weile zuckte Raylene mit den Achseln und ging in die Wohnung zurück. Ich kauerte mich auf den Boden und schlang die Arme um die Knie, bis ich so klein war, wie es nur ging, schaute auf die vorbeifahrenden Autos hinunter und hörte zu, wie sich Reese sträubte, als Tante Raylene sie ins Bett schickte. Ich schloß die Augen und versuchte, mir eine Geschichte auszudenken. Ich stellte mir vor, wir wären wieder in dem Haus in West-Greenville, das Mama so geliebt hatte, stellte mir vor, Daddy Glen wäre der Pfingstbewegung beigetreten und hätte einen Job als Lastwagenfahrer bekommen, bei dem er viel Geld verdiente, aber selten zu Hause war. Ich träumte, Mama hätte einen Job, bei dem sie soviel sitzen konnte, wie sie wollte, gut bezahlt wurde und nie Brandflecken bekam oder die Haare so fest hochstecken mußte, daß sie davon Kopfweh bekam. Vielleicht konnte sie Lehrerin werden? Oder eine von diesen Frauen an der Kosmetiktheke bei Jordan Marsh? Ich biß mir auf die Lippen und ließ alles vor meinen geschlossenen Augenlidern vorbeiziehen – Reese in einem neuen Kleid für Ostern, mich mit all den Büchern, die ich lesen wollte, Mama mit hochgelegten Füßen in der Sonne sitzend, Daddy Glen weit weg, nur so oft zu Hause, damit Mama wieder lächelte. Ich schlief träumend dort ein, verliebt in den Traum.

19

In diesem Frühling gab es erstaunlich heftige Stürme, in Sturzbächen kam das Wasser herunter und überflutete alles, von den eingefallenen alten Häusern in der Old Henderson Road bis zu den Kaufhäusern und Cafés draußen an der White Horse Road, aber an dem Tag, als Tante Alma durchdrehte, war es vollkommen klar, heiß und trocken, und der Lehm bildete eine steife Berg- und Tallandschaft vor jeder Einfahrt. Es war ein Montag, der Tag, an dem Reese nach der Schule bei Fay und Nevil vorbeigeschaut hatte, um mit ihren Mädchen einkaufen zu gehen.

»Sie is schon fast neun«, hatte Fay zu Mama gesagt. »Sie is alt genug. Du darfst nich so überängstlich sein.« Als Reese nicht aufhörte zu betteln, stimmte Mama widerstrebend zu.

Ich ging langsam nach Hause, versuchte meinen Rock, den der Wind immer wieder aufblähte, festzuhalten und dachte, was für ein Luxus diese ein oder zwei Stunden waren, bevor Reese heimkam, eine durchgehende Zeitspanne, in der ich auf der Couch liegen, Radio hören, Cola trinken und das Taschenbuch *Die Clique* lesen konnte, das ich endlich aus der Bibliothek herausgeschmuggelt hatte. Wie ich so in der frischen Frühlingsbrise am Woolworth vorbeiging, die Schuhe in der Hand, und an meinem Rocksaum zupfte, sah ich plötzlich, daß Mama die Treppe zu unserer Wohnung herunterlief. Sie trug ihr

Haarnetz und die flachen weißen Schuhe, also konnte sie noch nicht sehr lang zu Hause gewesen sein. Die Art, wie sie sich bewegte, konnte nur bedeuten, daß irgend etwas nicht stimmte, und so fing ich zu rennen an, kam gleichzeitig mit ihr beim Auto an. Trotzdem heulte der Motor des Pontiac schon auf, als ich die Hand erst am Türgriff hatte. Ich sprang hinein und warf die Bücher auf den Rücksitz, bevor sie mich aufhalten konnte, aber ich war doch überrascht, als sie mir nicht befahl, wieder auszusteigen, nur das Gaspedal durchdrückte, so daß die Reifen quietschten, als wir auf den Highway fuhren.

»Es geht um deine Tante Alma«, sagte sie. »Klein-Earle hat angerufen. Klang schrecklich. Konnte nich mal rauskriegen, was passiert is, also frag nich.« Mama sah finster aus – ängstlich und wütend zugleich. Ich fragte mich, was wohl schiefgelaufen war, ob Onkel Wade etwas angestellt hatte oder vielleicht einer der Cousins. So wie Tante Alma seit Annies Tod gewesen war, konnte es alles mögliche sein.

»Ohne unsre Schutzengel wärn wir doch alle verratzt, oder?« hatte Tante Alma gesagt, als wir sie das letztemal sahen. »Die ganze Zeit passieren so schlimme Sachen.«

Ich konzentrierte mich auf den Türgriff in meiner Hand, während Mama zum West Greenville Highway hinausbrauste. Sie nahm die Ausfahrt an der Old Henderson Road, vorbei an der Tankstelle, in der Onkel Wade vor seinem Unfall gearbeitet hatte, und bog auf die Lehmstraße ein, die das offene Gelände durchschnitt, wo im nächsten Jahr die Interstate gebaut werden sollte. Tante Alma hatte eines der für unbewohnbar erklärten Bauernhäuser da draußen erworben und war nach Ruths Tod eingezogen.

Klein-Earle wartete auf uns neben dem Kuhgatter, unten am Briefkasten, sein Gesicht war weiß und sein Hemd verschmiert mit erdbraunen Flecken. Seine Oberlippe war voller Rotz, und er wischte sich ständig mit den Händen über den Bauch, wo er am dreckigsten war. Mama stieg nicht aus, hielt nur kurz an und beugte sich aus dem Fenster. »Mit dir alles in Ordnung?« brüllte sie, und er nickte. Mir sah er gar nicht danach aus.

»Sie is oben im Haus«, flüsterte er, als hätte er Angst davor, zu laut zu reden. »Ich hab's versucht. Ich hab's versucht, aber sie läßt mich nix machen.« Er umklammerte fest seine Schultern. »Sie is ganz allein da oben. Ich hab die Mädels weggeschickt und dich angerufen.« Alle paar Worte schnappte er nach Luft. »Und dann Onkel Earle. Onkel Earle hat gesagt, ich soll nich wieder reingehn und überhaupt, sie macht mir angst. Mama macht mir angst.« Er hielt inne und schaute auf den Weg zurück, der eine Kurve beschrieb und in einem Kiefernwäldchen verschwand. »O Gott, Tante, sie is verrückt geworden wie 'ne Milchkuh, genau wie Daddy gesagt hat!«

»Wisch dir das Gesicht ab und bleib ruhig«, sagte Mama barsch. »Ich schick Finger bald zu dir runter, und ich will auf keinen Fall, daß du deinen Schwestern angst machst. Wasch dir jetzt das Gesicht und schau, daß du den Dreck wegkriegst.« Sie klang geradezu angewidert – so hatte ich sie noch nie zuvor mit irgendeinem Kind reden hören. Ich schaute von Klein-Earle zu ihr und rollte fast vom Sitz, als sie Gas gab und den Pontiac die Auffahrt hochjagte. Hinter uns hörte ich noch einen Motor, und als ich über die Schulter nach hinten schaute, sah ich Onkel Earles Laster, der eine Wolke aus rotem Staub aufwirbelte und mit lautem Gerassel Werkzeuge in der Gegend verstreute. Er brüllte irgend etwas, aber Mama hielt nicht an, raste nur in Tante Almas Hof und fuhr fast ihre Blumenfässer über den Haufen, bevor sie den Motor abwürgte und aus dem

Auto sprang. Ich rutschte auf den Fahrersitz, um gleich hinter ihr herzulaufen, aber ohne sich auch nur umzudrehen, brüllte Mama mich an, ich solle dableiben. Ich rührte mich nicht von der Stelle, während sie zur Veranda und zu Tante Almas zusammengekrümmter, regloser Gestalt rannte.

Hühner kreischten und rannten davon, hinter dem Pontiac legte sich der Staub, aber sonst herrschte Totenstille. Ich sah eine Reihe weißer Gesichter durch Tante Almas feinmaschigen Gartenzaun spähen – Patsy Ruth, Reese und Fays Mädchen Grace und Mattie. Die Sonne brannte herunter, heiß und dämpfig, und unter dem schwarzen Walnußbaum standen Pfützen, die noch nicht hatten austrocknen können. Von Onkel Wade oder seinem Laster war keine Spur, und alles sah merkwürdig friedlich aus. Dann bemerkte ich, daß Tante Almas sämtliche Blumenkästen im Hof lagen, Knospen und Blätter überall verstreut. Neben einem Blumenkasten war die Emailschleuder aus ihrer alten Waschmaschine, und die Haufen inmitten von Dreck und Schlamm schienen Kleider zu sein. Der Klang von Mamas Stimme drang zu mir herüber, ein besänftigendes Gemurmel ineinander übergehender Sätze, das mich daran erinnerte, wie Tante Alma immer mit der kleinen Annie geredet hatte. Tante Alma war still, nach vorn gebeugt und reagierte nicht, als Mama die Arme um sie legte und sinnlose Trostworte flüsterte.

Ich öffnete leise die Wagentür auf meiner Seite und stieg aus. Unter meinem Fuß war eine Gabel, die Zinken im Boden vergraben. Überall lag Besteck und Geschirr herum, und aus einem zerbrochenen Blumentopf ragte ein Bratenwender in die Höhe. Ich stieg über einen kaputten Teller hinweg und entdeckte Dutzende von Garnspulen unter der Veranda und eine Kneifzange unter dem rechten Vorderrad des Pontiac. Alles war mit Staub bedeckt, so daß ich nah herangehen mußte, um die einzelnen Sachen unterscheiden zu können. Gleich hinter dem Kotflügel erhob sich, von einer leichten Brise getragen, ein verfilztes Büschel rotbrauner Locken in die Luft; die Haarbürste lag neben einem zersplitterten Handspiegel. Ich bückte mich und sah einen Stapel verblaßter Fotos, fast verdeckt von zerdrückten Margeritenblütenblättern und Schleierkraut. Das fächerförmige Dreieck daneben sah aus wie die Stabjalousie, die Tante Alma immer in ihrem Badezimmer hängen hatte.

»Schätzchen. Süße. Is ja alles gut«, sagte Mama gerade. Ich schaute zu den beiden hinüber. Tante Almas Füße ruhten auf einem kleinen Haufen zerschlagener schwarzer Scheiben – 45er-Schallplattenbruchstücke –, und ihre hellen Strümpfe waren über die braunen Schuhe mit den abgebrochenen Absätzen heruntergerutscht. Wo ihr geblümtes gelbes Kleid hochgeschoben war, konnte man auf Waden und Knien deutlich Schlammspritzer erkennen. Der Saum ihrer weißen Baumwollunterhose hing ihr bis zu den Kniekehlen herunter. Die Ärmel ihrer ausgewaschenen blauen Strickjacke waren hochgekrempelt, und Jacke wie Kleid waren mit getrockneten Schlammspritzern übersät. Ihre Hände waren genauso verdreckt wie alles andere an ihr, dunkle Flecken, die Fingernägel abgebrochen und die Nagelhaut eingerissen.

Blut, erkannte ich. Das war Blut zwischen den Schlammspritzern, überall auf Tante Almas Händen, dem Kleid, der Strickjacke, den Waden und im Gesicht. Ihre Haare waren davon verklebt. Ein Schauer überlief mich, und meine Kopfhaut wurde heiß und prickelte. Tante Almas Finger waren in ihrem Schoß verkrampft. Ihr Gesicht war geradeaus gerichtet, aber ihr Blick war vollkommen leer, schaute nicht nach außen, sondern nach innen. Langsam löste sie die Hände und hob sie zum Gesicht hoch, die aufgerissenen, wunden Finger glitten über ihre Wangen und schoben die Haare nach hinten, breiteten frisches Blut über ihre Schläfen. An ihren Unterarmen waren Schnitte, einer auf ihrer linken Wange und noch einer an ihrem Hals, unter dem Kinn. Mir blieb der Mund offenstehen. Ich wandte mich ab. Da war überall Glas, zersplittert, verstreut, glitzernd im Sonnenlicht. Ich stand barfuß in einem Hof voll zerbrochenem Glas.

»Er kommt bald wieder«, sagte Tante Alma gerade. »Jede Minute kann er wieder da sein, ich weiß es. Ich bin bereit.« Sie drehte sich um und schaute Mama direkt an. »Ich bin bereit«, wiederholte sie, und ihre Stimme klang genauso ruhig und vertraut wie die von Mama. »Ich bin bereit für ihn.«

»Ja«, sagte Mama. »Klar, Schätzchen. Das biste. Sin wir beide. Wir bleiben einfach 'ne Zeitlang hier sitzen und warten auf ihn.« Sie wandte den Blick nicht von Tante Almas Augen, das Gesicht ganz nah, als wäre ihre Anwesenheit das einzige, was Alma mit der Erde verband. Eines der Mädchen fing drüben am Gartenzaun zu wimmern an. Ich schaute mich um, konnte den Gedanken, daß alle verrückt geworden waren, nicht loswerden. Frauen in ganz Greenville County würden Gegenstände zerschmettern und sich dann hinsetzen, um auf Armageddon oder den Sonnenaufgang oder irgend etwas zu warten. Die Idee gefiel mir.

»Finger, mach, daß du da wegkommst.« Das war Onkel Earles Stimme. Er stand ein gutes Stück entfernt bei der Kieferngruppe, wo der Weg eine Biegung machte, seine schwarzen Haare glänzten in der Sonne, und die Nervosität, die sein Gesichtsausdruck verriet, wirkte fast komisch. »Komm schon, Mädel. Geh wieder ins Auto und laß deine Mama das machen.« Seine Hände lagen flach auf den Schenkeln, und die Kiefer hatte er fest zusammengepreßt. Er sah erschrocken aus, zu Tode erschrokken.

»Ich schneid ihm die Kehle durch«, sagte Tante Alma im vernünftigsten Tonfall, den man sich nur vorstellen konnte. »Ich hab das Messer dazu.«

»Wo isses?« fragte Mama.

»In meiner Tasche.« Tante Almas Hände sanken herunter, klopften auf den Rock ihres Kleides. Ihre rechte Hand schlüpfte in eine Tasche, die ich vorher nicht bemerkt hatte, und holte ein Rasiermesser heraus, dessen Schneide im Griff versenkt war. Sie schleuderte das Handgelenk herum, und es klappte auf, die Klinge blitzte im Sonnenlicht. Sie hob die linke Hand und legte die Klinge auf die Handfläche, betrachtete sie mit einem Blick, als wäre sie etwas Wunderschönes.

»Oh, damit wird's schon gehen«, sagte Mama. Ihre Stimme klang immer noch sanft und sachlich. Sie schaute sich nach mir um. »Finger, Mädel, geh doch ins Haus und hol deiner Tante 'n Glas Tee, ja?« Ihr Blick schweifte von mir zu Onkel Earle, und sie schüttelte leicht den Kopf. Er nickte und wich zu den Kiefern zurück. »Wir sollten dich 'n bißchen saubermachen, Alma. Du schaust aus, als wärste in 'nen Sturm gekommen.« Sie lachte leise und nahm sanft den Arm ihrer Schwester. Alma erschauerte und beugte sich über das Rasiermesser. Mama wurde ganz ruhig, ihr Gesicht mit Bedacht ausdruckslos.

Ich starrte die beiden an. Sie schienen sich ähnlicher zu sein denn je. Tante Alma war gut zehn Jahre älter als Mama und etwa zehn Kilo schwerer, aber sie hatte die gleichen ausgeprägten Gesichtszüge, Wangenknochen, die hervorstanden wie Hammerköpfe, unter eingesunkenen und umschatteten Augen. Ihre Haare hatten die gleiche Struktur, trocken und dünn, die von Mama waren nur heller wegen der Spülungen, mit denen sie sie behandelte, und etwas glatter wegen des Haarnetzes, das sie in der Arbeit tragen mußte. Tante Almas Haare hatten einen rötlichen Glanz, der allen Frauen in ihrem Zweig der Familie eigen war. Ihr Hals jedoch war identisch, harte, vorstehende Sehnenstränge, die das kleine Loch, wo die Schlüsselbeine zusammenliefen, noch tiefer und auffälliger machten. Die Haut war die gleiche, rauh von der Arbeit und rötlich unter der Sonnenbräune, nur trug Tante Alma kein Make-up, und das von Mama war von Schweißspuren durchzogen. Sie waren aus einer Familie, offensichtlich miteinander verwandt, eindeutig Schwestern. Als ich laut schluckte, drehten sich beide zu mir um mit derselben Bewegung und demselben Gesichtsausdruck.

»Willste nich tun, was ich dir gesagt hab?« hakte Mama nach, gerade so, als säße Tante Alma nicht da, über und über gesprenkelt mit ihrem eigenen Blut. Tante Alma machte eine fahrige Geste, hob den Kopf und schaute mich an. Ich wußte nicht, wo ich meine Füße aufsetzen sollte.

»Mädels«, seufzte Tante Alma. »Träumer, die dauernd irgendwo rumstehn und Däumchen drehn.«

»Is einfach so«, stimmte Mama zu und schüttelte resigniert den Kopf.

Ich hätte am liebsten gelacht, aber statt dessen wurde ich rot. Wie alt mußte ich noch werden, bis sie aufhörten, so über mich zu reden? Ich holte tief Luft und stieg über die Blumentopfscherben, die zerbrochenen Schallplatten und die Stufen hoch. Im Eingang lag noch mehr Schutt, verhinderte, daß die Fliegengittertür zufiel. Die Küchenstühle waren zertrümmert, der Tisch war umgedreht, die Schränke waren ausgeleert, und alles lag am Boden. Ich stakste vorsichtig zum Kühlschrank, überrascht, daß er nicht offenstand, noch mehr überrascht, daß der Inhalt unversehrt und Eis im Kühlfach war. Ein großer Krug Tee war schon vorbereitet. Ich drehte mich zur Veranda um, sah, daß Mama und Tante Alma immer noch zusammen auf den Stufen saßen.

»Willste auch 'n Glas Tee, Mama?« fragte ich langsam.

»Ja, Schätzchen, das wär nett.« Sie legte den Arm um Tante Almas breite Schultern und zog sie an sich. »Deine Tante und ich wollen einfach noch 'ne Weile hier sitzen bleiben, bevor wir mit dem Aufräumen anfangen.«

»Ich will noch 'n Kind haben«, sagte Tante Alma nuschelnd. Wir hatten sie endlich in Patsy Ruths Bett, in Decken eingewickelt, Mullbinden um die Hände. Almas großes altes Bett war in der Mitte auseinandergebrochen, obwohl wir uns nicht vorstellen konnten, wie sie es fertiggebracht hatte, das Kopfbrett aus Eichenholz zu zerschlagen. Sie lag da und murmelte vor sich hin, benommen von dem Gebräu aus Whiskey, heißem Wasser, Honig und Zitronensaft, das Mama ihr verabreicht hatte. »Ich hab's ihm gesagt. Hab ihm gesagt, daß ich noch 'n kleines Mädel haben will. Hab ihm gesagt, daß es erst wieder gut wird, wenn ich noch mal 'n Baby krieg.« Sie verstummte. Noch immer hatte sie das Rasiermesser in der Hand, es war zwar zugeklappt, aber sie hielt es so fest umklammert, daß es ihr nicht wegzunehmen war. Wir hatten das meiste saubergemacht, die Kinder zu Tante Raylene geschickt und dafür gesorgt, daß Onkel Wade nicht eher nach Hause kam, als bis ihn jemand abholte. Im Hof hatten wir gar nichts gemacht, nur den größten Teil der Glassplitter und die zerfetzten Kleider vom Boden aufgehoben, die Küche mehr oder weniger wieder in Ordnung gebracht und Tante Alma gewaschen und verbunden. Von den Kindern war keines verletzt, sie waren nur zu Tode erschrocken. Der einzige Unfall war mit einem der Welpen passiert, der sich das Genick gebrochen hatte, als etwas oder jemand auf ihn drauffiel. Kurz vor Sonnenuntergang waren Grey und Garvey aufgetaucht, um im Hof ein bißchen aufzuräumen und die diversen Tiere zu versorgen. Mama ließ sie nicht ins Haus. Ich beobachtete sie eine Zeitlang, während sie kopfschüttelnd herumgingen und sich lautstark und beinah ehrfürchtig über die zerstörerischen Kräfte von Tante Alma wunderten.

Mama war Alma nicht von der Seite gewichen, ließ sie keinen Augenblick los, beruhigte und tröstete sie und war ständig zwischen mir und jenem Rasiermesser, das Tante Alma nicht aus der Hand gab. Sie redete, als wäre nichts geschehen, und meistens ging es sogar um mich, wie langsam ich Antwort gab, was für ein Tagträumer ich war, wie sehr ich meiner Großtante Malvena glich. Es überraschte mich, das alles zu hören, und noch mehr überraschte es mich, als sie sagte, ich würde hier bei Alma bleiben, ihr zur Hand gehen, jetzt, da der Frühling gekommen war. »Du brauchst hier 'n bißchen Hilfe, Alma«, sagte Mama. »Es wird dir gefallen, wenn Finger im Haus is. Vielleicht bringst du sie sogar dazu, dir ab und zu was vorzusingen.«

Mir war die Kinnlade heruntergefallen, und ich war wie versteinert stehengeblieben, so nah am Bett, wie ich mich traute. Meinte sie das wirklich? Glaubte Mama, ich sei verläßlich? Sah ich aus wie meine Großtante Malvena? Fand sie wirklich, daß ich singen konnte?

Tante Alma nahm kaum zur Kenntnis, was Mama sagte, beklagte sich nur immer weiter über Onkel Wade. »Ich hab gesagt: ›Mach mir 'n Kind, Wade. Mach mir einfach 'n Kind.‹« Sie versuchte sich aufzusetzen, und Mama beugte sich vor, um sie zu trösten, kletterte zu ihr ins Bett. »Weißte, was er zu mir gesagt hat? Weißte, was er zu mir gesagt hat?« fragte Alma, hielt sich mit einer Hand verzweifelt an Mama fest. Sie wartete nicht auf eine Antwort. Sie ballte die andere um die Bettdecke zur Faust, schüttelte sie und stieß die Antwort zwischen den Zähnen hervor. »›Was du willst, is was andres, als was ich will‹, hat er gesagt, ›du bist alt und häßlich und fett wie 'ne Kuh, verrückt wie 'ne Kuh, die zuviel Klee gefressen hat, und du stinkst wie 'ne Kuh, die in saurer Milch gelegen hat.‹ Sagt: ›Ich würd dich nich mal anrührn, wenn du in Whiskey Soda gebadet hättst und dir 'nen Sack übern Kopf stülpst.‹ Er hat mich ausgelacht. Und dann isser einfach zur Tür raus.«

Sie lehnte sich schlaff zurück. Tränen liefen ihr übers Gesicht, und die Lippen klebten ihr an den Zähnen. Langsam schüttelte sie den Kopf.

»All die Jahre sorg ich für ihn, lieb ihn, gib ihm Kinder und Essen und saubere Wäsche und lieb ihn. Ich lieb ihn, und dann kommt er daher und redet so mit mir.«

Sie weinte, rang nach Luft.

»Und Annie!« heulte sie.

Mama schloß Alma in die Arme wie ein kleines Mädchen, schaukelte sie hin und her, während sie weinte. Es dauerte nicht lang. In der Stille danach murmelten die beiden etwas, das ich nicht deutlich hörte. Es klang so, als sagte Mama so ungefähr, Onkel Wade sei ein liebevoller Mann und daß Tante Alma ihn liebte. Dann ertönte auf einmal laut und stark Tante Almas Stimme.

»Aber deswegen muß ich ihm ja die Kehle durchschneiden«, sagte sie schlicht. »Wenn ich den Scheißkerl nich lieben würd, dann könnt er von mir aus ewig leben.«

»Wenn 'ne Frau glaubt, sie muß durchdrehn, dann hältste dich am besten raus.« Onkel Earle alberte mit Grey und Garvey im Dunkeln draußen auf der Veranda herum; die drei steckten die Köpfe zusammen, rauchten und teilten sich ein Bier. Sie hatten unbedingt ins Haus gewollt, und schließlich hatte Mama ihnen erlaubt, die kaputten Möbel hinauszutragen, aber darauf bestanden, daß sie leise waren, damit Alma schlafen konnte.

»Ach, Weiber«, brummelte Garvey. »Is doch gar nich so schwer mit denen.«

»Denkste!« Onkel Earle lachte. »Ich sag dir eins, Junge, du kannst nie voraussehn, was 'ne Frau nich alles anstellt. Erinnerste dich an das Mädel von Nashville, mit dem ich vor zwei Sommern rumgezogen bin, 'n süßes kleines Ding, nich recht viel größer als Finger, ganz käsig, blond, und ständig hat se gekichert?«

»Winzig, ja genau«, sagte Grey mit einem Lachen in der Stimme. Es klang, als erinnerte er sich sehr gut an sie. »Sie war so schüchtern, daß niemand sie richtig gekannt hat.«

»Tja, und dieses kleine Ding«, fuhr Onkel Earle in seinem Singsang fort, »dieses kleine Ding hätt mir eines Nachts mit 'ner Schere fast die Eier abgeschnitten. Hat mich in die Zange genommen und war drauf und dran, Ernst zu machen. Wenn ich nich doppelt so schwer gewesen wär wie sie und sechsmal soviel Angst gehabt hätt, dann hätt sie 'n Eunuch aus mir gemacht.« Er lachte, als würde er allein bei dem Gedanken daran immer noch nervös. »Ich sag's dir, Weiber sin gefährlich. Das darfste nie vergessen.«

Ich lehnte mich mit dem Gesicht an die Fliegengittertür. Sie knarzte leicht, und alle drei schauten zu mir herüber. Meine Umrisse müssen vor dem Licht aus der Küche ausgesehen haben wie die eines gespenstischen Nachtwesens, weil alle erschrocken zusammenfuhren. Earles Gesichtszüge wurden hart.

»Finger«, sagte er, »du gehst besser wieder rein zu deiner Mama. Vielleicht braucht sie deine Hilfe.« Grey stand still neben Earle da, eine Bierdose in der Hand. Ich wartete ab, schaute ihn an, dachte daran, wie er geschworen hatte, nie zu vergessen, was wir getan hatten. Er hob die Bierdose hoch, nahm einen tiefen Schluck. Er sah so stolz aus, stolz, weil er da auf der Veranda stand und mit Onkel Earle trank.

»Haste Earle denn nich gehört?« Garveys Stimme klang barsch.

Ich schaute ihm direkt ins Gesicht und schnaubte verächtlich. Kleiner Junge, der großer Mann spielt, das beeindruckte mich nicht, aber ich zog mich trotzdem in die Küche zurück. Ich erinnerte mich ganz genau an das Mädchen aus Nashville. Sie war so schüchtern, daß sie jedesmal stotterte, wenn sie eine Frage beantworten wollte, und vor Insekten jeglicher Art hatte sie eine schreckliche Angst. Wir neckten sie immer, bis sie heulte und zu Earle rannte, als wäre er ihr Vater, nicht ihr zukünftiger Ehemann. Sie hatte mir nicht danach ausgesehen, als könnte sie irgendwas Schlimmes anstellen, ja nicht einmal daran denken. Nicht wie Tante Alma, die immerhin eine Boatwright war und so gefährlich wie ein Mann, selbst wenn sie nicht durchgedreht war.

Aber bei Frauen kann man nie wissen, dachte ich. Ich betrachtete meine Hände im schwachen Licht der Lampe, die Mama auf die Anrichte neben der Spüle gestellt hatte. Meine Hände waren klein, feine, blaue Adern unter blasser Haut, wie die von Alma und Mama. Alle hatten wir kleine Hände. Ich schaute durch den Flur

zum Schlafzimmer hin. Der zertrümmerte Bettkasten am Boden lag genau in meinem Blickfeld.
Nein, dachte ich, bei Frauen kann man einfach nie wissen. Vielleicht sogar nicht einmal bei Mädchen.

»Es is mir vorher noch nie aufgefallen, wie ähnlich du Alma bist.« Es war so spät, daß es fast schon Morgen war. Mamas Stimme kam aus der Dunkelheit von der Tür her. »Aber wie wir da zusammen auf der Treppe gesessen sind und du im Hof gestanden bist, da hab ich es ganz deutlich gesehn. Ich hab gesehn, wie du ausschaun wirst, wenn du erwachsen bist. Du wirst genauso hübsch sein wie Alma, als sie noch 'n Mädel war, hübscher, als du's dir jemals vorstellen kannst.«
Ich sagte nichts. Ich war in eine Decke eingewickelt, saß auf Klein-Earles Matratze gegen die Wand gelehnt, wo wir sie am Abend hingezogen hatten. Tante Alma war schließlich doch eingeschlafen, und Mama hatte gemeint, es sei in Ordnung, wenn wir versuchten, uns ein bißchen auszuruhen. Aber eine geschlagene Stunde lang war sie nur dagesessen, auf ihr Kissen gestützt, und hatte geraucht, und ich hatte ins Dunkel gestarrt, hatte den Kühen gelauscht, die auf der Weide neben dem Haus waren.
Mama rutschte unruhig hin und her, drehte sich zu mir. »Finger«, sagte sie weich. »Was denkst du bloß die ganze Zeit?«
»Nix Besonderes.« Ich schaute auf das brennende Ende der Zigarette. Meine Augen hatten sich an die Dunkelheit gewöhnt, und ich konnte die Umrisse ihres Körpers erkennen, die Schultern, die auf dem Haufen alter Kissen ruhten, die Arme, die auf der Decke lagen. »Nix, was ich erklären könnt.«
»Du bist immer so still, beobachtest immer.« Mamas Stim-

me war weich, klang so entspannt, wie ich sie schon lange nicht mehr gehört hatte. »Ich merk's, wenn du wütend bist, weißte das? Du kriegst dann diesen Gewitterwolkenblick, und in letzter Zeit haste den oft gehabt.« Sie bewegte sich, drückte die Zigarette in einem Unterteller auf dem Fußboden aus. »Das Dumme is, wenn du nich wütend bist, dann weiß ich nich, was in dir vorgeht. Du schaust nie glücklich aus. Du schaust aus, als würdste warten. Auf was wartest du, Finger?«

Darauf, daß du zu Daddy Glen zurückgehst, dachte ich und zog mir die Decke enger um die Schultern.

»Finger?«

Ich legte mir die Fingerspitzen an die Kehle, spürte die Wärme dort, den Puls in der Vertiefung unter dem Kinn.

»Finger? Du schläfst doch nich?«

»Nein.«

»Willste nich mit mir reden?«

Meine Hand war naß, mein Kinn, der Rand der Decke. Ich dachte an Tante Almas offenen Blick am Nachmittag, als sie darüber geredet hatte, daß sie Onkel Wade liebte, daß sie ihn umbringen wollte. Diese Art Liebe verstand ich nicht. Ich verstand gar nichts. Ich schluckte und versuchte, keinen Laut von mir zu geben.

»Du bist immer noch wütend auf mich, oder?« Mama klang, als würde sie gleich weinen. Ich beugte mich vor und preßte meinen Mund auf die Decke. »Willste's mir nich sagen?«

Draußen auf der dunklen Weide muhte eine Kuh. Ich schluckte noch einmal. »Ich wart drauf, daß du heimgehst«, sagte ich. »Ich wart drauf, daß du zu Daddy Glen zurückgehst.«

Mama schwieg lange. »Glaubste, daß ich das mach?« flüsterte sie schließlich.

»Mhm«, sagte ich.
»Ach, Finger.« Sie setzte sich auf, nahm sich eine Zigarette und zündete sie mit einem Streichholz an. Im Licht der Flamme sah ich, daß ihre Wangen blaß waren und glänzten. »Willste rüberkommen und dich zu mir setzen?«
»Nein.« Ich rührte mich nicht. Ich hatte das Gefühl, hyperempfindsam zu sein, als könnte ich alles hören, die Hufe der Kühe im feuchten Gras, den Tau, der von der Verandatraufe tropfte, Mamas Herz, das vor Angst laut pochte.
»Finger, ich könnt's nich ertragen, wenn du mich haßt«, sagte sie.
»Ich könnt dich nich hassen«, erwiderte ich. »Mama, ich könnt dich nich hassen.«
»Aber du bist dir ganz sicher, daß ich zu ihm zurückgeh.«
»Mhm.« Ich hustete und räusperte mich.
»O Gott, Finger! Ich kann einfach nich zurückgehn. Ich will nich, daß du mich haßt.«
»Ich werd dich nie hassen.« Ich holte tief Luft und versuchte, meine Stimme ganz ausdruckslos zu halten. »Ich weiß, daß du ihn liebst. Ich weiß, daß du ihn brauchst. Und er is gut zu dir. Er is gut zu Reese. Er is einfach ...« Ich dachte kurz nach. »Ich weiß es nich.«
Wir waren eine Zeitlang still. Als Mama dann sprach, klang sie fast wie ein Mädchen, unsicher und verängstigt. »Vielleicht muß er mit jemand reden. Raylene sagt, er braucht vielleicht 'nen Doktor.«
Ich wischte mir übers Gesicht und zuckte mit den Achseln. Jetzt war ich müde, todmüde, so abgrundtief müde, daß ich beim Einatmen die Luft kaum noch bis hinunter in meine Lungen brachte. »Vielleicht«, sagte ich.
»Ich geh nich zurück, bevor ich nich weiß, daß du nix zu

befürchten hast.« Mamas Stimme klang entschlossen. »Das versprech ich dir, Finger.«
»Ich geh nich zurück.« Die Worte waren so ruhig, so einfach, sie schienen gar nicht aus mir herausgekommen zu sein. Aber kaum waren sie ausgesprochen, spürte ich wieder etwas Kraft in mir.
»Ich würd dich nich dazu zwingen, Süße.«
»Nein. Ich weiß. Das isses nich, Mama. Ich weiß, daß du das nich tun würdst.« Ich setzte mich auf, ließ den Kopf herunterbaumeln und hörte, wie meine Halswirbel merkwürdig knackten, als die Muskeln nicht länger angespannt waren. Als ich wieder sprach, war meine Stimme laut, die Worte kamen klar und deutlich. »Ich weiß, daß du zurückgehst, Mama, und vielleicht solltst du's auch tun. Ich weiß nich, was für dich das richtige is, nur, was ich zu tun hab. Ich kann nich zurückgehn und mit Daddy Glen leben. Ich werd's nich tun. Ich könnt 'ne Zeitlang bei Tante Carr bleiben oder zu Raylene ziehn. Ich glaub, sie würd mich ganz gern bei sich haben. Aber egal, für was du dich entscheidest, wenn du zu Daddy Glen zurückgehst, kann ich nich mit dir gehn.«
»Finger.« Mama erhob sich so schnell von ihrer Matratze, daß ich mich unwillkürlich nervös an die Wand preßte. Ihre Hände legten sich auf meine Schultern, drückten sanft zu. »Was willste mir damit sagen?« fragte sie.
Ich konnte ihr Gesicht sehen. Der Mond mußte aufgegangen sein. In dem schwachen Licht, daß von draußen hereinkam, wirkten ihre Wangenknochen und die umschatteten Augen gespenstisch. Sie hatte Angst.
»Ich liebe dich«, sagte ich, »aber es fällt mir nix ein, was ich sonst tun könnt.«
Sie verstärkte ihren Griff. Ich spürte, wie ihre Fingernägel sich in meine Schultern bohrten, spürte, wie groß ihre

Furcht war. Sie schüttelte den Kopf und zog mich an sich. »O Gott, was hab ich nur getan?« rief sie.

»Mama, nich«, sagte ich sanft. »Bitte.« Sie ließ mich los, blieb aber dicht neben mir knien. Ich fragte mich, ob sie mich genauso deutlich sehen konnte wie ich sie. Und wenn, was sah sie dann in meinem Gesicht?

Draußen begann es zu regnen. Es wehte kein Wind, und das Wasser rieselte sanft flüsternd herunter, kleine Tropfen, die um die zarten jungen Blätter an Bäumen und Büschen perlten. Mama legte sich die Hände flach auf die Augen. »Is gut«, sagte sie. »Is gut.«

Ich schluckte. Ich wollte die Hand nach ihr ausstrecken, sagen, daß es mir leid tat, sagen, daß ich es nicht so gemeint hatte, daß ich mit ihr zurückgehen würde, aber ich rührte mich nicht. Nach einer Weile stand sie auf und ging wieder zu ihrem Lager. Sie rauchte keine Zigarette mehr. Sie zog die Decke hoch und lag still da, so ruhig, daß man meinen könnte, sie wäre augenblicklich eingeschlafen.

Viel später, in der frühen Morgendämmerung, die Decke über den Kopf gezogen, hörte ich, wie Mama zu weinen anfing, wie sie sich bemühte, keinen Laut von sich zu geben, und wie es ihr fast gelang. Nur das tiefe Luftholen hin und wieder verriet sie. Meine eigenen Augen waren trocken. Ich hatte nicht das Gefühl, daß ich weinen würde. Ich hatte nicht das Gefühl, daß ich jemals wieder weinen würde.

20

Es war friedlich bei Tante Alma draußen. Der Frühling schritt voran, bis der Garten und die umliegenden Wälder üppig grün und voll Vogelgezwitscher waren. Die drei Welpen, die überlebt hatten, tapsten unbeholfen und übermütig herum und drängelten sich um die Zitzen ihrer Mama. Die im Hof verstreuten Kleider mußten ausgeschüttelt werden, bevor man sie waschen konnte. Die Waschmaschine selbst funktionierte ganz gut, aber Earle fand nicht heraus, wie die Schleuder wieder eingebaut werden konnte. Ich hängte die tropfnassen Sachen auf eine Wäscheleine, die Grey zwischen der Veranda und dem schwarzen Walnußbaum gespannt hatte, obwohl nichts wirklich sauber wurde und Mama einiges zum Wegwerfen aussortierte. Neben der Veranda legte ich alle Sachen, die so kaputt waren, daß man sie nicht mehr reparieren konnte, auf einen Haufen, und Onkel Earle fuhr sie weg.

Alma fand langsam wieder zu sich selbst. Sie wollte nicht viel reden, aber ich auch nicht. Mama kam jeden Nachmittag für eine Weile heraus, dann jeden zweiten Tag und schließlich alle paar Tage. Sie brachte Alma immer eine Kleinigkeit mit, Gemüseauflauf oder Mixed Pickles mit Biscuits, einmal sogar eine kleine Brombeerpastete. Mir brachte sie Bücher mit, Taschenbücher, die sie unten in der Bücherbörse erstand, oder Zeitschriften, die sie von ihren Kolleginnen in der Stevens-Fabrik bekam. Eines

Nachmittags reichte ihr Alma das Rasiermesser, das sie immer in der Schürzentasche mit sich herumgetragen hatte.

»Du wirst dich besser fühlen, wenn du das mitnimmst«, sagte sie zu Mama. Beide schauten das tödliche Instrument an.

»Biste sicher, daß du's nich mehr brauchst?« Mama fuhr über den glattpolierten Griff und die stumpfe Außenkante. »Wenn es dir 'n besseres Gefühl gibt, dann solltste's behalten.«

»Nein.« Tante Alma seufzte und strich sich nervös mit den Fingern durch die Haare. In den Wochen, seit sie das Haus beinah zertrümmert hatte, waren sie ganz grau geworden, und am Nachmittag zuvor hatte sie sie mit jenem Rasiermesser kurz geschnitten. »Der Drang is weg. Ich will Wade zwar immer noch nich sehn, aber ich stell mir nich mehr vor, daß ich ihm die Kehle durchschneid.«

»Und das is auch gut so«, erwiderte Mama. »Laß ihn am Leben, damit er leiden kann. Er is drüben bei Fay, und Carr is die ganze Zeit bei ihm. Sie sagt, sie traut sich nich heimgehn, bevor sie nich weiß, daß mit Wade alles in Ordnung is. Aber wenn ihn nich grad das Bein juckt oder sie um ihn rumnörgelt und -jammert, schaut er aus, als würd er sich am liebsten auf der Stelle noch mal 'nen Schuß verpassen.« Beide lächelten.

Keiner ließ ein Wort darüber fallen, daß ich auf dem Land zur Schule gehen müßte. Mama hatte mir eine Liste mit den Büchern mitgebracht, die ich lesen sollte, und eine Notiz von meiner Lehrerin, in der es hieß, solange ich nicht länger als einen Monat weg sei, könne alles nachgeholt werden. Ich überlegte, was Mama ihr wohl erzählt hatte, aber ich fragte nicht nach. Es war eine solche Erleichterung, nicht diese langweiligen Stunden absitzen zu müssen, soviel lesen zu können, wie ich wollte, mit Alma lang aufzubleiben und aufzustehen, wann ich Lust hatte. Mama und ich gingen etwas lockerer miteinander um, aber noch behutsam. Von Reese erfuhr ich, daß Mama Daddy Glen ein paarmal gesehen hatte und sie wieder miteinander redeten. Ich versuchte, mir über die Zukunft keine Gedanken zu machen, über gar nichts allzuviel nachzudenken. Ich arbeitete in Almas Garten, rettete von ihren Kräutern und Blumen, soviel ich konnte, und pflanzte die Sämlinge und Setzlinge ein, die Raylene vorbeibrachte. Die Tage waren ein Geschenk, lang und warm, die Nächte still und kühl. Ich schlief traumlos und wachte in Frieden auf.

An dem Nachmittag, als Daddy Glen auftauchte, war Alma allein im Garten draußen und setzte die Tomatenpflänzchen ein, die Raylene am Tag zuvor gebracht hatte. Ich wollte ein Picknick machen, hatte schon einen Stoffbeutel mit einer Flasche Zitronentee hergerichtet und bestrich gerade Brote mit Erdnußbutter. Die Welpen waren in die Küche gekommen, drängelten und stolperten übereinander, so wichtig hatten sie es, auch was abzubekommen. Ich gab jedem einen Teelöffel Erdnußbutter und trug sie dann auf die Veranda hinaus, wo ich zuschaute, wie sie kauten und gähnten und versuchten, die Spitze ihrer Schnauze abzuschlecken.

Ich kicherte gerade über sie, als ein Ford in den Hof fuhr und Daddy Glen ausstieg. Er sah aus wie immer, nur über dem linken Auge hatte er eine Narbe, und er schien leicht zu humpeln, als er zur Veranda ging. Er hatte seine Arbeitskleidung an, khakifarbene Hosen und ein weißes Hemd mit bis zu den Ellbogen aufgekrempelten Ärmeln. Seine braunen Schuhe waren abgestoßen und staubig. Der Anflug eines Bartes war zu sehen, als hätte er sich am

Abend zuvor rasiert, nicht an diesem Morgen. Ich stand da und schaute zu, wie er die Stufen heraufkam, wußte nicht, was ich tun sollte.

»Finger«, sagte er. Seine Stimme war rauh und tief. Ich überlegte, ob Tante Alma im Garten hinter dem Haus sie hören konnte. Seine Augen waren hell und eindringlich, die Kiefer angespannt. »Deine Mama is nich da, oder?« fragte er.

Ich schüttelte den Kopf. Ich legte die Arme auf den Rücken und verschränkte sie fest ineinander. Er trat auf die Veranda und musterte mich von oben bis unten und schaute dann wieder hoch, mir ins Gesicht. Seine Lippen wurden dünn.

»Du bist größer geworden«, sagte er. »Bist jetz bald soweit, daß du dich mit Jungs triffst. Daß du heiratest, vielleicht 'ne eigene Familie gründest.« Er spuckte seitlich aus. »Daß du irgend'nem Mann das Herz brichst, nur weil du merkst, daß es geht.«

Ich fuhr mir mit der Zunge über die Lippen, ließ meine Hände fallen. »Ich hol dir was zum Trinken«, sagte ich. Ich zwängte mich, so schnell ich konnte, durch die Fliegengittertür, aber schon war er hinter mir, seine Hand löste meine Finger von dem kleinen Riegel.

»Mach das«, sagte er. Er schaute zum Tisch, wo noch das Glas Erdnußbutter offen dastand. »Du machst dir 'n Sandwich? Mach mir auch eins.«

Ich wußte nicht, was ich tun sollte. Ihm ein Glas Tee geben, ihm ein Sandwich machen, den Kopf gesenkt halten und hoffen, daß Tante Alma wieder reinkam? Ich dachte an sie und ihre bandagierten Hände, ihren wunden Rücken und den dünnen Hals. Ich schaute noch einmal in Daddy Glens Augen und bekam solche Angst, daß ich mich nicht bewegen konnte.

»Stell dich nich so an. Du hast keinen Grund, Angst vor mir zu haben.« Er ging auf mich zu. »Ich hab mit Anney geredet, weißte. Sie kommt zurück. Sie hat's versprochen, braucht nur noch 'n bißchen Zeit, damit sie's mit dir bereden kann.«
Ich sah, wie sich seine Finger zur Faust schlossen und dann wieder ausstreckten. Er hob seine riesigen Hände und schüttelte den Kopf, lachend.
»Wie die Frau dich liebt, das geht über meinen Verstand. Braucht Zeit, damit sie alles regeln kann mit dir.« Er stieß die Worte verächtlich hervor. »Zeit mit dir. Heiliger Heiland.«
Er zuckte mit den Achseln, stemmte die Hände in die Hüften und beugte sich zu mir herunter.
»Du wirst ihr sagen müssen, daß es klargeht«, sagte er. »Du wirst ihr sagen müssen, daß du dir wünschst, daß wir alle wieder zusammen sin.«
Er schwieg und schaute mich eindringlich an. Mir tat der Magen weh. Ich schaute zu Boden. Meine verschwitzten Hände waren zu Fäusten geballt.
»Nein«, flüsterte ich. »Ich will nich mehr bei dir wohnen. Mama kann zu dir heimgehn. Ich hab ihr gesagt, daß sie's machen kann, aber ich kann nich. Ich will nich.«
»Will nich?« Er berührte meine Wange. Ich schaute zu ihm hoch. »Du willst nich bei mir wohnen?« Seine Augen waren harte blaue Kiesel, sein Mund ein zorniger Strich. »Du bist nich mal dreizehn Jahre alt, Mädel. Du bestimmst nich, was du tust. Ich bin dein Daddy. Ich bestimm, was du tust.«
»Nein.« Ich sagte es ruhig. Die Kehle war mir so eng geworden, daß ich kaum etwas herausbrachte.
Ich sah, wie er sich schwankend von mir abwandte, die Augen schloß, die Hände vor der Brust faltete, als wollte er beten. Er schüttelte den Kopf.

»Nein«, sagte ich noch einmal.
»Ich möcht doch nur vernünftig mit dir reden, Mädel. Ich will, daß du mit deiner Mama redest. Ich will, daß du mit diesem Quatsch aufhörst, bevor ich ernsthaft böse werd.« Seine gefalteten Hände bebten. Er öffnete die Augen.
»Nein.« Ich sagte es lauter. »Lieber sterb ich, als daß ich zu dir zurückgeh.«
»So?« Seine Lippen verzogen sich zu einem gemeinen Lächeln. »Darauf würd ich sogar wetten«, sagte er flüsternd.
Für einen langen Augenblick war Stille. Ich konnte mein eigenes Herzklopfen hören.
»Mach mir das Sandwich«, sagte er, »und dann reden wir.«
Ich stand unbeweglich da, betrachtete sein Gesicht und seine Hände. »Nein. Ich will nich reden. Ich will, daß du gehst.«
Er schüttelte den Kopf, immer noch lächelnd.
»Ich erzähl's Mama«, sagte ich verzweifelt. »Ich erzähl's ihr.«
Seine Hände fuhren in die Höhe und packten meine Schultern, schüttelten mich. »Du willst deinem Daddy kein Sandwich machen?« Seine Stimme krächzte vor Wut. »Du willst nix für mich tun?« Nochmaliges Schütteln. Er hob mich hoch, so daß meine Füße in der Luft hingen. Mein Mund öffnete sich. Ich wollte schreien, aber kein Ton kam heraus. Ich erinnerte mich an die vielen Male, da er mich genau so hochgehoben hatte, mich hochgehoben, mich geschüttelt, mich dann an seine Brust gezogen, mich an sich gepreßt hatte und seine Hände über meinen Körper hatte gleiten lassen, gestöhnt hatte, während seine Finger an mir herumdrückten. Ich hatte immer das Gefühl gehabt, es wäre mein Fehler, aber jetzt war das nicht mehr wichtig. Jetzt

war es mir egal, was alles passieren konnte. Ich würde nicht mehr stillhalten.
Ich versuchte mich loszustrampeln, und er lachte. Er ließ mich fallen. Ich stolperte rückwärts gegen den Tisch.
»Du bist es. Du bist der Grund. Sie liebt mich, das weiß ich. Aber du bist es, du bist im Weg. Du machst mich verrückt, und du bist schuld, daß sie sich schämt, schämt wegen dir und schämt, weil sie mich liebt. Es is nich gerecht. Es is nich gerecht, daß sie mich wegen dir verläßt. Es is nich gerecht.«
Seine Stimme war härter geworden, rauher, aber nicht lauter, und diese Ruhe war es, die mich erschreckte. Sie erinnerte mich an Alma, das Rasiermesser in der Hand und Irrsinn in den Augen. Daddy Glens Augen waren ganz genauso irr, noch irrer. Schmerz lag darin, tiefer Schmerz, das schon, aber was sie auflodern ließ, war Haß. Plötzlich, wie durch eine Sprungfeder angetrieben, schnellte seine Faust vor. Seine Knöchel schrammten mir seitlich übers Kinn, und ich fiel rückwärts auf den Tisch.
»So leicht kannste mich nich kaputtmachen«, sagte er. »Anney kommt zurück, sie hat's mir gesagt. Sie braucht nur 'n bißchen Zeit. Ich kann das schon verstehn, nach allem, was passiert is.« Er beugte sich über mich, eine Hand ausgestreckt. »Aber wenn sie nich zu mir zurückkommen würd, dann würd ich dich umbringen. Is dir das klar? Ich würd dir das Genick brechen.« Seine Hand strich seitlich über mein Gesicht, mein Ohr, meinen Hals, glitt an meinem Oberkörper herunter, über die leichte Wölbung meiner Brüste. Seine blauen Augen tasteten meinen Körper ab.
»Ahhh«, stöhnte Daddy Glen. Er zog mich an seine Brust, hielt mich fest, atmete schwer. In meinem Mund war Blut und in meinem Kopf ein Dröhnen. Ich wurde ganz hart,

steif, stahlhart, so hart wie das Buttermesser, das ich, ohne zu wissen, wie, plötzlich in der Hand hielt. Er küßte mich mit nassen Lippen, vergrub die Zähne in meinem Mund. Ich riß das Messer hoch und rammte es ihm, so fest ich konnte, in die Seite. Es rutschte an seinem Gürtel ab, verschmierte Erdnußbutter auf seinem Hemd, zerriß nicht einmal den Stoff, aber es tat ihm trotzdem weh. Das merkte ich schnell.

»Verdammtes Biest!« Er schleuderte mich zur Seite, so daß ich mit dem Rücken gegen die Anrichte krachte und zu Boden glitt, noch im Fallen begriffen war, als er schon wieder da war, nach mir trat. Sein Stiefel traf mich voll an der Schulter. Seine Hand fuhr nach unten, packte mein rechtes Handgelenk und riß heftig daran, zog mich kurz hoch und ließ mich dann fallen. Irgend etwas gab nach, knirschte hörbar, es folgte eine Hitzewelle, bei der mir übel wurde, und mein Arm lag verdreht und kraftlos unter meinem Körper.

»Du kleine Nutte!« Er trat noch einmal nach mir, und sein Stiefel schlitterte an meinem Kopf entlang, schnitt mir ins Ohr, so daß Blut herausschoß. Dann stampfte dieser Stiefel auf meinen Bauch und ich rollte mich zur Seite, kotzte Galle über meinen rechten Arm.

»Du!« fluchte er, und es hallte in meinem Kopf wider. *»Du verdammter kleiner Bastard!«*

»Du!« entgegnete ich. »Mama wird nie zu dir zurückgehn. Ich laß sie nich. Ich hasse dich.«

»Ich hab drum gebetet, daß du stirbst«, zischte er zwischen zusammengepreßten weißen Zähnen hervor. Seine Hand umklammerte den Ausschnitt meiner Bluse, grub sich in den Stoff. »Stirb endlich und laß uns in Ruh. Wenn du nich gewesen wärst, dann würd's mir gutgehn. Alles wär gut.« Er schluchzte und zerrte mich nach vorn, so daß ich auf die Knie hochkam, hin und her schwankend in seinem Griff, bis meine Bluse riß und ich neben ihn fiel. Wieder packte er mich, und irgend etwas traf mich hart zwischen den Beinen. Ich schrie. Sein Stiefel oder sein Bein? Er ließ sich auf mich fallen.

»Du gehst nirgendwohin.« Er lachte. »Du glaubst, du bist so erwachsen. Du glaubst, du bist so groß und bös, bloß weil du nein zu mir sagst. Wollen doch mal sehn, wie groß du bist, wie erwachsen!« Seine Hände zogen die Reste meiner Bluse auseinander und zerrten an dem Reißverschluß an meiner Hose, streiften sie über meine Hüften, während ich mit der linken Hand versuchte, sie festzuhalten. Ich wollte nach ihm treten, aber ich war wie am Boden festgenagelt. Tränen strömten mir übers Gesicht, aber ich weinte nicht. Ich verfluchte ihn.

»Verdammter Scheißkerl! Verdammt! Verdammt! *Gott wird dich auf ewig verdammen!«*

Mit einer Hand schob er meine Hose bis fast zu den Knöcheln herunter, und mit der anderen machte er seinen Hosenschlitz auf. »Du hältst jetzt den Mund. Ich stopf dir den Mund. Ich werd's dir schon zeigen.« Er riß mir die Unterhose vom Leib, als wäre sie aus Papier. Dann hob er meine Knie etwas an und spreizte mir die Beine.

»Du Wichser!« Ich schlenkerte meinen unbrauchbaren rechten Arm in seine Richtung.

»Du kleine Nutte. Das hätt ich schon lang machen sollen. Das haste die ganze Zeit gewollt. Sag mir nich, daß du das nich gewollt hast.« Sein Knie schob meine Beine noch weiter auseinander, und seine große Hand krachte wie beiläufig in mein Gesicht. Dann lachte er, als gefiele es ihm, mein Blut auf seiner Faust zu spüren, und schlug mich noch einmal. Ich öffnete den Mund zum Schrei, und seine Hand schloß sich um meine Kehle.

»Ich geb dir, was du wirklich willst«, sagte er, und sein ganzes Gewicht legte sich schwer auf mich. Mein Schrei war nur ein Keuchen und reichte nicht weiter als bis zu seiner Hand an meiner Kehle. Mit der anderen Hand fummelte er zwischen meinen Beinen herum, öffnete mich, stemmte sich dann ein kleines Stück in die Höhe und schaute mir mit seinen flammenden Augen ins Gesicht.

»Jetzt«, sagte er und wuchtete seinen Körper von den Knien aus nach vorn. »Du wirst's schon lernen.« Seine Worte waren kurze wütende Explosionen. »Du wirst nie wieder patzig zu mir sein. Du wirst den Mund halten. Du wirst tun, was man dir sagt. Du wirst Anney genau das sagen, was ich will.«

Ich mußte würgen. Er stieß in mich hinein und bohrte sich vor, drehte seine Hüften und rammte sie gegen mich. Ich fühlte mich, als würde er mich in der Mitte auseinanderreißen, und mein Arsch klatschte auf den Boden bei jedem seiner Stöße, die brannten und mich auseinanderrissen und weh taten.

»Gott!« Ich schrie mit aller Kraft, die ich noch hatte. Nicht laut genug, nicht laut genug, daß es irgend jemand außer mir hören konnte, aber er ließ meine Kehle los und schlug mir auf den Mund, drückte mir die Lippen in die Zähne. Er verfiel in einen regelmäßigen Rhythmus – »Ich zeig's dir, ich zeig's dir« –, und jedesmal krachte mein Kopf auf den Boden.

Du wirst sterben, du wirst sterben, schrie ich innerlich. Du wirst verrotten und stinken und in dich zusammenfallen. Gott wird dich mir ausliefern. Deine Knochen werden schmelzen, und dein Blut wird Feuer fangen. Ich werd dir den Bauch aufreißen und dich an die Hunde verfüttern. So wie in der Bibel, so wie es sein soll, wird Gott dich mir ausliefern. Gott wird dich mir ausliefern!

Die ganze Zeit war meine linke Hand am Wedeln, Suchen, Tasten nach irgendwas, etwas. Wo war dieses Messer? Wo war Tante Alma?

Er stemmte sich hoch, stützte sich auf meinen Schultern ab, während seine Hüften sein Geschlecht in mich hineintrieben wie ein Schwert.

Gib mir irgendwas! Gib mir irgendwas! flehte ich. Umsonst versuchte ich, ihn zu beißen, meine Zähne an den niedergedrückten Lippen vorbei in seine Finger zu schlagen. Gib mir irgend etwas!

Er spannte den ganzen Körper an, warf den Kopf zurück, fletschte die Zähne. Ich spürte, wie seine Schenkel bebten, während mein Hintern in die Blutlache unter mir glitt. O Gott, hilf mir, laß mich ihn töten. Bitte, Gott. Bitte, Gott. Laß mich ihn töten. Laß mich sterben, aber laß mich ihn töten.

Er wurde schlaff und legte sich auf mich, erschöpft und keuchend. Seine Hand rutschte von meinem Mund herunter, aber der Drang zu schreien war weg. Blut und Körpersaft, sein Schweiß und der meine, mein Blut, überall auf meinem Hals und an meinen Schenkeln, sein ekliger Gestank zwischen meinen brennenden Beinen. Wie konnte das alles so schnell gehen? Ich versuchte mir die Lippen zu lecken, aber meine Zunge war zu sehr geschwollen. Ich spürte die Bewegungen meiner Zunge nicht, nur daß sich meine Lippen öffneten und schlossen, ohne daß ein Laut herauskam. Rote und schwarze Punkte schwammen zur Decke hoch und wieder zu mir zurück. Daddy Glen bewegte sich, murmelte etwas, das ich nicht verstand. Über ihn hinweg sah ich die offene Tür und die dunkler werdende Spätnachmittagssonne. Ich schloß die Augen, öffnete sie, mir war, als wäre ich kurz ohnmächtig gewesen. Er lag immer noch auf mir, aber irgend etwas war anders, irgendein Gefühl in der Luft. Ich schaute wieder zur Tür und sah sie. Mamas riesiges weißes Gesicht näherte sich dem Platz, auf dem wir lagen, näherte sich mir.

»Mama«, versuchte ich zu sagen, brachte es aber nicht heraus. Durch Glens Körper über mir ging ein Ruck, und er stand auf. Die Luft traf mich wie eine Faust, all meine nassen und offenen Stellen. Ich wimmerte. Er schrie.

»Anney!«

Sie schlug mit etwas, das ich nicht sehen konnte. Dann griff sie nach allem möglichen, Blechbüchsen auf dem Herd, Pfannen, Gläser, Teller, alles, was sie nach ihm werfen konnte. Ich lächelte. Meine Mundwinkel rissen ein, aber es war egal.

»Nein, Anney, nein!«

»Du Ungeheuer!«

»Nein, Liebling. Nein! Es is nich so, wie du denkst.«

Wie denn dann, fragte ich mich und wälzte mich auf den Bauch. Schmerz. Schultern, Knie, Schenkel, Gesicht – alles tat mir weh, aber nichts war wichtig. Es war alles weit weg. Mein rechter Arm, auf dem mein Gesicht lag, war gummiartig und taub.

»Du!« schrie Mama. Wieder krachte es, aber ich schaute nicht auf. Würde sie glauben, daß ich das gewollt hatte? Würde sie glauben, ich hätte es herausgefordert? Was würde er ihr sagen? Ich mußte ihr sagen, daß ich mich gegen ihn gewehrt hatte, daß ich nie gewollt hatte, daß er mich berührt, nie. Aber das Blut, das aus mir herauslief, nahm mir meine ganze Kraft weg, meine ganze Luft. Ich konnte nicht reden, konnte nicht denken. Einen Augenblick lang wäre ich damals am liebsten tot gewesen, hätte Mama am liebsten nie wieder ins Gesicht geschaut und ihm auch nicht. Nie mehr sein Gesicht, nie mehr.

Bitte, Gott, laß ihn sterben, laß mich sterben, laß irgend jemand sterben.
Laß es nicht zu, daß er meiner Mama weh tut.
»Du Scheißkerl! Du Ungeheuer!«
»Anney, bitte!«
»Rühr mich ja nich an. Rühr ja nich sie an!«
Ich schmeckte Tränen, Rotz, Blut, das von meinem Ohr heruntergelaufen war. Ich spuckte aus und versuchte, mich hochzustemmen. Ich mußte aufstehen, irgend etwas tun, Mama hier rausschaffen.
Mamas Hände waren jetzt bei mir, tasteten meine Verletzungen ab. In meinem Kopf wurde es etwas klarer, und ich schaute hoch. Er stand auf der anderen Seite des Zimmers, das Gesicht weiß und leidend, und sie kniete neben mir. Ich spürte, wie ein Schrei in mir hochsteigen wollte, und ich biß die Zähne zusammen. Wir mußten hier raus, weg von ihm. Ich schaffte es, mich auf allen vieren abzustützen.
»Komm, Süße.« Sie gurrte, als wäre ich wieder ihr Baby. »Ich bring dich zu ’nem Doktor.« Ihre Hände glätteten meine Bluse, knoteten die zerrissenen Teile vor meinem Bauch zusammen, zogen mir Stück für Stück die Hose wieder hoch, deckten mich zu.
»Anney, nein, wart«, sagte er, aber sie hörte nicht auf ihn.
Das ist gut, bleib nicht stehen. Beweg dich, Mama. Bring uns hier raus.
»Komm, Baby«, sagte sie und zog mich hoch. Ich schwankte auf Gummibeinen, der Bauch nichts als schmerzende Leere. Die Punkte schwebten immer noch durch den ganzen Raum. Ich schaute zu Daddy Glen hinüber. Sein Gesicht war genauso leer wie mein Bauch. Eisige Furcht breitete sich von meinen Beinen bis ins Herz aus.
Raus, wir müssen hier raus. Du hast ja keine Ahnung, Mama, du verstehst es ja nicht.

Sie flüsterte: »Baby, Baby«, drückte mich an ihre Hüfte, während sie auf die Tür zusteuerte.
Eine schreckliche Klarheit überfiel mich. Ich dachte weit voraus. Onkel Travis' Gewehr war in seinem Haus, in Tante Ruths Schlafzimmerschrank. Wenn ich dort hinkäme, es mir holen könnte, dann würde ich es verstecken, bis er wieder da war, wieder da, was auch geschehen würde, mit Sicherheit. An der Tür oder im Wohnzimmer würde er stehen, seine Version der Geschichte erzählen, alles erklären und wegreden, wieder weinen oder betteln oder Mama einfach nur an den Armen festhalten, wie er mich festgehalten hatte. Ich würde vorsichtig sein müssen, mich von niemandem aufhalten lassen, bis ich ihm den Kopf wegblasen konnte, sein Hals nur noch ein Loch, sein Blut wie ein Wirbelsturm überall. Ich mußte es tun. Wenn ich es nicht tat, dann brachte er mich um, mich und sie, eines Tages, das wußte ich, uns beide. Wenn ich sterben mußte, dann so.
»Zu Ruth, Mama«, hauchte ich. »Bring mich zu Ruth.« Wenn ich dieses Gewehr in die Finger bekam, würde ich es nie mehr loslassen. Vielleicht konnte ich einfach so tun, als brauchte ich es genauso dringend wie Alma ihr Rasiermesser, einfach, um es mit mir herumzutragen wie eine Puppe oder so was, so daß sie den Bullen erzählen würden: »Wir haben nie gedacht, daß sie damit schießen würd.« Nie.
»Wir müssen dich ins Krankenhaus bringen«, sagte Mama. Nein. Zu Ruth. Aber sie hörte nicht auf mich. Sagte ich es, oder dachte ich es nur?
»Anney. O Anney.« Daddy Glen war dicht neben uns, Blut im Gesicht. Sie oder ich? fragte ich mich. Irgend etwas hatte ihn getroffen. Ich starrte ihm ins Gesicht, als wäre es eine Straßenkarte, eine Strecke, die ich mir einprägen

mußte, ein Weg zurück zu meinem eigentlichen Selbst. Wenn ich ihn erschossen hatte, würde nichts mehr übrig sein, kein Weg zurück.

Gut.

»Bitte, Anney.« Er schluchzte wie ein Kind, und sie zog mich noch tiefer unter ihre Achselhöhle. Ihre freie Hand schnellte vor und schlug ihn, holte noch einmal aus, ballte sich zur Faust und boxte ihn mitten ins Gesicht.

»Ohhh«, heulte er auf. »Tu das nich. Tu das nich.« Er taumelte rückwärts, stolperte über herumliegendes Küchengerät. »Anney!« Er jammerte wie ein kleiner Junge. »Ich weiß nich, was passiert is. Ich wollt nur mit ihr reden, Liebling. Ich wollt doch nur, daß du heimkommst, daß wir alle wieder zusammen sin!«

Mama ging weiter, schleppte mich mit, machte mit der Hüfte die Tür auf, trug mich fast die Verandastufen hinunter. Keine Pause, kein Zögern, über den Hof zu ihrem Auto.

»Anney, bitte! Ich hab's nich so gemeint. Ich bin durchgedreht. Ich bin einfach durchgedreht. Schatz, hör mir zu!«

Mir war schwindlig. Alles tat mir weh, aber es war schon besser, besser. Die Kraft kehrte zurück und mit ihr die Gedanken. Meine Muskeln waren zwar noch schwach, aber ich hatte nicht mehr das Gefühl, sie wären von den Sehnen und Knochen abgetrennt. Ich konnte mich jetzt bewegen. Es gab einen Ausweg. Schaut nur, wie verletzt ich bin. Es gab eine Geschichte, die wir erzählen konnten. Es war Notwehr. Es war gerechtfertigt. Ich grinste, als ich spürte, wie mir das Blut den Hals herunterrieselte. Schaut nur, wie verletzt ich bin! Danke, Gott.

»Anney!« Er folgte uns. »Bitte, Anney!«

Beweg dich, Mama.

Über das mickrige Gras und den Dreck bis zum Auto.

Mama schnaufte mir ins Ohr, während sie mich an ihren bebenden Brustkorb drückte. Sie machte die Tür auf, ließ mich sacht auf den Vordersitz gleiten, hob meine Beine hinein. Er rief immer noch ihren Namen. Ich dachte gleichzeitig schnell und langsam. Wie konnte das sein? Kein Gewehr da, nicht einmal ein Buttermesser.

»Anney, bitte. Red mit mir. Liebes, bitte. Bitte, Anney.«

Sie wich ihm aus, rannte zur anderen Seite des Autos und machte die Tür auf. Er war dicht neben ihr, schluchzte und rang die Hände. Fast drückte er die Tür wieder ins Schloß, während sie versuchte, sie aufzubekommen.

»Anney, du weißt, wie sehr ich dich liebe. Ich wollt ihr nich weh tun, Liebling, aber ich bin durchgedreht. Ich bin einfach durchgedreht!«

Ich versuchte mich auf den Fahrersitz zu schieben, um ihr helfen zu können, aber jetzt fiel mir wieder jede Bewegung schwer. Die Luft war plötzlich so dick wie Gelee. Ich mußte mir regelrecht einen Weg hindurchbahnen. Ich biß die Zähne zusammen und rutschte Zentimeter um Zentimeter, bis ich mich endlich ans Lenkrad lehnen konnte, schaute zu, wie sie mit der Tür kämpften.

»Mama.«

Sie schaute zu mir, das Gesicht leer und fremd.

Ich sagte es noch einmal. »Mama.«

Noch einmal schlug Mama Glen, zuerst mit der flachen Hand, dann mit geballter Faust. Die Schläge klangen dumpf und grauenhaft, aber noch grauenhafter waren die wimmernden Laute, die er ausstieß, als sie ihn traf. »Laß los«, sagte sie. Er taumelte, der Schweiß tropfte ihm in die Augen. Sein Mund bewegte sich unkontrolliert, seine Gesichtszüge schienen sich vollständig neu zu ordnen. »Laß los«, sagte sie noch einmal. Er heulte auf und sank auf die Knie, seine Hände umklammerten immer noch Mama

und die Tür. Er senkte den Kopf und flüsterte: »Töte mich, Anney. Los. Ich kann nich leben ohne dich. Ich will nich. Töte mich! Töte mich!«
Mama riß sich von ihm los, und die Tür fiel ins Schloß. »O nein«, wimmerte sie. Ihr Gesicht wurde zum Spiegelbild des seinen, der Mund genauso breit, der Hals genauso steif. »Töte mich«, sagte er noch einmal, lauter. »Töte mich.« Er schlug den Kopf gegen die Metalltür, einmal, zweimal. Jedesmal, wenn der Kopf auftraf, schrie er, das Geräusch unterstrich seine Schreie. »Töte mich. Töte mich.«
Mama war so nah, daß ich sie berühren hätte können, aber sie hatte den Kopf abgewandt, Glen zugewandt. Ich konnte sie nicht erreichen. »O Gott«, rief sie, und ich ließ das Lenkrad los.
»Nein«, flüsterte ich, aber Mama hörte mich nicht.
»Glen!« sagte sie. »Glen!« Sie stöhnte und barg das Gesicht in den Händen. Ihr Körper bebte, als sie zu schluchzen begann. Der meine bebte, als ich es sah.
»Glen, hör auf«, sagte sie. »Hör auf.« Sie umfaßte seinen Kopf, legte ihre Finger auf seine Stirn, um den Aufprall abzufangen. »Hör auf.«
An ihren Fingern war Blut. Sie weinte. Er war still. Ich schloß die Augen. »Nein«, sagte ich wieder.
Noch einmal sprach er, übertönte mich. Seine Stimme war sehr ruhig, sehr leise. »Töte mich, Anney. Töte mich.«
Ich versuchte, sie mit meiner rechten Hand zu erreichen, aber der Schmerz ließ mich nach Luft schnappen. »Mama«, flehte ich, aber sie schaute mich immer noch nicht an.
»Lieber Gott, lieber Gott, lieber Gott.« Ihr Schrei war gedämpft, flach, schmerzerfüllt. Sie hielt ihn fest, drückte seinen Kopf an ihren Bauch. Neben ihrer Hüfte war sein blutiger Haaransatz zu sehen.

»Mama«, flüsterte ich.
»Hilf mir, lieber Gott«, flehte sie mit einer wunden, schrecklichen Stimme. »Hilf mir.«
Ich sah ihre Finger auf Glens Schulter, sah, wie die weißen Fingerknöchel ihn fest umklammerten. Mein Mund schloß sich vor dem Schrei, den ich nicht herauslassen wollte. Ohnmächtige Wut brannte in meinem Bauch und stieg mir bis in die Kehle hoch. Ich hatte gesagt, daß ich sie nie hassen könnte, aber jetzt haßte ich sie dafür, wie sie ihn festhielt, wie sie dastand und um ihn weinte. Konnte sie denn mich lieben und trotzdem ihn so halten? Ich ließ den Kopf nach hinten sinken. Ich wollte das nicht sehen. Ich wollte Travis' Gewehr oder meinen spitzen tödlichen Haken. Ich wollte, daß alles aufhörte, die Welt unterging, alles, nur nicht blutend daliegen, während sie ihn hielt und weinte. Ich schaute hoch in einen weißen Himmel, der langsam grau wurde. Wenn es dunkelte, würden die ersten Sterne herauskommen. Das wollte ich sehen, die Dunkelheit und die Sterne. In weiter Ferne hörte ich ein Brausen, Nacht und Verzweiflung, die auf mich warteten, und folgte ihm hinaus in die Dunkelheit.

21

Tante Alma hat ein Album voller Zeitungsausschnitte, dazu ein paar Hochzeitseinladungen, Todesanzeigen und Babyfotos, die neben den Seite um Seite füllenden Schlagzeilen eingeklebt sind. »Ach, über uns steht immer wieder mal was in der Zeitung«, pflegte sie lachend zu sagen, wenn sie das Album jemandem zeigte. Ihr Lieblingsartikel ist die vier Doppelseiten lange Reportage, die die *Greenville News* brachten, als Onkel Earles Kabriolett in den Friseurladen gegenüber dem Standesamt krachte, ein paar Monate bevor dieses niederbrannte. Ein paar Bilder zeigen den auf einem Friseurstuhl aufsitzenden Kühlergrill, nicht mehr weit entfernt von den gesplitterten Spiegeln, auf einem anderen sitzt Earle auf dem Randstein, den Kopf in die Hände gestützt, und mit einer ganzen Serie ist der Friseur eingefangen, wie er die Überreste seines Ladens durchsucht, zusammen mit einem Verkehrspolizisten und Oma Boatwright. Der Friseur sieht ulkig aus, wie er dasteht und den Rasierpinsel und die Tasse hochhält, die Finger leicht verschwommen, woran man erkennen kann, daß er immer noch gezittert haben muß. ER KAM NICHT ZUM RASIEREN lautet die Schlagzeile unter dem Bild von dem Auto auf dem Stuhl.

BOATWRIGHT steht unter der Nahaufnahme von Earles fassungslosem Gesicht.

Auf diesen Bildern sieht Onkel Earle unheimlich aus, wie ein Dieb oder ein Mörder, genau wie die ausgemergelten, schlecht rasierten Gesichter, die an den Wänden im Postamt hängen. Auf diesem undeutlichen, grauen, gerasterten Foto sieht er aus wie eine Gestalt aus einem Horrorfilm, ein Zombie. Oma, meine Mama, meine Onkel, Tanten, Cousins und Cousinen – auf der Schwarzweißseite sehen wir alle tot aus.

»Wir schaun schlimmer aus als alle andern Leut«, beklagte ich mich einmal bei Tante Alma.

»Ach, Blödsinn«, sagte sie. »In dem blassen Druck auf grauem Papier sieht jeder 'n bißchen verrückt aus.« Ich glaube, sie ärgerte sich, daß ich von ihrem Album nicht begeisterter war, aber es kam mir wirklich so vor, als sähe niemand so aus wie meine Familie. Noch schlimmer als verrückt; wir schauten mondsüchtig aus, verkrampft, dumm und debil. Sogar unsere Hochzeitsbilder in den Anzeigen waren schlimm. Tante Alma bestand darauf, daß es mit uns nichts zu tun hatte, daß Boatwrights, frontal betrachtet, nicht unbedingt schlecht aussahen.

»Wir machen uns nur schlecht auf Fotos«, sagte sie. »Der Unterschied is das Geld. Es kostet viel Geld, damit jemand auf 'nem Zeitungsfoto lebendig aussieht«, erklärte sie mir. »Man muß 'n Stückchen Seele in den Augen einfangen.«

Ich bin jetzt auch in Tante Almas Buch.

Sobald ich das Bild von mir auf der ersten Seite der *News* sah, wußte ich, es würde in ihrem Album landen, und ich haßte es. Auf diesem Bild lehne ich an Raylenes Schulter, das Gesicht ganz bleich und lang, das Kinn steht zu weit vor, die Augen versinken im Schatten. Eine hundertprozentige Boatwright war ich darauf, so häßlich wie nur was. Ein frisch ausgenommener Fisch, offenstehender Mund über dem Verband um Schulter und Arm, der Hals noch dunkel von Blut. Genau wie eine Boatwright – es war nicht nur mein Blut.

Als ich im Krankenhaus von Greenville wieder zu mir kam, hielt ich die Zähne fest aufeinandergepreßt, schrie nicht einmal, als der Arzt mir den ausgekugelten Arm wieder einrenkte, das Handgelenk in Gips legte, die Wunden auswusch und dann den ganzen Oberkörper samt abgewinkeltem rechtem Arm fest umwickelte. Mama war dagewesen, hatte mich vom Auto hereingetragen und sofort zu einem Arzt gebracht. Die Krankenschwester nahm mich ihr ab, und Mama trat zurück, die blutigen Knöchel ausgestreckt, als läge ich noch in ihren Armen, und strich mir leicht über die Wange. Ich schaute die Krankenschwester an und dann wieder nach Mama, aber sie war weg. Noch bevor sie ihren oder meinen Namen angeben konnte, war sie verschwunden.

»Komm, Schätzchen.« Die Krankenschwester mit der weichen Stimme fuhr mit den Fingern durch meine Haare, dann leicht über den ganzen Kopf. Ich suchte nach ihrem Namensschild, fand aber keines. »Na, na, nicht zappeln. Du tust dir nur weh.« Ihre Finger rochen nach Alkohol und Puder. Sie wirkte freundlich. Ob sie wohl Kinder hatte?

»Ich schau nur, ob du Beulen oder Platzwunden hast«, sagte sie zu mir, während der Arzt noch mit meinem Handgelenk beschäftigt war. Ich hatte nur den Kratzer an der Schläfe und die Platzwunde am Ohr, aber mein Hals und meine Schulter waren voller Blut. Es war kaum zu glauben, daß all dieses Blut aus so wenigen Wunden stammte. Die Krankenschwester war sanft und langsam. Ich ließ sie einfach machen, drehte den Kopf nach ihrem Lächeln, wie ein Kind die Brustwarze im Auge behält. Ich schaute zu, sagte aber nichts. Ich sagte ihr nicht, wie weh mir alles tat. Ich dachte mir nur, daß sie die Druckstellen an meiner Kehle und meine aufgesprungenen

Lippen ja sehen konnte. Mit Sicherheit sah sie den Ausdruck in meinen Augen. Der eine flüchtige Blick auf mein Gesicht in der spiegelnden dunklen Glastür des Untersuchungszimmers hatte mich erschreckt. Ich war eine Fremde mit tief in umschatteten Höhlen liegenden Augen über spitzen Wangenknochen und einem so fest zusammengepreßten Mund, daß die Lippen nicht mehr zu sehen waren.

»Die Schulter wird dir 'ne Zeitlang weh tun.« Der Arzt schaute mich nicht an beim Reden, machte sich nur Notizen auf einem Klemmbrett. »Und das Handgelenk ist bös ausgerenkt. Wird 'n paar Monate dauern, bis alles wieder ganz verheilt ist.«

Die Krankenschwester tupfte mir mit einem in Alkohol getauchten Wattebausch getrocknetes Blut von der Wange. Ich schaute nicht ihn an, sondern sie.

»Wir werden 'ne Zeitlang warten müssen, bevor wir dir was geben.« Der Blick des Arztes wanderte vom Klemmbrett zu meinem Körper, verweilte bei den Flecken auf meinen Oberschenkeln und glitt dann weiter zu meinen geschwollenen Knien, von denen eines aufgeschürft war. Er legte mir die Hand auf die Hüfte und drückte sie leicht. »Du sagst mir jetzt, ob dir noch irgendwas weh tut.«

Es hätte eine Frage sein können. Oder auch nicht. Ich schaute zu ihm hoch, ohne meinen Gesichtsausdruck zu verändern. Ich fragte mich immer noch, wo Mama hingegangen war. Was war mit Daddy Glen passiert? Ich erinnerte mich nicht an die Fahrt von Tante Almas Haus hierher, erinnerte mich nicht, ob Mama irgend etwas zu mir gesagt hatte. Hatte sie ihnen erzählt, was geschehen war? Wußte irgend jemand davon? Wo war Mama, und warum war sie nicht bei mir?

Der Hilfssheriff lehnte an der Tür, bis ihm die Krankenschwester einen metallenen Klappstuhl brachte, den er an der Wand aufstellen konnte. Er war ein rotgesichtiger Junge mit sandfarbenen Haaren, die so kurz geschnitten waren, daß man die rosarote Kopfhaut unter den Stoppeln sehen konnte. Er erinnerte mich an die Zwillinge, als sie aus der Strafanstalt zurückkamen: gedrillt, geschoren und eitel. Der hier war auch eitel; strich ständig sein Uniformhemd glatt und zupfte an dem Stoff herum, damit die Schweißfalten unter seinen Armen nicht zu sehen waren. Er hatte einen weichen Mund und ein kleines Kinn, aber wenn er mich anschaute, spitzte er die Lippen und versuchte, ein strenges Gesicht zu machen. Zuviel ferngesehen, hielt sich wahrscheinlich für so eine Art Rächer der Schwachen. Ich versuchte mir gefährlich vorzukommen, aber meine Augenlider waren feucht und geschwollen, mein Hals juckte, und mein Mund schmerzte zu sehr, als daß ich ihn verächtlich hätte verziehen können. Er fummelte ständig an seinem Hemd herum und schaute zwischendurch zu mir her. Allmählich kam ich mir immer mehr wie ein kleines Kind vor, ein kleines Mädchen, verletzt und allein. Bis Sheriff Cole endlich hereinkam, mit steifen Schritten, als würde ihn sein großer breiter Gürtel nach unten ziehen und ihm Rückenschmerzen bereiten, kam ich mir so klein vor, daß ich nicht wußte, ob ich überhaupt noch reden konnte.

»Ruth Anne.« Er begrüßte mich mit dem Namen.

Er zog einen Stuhl neben den hüfthohen Tisch, auf dem ich halb saß, halb lag, brummte, als er seinen Hintern auf den Stuhl wuchtete, und ließ dann seinen Kopf einmal im Kreis herumrollen, so daß seine Halswirbel laut krachten. Bei dem Geräusch grinste er und legte beide Hände flach auf die Schenkel.

»Du willst mit mir reden? Mir erzählen, was passiert ist?«
Ich schluckte. Olivfarbene Haut, große Nase, noch größere Ohren, kräftiges Kinn und dünne graue Haare, streng aus dem Gesicht gekämmt – so wie Sheriff Cole sah keiner aus, den ich kannte. Es hieß, er sei aus Maryland und hätte es nie zum Sheriff gebracht, wenn er nicht ein so fleißiger Kirchgänger gewesen wäre, ein Baptist und noch dazu Vorsprecher und bereits gutsituiert, noch bevor er ein Mädchen aus Greenville heiratete. Er sah nicht aus wie ein Sheriff, eher wie der Koch einer Würstchenbude: dickbäuchig, fett und weich.
Ich schaute in seine großen dunklen Augen. Seine Stimme war sanft, beinah träge, sein Tonfall höflich und zuvorkommend. Bei ihm wünschte ich mir, daß ich reden könnte, ihm erzählen, was geschehen war, was ich dachte, daß geschehen war. Aber in meinem Kopf war alles so verworren, so lang und schwierig. Wie konnte ich anfangen? Wo sollte ich anfangen? Damit, daß Tante Alma durchgedreht war? Mit dem Augenblick, in dem Daddy Glen mich packte und mir die Bluse zerriß? Ich dachte an den Parkplatz vor so langer Zeit, als er auf Nachricht von Mama und seinem Sohn wartete.
»Deine Verletzungen sind nicht gar so schlimm«, sagte er. »Der Doktor sagt, es kommt alles wieder in Ordnung.«
Ich hob den Kopf; mir war bewußt, daß man mir die Furcht ansah.
»Keine Gehirnerschütterung, sagt der Doktor.« Er holte das kleine Notizbuch aus der Tasche, schlug es auf. »Du hast 'nen kleinen Schock, mußt 'ne Zeitlang vorsichtig sein. 'n paar von deinen Leuten sind draußen. Ich hab veranlaßt, daß der Doktor mit ihnen redet.«
»Mama?« Meine Stimme war ein heiseres Krächzen.

»Mit deiner Mama hab ich noch nicht geredet. Aber deine Tanten sind da. Du darfst sie bald sehn.« Er blätterte, holte einen Stift heraus und schaute mich an. »Also, wir müssen wissen, was passiert ist, Ruth Anne. Ich weiß, daß du dich nicht besonders gut fühlst, aber ich möchte, daß du versuchst, mit mir zu reden.« Sein Mund wurde weicher, als wolle er vertrauenerweckend wirken. »Du erzählst mir, was passiert ist, und wir probieren, daß wir dich bald nach Hause schaffen können.« Er setzte den Stift aufs Papier.

Ich schloß die Augen. Mama hatte nicht mit ihm geredet. Plötzlich fühlte ich mich so müde, daß ich kaum noch atmen konnte.

»Du wirst Finger genannt, nicht?«

Ich sagte nichts.

»Finger, ich möchte, daß du weißt, daß dir niemand weh tun wird. Niemand wird dir mehr weh tun dürfen. Wir können sehn, daß du genug durchgemacht hast. Erzähl mir einfach, wer dich geschlagen hat, Mädel. Erzähl's mir.« Seine Stimme war ruhig, behutsam, freundlich. Er war Daddy Glen in Uniform. Die Welt war voller Daddy Glens, und ich wollte nicht mehr auf der Welt sein.

»Schätzchen«, sagte der Sheriff. Ich haßte ihn dafür, daß er mich so nannte. Er kannte mich nicht. »Wir werden alles wissen müssen, was passiert ist.«

Nein. Mir schwoll die Zunge im Mund an. Ich wollte nicht, daß irgend jemand irgend etwas wußte. Mama, hätte ich beinah geflüstert, biß aber die Zähne zusammen. Diesem Mann konnte ich nichts erzählen. Er machte sich nichts aus mir. Niemand machte sich etwas aus mir. Nicht einmal ich selbst.

»Ruth Anne.« Er beugte sich vor, sein Gesicht war ganz nah, seine Flüsterstimme zu dick für mein Ohr. »Ich will dir helfen. Ich will, daß du mir erzählst, was passiert ist, Mädel. Ich kümmer mich um alles. Ich versprech's dir. Dir passiert nichts.«

Nein. Er glaubte, daß er alles wußte. Der Scheißkerl in seiner geschniegelten Uniform konnte mit Engelszungen reden, alles versprechen, aber ich war allein.

»Ich will heim«, sagte ich. »Ich will zu meiner Mama.«

Sheriff Cole legte seine Hand auf meine und seufzte. »In Ordnung. In Ordnung, Mädel.«

Ich schaute ihn an, erinnerte mich daran, was Raylene an jenem Abend auf der Treppe vorm Haus gesagt hatte, als ich ihr erzählte, wie sehr ich die Leute haßte, die uns anschauten, als wären wir Dreck. Wie fühlte man sich als Sheriff Cole? Was machte ihn zu dem, der er war? Darüber würde ich irgendwann nachdenken, aber nicht jetzt. Im Augenblick wollte ich überhaupt nichts denken.

Die Flügeltür schwang auf. Begierig drehte ich den Kopf, aber die wütende Gestalt, die da hereinzukommen versuchte, war nicht Mama. Raylene kämpfte mit einer Krankenschwester, sie stieß die Frau von sich und verlor dabei fast ihren schwarzen Kolani. »Lassen Sie mich los«, sagte sie mit einer Stimme, die das Zimmer zu sprengen drohte. »Lassen Sie mich endlich los.« Sie schubste die Frau weg und kam auf mich zu wie ein gefällter Baumstamm, schwer, unausweichlich und auf beruhigende Weise vertraut.

»Finger. Kind.«

Ihre Worte hallten leer zwischen den reinweißen Wänden.

»O Mädel, was haben sie nur mit dir gemacht?« Raylene beugte sich über mich, und ihr Geruch gab mir den Rest. Ich sperrte den Mund auf wie ein Vogeljunges, schrie auf und umschlang sie mit meinem gesunden

Arm. Ich sagte zweimal ihren Namen und legte den Kopf an ihre Brust. Ihre Arme waren so stark, so sicher. Laß mich nicht mehr los, dachte ich. Bitte, bitte, laß mich nicht mehr los.

»Was tun Sie diesem Kind hier an?« Ich spürte, daß sie sich ein wenig zur Seite drehte, ihre Stimme über mir war laut und fest. »Was gibt Ihnen das Recht, mit ihr allein hier drin zu sitzen und mich auszusperren?«

Sheriff Coles Stimme klang geduldig. »Wir müssen wissen, was passiert ist«, sagte er.

»Sie sehn doch, was passiert is«, bellte Raylene. »Schaun Sie sie doch an. Sie is verletzt und verängstigt und das letzte, was sie braucht, is jemand, der ihr noch mehr weh tut. Wollten Sie mich so lang draußen stehnlassen, bis Sie sie so weit gebracht hätten, daß sie ausm Fenster springt oder genau das sagt, was Sie hören wollten?«

»Miss Boatwright, es tut mir leid, aber hier geht's um Gewaltanwendung. Es muß eine Untersuchung geben.«

»Sie is erst zwölf Jahre alt, Sie Idiot. Was sie jetz braucht, is Geborgenheit und Liebe, nich das Gefühl, daß sie allein is und Angst haben muß. Sie haben recht, es muß Gerechtigkeit geben. Und es muß auch einen Jüngsten Tag geben, an dem Gott uns alle richten wird. Wie wollen Sie Ihm erklären, was Sie dem Kind hier angetan haben, wenn dieser Tag kommt?«

»Tut mir leid, aber –« begann er, aber sie unterbrach ihn.

»Wissen Sie überhaupt, was Leid is?« sagte sie. »Gott weiß, was Leid is.« Ihre Stimme klang furchterregend, biblisch. »Gott weiß es.«

Das Notizbuch klappte zu. Ich spähte aus Raylenes Umarmung hervor und sah, wie Sheriff Cole sie wütend anstarrte und sein Notizbuch wieder in die Hosentasche stopfte. »Sie rufen mich an«, sagte er. »Sie rufen mich

an, wenn sie soweit ist, daß sie uns erzählen kann, was passiert ist.«
Tante Raylene brummte verächtlich, und als er davonstapfte, drückte sie mich an sich. »Mein Mädel«, flüsterte sie mit ihrer kraftvollen Stimme und strich mir die Haare aus dem Gesicht. »Ach, mein armes kleines Mädel, bleib nur ruhig liegen. Wir bringen dich schon heim. Keine Angst. Du brauchst vor gar nix Angst haben. Ich bring dich sicher heim.«

22

Tante Raylene war nicht zu bremsen. Als der Arzt darauf bestand, daß ich über Nacht dablieb, ließ sie sich auf einem Stuhl neben meinem Bett nieder und stand nicht mehr auf. Die ganze Nacht hielt sie meine Hand, während ich schlaflos und unruhig dalag. Mein Arm pochte, und mein Mund tat so weh, daß ich nur wimmern konnte.

»Ich darf ihr nichts geben«, sagte die Krankenschwester jedesmal, wenn sie nach uns sah, zu Raylene.

»Ich weiß.« Raylene nickte. »Geben Sie doch einfach mir 'nen Strohhalm, geht das nich?« Sie gab mir schluckweise Cola zu trinken und summte leise, während ich an die Decke starrte.

Am Morgen tastete der Arzt unter Raylenes mißtrauischen Blicken jeden Punkt an meinem Hinterkopf ab. Ich war betäubt vor Erschöpfung und Schmerzen, konnte nicht einmal lächeln, als er brummelnd die Entlassungspapiere unterzeichnete. Die Krankenschwester fuhr mich im Rollstuhl zum Ausgang. Ich sah schon den Fotograf draußen warten, aber Raylene räusperte sich nur laut und hob mich hoch wie eine Babypuppe, schaute weder links noch rechts, als sie mich zu ihrem Laster hinaustrug.

Raylene setzte mich dicht neben ihrer rechten Hüfte ab, bevor sie den Motor anließ, aber ich rutschte weg, auf die andere Seite des Sitzes, wo ich mich an die Tür lehnen und aus dem Fenster schauen konnte. Ich konnte sie nicht ansehen, konnte den Worten nicht lauschen, die sie ständig leise und sanft in meine Richtung sprach. Tröstendes Gemurmel, Sätze ohne Bedeutung, die nicht ankamen. Das einzige, was ich von ihr hören wollte, blieb unausgesprochen. Wo war Mama? Was war mit ihr los?

Als wir in Raylenes Hof einfuhren, brannte die Sonne auf die schlammige Frühlingswiese herunter. Der Fluß strömte glatt und schnell dahin, und es wehte nicht einmal eine leichte Brise. Ich wischte mir den Schweiß aus dem Genick und schaute zu, wie ein großer fremder gelber Hund unter der Veranda hervorkroch und mit schiefgelegtem Kopf bei den Stufen stehenblieb. Raylene seufzte und stellte den Motor ab.

»Ich muß dir was sagen.« Raylene klang unsicher. »Es gibt was, was du begreifen mußt, und ich fürcht, genau dafür bist du noch zu jung.« Sie schaute mich nicht an. Die Worte sprudelten aus ihr hervor. »Aber es is ganz einfach, und vielleicht begreifst du's eines Tages.« Dann schaute sie mich an.

»Du hast mal mit mir darüber geredet, wie ich leb, ohne Mann oder Kinder oder wenigstens 'nen guten Freund. Es is so, ich hab 'nen Freund gehabt, als ich beim Rummel war, jemand, den ich mehr geliebt hab als mich selber, jemand, mit dem ich mein ganzes Leben lang zusammensein wollt und es auch hätt tun sollen. Aber ich war verrückt vor Liebe, viel zu verrückt, als daß ich gewußt hätt, was ich tu. Ich hab was Furchtbares getan, Finger.«

Ihre Haut über den Wangenknochen wirkte straffer, als würde ihr ganzer Körper anschwellen vor Scham. Sie schüttelte den Kopf, wandte den Blick aber nicht von meinen Augen.

»Finger, keine Frau kann es ertragen, zwischen ihrem Baby und ihrer Liebe zu wählen, zwischen ihrem Kind und ihrem Mann. Ich hab die Frau, die ich liebte, gezwungen zu wählen. Sie is bei ihrem Baby geblieben, und ich bin allein hierher zurückgegangen. Dazu hätt's nie kommen dürfen. Dazu sollt's nie kommen. Es hat sie fast umgebracht. Es hat mich fast umgebracht.«

Tante Raylene hielt sich kurz die Hand vor die Augen, schob dann mit beiden Händen die Haare nach hinten. »Gott!« Sie ließ die Hände sinken und wandte sich wieder mir zu. »Wir tun denen, die wir lieben, manchmal furchtbare Dinge an«, sagte sie. »Wir können's nich erklären. Wir können's nich entschuldigen. Es frißt uns auf, aber wir tun's trotzdem. Du willst wissen, was mit deiner Mama is, ich weiß. Aber ich kann dir nix sagen. Keiner von uns kann es. Keiner weiß, wo sie hin is. Ich kann dir das nich erklären, Finger. Ich kann es einfach nich, aber ich weiß, daß deine Mama dich liebt. Glaub mir. Sie liebt dich mehr als ihr Leben, und nie wird sie sich das verzeihen, was sie dir angetan hat, was sie geschehn hat lassen.«

Tante Raylene umklammerte fest das Lenkrad und schaute mich eine Zeitlang schweigend an. »Ich sollt nich soviel reden. Ich hab genug gesagt.« Sie wischte sich über den Mund. »Wir brauchen Zeit. Du brauchst Zeit. Weißt du, wie du ausschaust, Mädel?«

Ich wandte mich ab. Ich wußte, wie ich aussah. Als sie mich im Krankenhaus auf der Toilette kurz alleingelassen hatten, hatte ich mich im Spiegel betrachtet und gewußt, daß ich ein anderer Mensch geworden war. Älter, böser, zäh, wütend und voller Haß. Ich war voller Haß. Ich hatte auf das Glas gespuckt, auf mein Leben gespuckt, es war mir egal geworden, wer ich war oder sein würde. Am liebsten hätte ich alle ausgelacht, Raylene und die Krankenschwestern, die mich alle ansahen, als wäre ich ein zerbrechliches Glas, das sofort zerspringen würde, wenn man kochendes Wasser hineingoß. Ich kochte innerlich. Ich kochte über. Ich war die, die ich einmal sein würde, und sie war ein furchtbarer Mensch.

»Ruth Anne«, flüsterte Tante Raylene. »Mädel, schau mich an. Hör auf, darüber nachzudenken, was passiert is. Denk nich drüber nach. Versuch an gar nix zu denken. Du kannst es jetzt noch nich verstehn. Mußt du auch gar nich. Es hat keinen Sinn, und ich kann's dir nich erklären. Und selber kannst du's dir auch nich erklären. Deine Mama ...« Sie hielt inne, und ich schaute sie wieder an. »Deine Mama liebt dich. Wart's einfach ab, Mädel. Wart's einfach ab. Mit der Zeit wird's besser, ich versprech's dir.«

Ich versprech's dir, sagte sie. Mein Mund zuckte. Voller Haß starrte ich sie an.

Raylene schaute mich an, als würde meine Wut sie verletzen, aber sie sagte nichts, stieg nur schwerfällig aus dem Laster aus. Sie bewegte sich langsam, drückte ihre alte Handtasche an den Busen und blieb nur kurz stehen, um dem hechelnden Hund schnell den Kopf zu tätscheln, bevor sie die Stufen hochstieg und die Tasche auf die Veranda legte. Sie kam zurück und hob mich wieder genauso mühelos aus dem Wagen, als wäre ich nicht schwerer als diese Handtasche. Sie trug mich ins Haus, den Hund im Schlepptau, und legte mich in ihr Bett. Der Hund ließ sich auf dem Teppich nieder, machte es sich bequem. Ich lag still, achtete nicht auf Tante Raylenes Bewegungen und dachte trotzdem an die Frau, die sie geliebt hatte, die Frau, die ihr Kind mehr geliebt hatte. Es war zuviel für mich. Ich würde ein anderes Mal darüber nachdenken müssen.

Der Hund schaute mich an mit hoffnungsvollen braunen Augen, hechelnd, als wünschte er sich, ich würde ihn zu mir ins Bett heraufholen. Große traurige Augen verfolgten mich stumm. Am liebsten hätte ich meine Fäuste irgendwo dagegen geschlagen, bis die Knochen splitterten, meine Fersen, bis sie rohes Fleisch waren, geschrien, bis meine Zunge an der Wurzel abriß und davonflog, aber alles war langsam, Worte und Gefühle bewegten sich nur durch meinen Kopf. Ich war langsam, stumpf und dumm. Die Schmerzen in meinem Arm lullten mich ein, das Pochen in meiner Schläfe war eine Musik, die ich zum Atmen brauchte.

Alles tat mir weh: der Arm in seiner Baumwollschlinge, die Erinnerung an die behutsamen Finger der Krankenschwester, das Licht, das blitzend durch Raylenes kaputtes Fenster hereinfiel, die Stelle, wo meine Hüfte auf der Matratze auflag. Am meisten tat mir das Herz weh, ein riesiger sperriger Klumpen in meiner Brust. Jedesmal, wenn ich die Augen schloß, sah ich kurz Glens Gesicht, wie er auf mich heruntergeschaut hatte. Ich warf meinen Kopf herum, als hallten Mamas Stoßgebete immer noch in meinen Ohren wider, und sogar der langsam über mich hinweggleitende Blick dieses Hundes schnitt mir in die Haut – wie eine Mistgabel, die Furchen im Staub zieht. In Sheriff Coles Augen hatte ich mein ganzes Leben wiedererkannt: verachtenswert, klein, unbedeutend. Meine Mama hatte mich im Stich gelassen, und das war das einzige, was zählte. Als Raylene mir etwas später eine Suppe brachte, weigerte ich mich zu essen. »Ich hasse sie«, flüsterte ich mit meinen aufgesprungenen Lippen. »Ich hasse sie.«

»Du wirst ihr vergeben«, sagte Raylene.

Ich zog die Decke hoch, über meinen Mund.

Wie kann man jemandem vergeben, wenn man nicht einmal seinen Namen aussprechen kann, wenn man es nicht ertragen kann, die Augen zu schließen und sein Gesicht zu sehen? Ich verstand es nicht. Wenn ich an

Mama dachte, dann sah ich sie vor mir mit zurückgeworfenem Kopf und offenem Mund, Glens blutiges Gesicht an ihren Bauch gedrückt. Ich ertrug es nicht, daran zu denken, konnte das nicht noch einmal sehen. Ich drehte den Kopf zur Seite, schloß die Augen und betete, daß die Dunkelheit zurückkommen möge. Ich wollte sterben. Ich weigerte mich zu essen, weigerte mich zu reden, zog mir die Decke übers Gesicht und hörte nicht auf Tante Raylene, die mich dazu überreden wollte, aus dem Bett zu steigen. Sie ließ mich allein, und ich wachte mit nassen Augen und offenem Mund auf, ohne jede Erinnerung an einen Traum. Das einzige Geräusch im Raum kam von dem Schwanz des gelben Hundes, der den Teppich klopfte. Mein Herz, der Puls, der in meinem Kopf pochte, schlug in diesem Rhythmus. Alles in mir sagte nein, wiederholte es, trommelte es, summte und sang es. Ich hatte nicht mehr Bosheit in mir als ein Käfer. Ich war nur ein Flüstern im Dunkeln, das nein sagt und zu sterben hofft.

Am Morgen kam Raylene und fütterte mich löffelweise mit Haferschleim. An dem Tag ließ sie mir meine Ruhe, aber am nächsten hob sie mich hoch und trug mich auf die Veranda hinaus, setzte mich in ihren Schaukelstuhl in die Sonne. Ich schaute sie nicht an, redete nicht mit ihr, aber es schien ihr egal zu sein. Sie goß ihre Pflanzen, fütterte ihre Hunde und Hühner und stand rauchend auf den Verandastufen, bis es kühl vom Fluß heraufwehte. Dann trug sie mich ins Bett zurück. Am nächsten Tag stand ich widerwillig und mühsam allein auf, aß selbst ein wenig und ging hinaus zu dem Schaukelstuhl auf der Veranda. Aber es war kein Nachgeben. Ich war bereit, zu essen und aufzustehen, aber ich war nicht bereit zu reden.

Ich blieb auf der Veranda und redete mit niemandem, nicht mit Raylene und auch nicht mit Earle, als er mit seinem verbeulten Plattenspieler ankam und versuchte, mich zum Lachen zu bringen. Er legte ein paar der Platten auf, die ich zusammen mit Tante Ruth gehört hatte, aber ich saß unbeweglich da, trockenen Auges und weit weg. Irgendwann ließ er mich wieder allein. Raylene versuchte gar nicht, mit mir zu reden. Sie stellte mir einen Korb Bohnen hin, und ich verlas sie gleichmütig. Sie bat mich auch, den Saum an irgendwelchen alten Vorhängen aufzutrennen, aber da weigerte ich mich. Nicht daß ich mit ihr gestritten hätte. Ich ließ sie nur unangetastet auf den staubigen Bohlen neben dem Schaukelstuhl liegen. Ich hätte sogar im Schaukelstuhl geschlafen, wenn Raylene mir nicht gedroht hätte, mich mit Gewalt hineinzuschleppen.

»Ich laß es nich zu, daß du auf der Veranda schläfst«, schnaubte sie. Also hievte ich mich unter Schmerzen hoch und schlurfte ins Bett wie eine alte Frau, gebückt und verkrampft. Ich tat, was ich mußte, damit sie mich in Ruhe ließen. Ich hörte, wie Raylene mit Earle über Mama redete. Sie machten sich Sorgen. Keiner wußte, wohin sie gegangen war. Auch wußte keiner, wo Glen war, obwohl die Onkel überall herumerzählten, daß sie dem, der ihn fand, eine Belohnung geben würden. Earle war unerbittlich, Beau hatte sich ein neues Gewehr gekauft, aber Nevil war es, der Raylene Angst einjagte.

Eines Abends kam Nevil zu Raylenes Haus heraus und stellte sich schweigend vor mich hin. Er streckte einen Finger aus und berührte mein verletztes Kinn, fuhr meinen Haaransatz nach, beugte sich vor und küßte mich mit trockenen, rissigen Lippen auf die linke Wange. Fast hätte ich mit ihm geredet, aber dann hielt ich doch nur den

Atem an und schaute in seine dunklen zusammengekniffenen Augen.

»Versprochen«, sagte er, und ich sah, wie Raylene eine Hand vor den Mund legte. Ich wußte, was er meinte, und ich lächelte. Er drehte sich um und ging schnell die Stufen hinunter; die Hacken seiner Stiefel klangen laut und dumpf. Raylene rief seinen Namen, aber er blieb nicht stehen. Fay erzählte Raylene, daß Nevil nicht mehr zu Hause schlief. Er lebte jetzt in seinem Lastwagen, fuhr nachts die Landstraßen ab, suchte.

»Er wird sich noch umbringen dabei«, sagte Raylene zu mir, aber ich weigerte mich zu antworten.

Es war mir gleichgültig geworden, wer alles umgebracht wurde.

In der Nacht, in der Mama kam, war Raylene am Plattenspieler und hörte sich jede Platte an, die Earle vorbeigebracht hatte. Die Musik schien von der Verandadecke widerzuhallen, vom silbrigen Fluß und vom Nachthimmel. Die Gitarre klimperte, und klar erhob sich Patsy Clines Stimme mit »Walking After Midnight«. Das Leitmotiv und die tiefe Untermalung der Trommel gaben ihrer Stimme den Rhythmus an. Ich lauschte konzentriert, hörte die Pause, als das Lied vorbei war, und dann setzte Patsys Stimme wieder ein, fing noch einmal von vorn an, die Kratzer und Unebenheiten auf der vielgespielten Platte überwältigender als die herzzerreißende Stimme, und ich wünschte mir, ich könnte immer noch weinen so wie damals mit Tante Ruth.

Die Stille danach wurde lang und länger, das leise Rauschen des Flusses war kaum zu hören. Eine leichte Brise kam auf und erstarb wieder. Die Musik fing erneut an, aber anders. Nicht Patsy Cline. Kitty Wells. »Talk Back Trembling Lips.« Ihre näselnde Stimme zitterte und zankte, noch lauter als Patsys verschliffener Gesang. Mama sagte immer, Kitty habe eine rauchige Stimme, nicht so rein wie Patsys, aber vertrauter. Jener rauhe Südstaatenakzent, so wie der von Beau oder Alma, mit flachen Vokalen und gedehnten Silben für den Refrain. Ich lehnte mich zurück und hörte der ganzen Platte zu. Das nächste war noch eines von Mamas Lieblingsliedern: Patsy Cline, die der Welt sagt, daß nicht Gott die gefallenen Engel geschaffen hat. »Honky-Tonk Angels.« Kummer stieg in mir hoch.

Ich starrte hinauf zu den Mustern aus rostroter Farbe und spinnwebfeinen Rissen an der Verandadecke. Ich machte den Mund auf für einen Schrei, aber es kam kein Schrei. Tränen liefen mir unablässig übers Gesicht und in den Hemdkragen hinein, aber ich gab keinen Ton von mir. Kinder weinten und schrien. Ich war kein Kind. Vielleicht, sagte ich mir, sollte ich zu Tante Carr nach Baltimore gehen oder hinaus zum Eustis Highway und Tante Maybelle und Tante Marvella besuchen. Ich schloß die Augen und fuhr mir mit der Zunge über die Lippen.

Die Fliegengittertür fiel mit einem dumpfen Ton zu. Ich drehte den Kopf.

Reglos stand Mama da in einem ihrer alten kurzärmeligen Kleider, die Arme unter der Brust verschränkt und den Kopf erhoben. Sie schaute mich aus zusammengekniffenen Augen an. Mein Herz raste bei ihrem Anblick.

Nach Lyle Parsons Beerdigung hatte Tante Ruth zu ihr gesagt, so wie jetzt würde sie aussehen bis zu ihrem Tod. »Jetzt siehste aus wie 'ne Boatwright. Jetzt haste den Blick«, hatte sie gesagt. In all den Jahren seither hatte sich diese Prophezeiung bewahrheitet. Alter und Erschöpfung hatten zwar unter Mamas Mund und Augen feine Linien gezogen, ihr Kinn schmaler gemacht und die Einbuchtungen neben der Nase vertieft, aber man konnte immer sehen, wie schön sie als Mädchen gewesen war. Jetzt war dieses Gesicht wie neu geschaffen. Knochen schienen gewandert zu sein, weiche Stellen verschwunden und Falten sich zu Furchen vertieft zu haben, während Schatten sich in Mitternachtsschwarz verwandelt hatten.

Ich atmete schwer, kam mir vor, als schaute ich sie unter Wasser an. Sie ging über die Veranda auf mich zu, das Gesicht streng, der Mund ein harter Strich. Die Halsmuskeln standen deutlich hervor. Ich zog mich hoch. Sie kam direkt auf den Schaukelstuhl zu. Mein Gesicht fühlte sich an wie aus Gips. Die Musik spielte immer noch. Nicht Gott hat uns so gemacht, wie wir sind, dachte ich. Wir haben uns selbst in die Scheiße geritten.

»Baby.« Mamas Stimme war ein krächzenden Flüstern.

Ich rührte mich nicht, sagte nichts.

»Finger.« Sie berührte meine Schulter. »Mädel.«

Ich konnte mich nicht losreißen, aber ich sagte immer noch nichts. Ich fragte mich, ob sie sich in meinen Pupillen sehen konnte.

Sie trat einen Schritt zurück und ging neben mir auf die Knie. »Ich weiß«, sagte sie. »Ich weiß, du mußt dir vorkommen, als würd ich dich nich lieben, als würd ich dich nich genug lieben.«

Sie umfaßte ihre eigenen Schultern, schlang die Arme um sich und zitterte, als wäre ihr kalt.

»Finger, ich wollt nie, daß dir jemand weh tut. Ich wollt nur, daß du geborgen bist. Ich wollt nur, daß wir alle glücklich sin. Ich hab nie gedacht, daß es so kommt. Ich hab nie gedacht, daß Glen dir so weh tun würd.«

Mama schloß die Augen und wandte den Kopf ab, als könnte sie es nicht länger ertragen, mir ins Gesicht zu sehen. Ihr Mund öffnete und schloß sich mehrmals. Ich sah Tränen in ihren Augenwinkeln.

»Und ich hab ihn einfach geliebt. Das weißt du. Ich hab ihn einfach geliebt, und deswegen konnt ich ihn nich so sehn. Ich konnt's nich glauben. Ich konnt mir nich vorstellen ...« Sie schluckte mehrmals, machte dann die Augen auf und sah mich direkt an.

Ich erwiderte den Blick, sah ihr blasses und verhärmtes Gesicht, ihre rotgeränderten Augen, ihre zitternden Lippen. Ich hätte ihr so gern Lügen erzählt, ihr erzählt, daß ich nie an ihr gezweifelt hatte, daß nichts auch nur das geringste an meiner Liebe zu ihr ändern konnte, aber es ging nicht. Ich hatte meine Mama verloren. Sie war eine Fremde, und ich war so alt, daß meine Eingeweide schon zu Staub und Stein geworden waren. Jedesmal, wenn ich die Augen schloß, sah ich wieder Glens blutigen Haaransatz, sein Gesicht an ihren Bauch gedrückt, empfand wieder diese schwarze Verzweiflung, deren einzige Linderung der Tod war. Ich hatte um den Tod gebetet. Vielleicht war es nicht ihre Schuld. Nicht meine. Vielleicht ging es gar nicht darum, wer Schuld hatte. Vielleicht war es so, wie Raylene sagte: So war der Lauf der Welt, so wurden ständig Herzen gebrochen.

»Du weißt gar nich, wie sehr ich dich liebe«, sagte sie mit einem Gesicht wie ein zerbrochener weißer Teller. »Wie sehr ich dich immer geliebt hab.«

Und noch einmal brach mir das Herz. Ich wollte mein Leben zurückhaben, meine Mama, aber ich wußte, es war vergeblich. Das Kind, das ich einmal war, das war mit dem Kind, das sie gewesen war, verschwunden. Wir waren neue Menschen, und wir kannten einander nicht mehr. Ich schüttelte verzweifelt den Kopf.

»Mama«, sagte ich, ohne es zu wollen, aber ich war unfähig, die Wucht dieses Schreis aufzuhalten. Ich erschauerte, und das Wort kam heraus wie ein Vogelruf, hoch und schrill. Die Schluchzer danach waren rauh und häßlich. Mit meinem gesunden Arm griff ich nach Mamas Kleid, achtete nicht auf die Schmerzen in meiner Schulter, als ich in ihre Arme stürzte. Sie fing mich auf, drückte mein Gesicht an ihre Kehle und flüsterte in mein Ohr.

»Is schon gut, Baby. Wein nur. Wein dich einfach aus.« Ihre Hände streichelten mich sanft, zogen sich zurück und berührten mich wieder, als hätte sie Angst, mir weh zu tun, könnte aber nicht von mir lassen. »Du bist mein kleines Mädel. Ich laß dich nich gehn.«

Über Mamas Schulter hinweg sah ich Raylene in der Tür stehen, das Gesicht so rot wie ein frischer Apfel. Mamas Hände strichen mir die Haare aus dem Gesicht, umfaßten meinen Kopf, hielten mich schützend. Ich vergrub mein Gesicht in ihrem Hals und ließ alles raus. Den Kummer. Die Wut. Die Schuld und die Scham. Später würde es zurückkehren. Immer wieder würde es zurückkehren. Wir hatten alle das Einfachste von der Welt gewollt, lieben und geliebt werden und miteinander geborgen und sicher sein, aber wir hatten es verloren, und ich wußte nicht, wie wir es wiederfinden sollten.

Die Musik hörte auf, und das Rauschen des Flusses erfüllte die Nacht. Mein Weinen verebbte langsam. Mama ging von den Knien in die Hocke. Ein Eichelhäher flatterte von der Traufe der Veranda herunter und schwang sich dann in den dunkler werdenden Himmel hinauf. Der Hund sprang in den Garten und schnüffelte nach seiner Spur im staubigen Gras. Raylene rief leise Mamas Namen, dann meinen mit einer Stimme, die so blechern und durchdringend klang wie die Saiten einer Steel Guitar, so vertraut wie Kitty Wells oder ein Gospelchor. Mama drehte sich nach ihr um und schüttelte den Kopf. Sie straffte die Schultern und tätschelte kurz meine Hand auf der Lehne des Schaukelstuhls. Ihr Geruch, dieser vertraute Geruch nach Salz und Butter, ließ mich beinah erneut in Tränen ausbrechen, aber ich fühlte mich leer. Ich betrachtete sie nur.

Raylene hatte recht gehabt. Ich verstand nichts. Aber ich wollte nicht verstehen. Mama zu sehen tat fast genauso weh, wie sie nicht zu sehen.

Ein Umschlag lag in meinem Schoß. Mama hatte ihn da hingelegt. Sie beugte sich vor und küßte mich auf die Wange, direkt unter die Stelle, wo Nevil mich geküßt hatte. Die Erinnerung an seine brennenden Augen schreckte mich auf. Er würde nicht vergeben. Er war da draußen und jagte. Ich hätte fast aufgeschrien. Mamas Finger berührte meine Lippen. Ihr Blick brannte sich mir ein.

»Ich liebe dich, Finger«, sagte sie. »Vergiß das nie. Du bist mein kleines Mädel, und ich liebe dich.« Ihre zerfurchten Wangen glänzten in dem Licht, das vom Haus nach draußen fiel, und ihre Augen glitzerten. Sie senkte den Kopf, küßte meine Finger und stand auf. Tante Raylene trat aus der Tür heraus, aber Mama wich schnell zurück, schüttelte wieder den Kopf. Wir schauten ihr nach, als sie durch den Garten ging, hörten, wie sie in der Dunkelheit hinter der Straßenbiegung den Pontiac anließ.

»Verdammt«, fluchte Raylene. Ihr Faust hämmerte auf die Türklinke. »Verdammt«, sagte sie noch einmal und ließ die Hand heruntersausen, als wüßte sie nichts anderes zu sagen, zu tun. Ich hielt den Umschlag in der Hand und betrachtete ihre Schultern. Sie bebten, aber Raylene gab keinen Ton von sich.

»Weißt du, wo sie hinfährt?« fragte ich.

»Nein.« Das Wort war nur ein Flüstern. Raylene hob die

Hände, ließ sie wieder fallen. Sie drehte sich nicht zu mir um, und ich wußte, sie wollte nicht, daß ich ihr Gesicht sah.

»Kalifornien«, sagte ich. »Oder vielleicht Florida. Er hat immer darüber geredet, daß er irgendwann mal mit uns da hinfährt, irgendwohin, wo Orangen wachsen und 'n Mann 'ne anständige Arbeit finden kann.« Meine Stimme klang so rauh und böse, daß ich sie kaum wiedererkannte. Ich fühlte mich alt und eiskalt, obwohl ich wußte, daß es eine warme Nacht war. Ich schaute an meinem verbundenen Arm herunter auf den Umschlag. Er war groß, gelb, behördenmäßig und offen. Ich sah hinein.

Eine dreifach gefaltete Urkunde steckte darin.

RUTH ANNE BOATWRIGHT.
Mutter: ANNEY BOATWRIGHT.
Vater: UNBEKANNT.

Beinah hätte ich beim Lesen gelacht. Das Krankenhaus von Greenville und das im Briefkopf geprägte County-Siegel, die Familienlegende auf Pseudopergament. Ich hatte sie noch nie zuvor gesehen, aber alles darüber gehört. Ich faltete das untere Drittel auf.

Es war leer, kein Zeichen, kein Stempel.

Ich schaute in die dunkle Nacht hinaus, vorbei an Raylenes Hüfte und der Verandabrüstung. Was hatte sie getan? Ich schüttelte den Kopf und schluckte. Ich wußte nichts, begriff nichts. Vielleicht würde ich das nie. Wer war Mama, was wollte sie sein oder tun, bevor ich geboren wurde? Mit meiner Geburt hatten sich ihre Hoffnungen gewendet, und ich war an ihrem Leben hochgeklettert wie eine Blume, die sich nach der Sonne streckt. Vierzehn und verängstigt, fünfzehn und Mutter, gerade einundzwanzig, als sie

Glen heiratete. Ihr Leben hatte meines eingeschlossen. Wie würde ich sein mit fünfzehn, zwanzig, dreißig? Würde ich genauso stark sein wie sie, genauso hungrig nach Liebe, genauso verzweifelt, entschlossen und beschämt?
Meine Augen waren trocken, die Nacht hüllte mich wie eine Decke ein. Ich war nicht alt. In ein paar Wochen wurde ich dreizehn. Ich war schon die, die ich einmal sein würde. Ich stopfte den Umschlag in meine Brusttasche. Als Raylene zu mir kam, ließ ich es zu, daß sie meine Schulter berührte, neigte den Kopf, um mich an sie zu lehnen, traute ihrem Arm und ihrer Liebe. Ich war die, die ich einmal sein würde, eine wie sie, wie Mama, eine Boatwright. Ich verflocht meine Finger mit denen von Raylene und schaute zu, wie sich die Nacht auf uns herabsenkte.